À ELLE

Saga Les liens du sang

A.K. ROSE

ATLAS ROSE

Prologue

NICK

— T'es sûre que t'es prête à affronter ça ? dis-je en regardant son œil au beurre noir. Tu peux te reposer aujourd'hui si tu veux... surtout vu ce qui s'est passé.

Mais il n'y avait pas seulement les bleus. Ryth portait une queue de cheval et je vis du sang entre les mèches de ses cheveux. C'était ces bâtards qui lui avaient fait du mal.

Il m'a tirée par les cheveux. Ses mots me revenaient en tête.

Je me cramponnais au volant, ce qui fit renaître la douleur de mes doigts.

Peu importe ce qu'on leur avait fait la veille, ça n'avait pas été suffisant. Cette pouffiasse jalouse qui m'a fait cocu. Elle et le tas de cons à qui elle avait demandé de faire le sale boulot. J'avais envie de continuer à leur faire du mal. Beaucoup de mal.

— Oui, ça va, dit-elle en se tournant vers moi, s'obligeant à me sourire. C'est ma dernière année, Nick, c'est important.

Je ravalai ma salive et acquiesçai. C'était important, en effet. Pourtant je me disais : *oublie ça, je te paierai un tuteur s'il le faut et tu passeras tes examens ailleurs. Mais pas ici...*

Elle ouvrit la portière avant que je puisse dire quoi que ce soit. Elle ne sortit pas tout de suite. Au lieu de ça, elle s'adossa au siège et me pinça gentiment la joue.

— Merci de te soucier de moi. Tu viens me récupérer tout à l'heure ?

— Je t'attendrai là, dis-je, les dents serrées.

Puis elle sortit de la voiture, claqua la portière et je me retrouvai comme un con avec mon cœur entre les mains. *Retiens-la...* me dis-je en la fixant alors qu'elle s'éloignait. *Retiens-la, espèce d'idiot.*

Le son brutal d'un coup de klaxon me mit les nerfs. Je vis du mouvement dans le coin de mon œil. Un groupe de filles me regardaient en se dirigeant vers le portail, puis elles tournèrent les yeux vers Ryth qui s'éloignait sans les voir. *Putain.* J'enclenchai une vitesse et me lançai sur la route sans même jeter un œil aux voitures garées.

Je regardai en vitesse les gens derrière leur volant, mais je ne vis pas Freddy cette fois-ci. On dirait que le Prince de la Mafia Stidda, Lazarus Rossi avait tenu parole et la laisserait tranquille... pour l'instant en tout cas.

Combien de temps ce serait le cas, je n'en avais aucune idée.

J'appuyai sur l'accélérateur, me forçant à ne pas faire demi-tour. Mon cœur battait la chamade. Je posai ma main sur l'endroit douloureux. Putain, j'étais mal. Je voulais rentrer à la maison, retrouver le regard noir typique de Tobias qui devait être en train de faire les cent pas en imaginant partir à la poursuite de Gio. On allait le faire... mais pas tout de suite.

Pas avant que tout ça se tasse et qu'on comprenne de quoi il s'agit vraiment. Sa mère et notre père étaient en lune de miel, mais son père biologique était toujours porté disparu. Je n'aimais pas ça du tout. Il était en prison... et du jour au lendemain, il n'y était plus.

Il allait refaire surface... probablement dans une housse mortuaire.

On ne peut pas voler les Rossi et s'en tirer, peu importe ce qu'avait dit Lazarus.

Je conduisais en direction de la ville, je traversais des rues que je connaissais bien. Une fois que tout serait redevenu calme, on partirait à la recherche de Gio. On ferait payer à cet enfoiré ce qu'il avait fait à Ryth.

Quel ignoble ringard il faut être pour piéger une femme en la faisant tomber dans une embuscade au milieu de nulle part ? Putain.

Nick, j'ai peur.

J'entendais toujours ces mots, ils me hantaient et m'empêchaient de dormir. Je restais éveillé chaque nuit pour veiller sur elle, repassant chaque seconde de la bagarre en boucle dans ma tête. Mais notre petite demi-sœur avait tenu bon, elle leur avait tenu tête assez longtemps avant qu'on arrive.

Mais ça n'arriverait plus. On ne la laisserait plus sans surveillance... sauf pour aller en cours. Je grimaçai à cette idée et appuyai plus fort sur l'accélérateur en direction de l'entrepôt au nord-est de la ville, puis je me dirigeai vers la porte du parking privé.

Je fouillai dans la boîte à gants pour trouver la carte magnétique avant de la poser contre le lecteur.

Le portail s'ouvrit et j'entrai avant de me garer sur ma place de parking attitrée. J'eus une impression bizarre en sortant. Je n'étais pas venu depuis plus d'une semaine, j'avais même oublié cet endroit, au moins depuis que Ryth et sa mère avaient emménagé chez nous. J'entrai dans la cabine d'ascenseur, fermai la porte et appuyai sur le bouton du dernier étage.

Le vieil ascenseur se mit à trembler avant de m'emmener à mon appartement-terrasse. J'ouvris la porte de l'ascenseur et sortis pour me diriger vers le boîtier électronique près de ma porte et entrer le code à huit chiffres.

La porte se déverrouilla, et j'entrai à l'intérieur. Il s'agissait d'un très grand entrepôt rénové, comportant des chambres et des salles de bain. Des immenses baies vitrées offraient une vue magistrale sur la ville de nuit.

J'adorais cet endroit et il m'avait coûté une petite fortune. Rien que l'immeuble m'avait coûté trois millions, et avec les rénovations, c'était plutôt huit millions. Mais lorsque j'entrai, je ne ressentis plus le même engouement. Cet endroit me semblait... vide, ce n'était plus vraiment chez moi.

Je repensais à Ryth. Je n'aimais pas la laisser seule.

Putain, j'aimais même pas ça du tout. Je regardai par-dessus mon épaule, je n'étais pas à l'aise, je me sentais piégé, comme si quelque chose ne tournait pas rond. Je me frottai la nuque en allant dans la salle de bain puis dans le dressing. J'allumai la lumière et pris mon sac de voyage avant de le remplir de vêtements.

J'avais déjà décidé de ne pas quitter la maison, pas tant que Ryth serait sous le même toit. Si mon père voulait que je me barre, alors j'achèterais la maison voisine... j'achèterais n'importe quelle maison, même toutes. Je ramassai mon sac et éteignis la lumière. En passant devant mon punching-ball suspendu à une barre en métal, je levai les yeux devant la photo de ma mère accrochée au mur.

Je reviendrais vite pour récupérer cette photo et le reste de mes affaires. Je pourrais même louer cet endroit. Mais je ne voulais pas attendre une minute de plus. Cette douleur me grignotait depuis l'intérieur. C'était elle... ma demi-sœur, elle m'attirait, me rendait dingue au point de vouloir être avec elle sans arrêt.

Ça ressemblait exactement à de l'amour. Mais c'était interdit... il y avait bien plus en jeu que mon simple cœur. Je passai mon sac sur mon épaule et sortis en fermant la porte derrière moi, retapant le code pour verrouiller la porte avant de retourner à l'ascenseur.

Je posai mon sac au sol, ouvris la porte de l'ascenseur pour descendre au rez-de-chaussée puis je sortis mon téléphone pour écrire à Tobias :

Il faut qu'on parle.

Une seconde plus tard :

T : A propos de quoi ?

À propos de...

ue l'ascenseur s'arrêta. Mais je ne sortis pas gardais sa réponse sans cligner des yeux. Mes t en tapant ma réponse :

is amoureux d'elle.

Je ravalai ma salive en regardant mon message... j'allais appuyer sur envoyer, mais je n'y arrivais pas, je ne pouvais pas dire ça comme ça, par message. J'effaçai ma phrase avant d'écrire :

Rien. Je rentre.

Je n'attendis pas sa réponse, non pas que j'en attendais une. Je pris mon sac et me dirigeai vers ma voiture. Quand j'aurais mis mon sac dans le coffre et que je me serais glissé derrière le volant, je retournerais la chercher. Dernière année de lycée ou pas, j'en avais rien à faire. Surtout quand des enculés comme Gio Romano étaient dans le coin.

Je sortis la voiture avec la hâte de traverser la ville. Lorsque je vis le grand bâtiment dans le rétroviseur, la sensation d'angoisse que j'avais ressenti en venant s'apaisa. Je relâchai ma mâchoire et me concentrai sur la route pour retourner au lycée de Duke. Je pris mon téléphone pour lui envoyer un texto alors que je tournais dans la rue et m'avançais devant le lycée.

Mais lorsque je levai les yeux, je vis cette voiture que je reconnaissais bien garée près du trottoir. J'oubliai d'envoyer un texto à Ryth.

— Qu'est-ce qu'il fout là ?

Je jetai un œil à la plaque d'immatriculation... puis vers le lycée. Qu'est-ce que mon père foutait ici ? Je fus pris de panique. Je me garai puis coupai le moteur avant de sortir. Je n'avais pas vraiment fait attention à la camionnette blanche de l'autre côté de la rue, j'avançais vers la Mercedes puis me penchai pour regarder sur le siège arrière.

Il était censé être en lune de miel, alors qu'est-ce qu'il foutait là ?

— Excusez-moi ? dit un homme derrière moi, vous pouvez me dire si c'est l'entrée principale ?

Je me redressai, l'esprit déjà confus alors que je me tournais vers lui.

— Oui, vous allez...

Bzzz...

Putain, quelque chose me pinça violemment la nuque. Je paniquais alors que mes genoux se mirent à trembler, puis je m'écroulai au sol. Je vis des ombres s'avancer vers moi... nombreuses. J'essayais de lutter, de crier.

— Attrape-le, grogna l'un d'eux alors que je me mis à crier en levant la tête vers les trois mecs costauds qui m'encerclaient.

Mais ce n'était pas des voyous... c'était de vrais hommes, avec un regard glacial et inquiétant.

Tenez-le !

Je me hissai pour essayer de me relever. Mon corps tremblait alors que *ce truc* s'approchait à nouveau de moi. Un taseur... putain, ils m'avaient donné un coup de taseur.

L'électricité grésillait au bout de l'appareil mais je donnai un coup d'épaule au mec le plus proche de moi. Je serrai le poing et l'envoyai au centre de son torse. J'étais faible, mes coups étaient bien moins puissants que d'habitude, mais il eut le souffle coupé et porta la main sur sa poitrine en titubant en arrière.

— *Toi !* criai-je. T'as choisi le mauvais mec, *enculé*.

— Attrapez-le avant que la fille sorte, cria un autre en me pointant du doigt. *Tout de suite !*

Je me figeai en entendant ces mots... mon cœur battait la chamade et résonnait dans ma tête. *Avant que la fille sorte... il parle de Ryth.*

— C'est quoi ce bordel ?

Une ombre descendit sur moi à toute vitesse, bien trop vite. Je reçus un coup dans la nuque et fus sonné. *Bzzz... bzzz...* je me sentis défaillir alors qu'une douleur me cinglait le cœur. L'obscurité s'empara de moi, anéantissant toute lumière jusqu'à ce que je tombe au sol.

— Prenez ses clés de bagnole, il faut la déplacer.

— Non... marmonnai-je, le cœur battant à tout rompre. Je n'entendais que le bruit qu'ils faisaient en me levant du béton brûlant. J'essayais de recouvrer mes esprits, d'ouvrir les yeux, de faire un geste, n'importe lequel. Mais cette obscurité m'empêchait de bouger, les pas s'approchèrent de moi et je sentis des mains me saisir.

J'essayais de me débattre mais mes coups étaient mous et imprécis. J'entendis le glissement d'une porte en métal puis le bruit qu'elle fit en se refermant.

— *La bagnole !* cria l'un d'eux.

— Prenez-la, murmurai-je en essayant d'ouvrir les yeux. Prenez tout... *mais pas elle.*

Mais ils ne m'écoutaient pas, ils me soulevaient pour me mettre dans le coffre de la camionnette et j'entendis le moteur démarrer. Quelque chose s'enroula autour de mes poignets, ils les attachaient dans mon dos.

— Tu vas pas jouer le con, hein ? grogna-t-il alors que la camionnette se mit à tanguer avant de prendre un virage.

J'entendis le vrombissement de ma Mustang et un sentiment d'impuissance m'envahit. Ma voiture... *ma voiture putain.* Mais je ne pensais qu'à Ryth, je repensais au moment où elle avait le dos contre la portière, les jambes écartées devant moi. Je chassai ce douloureux souvenir pour me concentrer sur ce qui importait à présent... *où ils m'emmenaient.* Mon téléphone, mon téléphone putain...

Mes pensées mettaient bien trop de temps à se former. Un cognement commença quelque part dans ma tête et prit le pas sur les battements de mon cœur. Le bruit de la Mustang devint plus faible alors qu'on se mit à accélérer. Je clignai des yeux, l'esprit concentré sur les connards autour de moi. Deux à l'arrière et un qui conduisait. Plus celui qui déplaçait ma voiture, ça faisait quatre.

— Qu'est-ce que vous lui voulez ?

L'un d'eux me regarda et dans la pénombre je vis l'insigne sur sa chemise, un P à l'intérieur d'un O. Je plissais les yeux. Je connaissais ce symbole...

Il me vit le regarder avec insistance puis il sourit en brandissant le taseur.

— Regarde ailleurs.

— Va te faire foutre, dis-je d'un ton menaçant. Vous pouvez faire ce que vous voulez de moi... mais laissez-la tranquille.

— Ah ouais ? dit le bâtard en riant et en se penchant vers moi. Me dis pas que t'es tombé amoureux de cette petite salope ? J'ai vu la vidéo... j'ai vu ce que vous avez fait. Tu crois qu'elle est spéciale ? Crois-moi... c'est un service qu'on te rend là. Oublie-la, Banks... oublie son existence.

Oublier son existence ?

Qu'est-ce qu'il a celui-là ?

La camionnette tanguait alors que le moteur vrombissait de plus belle.

Je tentais de garder mon calme tout en essayant de voir si je pourrais arriver à défaire les liens en plastique autour de mes poignets. Mais au fond de moi, c'était la panique et j'essayais de comprendre de quoi il s'agissait. Mon père. Le mariage. Je regardai à nouveau l'insigne. Putain oui, le mariage... et le prêtre.

OP... Ordre des Perdus.

Ce nom... ce putain de nom. Un frisson me parcourut l'échine.

Je serrai la mâchoire et mon esprit fusait, comptant chaque virage que nous prenions, comme si j'essayais de repérer où nous allions.

Mes muscles étaient tendus et les liens serrés à mes poignets me faisaient mal au point que je ne parvenais plus à les supporter. Je me décidais à agir au prochain virage.

Je bondis en avant, tête baissée, droit sur cet enfoiré, lui faisant percuter le côté de la camionnette.

Je ne vis que le taseur, ainsi que ses poings. Je me pris un crochet et je tombai en arrière lorsque je vis l'appareil dirigé sur moi, mes mains s'écrasèrent sous mon poids en tombant.

Le visage de Ryth emplissait mon esprit alors que je heurtais le sol. Les pneus crissèrent et le mouvement de la chute avait été si brutal que les liens s'étaient rompus. Mes mains étaient libres, très endolories mais libres. Je me levai et pris immédiatement un poing dans la figure. Ma tête bascula en arrière et le goût du sang remplit ma bouche.

Mais il n'y avait qu'elle qui comptait. Je poussai un cri en basculant sur le côté puis assénai un violent coup de pied dans le tibia du type. Un cri de douleur s'en suivit.

Je n'eus pas le temps de sourire en bondissant sur le connard avec son taseur. Mes heures d'entraînement refaisaient surface. L'os de ma paume heurta le nez de ce con. Le coup n'était pas aussi puissant que je l'aurais souhaité à cause du véhicule en marche, mais il fut assez fort pour que ce connard porte sa main à son nez et se mette à crier.

Ils criaient tous.

— *Attrapez-le !* cria le conducteur, tournant les yeux vers moi en changeant de voie brutalement.

J'essayais de me rattraper alors que j'étais projeté sur le côté. Le coup fut violent. Quelque chose se brisa dans mon épaule alors que je me cognais contre la carrosserie. *Clic.* Mon sang se glaça en entendant ce son.

— Essaye encore de me frapper et tu vas voir, dit le mec avec le taseur, qui était en train de presser un couteau contre mon cou.

Il avait du sang qui coulait de son nez.

— Un seul geste... dit-il.

S'il ne s'était agi que de moi, j'aurais peut-être pas bronché... j'aurais peut-être ravalé cette brûlure dans mon estomac. Mais il ne s'agissait pas de moi. *J'étais seulement un obstacle sur leur chemin.*

Je fonçai sur lui de toutes mes forces, visant le couteau. Il grogna lorsque je lui donnai des coups de poings. Je lui rendais la monnaie de sa pièce. Ces connards étaient des mecs dangereux et ils étaient bien entraînés... *Bien trop.* Mes coups devinrent plus faiblards. Il donna un coup de couteau, que j'évitai de justesse en me baissant légèrement avant de lui donner un coup d'épaule. Je sentis une douleur vive au niveau du ventre. Je baissai les yeux et vis la lueur de la lame en acier enfoncée en moi.

— *Putain !* cria le type.

Je levai les yeux, j'avais du mal à bouger. Je reçus son poing dans la joue. Ma tête bascula sur le côté, puis une *deuxième fois* de l'autre côté... et je sombrai dans l'obscurité totale.

Chapitre Un

NICK

— *NICK !*

Je revenais à moi en entendant ce cri. Les bords de ma vision étaient sombres, je clignai des yeux pour comprendre ce qui s'était passé lorsque la douleur me cingla le ventre.

— *Qu'est-ce que vous lui avez fait ?*

— Ryth ? dis-je en scrutant la pénombre devant l'entrepôt, lorsque je la vis. Elle se débattait et donnait des coups de pieds alors que deux mecs la tiraient pour l'emmener.

En un instant, tout me revint en mémoire. La voiture de mon père devant le lycée. L'agression... *le couteau.* Je gémis en baissant les yeux. *Putain.* Mon cœur se mit à battre la chamade... je perdais mon sang, tellement de sang. Ma chemise me collait à la peau, trempée et rougeâtre. L'odeur métallique m'emplit les narines comme si on m'avait enfoncé un bâillon au fond de la gorge. Je détournai les yeux, il fallait que je me concentre sur ce qui importait.

Ryth.

J'entendis des murmures en me levant du sol.

— Non, tu bouges pas, dit le mec de la camionnette en me repoussant vers le sol, taseur à la main.

Je fronçai les sourcils alors que je croisais son regard. Une haine sourde et glaçante montait en moi.

— On peut pas te laisser gâcher nos plans.

C'était la voix d'Elle Castlemaine, elle était en train de parler à sa fille.

Non... ce n'était plus une Castlemaine, c'était une Banks maintenant, n'est-ce pas ? Une putain de Banks. Je me hissai à nouveau du sol en entendant des voix.

— Emmenez-la... dit cette salope aux deux mecs qui m'avaient enlevé. Emmenez-la à l'Ordre... éloignez-la de la vérité.

— *Non !* criai-je en voyant l'entrepôt vaciller.

Ryth écarquillait les yeux en entendant les mots de sa mère. Elle essaya de reculer mais ces enfoirés ne la laissaient pas partir, ils lui tenaient fermement les bras.

— *Nick !* cria-t-elle en se débattant. *NICK !*

Je pressai ma main sur ma blessure et me levai.

— *Lâchez-la, putain !*

Le connard avec le taseur me saisit par le bras et dirigea son appareil au niveau de mon visage, je vis des étincelles juste sous mes yeux. L'adrénaline que je ressentais s'intensifiait en les voyant l'emmener. Elle luttait de tout son poids et essayait de se dégager de leur emprise en se débattant comme un chat sauvage, de toutes ses forces.

Je me tournai et levai le bras pour donner un coup de coude à ce bâtard, en plein visage. Il tituba et échappa son taseur sur le sol. C'était exactement ce que j'attendais. La douleur me déchira lorsque je me tournai pour lui bondir dessus, elle se répandit dans mon estomac et me donnait l'impression de me faire poignarder à nouveau.

Pourtant, c'était les cris de Ryth qui me faisaient le plus mal. Je me déplaçais vers eux mais ils allaient trop vite pour moi, ils la soulevèrent du sol pour l'emmener. Sa jupe remontait et dévoilait ses cuisses. Ces connards la regardaient...

Ils la regardaient, putain.

Des cuisses pâles, une culotte en dentelle noire.

La culotte qu'elle avait mise pour moi.

Pour... moi...

Je continuais d'avancer lorsque mon père cria :

— *Nick, NON !*

J'étais à mi-chemin de l'entrepôt, j'avançais vers le soleil couchant, criant son nom jusqu'au moment où il n'y eut plus seulement l'odeur du sang... mais aussi le goût *dans ma bouche.*

— Arrête ! cria quelqu'un derrière moi.

Je sentis un bras s'enrouler autour de ma gorge alors qu'on me tirait vers l'arrière.

J'entendis des bruits de pas.

— *Arrête de lutter, Nick !* cria mon père. Tu fais qu'empirer les choses. Putain, t'es blessé. *Amenez-le à l'hôpital, bordel !*

M'amener à l'hôpital ? Pendant qu'ils embarquent Ryth... *sa belle-fille à lui... ET SA FILLE A ELLE !*

Je me retournai, essayant d'ignorer la douleur lancinante qui me déchirait le ventre et je vis mon père avancer vers moi.

— Arrête ça... tu peux encore arrêter ça ! criai-je en sentant des bras me retenir lorsque je lui fonçais dedans. Arrête ça, putain !

Il me serrait et m'éloignait. Je voyais du sang étalé sur sa chemise, beaucoup de sang. Je regardais ses doigts sales et la lueur noire dans ses yeux.

— Arrête de lutter et on va te faire soigner, cria le bâtard au taseur en venant vers moi.

L'entrepôt était une vision floue et imprécise à mesure que ma respiration devenait saccadée.

Je luttais, faisant de mon mieux pour esquiver les coups qu'il allait me porter. Mais ce mec était rapide, il me prit par le bras et me tira violemment en arrière. Je tombai au sol et l'air quitta mes poumons. Sa main vint maintenir ma tête au sol. J'entendis des portières claquer pas loin de nous. Le son s'infiltrait entre ses doigts puis j'entendis un moteur démarrer.

Des pas s'approchèrent de nous, lourds, rapides, puis ils s'arrêtèrent.

— Nick... je suis désolé, fiston... commença mon père.

— *Dégage, putain !* dis-je en me débattant pour lever les yeux vers lui. Tu peux arrêter tout ça... tu peux le faire tout de suite. *Rends-la-moi... Papa, rends-la-moi !*

Je vis une lueur de tristesse naître dans ses yeux mais sa connasse ouvrit ensuite la bouche pour me dire :

— Non.

Il tourna la tête vers elle et la tristesse dans ses yeux fut envolée, ne laissant qu'un regard glacial. Puis il s'en alla à grandes enjambées, alors qu'on maintenait ma tête contre le béton avant que j'entende le clic de menottes autour de mes poignets.

Non...

Je me débattais violemment, donnant des coups jusqu'à ce que l'acier entaille mes poignets et que la nausée me monte à la gorge.

— Non... dis-je en me retournant, ma vision devenant floue. *Non...*

— Va chercher la camionnette, dit le type au-dessus de moi, reprenant son souffle en regardant son acolyte. Il faut qu'on se débarrasse de cette raclure.

J'entendis des pas s'éloigner alors que le type allait chercher la camionnette.

— Ryth, dis-je d'un ton plaintif. Ryth...

La main contre ma tête s'éloigna, appuyant une derrière fois mon oreille contre le béton avant que cet enculé se lève.

— Elle est partie maintenant, et elle va pas revenir. Pas de sitôt.

Ses cris résonnaient encore dans mon esprit, leur son étouffé comme le dernier clou sur mon cercueil, enfoncé par les battements violents de mon cœur. Des portières claquèrent. J'entendis le moteur de la Mercedes de mon père, puis le son s'éloigna.

— Tu vas être un gentil gars maintenant, enculé ?

Ce con avait la respiration saccadée d'une bête.

Un gentil gars ?

Je crois que... non. Je me tournai, pressant les menottes en acier contre mon poignet et tendis les jambes pour le saisir à la cheville. Il tituba avant de s'écraser au sol comme une merde. Je ne perdis pas une minute et me redressai alors même qu'une douleur lancinante me déchirait les entrailles. En remontant mes genoux vers mon torse et en passant mes pieds entre mes bras, je pus me relever très vite.

Le moteur de la camionnette se mit à vrombir au moment où j'avais mes mains menottées autour de la gorge du type en le maintenant avec mes jambes. Il me lança un poing que je réussis à éviter puis un autre qui atterrit sur ma joue. Je fis une grimace sous la douleur qui m'envahit, noyée par les cris de Ryth que j'entendais encore dans ma tête.

Je serrai fort, mes muscles étaient tendus, ma mâchoire serrée.

NICK ! Je n'entendais que ce cri. Je n'entendais même pas les gémissements du mec que je tenais à bout de bras, ni le moteur de la camionnette qui approchait. Cet enfoiré se raidit, ses mains se plaquèrent au sol et il ne bougea plus. Je relâchai mon emprise en entendant le sifflement dans l'air.

Mon cœur battait la chamade mais je ne m'arrêtai pas assez longtemps pour réfléchir à ce que je venais de faire. Ce n'était rien comparé à ce que j'allais leur faire... *à eux*. Le visage de mon père me brûlait l'esprit. Mais c'était la voix d'Elle qui prenait la place des cris de Ryth. Sa voix glaciale.

La haine montait en moi alors que j'enlevai mes mains de la gorge du type. Il avait la bouche grande ouverte et ses yeux étaient sans vie. Je ne perdis pas une seconde et me mis à fouiller ses poches pour trouver la clé des menottes. Je trouvai des clés, mais ce n'était pas celles que j'attendais.

Mon pouls accéléra alors que je contemplai mes clés. Je levai les yeux vers la route... *ma Mustang*. Je gémis en me relevant et je glissai mes clés dans ma poches avant d'attraper le type au sol et de le tirer pour le cacher. Je vis des phares alors que la camionnette approchait. Je me cachai derrière des cagettes en bois pour fouiller dans les poches du type, je trouvai son téléphone. *Tobias...* Je levai les yeux et vis la camionnette s'arrêter. Le mec descendit.

— Bon, emmenons ce mec à l'hôp...

Il n'eut pas le temps de terminer sa phrase, ni de retourner à la camionnette.

Je bondis sur lui et le saisis à la gorge d'une main en lui donnant des coups de coude, avant de m'acharner sur son nez. Le *crac* me donna la nausée, il s'effondra mais je le maintenais debout en le plaquant contre la camionnette pour fouiller ses poches.

La petite clé était bien au fond. Mon cœur s'accéléra. Chaque seconde qui passait était une véritable torture. Je le lâchai et il tomba brutalement au sol alors que je manœuvrais pour me libérer, lâchant un cri en n'y parvenant pas. Mes mains tremblaient alors que je tenais la clé entre mes lèvres et essayais de la guider dans la serrure avant de la serrer entre mes dents et de tourner.

Je me mis à courir lorsque les menottes tombèrent au sol. Je pris les clés dans ma poche et je tombai en face du soleil couchant, voyant ma Mustang au loin. Une montée d'adrénaline surgit en moi. Je pris le téléphone de cet enfoiré et appuyai dessus en espérant qu'il ne soit pas verrouillé...

Il ne l'était pas...

Mais ce n'était pas vraiment un téléphone, c'était une sorte de GPS. Une carte s'afficha à l'écran, il y avait un point rouge qui clignotait. Je n'avais pas besoin de mode d'emploi pour comprendre... ce point rouge, c'était Ryth.

J'appuyai sur le bouton puis entrai le numéro de Tobias, écoutant la sonnerie bien trop longtemps... encore et encore.

— *Fais chier !* dis-je en courant vers la Mustang avant d'ouvrir la portière et de me glisser derrière le volant.

Je mis la clé sur le contact et le moteur se mit à rugir.

Je regardai à nouveau la carte, ce point rouge clignotant m'attirait comme un aimant.

Tu pourras pas la rattraper... tu pourras pas...

— C'est ce qu'on va voir, dis-je en enclenchant une vitesse, grimaçant à cause de la douleur qui me cinglait le ventre.

Peu importe la douleur, je tournai violemment le volant et appuyai sur l'accélérateur.

Le moteur V8 rugissait, les pneus crissaient. Je pris un virage et la bête fonçait à toute vitesse. Je partageais mon attention entre la route et le point rouge qui clignotait. Ils allaient vers le sud... j'essayais de comprendre ce qu'il y avait là-bas. Rien que des étendues de désert. À ma connaissance, du moins.

Je pris le risque de perdre leur trace pour prendre le téléphone et entrer le numéro de Caleb. J'entendais à nouveau ce bip interminable.

— Ouais ? répondit mon frère à bout de souffle.

— C'est moi.

— *Nick ? T'es où putain ?*

J'entendis le crissement des pneus de sa Lamborghini dans le combiné et cela m'indiquait une chose... *il savait.*

— C'est pas la question. Tobias... grognai-je. Il est avec toi ?

— Ils l'ont emmenée, Nick ! *Ils l'ont emmenée, putain.*

— Je sais.

La route devant moi se brouilla, je me cramponnais au volant.

— Je vais mettre le haut-parleur, dis-je en appuyant sur le bouton avant de baisser les yeux sur ma chemise pleine de sang ; ma tête se mit à tourner.

La voiture dériva sur les bandes blanches. Je donnai un coup de volant pour la remettre sur la route.

— Écoute, ils l'emmènent quelque part, dis-je alors que les paroles de sa conne de mère me revenaient... *emmenez-la à l'Ordre. À l'Ordre, c'est un endroit qui s'appelle l'Ordre.*

— L'Ordre ? marmonna Caleb. Je crois que ça me dit quelque chose.

— Ce putain de prêtre, grogna Tobias avec un ton féroce.

Je ressentais la même haine que lui, c'était cette haine qui guidait mes pas. Je jetai un œil à l'icône rouge qui clignotait.

— Direction sud. Vers Caverns Corner... dit-il lorsque les pneus crissèrent quand la voiture se mit à tanguer.

— *Nick ?* cria Tobias.

— *Tu suis Caverns Corner... puis tu continues...*

— *NICK !*

Je revins à la réalité en redressant le volant, appuyant de plus belle sur l'accélérateur.

— Je suis là, c'est bon... je suis là.

Le point rouge clignotait... mais il ne se déplaçait plus.

Je clignai des yeux et secouai la tête.

— Merde.

— Quoi ? s'écria Caleb.

Je l'entendis enclencher une vitesse, la Lamborghini vrombissait.

— QUOI PUTAIN ?

— Ils se sont arrêtés, dis-je en regardant l'écran avant de plisser les yeux pour garder la Mustang sur la route.

Qu'est-ce qu'il s'est passé ? Est-ce que c'était Ryth ? Est-ce qu'elle avait fait en sorte qu'ils s'arrêtent ? J'espérais que ce soit ça. J'espérais qu'elle se débattait, de toutes ses forces.

— Allez, bébé, murmurai-je. S'il te plaît.

Mais la route devenait brouillard devant moi.

— Je... je crois pas que je... vais y arriver... dis-je en tombant en avant, agrippé au volant.

— Qu'est-ce que tu racontes ? cria Tobias.

— Nick... dit la voix froide et prudente de Caleb dans le haut-parleur. Dis-nous ce qu'il y a, frérot, t'es blessé ?

Si je suis blessé ? Je baissai les yeux sur ma chemise trempée qui me collait au ventre et je me mis à glousser. Pourtant, il n'y avait rien de drôle. Ma bouche était sèche, mes pensées étaient floues. Mais je tenais bon grâce à la voix de Caleb. Mon frère... *mon grand frère.*

— Ouais, on peut dire ça.

— T'es où putain ? dit-il d'une voix inquiète.

En route pour la sauver...

— Nick... *Nick...* cria Tobias, sa voix résonnant dans le haut-parleur.

— Je suis là, dis-je, les dents serrées, en regardant la carte et le point rouge qui bougeait à nouveau.

— On est derrière toi, dit Caleb. Regarde dans le rétro.

Je levai les yeux et vis seulement une route déserte derrière moi, jusqu'à ce que j'aperçoive un point au loin. Un point qui grossissait à vive allure. Mon pouls erratique s'accéléra.

— Tu nous vois ?

— Ouais, dis-je en appuyant sur l'accélérateur en regardant la carte.

Ils étaient loin devant... de l'autre côté des arbres qui s'étendaient au loin. Nous étions sortis de la ville maintenant, et depuis longtemps. Des plaines vertes remplaçaient les bâtiments et s'étendaient à perte de vue.

La Lamborghini me suçait la roue. Je fis vrombir ma Mustang plus fort mais je ne parvenais pas à sentir mon pied sur l'accélérateur, ni ma jambe. Tout ne formait qu'une masse engourdie et douloureuse.

— On est là, mec... me dit Caleb. Nick... on est là.

Mais je me fichais de mon sort. Ce qui m'importait, c'était Ryth...

— Ils l'ont embarquée, dis-je en sentant une sorte de coup de poignard dans mon torse. Ils l'ont embarquée, putain.

— Je sais, mec, dit Caleb d'un ton froid.

Le bleu de la nuit remplissait mon rétroviseur. Mais ce n'était pas eux que je regardais, je ne voyais que le virage qui s'amorçait devant moi... et l'immense portail en fer forgé noir sur ma droite, avec d'énormes panneaux un peu partout : *Propriété privée--Tout intrus sera poursuivi en justice.*

Je tournai le volant et fis voler la poussière du sol en sortant de la route pour me diriger vers le portail. Je vis des hommes qui attendaient, un Humvee de l'armée garé devant l'entrée avec quatre mecs à côté, ils portaient des combinaisons noires et étaient équipés d'armes de guerre.

Je ne me préoccupais pas de la Lamborghini qui n'allait pas tarder à me rejoindre, je poussai un cri de guerre en dirigeant la Mustang vers le portail.

Clic.

Un bruit métallique.

Je fus projeté en avant contre le volant.

— *NICK !*

J'entendais des cris au loin lorsque le moteur de la Mustang mourra dans un dernier râle. C'était les cris insistants de mes frères que j'entendais. Mais je perdais déjà tout contrôle, je ne parvenais pas à bouger. La pénombre qui avait bordé ma vue me grignotait à présent. Je réussis à lever la tête et je vis le portail verrouillé devant moi.

L'odeur âcre des freins qui avaient brûlés emplit la voiture. Je clignais des yeux en essayant de regarder au loin, de chercher la camionnette du regard... *là où il y avait Ryth.* Mais ma vision défaillit, se porta sur un des gardes qui s'avançait dans ma direction avant de passer le bout de son fusil semi-automatique entre les barreaux... *puis il me mit en joue.*

Chapitre Deux

CALEB

— *NICK* ! criai-je en ouvrant la porte, voyant le capot cabossé de la Mustang alors que le garde armé pointait son arme sur mon frère. *NON !*

Je bondis vers lui, les mains levées alors que le désespoir me poussait vers lui et que je voyais Nick penché sur le volant... il ne se redressait pas.

— *T. !* criai-je. BOUGE LA BAGNOLE !

Je fixai l'enfoiré avec son arme pointée sur mon frère puis j'ouvris la portière conducteur et me figeai. Il y avait du sang... *beaucoup de sang.* Je gémis avant de me remettre à bouger, je pris son bras et le soulevai. L'odeur métallique du sang me remplit les narines et je vis que sa chemise froide et trempée lui collait à la peau.

Punaise, il était lourd ce con.

On n'avait qu'un an d'écart, mais nos caractères étaient bien différents, comme notre masse musculaire visiblement. Je le soulevai, mon corps tremblant sous l'effort alors que je le hissais pour le faire basculer sur mon épaule.

J'entendis des portières claquer dans mon dos alors que j'ouvrais la portière arrière pour déposer Nick sur le siège.

— T'as intérêt à survivre, enfoiré.

Je mis mes doigts sur son cou pour jauger son pouls. Il battait encore... mais il était faible, très faible.

Je fis un pas en arrière, mis ses pieds à l'intérieur puis je claquai la portière. Je lançai un coup d'œil au type armé en me glissant derrière le volant de la Mustang de mon frère et je priais comme jamais auparavant. Cette fois, il fallait que mes prières soient entendues.

— Allez.

Je tournai la clé dans le contact et le moteur se mit à vrombir brutalement. Yes ! criai-je en enclenchant la marche arrière avant d'appuyer violemment sur la pédale et d'entendre le grincement de l'acier jusqu'à ce que la voiture se mette à avancer.

Les roues tournèrent et projetèrent des cailloux sur le bas de caisse de la voiture alors que je fis demi-tour en braquant le volant. Je jetai un œil derrière moi.

— Tiens bon, mec.

Je regardai la chemise en sang, mon cœur se mit à battre plus fort.

Je lançai la voiture à vive allure, détestant qu'on doive laisser Ryth ici. Mais pour le moment, sauver mon frère était tout ce qui m'importait. Je roulais aussi vite que possible, prenant les virages très serrés alors que je filais vers l'hôpital de la ville. La

Lamborghini me suivait de très près. Tobias était une silhouette sombre derrière le volant.

— T'es toujours avec moi, mec ? dis-je en risquant un regard derrière moi. Ses lèvres étaient pâles, sa peau grisâtre. *Merde.* C'était pas bon signe. Nick... *Nick !*

Il ne me répondit pas. Je me forçai à regarder la route, à conduire cette voiture cabossée vers les urgences, puis je me garai devant la porte d'entrée en arrivant. Je coupai le moteur et sortis de la voiture, je me mis à crier dès que les portes automatiques s'ouvrirent.

— *On a besoin d'un médecin ! À l'aide ! On a besoin d'un médecin !*

— Qu'est-ce qui s'est passé ? cria Tobias. Le bruit de ses pas lourds résonnaient dans mes oreilles.

Mais je n'arrivais pas à lui répondre. Parce qu'en vérité... *je ne savais pas.*

Le temps ralentit, tout se mit à ralentir. Deux hommes arrivèrent en courant, l'un poussa un brancard à roulettes vers moi alors que j'ouvrais la portière pour sortir Nick de la voiture. Ils me le prirent immédiatement des bras.

On me criait dessus, mais je n'entendais rien. Je me contentais de les regarder alors qu'ils faisaient rouler mon frère jusqu'au service des urgences. Le bras de Nick était ballant sur le côté alors qu'ils s'éloignaient. Je regardais pour ne pas m'effondrer.

— Monsieur, on va avoir besoin de quelques informations.

Je me contentais d'acquiescer.

— C'est de sa faute, dit Tobias en passant une main dans ses cheveux, faisant les cents pas à l'arrière de la Mustang. C'est de la faute de *cet enculé...*

— T., marmonnai-je en regardant les portes des urgences se refermer.

Mon esprit fusait et je ne parvenais pas à penser clairement. Pendant tout le trajet, il s'était vidé de son sang. Je grimaçai, ressentant une peur glaciale jusqu'à ce que je me sente loin.

Loin de tout ça...

Loin de Tobias.

Loin de *tout*.

— Il faut qu'on entre, marmonna Tobias en jetant un œil à la portière ouverte de la Mustang. Caleb... *Caleb* !

Tobias criait mon nom pour me sortir de ma torpeur.

— J'ai compris, dis-je en approchant de mon petit frère et je vis alors la mare de sang sur le siège avant de monter.

La Mustang couina lorsque je démarrai le moteur et entrai sur le parking pour trouver une place.

T. gara la Lamborghini juste à côté de moi et verrouilla la voiture en me tendant les clés alors qu'on retournait vers l'entrée des urgences. J'indiquai mon nom et celui de mon frère à l'accueil et on attendit dans la salle d'attente, on allait être prévenus quand ils en sauraient plus.

C'était pas bon... je le savais.

Mais à quel point était-ce grave ?

Je m'assis et pris mon visage entre mes mains... puis je restais sans bouger. Du sang était en train de sécher entre les plis de mes doigts et s'infiltrait sous mes ongles.

— C'est vous les deux personnes qui avez apporté l'homme qui s'est fait poignardé ?

Je levai la tête vers les deux flics qui nous faisaient face.

— Ouais, répondit Tobias en s'avançant comme pour me protéger. C'est notre frère.

— Vous voulez bien nous dire ce qui s'est passé ? demanda l'un des flics.

— J'en ai aucune idée, répondis-je. Je ne savais même pas qu'il avait été poignardé avant d'ouvrir la portière et de voir tout ce sang.

— Donc vous n'avez aucune idée de qui a pu faire ça ?

On ne dit rien pendant un moment, puis je secouai lentement la tête. Mais on savait qui c'était... on avait tous les deux vu le sang sur la chemise de mon père.

— On devra prendre votre déposition quand même, dit le flic en me tendant sa carte.

Je la pris en hochant la tête, sachant très bien qu'on allait pas les contacter de sitôt.

Parce que c'était pas eux qui avaient besoin de réponses. C'était nous. Je les regardai s'éloigner en me repassant la conversation dans ma tête.

Écoute... ils l'emmènent quelque part. L'Ordre. C'est un endroit qui s'appelle l'Ordre.

L'Ordre.

J'avais déjà entendu ce nom, mais pour le moment je n'arrivais pas à réfléchir clairement. Au lieu de ça, je restais assis à fixer le sang séché sur mes mains alors que mon frère faisait les cents pas. Les heures semblaient être une éternité. Je me levai et tournai en rond dans la salle d'attente puis je me tournai quand un jeune médecin s'approcha.

— Vous êtes de la famille de Monsieur Banks ? demanda-t-il.

— Ouais, répondit Tobias. Comment va-t-il ?

Punaise, le médecin avait l'air d'un gamin.

— On l'a emmené au bloc opératoire, c'est tout ce qu'ils m'ont dit. Mais il va être transféré au bloc du quatrième étage, si vous voulez attendre là-haut.

— D'accord, dis-je en hochant la tête.

Le gamin baissa les yeux sur mes mains.

— Il y a des toilettes à l'étage, si vous voulez vous nettoyer.

Je me contentais de le regarder fixement jusqu'à ce qu'il se tourne d'un air gêné avant de s'en aller. Après quelques minutes, nous arrivâmes au quatrième étage et nous prîmes un café au distributeur avant de s'installer sur des sièges vides dans la salle d'attente.

Je me dirigeai vers les toilettes et je frottai mes mains trois fois pour me débarrasser du sang de mon frère qui me collait à la peau puis je regardai mon reflet dans le miroir.

— Qu'est-ce qui s'est passé, Nick ?

Est-ce qu'ils ont été attaqués ?

Ça avait dû être le cas. Il ne l'aurait jamais laissée partir, c'était pas son genre. Non, il se serait battu... il aurait donné tout ce qu'il avait. *Putain, pourvu qu'il s'en sorte.* Je baissai les yeux jusqu'à ce que j'entendis la porte grincer, un mec entra.

— Pardon, marmonna-t-il en me lançant un regard.

Je ne répondis rien, j'ouvris la porte en grand et sortis. Tobias faisait des aller-retour dans le couloir, passant sans arrêt sa main dans ses cheveux. S'il continuait à faire ça, il finirait chauve.

Il me lança un regard sauvage.

— Je vais le tuer putain. Je vais tuer ce gros bâtard.

Je ne pus m'empêcher de le saisir par le col et de l'attirer vers moi.

— Hé, c'est de notre père que tu parles là, dis-je à voix basse.

T. me regarda droit dans les yeux.

— C'est pas mon père, ça fait longtemps que c'est plus mon père, Caleb. Il est temps que tu t'en rendes compte.

Je regardais mon demi-frère et essayais de comprendre à quel moment tout avait dégénéré. Lui. Mon père. *Tout.* Tobias avait été le premier à faire porter le chapeau à Ryth pour tous ses problèmes, mais en vérité, tout avait dégénéré bien avant qu'elle emménage chez nous avec sa mère.

Mais là...

C'était bien pire que tout.

— C'est quoi cet endroit, C. ? demanda Tobias en me regardant. Qu'est-ce qui se passe ?

Je relâchai le col de sa chemise et le serrai dans mes bras. On n'avait peut-être pas eu une entente idéale, mais au fond, il était toujours mon frère, et à ce moment-là, il avait besoin de moi. Plus que jamais.

— Je sais pas, répondis-je. Mais je t'assure que je vais trouver. Je vais sortir Ryth de là, et on va découvrir ce qu'il se passe... dès que Nick sera sur pieds.

— S'il s'en sort.

Je repoussai Tobias pour sonder son regard. *Il va s'en sortir... il le faut...* j'ouvris la bouche pour lui dire, mais rien ne sortit, je sentis seulement mon œil tressauter.

On se tourna en même temps lorsqu'un médecin passa la porte double en enlevant le masque chirurgical de son visage et sa charlotte, il avançait vers nous. Mais il ne souriait pas, il ne paraissait pas soulagé.

Il fronçait les sourcils et mon cœur se mit à battre plus fort.

— Oh, putain.

Chapitre Trois

RYTH

Non... dis-je en revenant à moi. *Clac.* Quelque chose fut serré autour de ma cheville et me fit sursauter. Je me forçai à ouvrir les yeux mais la fatigue alourdissait mes paupières et m'empêchait d'agir.

Non ! Non ! NICK !

Je revenais à moi en pensant à lui, je remontais peu à peu à la surface. Nick... *Nick...* son visage revenait lentement dans mon esprit. Je le revis allongé au sol, se vidant de son sang, les yeux pleins de haine et de désespoir. Cette image me procura une montée d'adrénaline. Je réussis à ouvrir les yeux.

— Doucement, dit quelqu'un à côté de moi.

Je sentis une vive douleur dans mon bras et je grimaçai. En tournant la tête, je plissai les yeux sous la lumière aveuglante et je vis un homme en noir sortir une aiguille de mon bras. Je me mis à paniquer, mon cœur tambourinait dans ma poitrine.

— Qu'est-ce que vous faites ? dis-je en essayant de me dégager mais la pièce se mit à tourner.

— Doucement, dit l'homme en m'empêchant de me lever, me poussant sur le lit dur et froid. La lumière blanche clignotait. *Boum. Boum. Boum.*

— Laissez-moi me relever, grognai-je. Nick. Nick. Je dois aller le sauver...

La pièce se mettait à tourner dès que je bougeais.

Bzzz bzzz bzzz. J'essayais de cligner des yeux en entendant ce bruit mais l'obscurité s'empara de moi et m'empêcher de me lever.

— Il faut que je garde les yeux ouverts... *Niiiccckk...*

Je tentais de lutter contre le lien serré attaché à ma cheville et qui me ramenait vers le lit à chaque fois puis je me laissais emporter par le sommeil, jusqu'à ce que ce son désagréable surgisse à nouveau. *Bzzz bzzz bzzz...*

Ryth ! Les cris de Nick me revenaient à l'esprit. Ils semblaient loin, si loin. *RYTH !*

Il n'y avait pour moi que la pénombre maintenant, elle m'attirait vers le fond.

Jusqu'à ce qu'un son me tire vers la surface. Ce poids qui me faisait couler devenait moins pesant.

Je sentis une main contre ma bouche.

— Chuut, murmura une femme à mon oreille. S'ils me trouvent ici, ils vont m'embarquer.

L'air emplit peu à peu mes poumons lorsque je pris une inspirant mais cette chaleur contre ma bouche me fit ouvrir les yeux brutalement. Je clignais des yeux en observant la pièce sombre et je vis quelqu'un bouger près de moi. En un instant, je me rappelais de cette pièce, de la seringue dans mon bras. De la panique que j'avais éprouvé. L'homme... *cet homme.*

— Doucement, dit-elle d'une voix douce. Je vais retirer ma main, d'accord ? Mais... ne crie pas.

Elle retira sa main, j'inspirai l'air brusquement en la regardant.

— Je... je m'appelle Vivienne, murmura-t-elle. Je les ai vus... quand ils sont venus te chercher. Tu vas sortir d'ici n'est-ce pas ? Enfin, pas tout de suite... mais bientôt. Ils reviendront bientôt.

Mes pensées mettaient du temps à émerger et elles m'échappaient aussitôt.

— Qui ?

Elle me fixait.

— Ceux qui ont enfoncé le portail.

Le portail ? Quel portail ? Je posai la main sur l'acier froid derrière moi et me redressai, grimaçant en sentant la migraine violente qui cognait dans ma tête. Je clignais des yeux et essayais de penser clairement.

— Où suis-je ?

— Tu ne sais toujours pas ? murmura-t-elle. T'es arrivée en enfer, le véritable enfer, dit-elle en levant la tête, ses yeux parcoururent la pièce avant de se poser sur moi. Il faut survivre ici, il faut trouver un moyen de s'échapper. Ils vont venir maintenant que tu es réveillée, mais je reviendrai. Je reviendrai et je t'aiderai à sortir d'ici. Mais quand tu partiras, promets-moi de m'emmener avec toi, dit-elle en s'éloignant vers la porte.

— Attends, dis-je en me levant et j'entendis le cliquetis à ma cheville.

Une violente douleur aigue me cingla l'estomac alors que je la vis ouvrir la porte.

— T'en va pas.

Elle s'arrêta et je la regardais dans la lumière faible du couloir. Ses cheveux auburn étaient plus rouges que bruns. Mais c'était la tristesse de son regard qui me frappa. Bordel, elle avait l'air si triste.

— Il faudra m'emmener avec toi, murmura-t-elle d'une voix qui m'atteignit à peine. Sinon je ne survivrai pas.

Elle s'éclipsa en fermant discrètement la porte et je me retrouvais seule. La peur se glissa en moi, j'essayais de me dégager de la table en acier sur laquelle j'étais attachée.

Quelque chose à ma cheville se cognait contre l'acier de la table, j'entendais toujours ce même bruit. Je me penchai en grimaçant alors que je réveillai la douleur de mon estomac.

Quelque chose était accroché à ma cheville. Je tirai dessus au moment où j'entendis des pas lourds dans le couloir. La porte s'ouvrit à nouveau. Je tirai sur le truc accroché à ma cheville encore plus fort. La panique s'empara de moi lorsque deux hommes firent irruption dans la pièce avant de refermer la porte.

L'ombre quittait mon esprit maintenant, laissant dans son sillage une clarté glaçante.

— Non, dis-je en tirant sur l'appareil et lorsque je me rendis compte que je ne parviendrais pas à l'enlever, je levai les yeux vers ceux qui avançaient vers moi.

— Doucement, murmura l'un d'eux. Son attitude de prédateur fit ressurgir le souvenir de ce qui s'était passé.

L'enlèvement. L'entrepôt.

— Nick, murmurai-je en me raidissant.

Ils traversèrent la pièce à grandes enjambées. Je criais, je me débattais et leur donnais des coups de pieds lorsqu'ils me saisirent. Je me fichais de la douleur. Je me fichais de tout, je voulais simplement sortir d'ici.

Ils reviendront. Les mots de Vivienne me revenaient à l'esprit alors que mes agresseurs me soulevaient du sol.

Je donnais des coups de pieds et criais jusqu'à ce que ma gorge soit en feu. Mais ils s'en fichaient, ils continuaient à me traîner vers la porte.

— Lâchez-moi ! dis-je en lançant un coup de poing.

L'un d'eux se prit mon poing alors qu'ils me tiraient par les bras pour que je passe la porte. La vue de ce couloir aveuglant me rappela quelque chose. *Te laisse pas faire !* Les mots de Tobias me revenaient en tête. Son cri me donnait du courage. Je levai le pied pour le caler contre la porte et me hisser en arrière.

— Arrête de lutter ! cria un des mecs en me tirant en avant.

Je me débattais, je donnais des coups et me tortillais jusqu'à ce que je vois quelque chose dans le coin de mon œil. Le coup me frappa sur la tempe et résonna dans mon oreille. Sonnée et abasourdie, j'arrêtais de me débattre, leur laissant les précieuses secondes dont ils avaient besoin pour m'emmener dans le couloir.

— Quelle plaie celle-là ! cria un type, ses mots semblaient creux et à la fois assourdissants.

J'essayais à nouveau de leur échapper, de me débattre. Des coups faiblards, c'était tout ce que je pouvais donner. Je portais tout mon poids vers mes pieds nus qui glissaient sur le sol carrelé, ma tête me lançait violemment.

Ils continuaient de me tirer dans le couloir, ils s'arrêtèrent un moment pour passer une carte d'accès sur un lecteur avant de me faire passer des portes automatiques. Le bruit de leurs bottes résonnait dans le couloir vide. J'essayais de jeter un œil derrière moi mais je ne vis rien d'autre que des murs immaculés.

Ils s'arrêtèrent devant une porte, passèrent à nouveau la carte devant le lecteur puis l'un d'eux ouvrit la porte. Des lumières aveuglantes se mirent à clignoter lorsqu'il alluma l'interrupteur, puis ils me firent entrer. Je titubai, je dus tendre les bras pour retrouver l'équilibre.

— Voilà, dit celui qui m'avait frappée. Fais comme chez toi. Tu vas être là pour un bout de temps.

Je me tournai, brûlante de haine.

— *Connards !*

Mais ils étaient déjà partis, ils venaient de fermer la porte d'un coup sec et je me retrouvais seule. Je courus vers la porte, cognant des poings alors que je les regardais par la petite vitre.

— Laissez-moi sortir ! *Laissez-moi sortir TOUT DE SUITE !*

Ce bâtard me lança un regard avant de tourner les talons et de s'éloigner. Je cognais contre la porte de toutes mes forces.

— Laissez-moi sortir !

La rage prit le dessus. Les larmes me brouillèrent la vue alors que mes agresseurs s'éloignaient.

— *Laissez-moi sortir !* dis-je encore en frappant la porte. Laissez-moi sortir putain !

Des larmes chaudes coulèrent sur mes joues alors que je continuais à tambouriner sur la porte. Mais mes coups et mes cris étaient vains.

— S'il vous plaît, murmurai-je en me tournant, me laissant glisser jusqu'au sol, dos contre la porte. S'il vous plaît, laissez-moi sortir.

Les mots de ma mère me revenaient, ses mots cruels et sans pitié.

On peut pas te laisser gâcher nos plans... emmenez-la... emmenez-la à l'Ordre.

— L'Ordre, murmurai-je d'une voix lourde et tremblante. Pourquoi, maman ? Pourquoi ?

Elle m'avait trahie... *encore une fois.*

Je rassemblai mes genoux sur mon torse et les serrai contre moi. Elle m'avait trahie, tout comme elle avait trahi mon père. J'avais envie de donner des coups et de crier tellement les garçons me manquaient, mais c'était surtout Nick qui me serrait le cœur. Nick, Tobias et Caleb. Mon souffle tremblant devint plus stable lorsque je revis les yeux de Nick pleins de désespoir.

Le sang me montait à la tête en même temps que le souvenir. Le sang qu'il perdait alors qu'il s'était battu dans l'espoir de me sauver.

— Nick, dis-je en fermant les yeux. *Oh, Nick...*

· · ·

À Elle

Chapitre Quatre
Caleb

LE CHIRURGIEN ENLEVA sa charlotte de protection en se dirigeant vers nous, le visage grave. Il jeta un œil à Tobias, puis me regarda avec insistance.

— Vous êtes la famille de Nicholas Banks ?

— Nick, répondit Tobias en se levant du siège plastique inconfortable dans le couloir. Il s'appelle Nick.

— Nick, répéta le chirurgien.

— C'est notre frère, dis-je en me levant en même temps que Tobias, le cœur battant, la voix éraillée. Est-ce qu'il est…

— Il est en vie, rétorqua le chirurgien. Mais il est mal en point, il a perdu beaucoup de sang. La lame a légèrement entaillé une artère principale, si elle était allée plus profondément, je vous aurais tenu un tout autre discours. C'est un miracle que votre frère soit en vie, et c'est pas peu dire, dit-il avec une expression d'étonnement qui en disait long. Honnêtement, je ne comprends même pas comment il s'en est sorti.

— Moi je le sais, murmurai-je en me souvenant du regard désespéré de Nick quand il avait levé les yeux vers moi, penché sur son volant.

Ryth, avait-il marmonné. *Ryth*.

— On lui a déjà fait quatre transfusions de sang et on prévoit d'en faire d'autres. Lorsqu'il sera rétabli, on évaluera son état et on avisera à ce moment-là. Mais pour l'instant, on le garde...

— Oui bien sûr, dis-je en acquiesçant. Faites ce qu'il y a à faire.

— C'est un sacré battant, ajouta-t-il. Je ne sais pas ce qui s'est passé, mais il y avait sans doute un ange pour veiller sur lui aujourd'hui.

Le visage de ma mère me vint à l'esprit. Je savais que je n'étais pas le seul à penser à elle.

Tobias déglutit bruyamment.

— Quand est-ce qu'on pourra le voir ?

— Une fois qu'il sera réveillé. Pour l'instant, il est sous morphine. Vous ne pourrez peut-être pas vraiment lui parler.

— C'est pas grave, dis-je en secouant la tête. C'est vraiment pas grave.

Le chirurgien regarda Tobias et nous fit un signe de tête.

— J'enverrai une infirmière vous chercher quand il sera conscient.

Je me tenais là à regarder le médecin partir, puis je me laissai à nouveau tomber sur le siège dur.

— Putain, dit Tobias.

Moi non plus je n'y croyais pas. Je me contentais de prendre mon visage dans mes mains. Nick était en vie... il était en vie et c'était tout ce qui comptait. Le soulagement m'envahit. Je fermai les yeux en essayant de recouvrir mes esprits.

— C'était maman.

J'ouvris les yeux et tournai lentement la tête vers Tobias.

— C'est maman qui l'a sauvé. C'est ce qu'elle faisait tout le temps, ajouta Tobias en me fixant. C'était son rôle de nous protéger.

Je hochai la tête lentement. C'était vrai... elle nous protégeait tout le temps. C'était une femme altruiste et généreuse, et je la revoyais en train de crier de douleur, alors que Nick se battait maintenant pour rester en vie.

La douleur fleurit dans mon cœur à cette idée. Je ne savais pas ce que je ferais si je perdais aussi Nick, si peu de temps après elle. Je m'écroulerais... bien plus que maintenant. Je m'écroulerais et il n'y aurait aucun espoir de remonter à la surface.

— C'était le sang de Nick sur la chemise de papa.

Je sursautai avant de le regarder.

— T'en sais rien.

— Vraiment ? me dit-il de cette voix menaçante. On verra ce que dit Nick quand il sera réveillé.

J'avais envie de le contredire, de lui dire de la fermer. Mais un frisson de peur me parcourut. Je ne pensais qu'au sang sur la chemise de mon père et son mensonge quand il avait dit *il est à l'hôpital*. Si ce n'était pas lui qui avait poignardé Nick, il avait au moins assisté à la scène. Dans tous les cas, il était impliqué, et il avait quand même eu les couilles de rentrer à la maison. Il n'était même pas resté avec lui...

Je m'appuyai contre le mur, Tobias sirotait son café.

— Il est froid.

— Je vais en chercher un autre, dis-je en me levant. Attends ici au cas où l'infirmière arrive.

Mon frère hocha la tête en levant les yeux vers moi et à ce moment-là, je sentis que j'avais hâte de me barrer. Je m'éloignai à grandes enjambées, réprimant l'envie de courir et je me dirigeai vers l'ascenseur au lieu d'aller au distributeur.

Je voulais courir et ne plus m'arrêter. J'appuyai sur le bouton et entrai dans l'ascenseur lorsque les portes s'ouvrirent. Je fermai les yeux alors que je descendais au rez-de-chaussée. Mon esprit était embrouillé et ma vision trouble lorsque j'ouvris les yeux avant de sortir.

Je n'entendais rien.

Je ne ressentais rien...

Il n'y avait que la montée d'adrénaline qui coulait dans mes veines et cette brûlure dans le fond de ma gorge.

J'essayais de ralentir mon souffle en traversant l'entrée de l'hôpital avant de sortir et de plonger dans la lumière du jour vive et aveuglante.

Mes mains tremblaient lorsque j'avançai vers l'endroit où Tobias avait garé ma voiture. Je ne voyais pas encore la Mustang. Je regardais la Lamborghini bleu nuit alors que je me glissai derrière le volant.

Je devrais être là-haut, aux côtés de mon frère, à attendre que Nick se réveille. Mais je ne pouvais pas. Pas pour le moment. Je fermai la portière puis fixai l'allée de buissons qui bordait le parking. *Il nous avait trahi...*

— Espèce de connard, dis-je en tournant le volant. *PUTAIN DE CONNARD ! Je te faisais confiance !*

Le désespoir hurlait en moi. Je pris une grande inspiration en essayant de retrouver mon sang-froid.

— Je te faisais confiance...

Ryth... le murmure de Nick me revint à l'esprit et me refroidit instantanément.

Ryth...

Ryth.

Son nom vibrait dans mes veines. Elle était l'orage qui s'annonce à l'horizon, grondant, menaçant. Je pouvais presque sentir son ozone. Je levai les yeux vers le rétroviseur. Il fallait que je la sorte de là. Que je la fasse sortir de là, *maintenant*. *L'Ordre...*

Je revis le visage du prêtre, l'insigne sur sa chemise noire. Il avait le même regard froid que je lui avais connu. La panique monta en moi, cette même panique que j'avais repoussée au mariage quand je pensais l'avoir déjà vu quelque part. Mais le souvenir qui me revenait de lui n'était pas une enceinte protégée par des barbelés. Non, c'était un souvenir dans les clubs secrets et dépravés de l'élite où les hommes ne se contentaient pas de baiser les femmes... *ils les achetaient, les échangeaient et les possédaient comme des propriétés.*

— Putain, pourvu que ce soit pas lui, dis-je alors que la panique grondait en moi.

Je me frottai la nuque puis j'ouvris la portière et sortis.

Il fallait que je retourne vers Tobias, que je sois le grand frère dont il avait besoin. Puis il fallait que je sauve notre petite sœur de cet endroit, peu importe ce que c'était. Je traversais le parking puis retournais dans l'enceinte de l'hôpital, puis je pris l'ascenseur pour monter au quatrième. Je repensais au distributeur et fis un détour pour prendre un café à Tobias avant qu'il se mette à tourner comme un lion en cage.

— T'étais où putain ? cria-t-il.

Je lui tendis le gobelet brûlant, il le prit sans même faire attention.

— Faut qu'on parle à Nick, dit-il. Faut qu'on sache ce qu'il sait.

Mon petit frère n'avait pas besoin d'adrénaline supplémentaire, mais ne rien avoir dans les mains aurait été pire.

— Bois ton café, Tobias.

Je le vis tressaillir alors que la haine scintillait dans ses yeux sombres. Pourtant, il s'exécuta, souffla sur sa boisson avant d'en boire une gorgée. Des mots de terreur étaient comme en suspens dans l'air. *Je vais le tuer putain... JE VAIS LE TUER.* J'avais mal au cœur de me dire que notre famille en était là.

Le cancer de notre mère nous avait achevé, mais quand Lazarus nous avait dit que notre père trompait notre mère, Tobias avait perdu les pédales et avait envie de se venger. C'était déjà pas glorieux. Mais en faisant entrer Elle et Ryth dans nos vies, c'était comme une déclaration de guerre... jusqu'à ce que Ryth...

Ryth avait bouleversé nos plans.

J'avais presque pardonné à mon père, cet élan égoïste de vouloir être heureux—les portes du bloc opératoire s'ouvrirent et une infirmière s'avança en regardant dans le couloir avant de poser les yeux sur nous et de se diriger dans notre direction—je lui avais presque pardonné car il avait redonné le sourire à notre demi-sœur.

Mais maintenant... je voulais que le sang coule.

— M. Banks ?

— Oui, dis-je en croisant son regard.

— Votre frère est réveillé, dit-elle en jetant un œil à Tobias.

Il se précipita vers la poubelle la plus proche pour jeter son gobelet. Je le suivis en buvant mon café d'une traite pour me donner du courage pour ce qu'on était sur le point de découvrir. Nous la suivîmes à travers les portes puis dans le couloir avant de se diriger vers la chambre où se trouvait notre frère.

Il avait les yeux fermés, les lèvres très blanches. Je me figeai avant d'entrer alors que Tobias se jeta sur lui.

— Hé, t'es réveillé ?

Il eut un mouvement de paupière puis ouvrit les yeux, il regarda Tobias, puis moi. Pendant un instant, il ne dit rien, puis Il se lécha les lèvres.

— Ryth.

— On n'a pas pu aller la chercher, répondit Tobias. Mais on va y aller, même si je dois y aller tout seul en tirant des coups de feu.

Nick me lança un regard. Il savait... il savait que du sang allait encore couler.

— Non, pas de coups de feu, dis-je en m'approchant, mais on va aller la chercher. On va la ramener, on va trouver une solution.

Nick s'agrippa aux barreaux du lit pour se redresser.

— Hé, cria Tobias en se penchant vers lui pour appuyer sur ses épaules. Qu'est-ce que tu fous !

— Je vais... dit notre frère. Je vais venir avec vous.

— Même pas en rêve, dit Tobias en me regardant, comme s'il attendait que je dise quelque chose.

Mais Nick n'allait pas abandonner comme ça, il avait la rage.

— Je fais ce que je veux, T.

— Tu t'es fait poignarder ! lui dit Tobias en s'approchant de lui.

Nick s'arrêta un instant, il respira bruyamment puis me regarda. Je vis la panique qui l'habitait alors qu'il fronçait les sourcils.

— Qu'est-ce qu'il s'est passé ? demandai-je. Il faut que tu nous dises tout.

Il fronça davantage les sourcils.

— J'étais à la maison, enfin dans mon appart. Je me souviens avoir pris mes affaires. Puis je suis allé au lycée, je ne sais plus vraiment pourquoi. Mais quand je suis arrivé là-bas, j'ai vu la Mercedes de papa.

— Et ensuite ? dit Tobias d'une voix sombre.

— Je suis sorti, je me disais qu'il y avait quelque chose de louche, puis j'ai reçu un coup par derrière. Ils avaient un taseur. Ils m'ont affaibli et m'ont fait monter dans une camionnette. Je me suis débattu autant que j'ai pu... mais ils étaient trois, et ils étaient bien entraînés, dit-il en écarquillant les yeux en me regardant. C'était pas des débutants.

— Ryth, dit Tobias pour qu'il continue de parler.

— Quand ils m'ont amené à l'entrepôt, j'avais déjà été tasé et poignardé. Ils ont fait venir Ryth, elle criait et se débattait. Il y avait sa mère aussi... et papa. Ils ont dit qu'il fallait pas qu'elle gâche leurs plans, et ils l'ont embarquée, dit-il en fermant les yeux en grimaçant. J'ai essayé de les en empêcher mais ils m'ont menotté.

— Papa... murmurai-je. Il a vu que tu étais blessé ?

Il acquiesça et j'eus l'impression de recevoir un coup dans le ventre.

— Mais c'est pas important ça, dit-il. Ce qu'il faut, c'est la sortir de là.

— C'est une sorte de prison ? demanda Tobias en me regardant ? Un repaire de prostituées ?

Je secouais la tête, mais au fond de moi, la peur gagnait du terrain.

— J'en sais rien.

— C'est de sa faute, dit Tobias en se levant pour faire les cents pas. De sa faute à lui et à cette conne !

Je voulais lui dire de se calmer, je voulais qu'il reste calme autant que possible. Mais s'il partait à la poursuite de notre père et d'Elle, il ne rentrerait pas à la maison. Dans tous les cas, il fallait que je le protège. Un frisson me parcourut quand je lui répondis :

— Alors il faut qu'on découvre la vérité.

— Sors-la de là, dit Nick en se tenant le ventre en se recouchant. Peu importe ce qu'il en coûte. Promets-le-moi.

Nick me fixait. Il voulait que je lui fasse une promesse.

— Je le ferai. Mais prends soin de toi, on a besoin de toi.

Quelqu'un frappa doucement à la porte et une infirmière entra pour venir près de Nick. Nous avions déjà les informations qu'il nous fallait.

Je détestais devoir le laisser, mais je détestais encore plus l'idée de laisser Ryth. Nous sortîmes de la chambre pour aller vers l'ascenseur, en silence, puis nous entrâmes lorsque les portes s'ouvrirent. Nous n'allions pas nous arrêter à l'accueil, nous sommes directement sortis dans la lumière du jour pour rejoindre la Lamborghini. Je sortis mon téléphone de ma poche pour chercher le numéro du service de remorquage puis je les appelai pour qu'ils s'occupent de la Mustang avant de me glisser derrière le volant.

Tobias s'installa sur le siège passager sans rien dire. C'était un silence glaçant qui régnait alors qu'on sortait du parking pour rentrer à la maison. C'était comme si on n'était jamais partis, pourtant ça ne faisait que quelques heures que j'étais arrivé en trombe, paniqué, criant pour qu'on nous vienne en aide. Je me concentrai sur la route. Alors qu'on approchait de la maison, Tobias ouvrit la bouche.

— Te mets pas en travers de mon chemin, Caleb, dit-il. Compris ?

J'avais failli perdre un frère aujourd'hui... cette peur était déjà bien suffisante.

Mais maintenant, je risquais de perdre mon père aussi...

Cependant, lorsque je remontai l'allée, je ne vis pas sa Mercedes. Il n'y avait que la Jeep noire de Tobias. Il sortit avant même que je coupe le moteur. Ses pas lourds résonnaient comme le tonnerre alors qu'il claqua la porte d'entrée en courant à l'intérieur.

— *T'es où putain !* cria Tobias en ouvrant la porte du bureau avant de se retourner.

— T., dis-je alors qu'il passait à toute allure à côté de moi, avant de monter les marches des escaliers deux par deux.

Je le suivis, m'efforçant à suivre son allure.

Tobias était un véritable animal, il s'écrasa contre la porte de leur chambre et entra. Je retenais ma respiration saccadée en voyant le bordel de vêtements éparpillés au sol.

— C'est quoi ce bordel ?

— Ils sont partis.

Tobias sortit du dressing de notre père et alla vers celui de notre mère.

Non, ce n'était plus celui de notre mère.

— *Quelle salope !* cria-t-il.

Son visage était déformé par la colère, les dents serrés et les babines retroussées. Le blanc de ses yeux brillait comme un néon alors qu'il se dirigeait vers la salle de bain.

La salle de bain était un bordel sans nom. Des flacons et du maquillage était répandus sur le comptoir, il y en avait aussi par terre, certains écrasés sous la hâte de partir. J'entendais presque mon père crier : *Laisse-ça, tant pis, on y va !*

Ils avaient donc enlevé Ryth...

Poignardé Nick...

Puis ils s'étaient barrés.

— Son bureau, dit Tobias en me regardant.

— Vas-y, dis-je. Appelle-moi si tu trouves quelque chose.

Tobias acquiesça et partit en courant, dévalant les escaliers. Le grognement de la Jeep surgit un moment plus tard, ainsi que le crissement des pneus. Mon père allait avoir besoin de l'aide de Dieu quand Tobias lui tomberait dessus, car personne d'autre ne lui viendrait en aide.

Je regardais le chaos qu'ils avaient laissé derrière eux. Peu importe ce qui se passait, ils avaient pensé à leur fraise avant tout ; nous, on pouvait sans doute aller au diable. Je sortis de la salle de bain. La maison paraissait si vide sans ses rires et ses gémissements.

Je montai les escaliers pour aller dans sa chambre, puis je poussai la porte.

Quelques heures...

C'était tout ce qu'il avait fallu pour qu'ils l'éloignent de nous.

Ils ont dit qu'ils pouvaient pas la laisser gâcher leurs plans, puis ils l'ont embarquée.

Les mots de Nick résonnaient dans ma tête. *Peu importe ce qu'il en coûte, promets-le-moi.*

Je soupirai longuement.

— Peu importe ce qu'il en coûte.

Le souvenir de Ryth me revenait par vagues alors que j'entrai dans ma chambre en jetant un coup d'œil à mon lit. Son petit cul se frottant contre mes doigts, sa chatte tremblante alors que je la faisais mienne. Le désir me frappa violemment, plus dangereux que jamais. Je saisis mon téléphone et chercha un contact.

— Banks, répondit l'homme.

Je pouvais presque l'entendre sourire.

— Ça fait un bail, frérot.

— Evans, dis-je d'une voix froide et maîtrisée. Tu travailles toujours chez Copeland ?

— Ouais, pourquoi, tu veux te joindre à nous ? Tu sais que Major a un faible pour toi. T'aurais un superbe bureau qui t'attendrait dès demain. Je suis quasi sûr qu'il serait plus grand que le mien.

— C'est pas pour ça que je t'appelle, dis-je en me léchant les lèvres. Tu as toujours tes contacts ? Ceux de Davidson et Hale ?

Il y eut un moment de silence avant qu'il réponde doucement, sa voix étouffée contre le combiné :

— Tu sais que je fais plus ce genre de trucs, et toi non plus.

Le dégoût me retournait les entrailles.

— Mais tu as *toujours* ces contacts, non ? Tu peux toujours... me les filer ?

— Tu sais ce que tu me demandes là ? dit-il d'une voix basse et désespérée. Tu sais ce qui se passe là-bas. Tu veux vraiment être mêlé à ça ?

Je fermai les yeux, me souvenant des gamines qu'ils avaient fait défiler devant nous, comme des agneaux allant à l'abattoir. Des gamines qui avaient appris à ne jamais dire non.

— Je crois que j'ai des ennuis, répondis-je. Et j'ai besoin de ton aide.

— Des ennuis, dit-il d'un ton froid. Quel genre d'ennuis ?

Un frisson me traversa le corps alors que je fermai les yeux.

— Je crois que ces bâtards ont ma sœur...

Chapitre Quatre

RYTH

J'ÉTAIS ASSISE DANS LE NOIR, LE DOS CONTRE LA PORTE, LES pensées figées sur la dernière image que j'avais de Nick, se vidant de son sang sur le sol. Je n'arrivais pas à penser à autre chose. Ni à cet endroit, ni aux mots de ma mère, ni à la trahison brûlante qui me lacérait le cœur.

Je m'efforçais de chasser toute autre pensée, je fermais les yeux, je n'avais qu'une seule prière en tête.

— Faites qu'il soit en vie, je ferais n'importe quoi. N'importe quoi. Je les quitterai, si c'est ce que vous voulez. Je m'en irai. Si loin qu'on n'entendra plus parler de moi. Je ne demanderai plus rien d'autre. Juste lui... d'accord ? *Juste lui.*

J'entendis des pas et il me fallut un instant pour réaliser de quoi il s'agissait. *Clic.* Le verrou s'ouvrit. La porte s'ouvrit en grand et je me dégageai de la porte en traînant les pieds. Je pensais qu'ils allaient enfoncer la porte, qu'ils allaient se jeter sur moi en hurlant.

Mais non.

Mon cœur résonnait dans ma cage thoracique. Mon souffle était oppressé et restait coincé dans le fond de ma gorge. Je levai les yeux vers la silhouette sombre qui se tenait dans l'embrasure de la porte et je croisai son regard bleu acier.

— Mademoiselle Castlemaine, murmura-t-il en baissant les yeux sur moi comme s'il n'était pas surpris que je sois au sol.

La peur me traversa alors qu'il parcourut lentement mon corps du regard, s'arrêtant sur ma cheville.

— Je suis sûre que tu as des questions. Si tu veux bien me suivre...

Le suivre ?

J'ouvris la bouche pour aboyer, mais il tourna les talons et sortit en laissant la porte ouverte. Cours. Je me relevai en me hissant. J'entendais ses pas qui s'éloignaient alors que je m'approchais du couloir.

Je jetai un œil de chaque côté et me figeai en regardant les doubles portes au loin, près d'un lecteur de cartes. Même si j'essayais de m'enfuir, je n'irais pas bien loin. Je me doutais qu'il devait y avoir d'autres portes verrouillées dans cette prison.

T'es arrivée en enfer. Le véritable enfer.

Les mots de Vivienne me revenaient alors que je ravalais ma salive en me concentrant sur le bruit des pas qui s'éloignaient. Je n'avais d'autre choix que de le suivre. Il me fallait des réponses... et j'avais bon espoir d'en avoir.

Je me déplaçai vers l'angle et j'aperçus l'homme qui longeait le couloir avant de s'arrêter devant une porte ouverte, le dos tourné vers moi. Mon cœur battait la chamade alors que je le suivais, mes yeux scrutaient les portes verrouillées et les pièces sombres derrière les vitres puis se posèrent bien au-delà de l'homme.

Ma petite lionne...

Le surnom que papa me donnait refit surface alors que je regardais l'homme se tourner et faire un geste vers la porte.

— S'il te plaît.

Le mot était doux et maîtrisé. Je secouai la tête. Il était hors de question que j'aille dans une pièce avec lui, ou n'importe qui d'autre, d'ailleurs.

Un sourcil se leva lorsque les doubles portes derrière lui s'ouvrirent. Comme si c'était le bon moment, un garde est sorti. Il était grand, avec de superbes cheveux blancs. Son regard inébranlable se dirigea vers le mien alors qu'il s'arrêtait à côté de l'homme et se penchait vers lui, lui murmurant quelque chose à l'oreille.

Mais l'homme ne s'en souciait pas, il restait immobile, le regard fixé sur moi. Mon estomac tremblait de peur. Il n'avait fait aucun geste pour me blesser, n'avait même pas élevé la voix, et pourtant, à cet instant, j'avais plus peur de lui que des salauds qui m'avaient traîné dans cet endroit.

Je suis sûr que tu as des questions.

Je déglutis, fixant sa main qui flottait dans l'air, sachant que je ne pouvais pas rester là éternellement. Le garde aux cheveux blancs se redressa et jeta un regard dans ma direction. Ses yeux brillaient et ses lèvres se retroussaient en un grognement silencieux. Il me regardait avec une malice qui me donnait froid dans le dos. Mes entrailles tremblaient rien qu'à sa vue. Je ne voulais pas être seule avec lui... pas si j'avais un autre choix.

— Les réponses que tu cherches se trouvent dans cette pièce, Mademoiselle Castlemaine, sinon je peux te laisser avec mon associé ici présent.

Il se figea pendant une seconde, sa voix devenant menaçante.

— Mais ses méthodes sont décidément de moins bon goût que les miennes.

Mon cœur battait la chamade tandis que la terreur me submergeait. Le carrelage froid embrassa mes pieds nus lorsque je franchis la porte, tressaillant lorsque les lumières automatiques s'allumèrent. C'était une salle de bain. Ouverte. Austère et blanche. Il n'y avait aucune porte pour garantir l'intimité, ni pour les toilettes, ni pour les douches. Ma poitrine se serra en voyant ça. Il y avait une tenue sur le bord du meuble-lavabo étincelant, une culotte en dentelle blanche et une sorte de tissu très fin. Je restais pétrifiée sur place.

— Il y a du gel douche et du shampoing.

Je me retournai, le trouvant lui et le garde debout derrière moi. Il jeta un coup d'œil aux vêtements, puis à moi.

— Nous attendons de nos initiées qu'elles soient toujours propres.

J'écarquillai les yeux, la rage remontant à la surface. Je serrais les dents.

— *Allez vous faire foutre.*

Le coin de ses lèvres se crispa tandis qu'il levait le téléphone qu'il tenait dans sa main. D'un geste du pouce, il activa l'écran.

— *NICK !*

Mes propres cris résonnaient dans son téléphone. Il le leva vers moi et je vis l'intérieur de cet entrepôt une fois de plus.

— *RYTH !* rugissait Nick. *RYTH !*

Mon cœur me tambourinait sur les côtes. Le martèlement dans mes oreilles était assourdissant quand il appuya sur l'écran pour arrêter la vidéo.

— Je crois que ton... demi-frère a été blessé lors de l'intervention.

Je levai les yeux vers lui, et les carreaux blancs de la salle de bain devinrent noirs. Il était tout ce que je voyais à ce moment-là, chaque lueur dans ses yeux et chaque soulèvement de son torse.

— Je suis sûr que tu t'inquiètes pour lui, dit-il avec ce ton inébranlable qui ne faiblit jamais. Je pourrais passer quelques coups de fil pour connaître l'étendue de ses blessures. Mais d'après ce que je vois... il semble plutôt improbable qu'il ait survécu.

Non...

Je trébuchais en arrière alors que mes genoux se dérobaient, puis je tombai au sol.

Boum... boum... boum... ses chaussures cirées s'avançaient vers moi.

— Si tu fais ce que je demande, dit-il, tu te douches, tu te laves bien... et tu mets les vêtements que je t'ai donnés.

Je fixais le haut de ses chaussures noires sur le carrelage blanc, et je luttais contre les larmes qui me venaient.

— S'il vous plaît, chuchotai-je. S'il vous plaît, dites-moi qu'il est vivant.

Mon ravisseur ne disait rien et ne bougeait pas. Il attendait simplement pendant que je hurlais à l'agonie intérieurement et que je finisse par me faire une raison. Sur des jambes tremblantes, je me levai, attrapai ma chemise et la fis passer par-dessus ma tête. J'étais toujours dans les mêmes sous-vêtements que j'avais mis ce matin-là, que Nick avait choisis pour moi à Victoria's Secret.

Mon ravisseur baissa le regard alors que je passais la main et dégrafais mon soutien-gorge, le laissant tomber sans effort. Je déglutis difficilement, mis un pouce sous ma culotte, et la poussai vers le bas.

— Tu peux m'appeler le directeur, murmura-il en regardant entre mes jambes. Maintenant, prends une douche... et n'oublie pas de te raser... *partout.*

Les larmes montaient alors que je me tournais lentement vers la douche et que j'ouvrais les robinets. La douleur dans mon ventre fut instantanée, me ramenant à la douleur que j'avais ressentie auparavant lorsque j'étais revenue à moi. Je baissai les yeux et gémis. Du noir contre ma chair pâle. La peur m'envahit lorsque je touchais le motif. Un *tatouage...*

— *Non,* criai-je en frottant la chair rouge en relie.

Un *P* à l'intérieur d'un O. J'avais déjà vu cette inscription auparavant... j'avais déjà vu cette *putain d'horrible marque...* Je me figeai lorsque l'image du prêtre me revint à l'esprit.

Je ne peux pas te laisser gâcher nos plans. La voix de ma mère se faufila dans les interstices de mon esprit.

Le prêtre. Le mariage. *La trahison.* Je touchais le tatouage sur ma peau et sentis la salle de bain tanguer. Ils m'avaient marquée... *ils m'avaient marquée.* Comme si je n'étais rien d'autre qu'une propriété. Un bien qu'ils possédaient...

Je baissai le regard vers la sangle autour de ma cheville, sentant leurs regards sur mes fesses. *Ne panique pas... ne panique surtout pas.* Je me mis sous le jet chaud avant d'incliner la tête en arrière. Je me servis de leur gel douche et de leur shampoing, puis je déglutis, jetant un regard furtif par-dessus mon épaule en prenant le rasoir.

Mes pensées devinrent floues alors que le souvenir du désespoir de Vivienne me revenait. Combien de filles étaient passées par là ? Combien avaient pris ce rasoir pour le passer sur leurs poignets au lieu de se raser les jambes ? Je n'avais pas besoin de jeter un œil à mon ravisseur pour me douter de la vérité.

Alors je fis ce qu'on me demandait, je me suis rasé les aisselles, les jambes, puis le maillot. Une fois terminé, j'étais toute lisse.

Peu importe ce que je dois faire.

Je m'accrochais à cette idée.

Peu importe ce que je dois faire.

Je me séchai et enfilai la lingerie blanche en dentelle, essayant de ne pas grimacer alors que j'enfilais le fin voile par-dessus avant de l'attacher. Mais je me raidis alors en entendant les pas lourds du garde derrière moi.

— Non, dis-je en secouant la tête, m'aidant de ce courage que mes demi-frères me donnaient.

Celui qui se faisait appeler le directeur était derrière le garde.

— Je veux pas y aller, je veux pas faire ce que vous demandez. Pas avant de savoir... Pas avant de savoir s'il est en vie.

Le sourire du directeur était délicat et sadique, il passa devant le garde et s'arrêta devant moi.

— Je peux passer quelques coups de fil, si tu veux, dit-il en me caressant doucement les cheveux avant de les rabattre derrière mon oreille. Si ça te rassure.

L'espoir surgit en moi, jusqu'au moment où il me saisit par la gorge pour m'attirer vers lui.

— Mais attention, confonds pas ma gentillesse avec de la faiblesse, dit-il en me cherchant des yeux. Je vais te montrer ce qui s'est passé la dernière fois que quelqu'un a cru ça.

Il me lâcha. Je toussotai en passant les doigts sur la marque laissée par ses doigts alors qu'il sortait de la salle de bain.

La main lourde du garde me saisit le bras.

— C'est par ici.

Je le suivis sans broncher, la peur au ventre. Mon corps tremblait et mon cœur battait dans mes oreilles. Je n'avais pas d'autre choix que de suivre le directeur qui me conduisait vers les doubles portes automatiques. Après les avoir passées, nous marchions dans un couloir aux lumières blanches. Les coins étaient sombres et semblaient me happer, ce qui amplifiait ma peur.

Le directeur s'arrêta devant une porte double et attendit. Quand nous étions à son niveau, il posa sa carte sur le lecteur et la porte s'ouvrit. L'intérieur était plongé dans la pénombre et j'entendis des faibles gémissements de douleur.

C'était une femme.

Clac !

Je sursautai en entendant ce son et tournai les yeux vers lui... puis vers le démon au regard bleu acier lorsqu'il entra, laissant le garde me guider vers l'avant. Le garde me poussa dans la salle faiblement éclairée et je trébuchai.

Mais je ne suis pas tombée car il me tenait le bras si fermement que j'allais avoir un bleu. Il n'allait pas me lâcher et me conduisait plus loin dans la pénombre. Je me débattais et tirais sur mon bras puis je me suis figée lorsque j'entendis à nouveau ce bruit de claque.

Le gémissement qui surgit de la pénombre me glaça le sang. Les pas du directeur s'arrêtèrent et j'entendis à nouveau un coup de fouet. Les lumières faiblardes devinrent plus intenses derrière ce que je reconnaissais être un rideau noir. Et dans cette lumière tamisée, je vis un regard paniqué qui croisa le mien.

Mon cœur battait jusque dans ma gorge et l'on me poussa à nouveau pour que j'avance. Il y avait une vingtaine de femmes. Toutes habillées de la même robe hideuse... mais en différentes couleurs, blanche, noire... *ou rouge.*

— Olivia, dit le directeur en s'avançant vers une femme qui était nue devant tout le monde. Ses bras et ses jambes étaient enchaînés et maintenus écartés. Je me mis à rougir en la voyant ainsi nue et à découvert.

— Elle s'est dit qu'il valait mieux mettre fin à ses jours que de rester avec nous.

Il y avait un garde à côté d'elle, il tenait dans sa main un long fouet en cuir.

— Le problème c'est que... ce n'est pas à elle de décider de sa vie, dit-il en tournant son regard glacial vers la femme nue. Hein ?

Il fit un mouvement de tête et le garde s'approcha avant de lever le fouet en l'air... et de la frapper entre les jambes.

Clac !

Elle essayait de se débattre, les yeux écarquillés, la peau luisante de sueur alors qu'elle gémissait.

— Sa vie m'appartient... tout comme son corps, déclara le directeur en la regardant dans les yeux. J'espère que tu vas vite comprendre, Ryth.

Je retins mon souffle en entendant mon prénom.

Je scrutais les femmes qui regardaient le spectacle. Elles me regardaient. Des yeux bruns familiers rencontrèrent les miens. Vivienne. Ils l'avaient habillée en blanc, comme moi.

— Tu n'as plus ton identité ici. Tu as été vendue, dit le principal en me regardant fixement. Tu es à moi.

— *Non*, dis-je en secouant la tête en reculant. Hors de question.

Mais je ne pouvais pas aller bien loin. Le garde aux cheveux blancs me retenait, ses yeux bleu azur rivés sur moi.

Vendue...

Ma mère m'avait vendue. *Je peux pas te laisser gâcher nos plans.* C'est ce qu'elle avait dit. Je me mordis la langue, réprimant un gémissement dans le fond de ma gorge. Voilà où j'en étais. Ils voulaient me faire peur... ils voulaient que je sois docile et obéissante. Ils s'attendaient à ce que je porte ce qu'ils voulaient.

La vérité glaçante, c'était qu'il y a quelques moins je me serais laissée faire.

Mais pas maintenant.

Nick, Tobias, et Caleb me revinrent à l'esprit dans un rugissement. Ils préféreraient mourir que de me voir tomber aux pieds de cet enfoiré. La puissance que j'avais auparavant ressentie au mariage de ma mère me revint peu à peu. La puissance que *je possédais*. Ce pouvoir que *je contrôlais*. Je serrai la mâchoire en sentant la puissance me gagner.

— Va te faire foutre, grognai-je. Va te faire foutre et brûle en enfer.

Chapitre Cinq

CALEB

— Répond putain, T., dis-je les dents serrées en faisant les cent pas dans l'appartement. Répond putain.

Ça se trouve, cet enfoiré était en train de se vider de son sang dans un caniveau.

— Putain, c'est tellement le bordel.

Je levai mon téléphone pour essayer une dernière fois.

— *Pourquoi tu m'appelles ?* disait la voix grincheuse de Tobias sur son répondeur.

Je raccrochai et jetai mon téléphone sur le lit. Tobias n'était pas le seul à me foutre les nerfs. C'était toute cette situation. J'ai massé le nœud qui s'était formé à l'arrière de ma nuque en essayant de comprendre ce qui avait mal tourné.

Comme d'habitude, mon esprit rejouait le décès de ma mère. Je ne voulais pas y penser, pas pour l'instant. Mais putain, ça avait laissé un sacré vide dans nos vies. Mon père avait pété les plombs. On avait cru que c'était une phase de deuil... mais plus maintenant.

Maintenant je commençais à comprendre.

Elle Castlemaine. Cette fille n'apportait rien de bon... vraiment rien.

Ryth disait que le FBI avait embarqué son père. Mais cela n'avait pas pu se produire comme ça par hasard. Non ce genre d'arrestation demandait de l'organisation. Et du temps. Une douleur me traversa la poitrine quand je songeais à Ryth qui se trouvait toute seule dans cet endroit glauque.

Elle ne ressemblait en rien à sa mère. En rien du tout....

Ramène-la. Les mots de Nick me revenaient. *Ramène-la.*

Peu importe ce qu'il en coûte, hein ?

Sauf que mon frère n'avait aucune idée du pétrin dans lequel notre demi-sœur se trouvait et avec quels enfoirés tapis dans l'ombre. Mon cœur battait la chamade alors que j'observais le ciel orageux. Bordel, je ne voulais pas faire ça. Je ne voulais pas retourner à cette période de ma vie. Et ce n'était pas parce qu'*ils* me faisaient peur.

C'était surtout de moi que j'avais peur.

Je me remis à regarder mon lit. *Gentille fille.* Mes propres mots me revenaient à l'esprit, étouffés par les gémissements de plaisir de Ryth. J'avais échappé aux griffes de la dépravation une fois, mais je n'en étais pas sorti indemne. Les choses que j'avais vues là-bas avaient laissé une marque au fer rouge dans mon esprit. Une marque que je n'avais jamais réussi à effacer.

J'aimais ce qu'on y faisait dans ces clubs, j'aimais l'adrénaline que cela me procurait. J'aimais me servir d'elles pendant un moment... mais je n'aimais pas la vague de dégoût qui s'en suivait.

Ce que je voulais, c'était à la fois quelqu'un que je puisse aimer... quelqu'un dont je puisse m'occuper... *quelqu'un dont je pouvais me servir pour tempérer cette faim insidieuse qui sommeillait en moi.* Je détestais que mon corps tressaute à l'idée de retourner dans cet endroit sombre à nouveau. Sauf que cette fois, j'avais une bonne raison d'y aller... *elle.*

Je sortis de ma chambre pour aller dans la salle de bains. La maison avait l'air vide sans eux. Pourtant, je me suis forcé à me déshabiller et à prendre une douche. J'ai pris le temps de me savonner et de me rincer alors que cette faim en moi brûlait lentement. Puis je fermai l'eau et sortis pour me sécher avant de sortir tout nu pour rejoindre ma chambre.

Du noir. Je voulais porter du noir.

Du noir comme les péchés que j'allais commettre... *pour la sauver.*

Je me mis un peu de parfum, j'ajustai ma ceinture et enfilai mes chaussures avant de me regarder dans le grand miroir au bout de la chambre. Il fallait être froid... insensible. L'étincelle dans mes yeux disparut alors que je chassais tout humanité de mon corps. Je serai ce mec insensible.

Mais il y avait encore cette faible lueur...

C'était elle.

Ryth.

— J'arrive, princesse, murmurai-je. Tiens bon.

Je sortis de ma chambre et descendis au rez-de-chaussée, puis je passai la porte d'entrée. Mes phares transperçaient la nuit alors que je faisais demi-tour pour me diriger vers la route. Mais je n'allais pas aller directement vers le club réservé aux VIP, pas tout de suite... il fallait d'abord que je me confesse.

Je me dirigeai vers la ville, vers un petit bar réputé pour les avocats de la ville qui le fréquentent assidûment. Une fratrie dont je faisais autrefois partie... et étrangement cette envie semblait renaître en moi. Ça faisait des mois que je n'avais pas mis les pieds à mon bureau, des mois que j'hésitais à reprendre mon échec de ma carrière d'avocat.

Mais maintenant ça me revenait en pleine face, que ça me plaise ou non. J'espérais seulement que ça en valait le coup. Je me faufilais à travers les rues bondées de la ville puis je garai ma Lamborghini sur une place vers le carrefour des avenues Fourth et First avant de couper le moteur et de descendre.

Un groupe de femmes passa devant moi en me jetant un regard curieux. J'ajustai mon costume et appuyai sur le bouton de la télécommande, ignorant les sourires et les regards qu'elles me lançaient. Elles pouvaient regarder si elles voulaient. Mais elles n'étaient absolument pas mon type de fille.

Elles prirent la même direction que moi et me suivirent dans le bar The Associate, mais leur chemin s'arrêtait là alors que je me dirigeai vers le fond du bar où des hommes ivres buvaient en lorgnant les nanas tout en parlant de chattes comme des connaisseurs. Mais ils ne connaissaient rien. Ils pensaient malgré tout que cela rendait la conversation intéressante. C'était exactement le genre de choses qui m'avaient empêché de revenir.

Je fis un signe de tête à Havers lorsqu'il leva les yeux vers moi en fronçant les sourcils.

— Banks ?

— Salut, répondis-je en scannant les visages que je reconnaissais avant de m'attarder sur celui de Michael Evans, avocat de la défense au cabinet Copeland, l'un des plus anciens et des plus prestigieux de la ville. Avoir un poste dépendait de deux choses : avoir de l'influence et de l'argent, et Evans avait les deux.

— C., dit Michael en faisant un signe de tête vers moi.

Je jetai un œil vers les tables isolées au fond du bar.

— Tu veux qu'on boive un verre tranquilles ?

— Bien sûr, marmonna-t-il en se levant de son tabouret en faisant un signe aux mecs près de lui.

Ils nous regardaient fixement, moi surtout. Par chance, j'avais l'habitude. Je me dirigeai vers le fond du bar avant de m'asseoir à une table reculée puis je fis signe à la serveuse. Evans commanda un Cuba libre et je pris la même chose avant qu'il s'assoit en face de moi. Je ne pensais qu'à Ryth et je devenais déjà impatient.

Il s'assit sur la chaise et jeta un œil vers les autres hommes qui nous regardaient toujours.

— Je leur ai dit que tu songeais à revenir, marmonna-t-il avant de se tourner vers moi. Mais c'est pas pour ça que t'es là, si ? Tu vas me dire ce qui se passe, C ?

Un frisson me parcourut le corps. Je connaissais Evans depuis notre rentrée à Harvard. On était à l'époque tous les deux guindés, des rêves pleins la tête. Un peu pathétiques aussi, avec le recul. Sauf que lui avait gardé cet idéal en tête, c'était ce qui le guidait, alors que moi je m'étais laissé engloutir par le désir.

J'avais envie de me venger. C'était comme une addiction que j'étais sur le point de découvrir.

— Alors j'ai entendu que ton père s'est remarié ? dit Evans.

J'acquiesçai en grimaçant, attendant que la serveuse dépose nos verres sur la table. Elle sourit et jeta un œil à Evans avant de me regarder et de se figer.

— Autre chose vous ferait plaisir ? dit-elle en glissant des serviettes sur la table, une en particulier bien vers moi.

— Non, merci ça ira, répondis-je.

Il y eut un soupçon d'ennui dans ses yeux avant qu'elle retourne au bar. Evans prit la serviette et la retourna, son numéro de téléphone était écrit.

— Toujours beau gosse, dit-il en ricanant et en secouant la tête avant de s'adosser à son siège. Bon alors, tu vas me dire ce qu'il y a ?

— Nick est à l'hôpital, dis-je.

Il se figea et leva un sourcil inquiet.

— Oh merde, il va bien ?

J'acquiesçai lentement en jouant avec mon verre.

— Il va s'en sortir mais il a failli y passer aujourd'hui... et c'est pas tout.

— Je t'écoute, dit-il.

— Je n'ai pas encore tous les détails. Mais elle a devancé son propre mari, elle l'a mis entre les mains du FBI et l'a fait mettre en taule. Et maintenant il a disparu... et elle vient de se débarrasser de sa propre fille, dis-je avant de baisser la voix. Elle l'a envoyée dans un endroit qui s'appelle l'Ordre.

Il se retint de respirer... et je vis une lueur de peur dans son regard.

— Tu sais ce qu'ils font là-bas ?

Je déglutis bruyamment.

— Je pense que je vais pas tarder à le savoir.

 Il se pencha vers moi.

— Elle en vaut vraiment la peine ? Tu sais ce qu'ils vont te faire.

— Si elle en vaut la peine ? répétai-je. Ouais, elle en vaut la peine.

Il se tut et me fixa, je détestais qu'il me regarde comme ça.

— Putain, t'es amoureux de cette fille ?

Ryth remplissait mon esprit et mon cœur battait fort.

— C'est pas juste une fille... c'est ma demi-sœur.

— T'es tombé amoureux d'elle, hein ?

Je n'eus pas à répondre, mon visage parlait pour moi.

— Putain, marmonna Evans. T'as bien changé. T'es tombé amoureux de ta petite sœur, d'une gamine.

— Demi-sœur, rétorquai-je. Et c'est pas une gamine.

Il but une gorgée de son verre.

— Donc tu vas vraiment faire ça ?

— Tu connais un autre moyen d'entrer ?

— Pas si tu veux rester en vie. J'ai entendu dire que le bâtiment est surveillé par d'anciens mercenaires.

Je ne pensais qu'au flingue pointé vers Nick lorsqu'il s'était écrasé contre la grille.

Il n'y avait qu'un seul moyen d'entrer sans se faire tuer... mais ça allait être violent.

— Donc tu es vraiment prêt à faire ça ? demanda Evans à nouveau.

— J'ai pas le choix, dis-je en croisant son regard. Je dois suivre mon cœur. Il suffira de me présenter, après je m'en irai. Juste me présenter, c'est tout.

Je savais ce que ce geste anodin lui coûterait, et ça n'avait rien à voir avec de l'argent.

Evans continuait à me fixer puis il prit son verre et le but d'une traite.

— Bon, alors on va aller dans la fosse aux lions.

Je sursautai et secouai la tête alors qu'il se levait.

— T'es pas obligé...

— Tu m'as sauvé plus d'une fois quand on était à la fac. Tu penses que je vais te laisser tomber ? dit-il en secouant la tête alors que je finissais mon verre avant de me lever. En plus, je serais pas mécontent que tu m'en doives une, Banks, dit-il en passant un bras autour de mes épaules. J'ai jamais abandonné l'idée qu'on monte notre affaire ensemble un jour. Moi j'ai l'argent, toi t'as la gueule. On serait invincibles.

Je lui lançai un regard noir.

— Va pas trop vite en besogne.

— Mec, dit-il en resserrant sa poigne sur mon épaule. Pour ce que je suis sur le point de faire, aller trop vite est ce qui va me permettre de réussir.

Je le laissais à ses blagues et plaçai mon verre vide sur la serviette contenant le numéro de la serveuse. Il était déjà au téléphone lorsqu'on sortit, à demander des services... beaucoup de services. Quand nous sortîmes du bar, il leva la main pour faire signe à son chauffeur.

Evans venait d'une famille riche. Il avait toujours eu de l'argent et ça se voyait. La longue Mercedes se gara et il monta à l'arrière, laissant la portière ouverte pour que je le suive.

— Ninth street, Neil, demanda Evans. Près de la brasserie Waterhouse.

Neil regarda par-dessus son épaule avant d'acquiescer. Je croisai son regard dans le rétroviseur mais il ne dit rien, il démarra la voiture et s'élança sur la route.

Evans regardait dehors en silence. C'était un silence de plomb. Je savais ce que je lui demandais, c'est pour ça que je m'attendais pas à ce qu'il accepte. Une présentation. Une requête. Peut-être un service ou deux. C'est tout ce dont j'avais besoin.

Mais pas ça.

Nous avons roulé jusqu'à ce que les bars et les boîtes de nuit disparaissent et que les rues deviennent sombres et désertes. Ninth street. Ninth street était une rue possédée par des mecs richissimes qui avaient payé une somme démentielle pour que la police n'intervienne pas dans cette zone.

Le chauffeur se gara devant un bâtiment. Aucun de nous ne bougeait. Le moteur s'éteignit lentement puis Evans marmonna, en soupirant longuement :

— Allez, c'est l'heure de vendre notre âme.

Puis il appuya sur la poignée de la portière et sortit.

Je fis de même, claquant la portière avant de voir la voiture s'éloigner. À chaque pas, ce vide en moi grandissait depuis mes entrailles. J'allais faire tout ce que je pouvais. Je me concentrais sur toute la haine et toute la douleur ainsi que sur la trahison de mon père alors que je m'avançais vers la porte sécurisée et surveillée avec Evans.

On nous arrêta, on vérifia notre identité et on nous laissa entrer : la grosse porte noire fut déverrouillée. Une fois entrés, nous avons dû donner notre téléphone et nos clés à une hôtesse qui attendait timidement vers la porte. On a placé nos affaires sur un plateau en argent puis l'hôtesse s'en alla les porter dans une pièce sombre.

Nos affaires seraient hors de portée, il n'y aurait que notre esprit pour enregistrer toutes les choses perverses qui se passaient ici. De la musique lourde et assourdissante se mit à vibrer à travers les murs de la pièce sombre et attira mon regard. Evans me donna un coup de coude pour que j'avance.

Sur un des canapés pelucheux étaient assis trois hommes. Ils nous regardaient attentivement jusqu'à ce que l'un d'eux nous invitent à nous asseoir sur le canapé en face. Je déglutis. Mon cœur battait à tout rompre lorsque Evans s'avança et que je me forçais à le suivre.

Cette pièce puait la terreur et le péché. L'hôtesse s'approcha avec le même plateau en argent, mais cette fois, il y avait deux verres d'un Scotch de qualité. Je le savais pour l'avoir vécu, il n'y avait que le meilleur au Hale Club. Je pris le verre en espérant qu'on ne voie pas que ma main tremblait.

— Evans, dit Killion Dare en se déplaçant vers le siège à côté de nous avant de me regarder de son regard perçant. Banks, ça faisait un bail, dit-il d'une voix rude. Toutes nos condoléances, au fait.

Je serrai les dents et mon œil tressauta, je détestais que ma mère se tienne dans les pensées de cet enfoiré. J'acquiesçai à contre-cœur et me forçai à répondre.

— Merci.

— S'il te plaît, dit Dare en désignant le fauteuil. Assieds-toi qu'on discute. Evans m'a dit que tu voudras revenir... une seule question, pourquoi ?

Il croisa les jambes mais je savais que c'était purement théâtral. Comme tout dans cet endroit. Un cri retentit depuis l'arrière du club. Bref, douloureux, suivi d'un *coup de fouet*. Cet endroit... putain, *cet endroit.*

Chapitre Six

NICK

BIP...BIP...BIP... LE SON ME RAMENA À LA SURFACE. J'OUVRIS les yeux et vis que je me trouvais dans la pénombre... la même qui était en moi.

Je fermais à nouveau les yeux pour essayer de me tourner sur le matelas dur de l'hôpital. Mais peu importe dans quel sens je me tournais, la douleur ne s'en allait pas.

NICK !

Ses cris hantaient mon esprit et ne me quittaient pas. Je la revoyais se débattre en hurlant, priant que je vienne la secourir.

NICK, NON !

J'ouvris à nouveau les yeux et ce *bip...bip...bip* dans mes oreilles me faisait l'effet de coups de feu. Je vis du mouvement dans le coin de mon œil. Je sursautai lorsque le rideau fut écarté et je vis une infirmière s'approcher, la tête baissée dans le dossier qu'elle tenait dans les mains... puis elle se figea et leva les yeux.

— Vous êtes réveillé.

J'acquiesçai sans rien dire. Elle posa le dossier au bout du lit.

— Je viens juste vérifier si tout va bien.

NICK !

Je me tournai alors que l'infirmière approchait l'appareil pour me prendre la tension artérielle et enroula le scotch autour de mon bras avant d'appuyer sur le bouton. Les bruits. Les odeurs. C'était semblable à une lame qui effleurerait ma peau. Un petit mouvement de tête et je serais coupé... et j'étais impatient, surtout en sachant que Ryth était prisonnière de cet endroit, derrière des grilles et des mecs armés...

Dieu seul savait ce qu'ils étaient en train de lui faire.

Mon cœur s'accéléra à cette idée, mais je ne paniquais pas uniquement pour elle. Il fallait que mes frères essayent de la sortir de là, qu'ils essayent jusqu'à risquer la mort. Parce que sinon c'est moi qui le ferais.

— Parfait, Nicholas, dit l'infirmière d'un ton un peu trop enjoué.

Moi j'étais trop sauvage, surtout pour un endroit comme celui-là.

— Mes affaires, marmonnai-je alors que l'impatience brûlait en moi.

— Votre téléphone est dans l'armoire à côté de vous. Je peux le récupérer si vous voulez ?

— Non... merci, dis-je en secouant la tête.

Elle inscrit quelques annotations dans mon dossier avant de le remettre sous son bras.

— Je repasserai dans quelques heures. Essayez de dormir un peu.

J'acquiesçai lentement, sachant très bien que ce ne serait pas le cas.

J'attendis qu'elle sorte avant de m'agripper à la rambarde du lit pour basculer mes jambes sur le côté, grimaçant sous la douleur lancinante qui me déchirait de l'intérieur. Tout doux. Bouger était un enfer.

Je retins ma respiration puis je serrai les dents pour anticiper la douleur à venir et je posai enfin mes pieds au sol. Je pris la poignée qui se trouvait au-dessus de ma tête et me hissai.

La douleur me traversait et brûlait dans ma cage thoracique lorsque j'arrivai à tenir sur mes deux pieds. Putain, j'avais l'impression d'avoir été poignardé jusque dans les entrailles. Je grimaçai en baissant les yeux pour regarder l'épais bandage qui entourait mon abdomen, juste avant que l'impatience s'élève à nouveau en moi. Ce connard.... ce connard allait payer.

La haine me donnait du courage et je réussis à atteindre l'armoire, à saisir la petite clé puis à la tourner. Mes affaires étaient rangées là. Je retins mon souffle et me redressai avant d'attraper mon téléphone.

Le chargeur n'était pas là.

J'espérais avoir de la batterie.

J'appuyai sur le bouton et soupirai presque de soulagement. *10% de batterie.*

— Ca le fera.

Je parcourus ma liste de contacts et appuyai sur le numéro de Caleb. J'entendis sonner une fois... puis deux... trois fois.

— Répond putain, frérot.

Je raccrochai, l'esprit en feu. Qu'est-ce qu'il faisait de si important pour ne pas pouvoir me répondre ? J'appuyai sur le bouton pour essayer à nouveau. Une sorte de malaise grandissait en moi.

Encore une fois, il ne répondit pas.

Je poussai un grognement avant de trouver le numéro de Tobias et surprise, cette raclure grincheuse décrocha.

— Ouais ?

— Vous êtes où putain ?

J'entendis un grognement en arrière-plan, grave et torturé, et soudainement je ne voulais plus savoir. *Super*. C'est bien ce que je pensais. Qu'il leur fasse du mal, peu importe, tant que ça nous menait à Ryth. C'était comme lâcher un pitbull enragé.

J'allais me servir de lui, me servir de nous tous.

NICK ! Ses cris surgirent en moi et je déglutis en reprenant mes esprits.

— Viens me chercher.

— À l'hôpital ? Hors de question.

— Viens me chercher, T., ou je m'habille et je sors tout seul et je viendrai te botter le cul.

Il restait silencieux. À quoi pensait-il ? Purée.

— Ok, j'arrive dans vingt minutes, répondit-il. Je dois juste m'occuper de deux trois trucs.

Un cri fut étouffé derrière lui puis j'entendis un coup violent, et ensuite plus rien. Je me mis à sourire.

— Est-ce Caleb est avec toi ?

— Non, pourquoi ?

— Peu importe, marmonnai-je, dépêche-toi, mec. Je dois partir à la chasse.

Je raccrochai. 8% de batterie. Je grimaçai en jetant mon téléphone sur le lit puis je tendis l'oreille. Elle ne reviendrait pas si vite—me dis-je en regardant l'appareil—*bip...bip...bip.* Mais il fallait que je débranche cette machine.

Je regardai à nouveau l'armoire et sortis mon jean et mes bottes. Quoi ? Pas de t-shirt ? Je me souvins alors du sang. Oui, c'était donc plutôt logique. La pièce se mit à tourner alors que je me hissais pour me lever et tirer sur les liens et la blouse que je portais, avant de poser le tout sur le câble de l'appareil. Je n'avais pas le temps d'enfiler un caleçon, alors je mis mon jean puis enfilai mes pieds nus dans mes bottes avant de trouver le courage de me pencher pour faire les lacets.

Biiiiiiiiiiip...

— Merde.

Le câble s'était débranché. Je me levai brusquement et la chambre peu éclairée devint encore plus sombre et vacillait.

— Non, putain.

Je me concentrais sur le petit point lumineux au centre de ma vision et essayais de respirer calmement. La pièce retrouva sa lumière. Mon cœur battait à toute vitesse. Ma drogue, c'était l'adrénaline. Je réussis à attraper mon téléphone sur le lit puis je me mis debout. J'enlevai le reste des sondes puis j'allai tirer les rideaux avant de partir.

Le couloir était aveuglant. Je plissais les yeux face à cette lumière vive avant de me mettre à longer le couloir. Je vis un mouvement au loin.

Je regardais droit devant moi lorsque j'entendis quelqu'un crier :

— Hé ! Vous ne devriez pas être là !

Je serrai les dents et continuai à avancer, me dirigeant vers l'ascenseur au bout du couloir.

— M. Banks ! cria la femme alors que j'appuyai sur le bouton avant de jeter un œil dans le couloir.

L'infirmière courait vers moi avec un visage inquiet. Mais elle n'arriverait pas à temps. La porte de l'ascenseur s'ouvrit et je montai dedans, une main appuyée sur mon flanc. Je tambourinais sur le bouton du rez-de-chaussée en priant que Tobias soit en chemin.

Peu importe... au pire, je marcherais.

Des grilles de trois mètres et des mercenaires armés me venaient à l'esprit alors que l'ascenseur arrivait au rez-de-chaussée. Mais au moment où je sortis dans le hall d'accueil lumineux et désert de l'hôpital, je vis les phares de la Jeep qui s'avançait sur la zone de dépose minute.

Avec une main pressée sur mon flanc, j'accélérai le pas pour rejoindre mon frère.

Les portes automatiques s'ouvrirent quand j'approchai et je sentis le vent frais du soir me fouetter. Tobias lança un regard vers moi alors que j'appuyai violemment sur la poignée.

— T'es un vrai taré, dit-il en secouant la tête alors que je montais à bord.

À Elle

— Moi aussi, je suis ravi de te voir, marmonnai-je en claquant la portière alors que je m'affalais sur le siège. *Maintenant démarre.*

83

— Moi aussi, je suis ravi de te voir, marmonnai-je en claquant la portière alors que je m'affalais sur le siège. *Maintenant démarre.*

Chapitre Sept

CALEB

POURQUOI ?

Les coups de fouet violents derrière le rideau devenaient de plus en plus fort. Je me retenais de sursauter et je croisai le regard de Killion.

— Pourquoi être revenu ? dis-je en me frottant la nuque. C'est une bonne question, en effet.

Je ne pouvais pas m'empêcher de jeter un œil vers l'endroit d'où provenaient les gémissements. Ce genre de gémissements, je le savais par expérience, étaient des cris d'une torture épouvantable. Mon cœur s'accéléra à cette idée. *Bordel.* Je n'arrivais pas à respirer normalement, ni à réduire l'impatience qui me dévorait, ni l'obscurité qui me rongeait... *et à présent, je n'avais plus que ça.* Je jetai un œil à Evans et grimaçai avant de répondre.

— Parce que peu importe à quel point j'essaye, j'arrive pas à oublier cet endroit.

Killion sourit et je vis une lueur dans ses yeux. Cette vision me donna envie de vomir.

Parce que j'avais ce désir-là en moi aussi.

— On n'accepte pas les membres qui sont partis, dit Killion en secouant la tête. Mais là, c'est j'avoue que c'est bien dommage.

Il s'agrippa aux accoudoirs de son siège et se leva. Mon cœur battait jusque dans le fond de ma gorge. Evans me lança un regard paniqué alors que les deux membres seniors se levaient après Killion.

— Attends, dis-je, poussé par le désespoir. Dis-moi ce que tu veux et je le ferai.

Killion s'arrêta, il me tournait le dos et ajusta son blouson avant de se tourner lentement.

Cette lueur malsaine brillait plus fort dans ses yeux maintenant.

— Comment puis-je savoir que ce n'est pas un piège ? Après tout... tu pourrais porter un micro en ce moment même.

Un micro...

C'est de ça qu'il avait peur...

Que je porte un fichu micro ?

Mon estomac se serra alors que le grondement dans ma tête s'intensifiait. Ma main se porta sur les boutons de ma chemise, je soutenais son regard tandis que je les déboutonnais un par un. Les sourcils de Killion se levèrent alors que je me déshabillais devant lui. Je n'avais rien à perdre à cet instant... *à part Ryth.* Il se lécha les lèvres, et je savais que je le tenais.

Il vint lentement vers moi, faisant un pas pour réduire la distance. Son regard me parcourut, puis il posa sa main sur mes à plat contre mon torse. Ce contact me fit frissonner.

Il aimait les femmes, je le savais. Mais le genre de désir que Killion avait en lui était vorace.

Il baissa les yeux vers ma bite.

— Même si j'aimerais bien voir tout le spectacle, Caleb, je pense que tu arrives trop tard.

Il retira sa main et s'éloigna. Son regard se fixa sur mon torse nu. Son regard s'est fixé sur ma poitrine nue.

— Mais putain, j'aimerais te regarder baiser.

Mes boules se contractèrent. Ryth hurlait dans mon esprit et mes propres cris de désespoir revenaient. *Quand je vais te récupérer, Ryth... Je vais te baiser toute la nuit. Tu vas être mon putain de jouet préféré... mon jouet parfait, humide...*

Ma respiration devint saccadée alors que je fixais son regard, le laissant voir exactement ce qu'il voulait voir. Moi, à vif et désespéré ; Killion était envouté.

— Tu veux revenir ? demanda-t-il, attirant l'attention des deux autres membres. Très bien... mais tu vas devoir faire tes preuves.

La panique remonta à la surface. J'étranglai cette peur, la repoussant dans l'obscurité, et je hochai lentement la tête. Il tourna la tête et fit un signe de tête à quelqu'un dans la pénombre. Je vis du mouvement, une ombre dans le noir, alors que le lourd rideau de velours se levait.

— Après vous, dit Killion en nous faisant signe d'avancer.

Je fis un pas en avant, mes mains se déplaçant vers les boutons de ma chemise.

— Non, dit Killion en m'arrêtant. Laisse-la ouverte.

L'air frais de la climatisation dansait sur ma peau. Mais ce n'était pas le froid que je ressentais. Killion me regardait comme si j'étais une femme dont il se servait. Je fis un lent signe de tête et abaissai mes mains.

— Evans, dit Killion. Par ici...

— Il n'est pas... commençai-je à dire.

— Si. Si tu veux revenir...

Evans me regarda avec des yeux écarquillés. Il secoua légèrement la tête. Ses pupilles étaient dilatés, le bleu avait disparu.

— Peut-être que tu n'es pas prêt, dit Killion.

— C'est bon, dit Evans dans un murmure rauque. C'est bon... je vais le faire.

Killion se mit à sourire une fois de plus.

— Alors, allons-y, dit-il en s'avançant vers le rideau. Que la fête commence.

Ce n'était pas ce que je voulais. Ni pour moi... ni pour lui. S'il y avait un autre moyen de faire sortir Ryth de là, je le choisirais volontiers, même s'il fallait que je me prenne une balle en pleine tête. Mais alors que je suivais Killion et les deux autres membres vers la salle arrière du Hale Club, j'avais l'impression de courir vers ma mort de toute façon...

Mais plus lentement.

Je jetai un œil vers Evans alors qu'on avançait. À chaque pas, je le voyais pâlir. Il avait les yeux écarquillés et regardait droit devant. Un mec sympa comme lui n'avait rien à faire dans un endroit comme ça. Mais même si ce lieu me répugnait, je ressentais une certaine excitation. Nous passâmes derrière le rideau avant de s'enfiler dans un couloir puis d'arriver vers une porte dans le fond. Le garde posa son doigt sur le lecteur d'empreintes et le verrou s'ouvrit avec un *clic*.

Clac ! Le bruit provenait d'une autre pièce. Encore une scène de torture... une scène dégradante.

— Caleb, dit Killion.

Je me tournai vers lui et le suivis à l'intérieur. Evans ferma la porte et les verrous s'enclenchèrent à nouveau. Je ravalai ma salive. La pièce où nous étions entrés s'alluma. Un projecteur éclairait une zone où se trouvait une jeune femme. Elle avait l'air effrayée, elle portait une chemise de nuit noire ainsi qu'un string transparent et un soutien-gorge assortis.

Killion prit place dans l'un des fauteuils pelucheux puis regarda dans ma direction avant de me faire un signe de tête. Personne ne parlait. Chacun regardait cette fille en prenant place. Les deux autres mecs ne disaient rien non plus et s'assirent de chaque côté de Killion, laissant les places près de la porte libres.

— Asseyez-vous, dit Killion en voyant qu'on ne bougeait pas. C'est ce que vous vouliez, non ?

Non...

Oui...

Mon esprit était tourmenté mais je m'obligeai à suivre le mouvement et à m'asseoir, Evans s'assit à ma droite. Nous regardions tous la femme qui se tenait devant nous, tremblante. Il faisait plus frais ici, si frais que mes tétons se mirent à pointer, comme les siens.

— Vas-y, exigea Killion et je vis depuis l'angle de la pièce, un homme s'approcher.

Il s'était caché dans la pénombre mais alors qu'il s'avançait dans la lumière, je vis très clairement l'insigne.

La broderie dorée, un P dans un O. Ordre des Perdus. Voilà ce que c'était... c'était les mêmes hommes qui retenaient Ryth prisonnière. Je sursautai et je regardai à nouveau la femme.

— Déshabille-toi, dit le garde en la fixant.

Elle le regarda d'un air paniqué, de ses grands yeux emplis de terreur.

— Pitié, dit-elle dans un soupir.

— Tu vas me faire répéter ?

Le ton menaçant de sa voix me serra les entrailles.

Elle fit non de la tête et ses mains tremblantes se portèrent vers sa nuisette.

De la musique jaillit de nulle part. Lente et rythmée. Le son était grave et profond, il se confondait avec les battements de mon cœur.

Sous l'œil du garde, elle se déplaça, pieds nus. Un tremblement de peur surgit dans son regard avant de s'évanouir. Là juste devant nous, je la vis se mettre dans la peau de quelqu'un d'autre et laisser derrière elle l'enveloppe de la femme qu'elle était.

— Putain, dit Evans en détournant les yeux.

— Touche-la, dit l'un des hommes.

C'était la première fois que l'un d'eux ouvrait la bouche.

Le garde saisit violemment les cheveux de la fille et fit basculer sa tête en arrière.

Elle cria et ses mains s'agitèrent dans tous les sens, mais ce n'était pas de la douleur. Il lui tirait les cheveux, mais ça s'arrêtait là. De son autre main, le garde fit glisser la nuisette et tira sur son soutien-gorge pour pincer délicatement son téton avant de le faire rouler entre ses doigts rugueux.

Elle cambrait le dos alors que ses yeux se levèrent vers lui comme s'il était *tout* pour elle.

— Elle aime ça, murmura Killion.

Je ne voulais pas le regarder... je ne voulais pas voir à quel point il aimait regarder ça. Mais je finis pas le regarder. Je voulais le voir parce que ça me rendait malade. Sauf qu'en posant les yeux sur lui, ce ne fut pas le regard glacial et cruel de Killion que je vis... *ce fut celui de Nick.*

Nick, qui avait regardé Tobias caresser Ryth et ses tétons dressés... *Ryth qui l'avait regardé en retour avec une sorte de désespoir troublé.*

Je regardais d'un œil cette fille qui se faisait déshabiller, le garde dégrafa son soutien-gorge et l'enleva complètement. Je vis qu'elle nous regardait d'un œil paniqué. Elle se couvrit la poitrine de ses mains mais le garde se mit à grogner et à secouer la tête. D'un autre côté, une partie de mon esprit rejouait ce qu'on avait vécu dans la chambre de mon frère. *Ryth...* c'était Ryth que je voulais voir devant moi, alors je me forçai à imaginer que c'était elle.

— Enlève ça, cria le garde puis elle s'exécuta maladroitement.

Killion la regardait, elle se tenait là avec ses petites mains qui essayaient de cacher ses seins.

— T'as entendu. Enlève ça. *Tout de suite.*

Elle obéit, les yeux rivés sur lui.

C'est exactement ce qu'il voulait, ce regard apeuré et ces joues rosies.

— Ta culotte, dit Killion en regardant son entrejambe. Enlève-la.

Elle déglutit et secoua lentement la tête.

— Pitié non, vous n'êtes pas obligés de faire ça...

Killion lança un regard au garde qui s'avança alors plus près d'elle. Elle fit un pas de côté en regardant le mastard avec inquiétude.

— S'il vous plaît, non.

— *Ta culotte*, exigea Killion d'un ton plus doux mais tout aussi ferme.

Depuis le coin de mon œil, je vis Evans lancer un regard inquiet vers moi, m'incitant visiblement à faire quelque chose. Mais je ne savais s'il voulait que je la sorte de là, ou que je le sorte de là. Mais je ne pouvais rien faire... car tout cela était un test.

Le garde avança lentement vers elle et elle posa les mains sur ses hanches avant de glisser les doigts sous l'élastique de sa culotte et de la faire glisser délicatement.

— Approche-toi, dit Killion.

Elle sursauta et s'avança un peu, tremblotante.

— Maintenant tourne-toi.

Elle se raidit et regarda les hommes qui la regardaient, jusqu'à ce que son regard se pose sur moi. Je ne sais pas si c'était de la surprise, ou le désespoir de trouver quelqu'un qui la sauverait, mais elle murmura : *s'il vous plaît...*

Ryth. Je ne voyais que Ryth. Ryth sous le corps de Tobias quand j'étais entré dans la chambre de mon frère.

— Tu veux que ça s'arrête ? demandai-je et elle acquiesça. Alors fais ce qu'on te demande. C'est aussi simple que ça. Tourne-toi.

Killion me lança un regard et je sentis de l'espoir en moi.

Des grilles de trois mètres de hauteur et des mercenaires armés. Peu importe. S'il fallait que je reste là à regarder une fille se déshabiller devant nous, ça en valait la peine. Même si elle me regardait maintenant comme si je venais de la trahir.

Elle baissa la tête et courba les épaules alors qu'elle se tournait lentement pour tourner le dos à Killion.

— Arrête, dit-il, et penche-toi.

Le garde s'approcha jusqu'à elle et la fit se pencher en posant une main sur son épaule.

— Écarte tes fesses, demanda Killion.

Elle gémit un peu et porta ses mains à ses fesses pour les écarter. Je vis l'humiliation déformer son visage alors qu'elle écartait les fesses devant nous.

L'un des mecs se tortilla sur son siège et se leva. Il se mit à lui caresser le sexe avant de glisser ses doigts à l'intérieur.

— Putain, s'exclama Evans dans un soupir, sauf que cette fois ce n'était pas du dégoût.

Il regardait la scène avec des yeux grand ouverts alors que le mec la doigtait lentement, puis lui aussi se mit à se tortiller sur son siège. Soudainement, Evans ne fut plus si dégoûté du spectacle devant nous. Non, il semblait même... *fasciné*.

— Tu aimes ça ? murmura l'autre mec en se tenant au bord de son siège.

La fille ferma les yeux au moment où sa main glissa sur le rebond de sa fesse avant de glisser avec difficulté dans l'anneau serré de son cul. Je me sentis bander, pas du fait de la regarder, mais à cause du souvenir de Ryth dans mon lit.

Ça avait été *mon* doigt dans son cul. *Ma* main qui l'avait fait gémir.

Tout comme cette fille gémissait à présent.

— Voilà, murmura Killion. Elle commence à se laisser aller.

Elle émit un cri torturé en poussant ses fesses vers l'arrière, son corps trahissait sa volonté.

C'était vraiment malsain...

Répugnant.

— T'es une pute, dit Killion d'une voix d'acier. Une vraie petite pute.

Elle ferma les yeux plus fort comme pour faire barrage contre ses mots, mais c'était trop tard. Les doigts ressortaient luisant avant de s'enfoncer à nouveau dans sa chatte. Killion, qui ne l'avait encore même pas touchée, se leva de son siège pour s'approcher d'elle.

— Mets-toi par terre, dit-il en la regardant de haut.

Les doigts du mec sortirent de son vagin et elle se mit à quatre pattes.

Killion s'avança un peu plus, la regardant toujours, puis il dit :

— Par terre.

Elle s'allongea à plat ventre.

Killion leva le pied et posa sa semelle contre sa nuque jusqu'à ce que la joue de la fille soit collée au sol.

— Maintenant, rampe.

— Putain, murmura Evans.

Mais Killion ne jeta même pas un œil à Evans. Non, il ne se souciait que de moi.

— T'en veux une, Banks ?

Je déglutis, le cœur battant la chamade.

— C'est pour ça que tu es là, non ? Tu veux ton petit jouet rien que pour toi, quelqu'un que tu peux contrôler, dit-il en augmentant la pression sur sa nuque jusqu'à ce qu'elle gémisse. Quelqu'un que tu possèdes.

— Oui, répondis-je d'une voix rauque en croisant son regard. Oui, c'est ce que je veux.

Chapitre Huit

RYTH

VENDUE... MA MÈRE M'AVAIT VENDUE ?

Cette idée me hantait mais tout le reste était lointain... flou, les cris et les gémissements torturés de la femme nue devant moi résonnaient en moi comme dans un tambour creux.

— Maintenant, fais la queue, me dit le garde sadique aux cheveux blancs en me poussant pour que j'avance.

Je trébuchai près des autres filles et manquai de tomber en me rapprochant de Viv. Elle ne dit rien, ne regardait même pas vers moi, comme si elle ne me voyait pas du tout. Mais à l'instant où je posai les yeux sur la fille nue, je sentis le contact délicat de sa peau sur le dos de ma main.

Elle m'avait vue... et elle me rassurait de la seule manière qu'elle pouvait. Je déglutis alors que mon cœur tambourinait devant ce spectacle de terreur.

Clac !

Le fouet en cuir lacéra le ventre de la fille, laissant de grosses marques écarlates.

— T'as compris la leçon, Olivia ? demanda le Directeur en passant derrière le garde qui infligeait la punition. Ou est-ce que tu as besoin qu'on te montre ?

Elle ferma les yeux. La sueur coulait sur son visage.

— Non.

— Tu appartiens à qui ?

Je retins mon souffle en entendant cette question. Je sentis le feu dans mon ventre, il jaillissait des braises que mes frères avaient fait brûler en moi. *Non.* J'avais envie d'intervenir à sa place, de leur dire d'aller se faire foutre, j'avais envie de le crier. Je voulais aussi me tourner, regarder quoi que ce soit d'autre que cette scène humiliante.

Elle ne devrait pas vivre ça...

Surtout pas devant un public.

Je me risquai à lancer un regard aux autres qui étaient rassemblées par catégories selon la couleur de leurs sous-vêtements : noirs, rouges, ou blancs. Mes yeux se posèrent sur le groupe en rouge. Elles avaient un regard féroce. Une certaine froideur ; la même froideur que j'avais vu dans le regard du mec qui la torturait. Pas celui qui maniait le fouet, celui qui décidait du cours des événements. Celui qui choisissait sa torture.

— Tu appartiens à qui ?

Le Directeur exigeait une réponse.

Clac !

Je sursautai en entendant le coup de fouet. Mais celles habillées en rouge ne semblaient même pas avoir entendu. Elles ne sursautaient pas, elles ne retenaient pas leur souffle. L'une d'elles souriait même, les bords de ses lèvres se recourbaient alors qu'elle regardait la scène. Il n'y avait pas l'étincelle de colère face à la violence de la scène qu'elles étaient forcées de regarder. Ce spectacle répugnant de domination était à vomir... mais elles... elles semblaient y prendre un certain plaisir.

Mon estomac se noua et je me forçai à détourner les yeux.

— S'il vous plaît, gémit Olivia. Je ferai tout ce que vous voulez.

— Tout ce que... *je veux*, répéta le Directeur en s'approchant.

Il saisit son menton avec une poigne violente. Elle se débattit, résista à son emprise pendant quelques secondes mais elle finit par céder et tourna son visage larmoyant vers lui.

— T'es belle quand tu pleures, dit-il en la fixant dans les yeux comme s'ils étaient seuls dans la pièce. Tu crois que ça me plaît tout ça ?

— Oui, dit-elle d'une voix rauque, croisant son regard plein de haine. Je crois que oui.

Son sourire s'agrandit davantage. Viv se raidit, tout comme les autres filles autour de moi alors que l'homme aux cheveux blancs s'approcha.

— Emmène-la, marmonna le Directeur sans détourner les yeux. Elle mangera dans sa chambre ce soir. Quant au reste d'entre elles, demande à Derek de les emmener dans la salle.

— Non, dit Olivia, les yeux écarquillés, avant de secouer la tête. Non... non.

Son regard paniqué se posa sur nous autres en vain alors que le garde s'approcha brusquement d'elle avant de détacher les liens à ses bras alors que l'autre garde, que j'imaginais être Derek, s'accroupit pour libérer les liens à ses pieds. Ses genoux tremblaient alors qu'on lui retirait ses chaînes. Mais cet enfoiré était toujours là et la maintenait fermement par le bras d'une poigne qui allait sans aucun doute lui laisser des bleus.

— Bouge, dit-il en la poussant en avant.

Ils partirent et nous entendîmes uniquement le bruit de leurs pas ainsi que des gémissements plaintifs. Derek s'approcha et nous regarda.

— Vous voulez manger ? demanda-t-il puis fit un signe de tête. Alors bougez de là.

Viv passa ses doigts sur ma main.

— Suis-moi, murmura-t-elle. Ne fais pas de bruit.

Mon cœur tambourinant ne se calmait pas. La main de Viv saisit la mienne et me serra fort en me tirant vers elle alors qu'on circulait entre les autres filles. Je me retenais de trembler alors que la peur faisait vaciller mes genoux lorsque nous passâmes un rideau ouvert qui menait vers des portes verrouillées.

J'essayais de me souvenir du chemin qu'on empruntait, mais tous les couloirs se ressemblaient et il y avait bien trop de portes. Nous en passâmes trois avant de continuer vers ce qui semblait être l'arrière du bâtiment, où nous trouvâmes à nouveau des portes closes.

Mais celles-ci n'étaient pas verrouillées.

On ne bougeait plus, comme une rangée de soldats terrifiés lors du premier jour d'entraînement. Mais nous n'étions pas là pour nous battre... *non, nous étions là pour être vendues.*

Derek passa devant nous et ouvrit la porte. Celles en rouge le suivirent, puis celles en noir, nous qui étions habillées de blanc fûmes les dernières à entrer. L'odeur de la nourriture m'envahit et mon ventre se mit à grogner. Je réalisais alors que je n'avais rien mangé de la journée. Je fis la queue derrière les autres avant de me diriger vers le comptoir où des assiettes étaient déposées les unes après les autres.

Mais ce n'était pas une cantine de prison. Des steaks braisés, du poulet, des tambouilles de légumes et des fruits nous étaient servis. Chacune prenait une assiette, selon son envie. Viv choisit le steak et m'invita à choisir le poulet. Je suivis son conseil avant de m'installer avec elle à une table contre le mur. Les autres se déplaçaient sans bruit et s'installaient à table avant de manger sans parler.

Je plantai ma fourchette dans mon poulet avant de le couper lentement, jetant un œil au garde qui s'approchait de notre table. Au moment où il passa devant nous avant de continuer sa ronde, Viv murmura :

— Ils viendront te chercher. Il vaut mieux se laisser faire. Ne leur donne pas une raison de te faire du mal.

— Qui ça ? murmurai-je en levant les yeux. Le Directeur ?

Elle secoua la tête.

— Les hommes du club.

Un sentiment de peur me traversa.

Elle leva les yeux et prit le risque de me regarder.

— Ils veulent juste un jouet.

Je me sentis pâlir.

— C'est... c'est ce que tu as fait ?

— Non, murmura-t-elle en devenant pâle à son tour. J'ai déjà un propriétaire.

Un propriétaire.

Ma gorge se serra.

— Mais tiens bon. On te sortira de là, d'accord ? murmura-t-elle en plantant sa fourchette dans les carottes de son assiette. Il faudra juste que tu sois prête quand je viendrai.

— Quand ?

Elle jeta un regard dans la salle.

— Demain. Je viendrai demain.

Chapitre Neuf

NICK

Lorsque mon frère me regarda, je vis dans ses yeux un air distant, troublé. Je baissai alors les yeux, mais cela n'était guère mieux. Des taches rouge vif de sang brillaient sur sa chemise et devenaient plus claires lorsqu'on passait sous les lampadaires, puis elles devenaient à nouveau sombres. Mais ce sang-là n'était pas le mien. Je le savais. Alors à qui était-il ?

— T., dis-je à voix basse en regardant tout ce sang. Tu faisais quoi quand je t'ai appelé ?

Il ne répondit pas, les muscles de sa mâchoire se crispèrent, c'était le seul signe qu'il avait bien entendu la question. J'inspirai lentement en me cramponnant à la ceinture alors que la Jeep tanguait et cahotait. Ce n'était pas un trajet confortable, pas comme avec la Mustang. Je grimaçai en repensant au craquement violent qu'il y avait eu lorsque j'avais foncé dans la grille. Ma pauvre bagnole...

Je pourrais la récupérer. La faire réparer... *après avoir trouvé Ryth.*

Je déglutis et jetai un regard à Tobias alors qu'il tournait dans un virage, prenant la direction du centre-ville au lieu de rentrer chez nous.

— Où est Caleb ?

Tobias me lança un regard noir, la haine jaillissait de ses yeux sombres. Putain, il faisait vraiment peur.

— Comment tu veux que je sache ?

Il avait dû se passer quelque chose entre eux quand j'étais à l'hôpital. Il manquait plus que ça, de la haine entre nous. Je regardais les bâtiments familiers au-dehors et je remarquai les fenêtres étincelantes du bureau de mon père. Mon cœur s'accéléra et je regardai le sang sur la chemise de mon frère une fois de plus.

C'est le sang de papa ?

Tobias donna un coup de volant et la Jeep tangua violemment, j'appuyai par réflexe sur la pédale de frein. Il s'engagea dans le parking souterrain, les pneus crissèrent lorsqu'il se gara près de l'ascenseur.

Tobias me lança un regard, je vis l'étincelle menaçante brûler dans son regard lorsqu'il attrapa sa veste sur la banquette arrière.

Il l'enfila et la zippa jusqu'en haut pour cacher les taches de sang puis descendit de la voiture avant de marquer une pause.

— Tu viens ?

Je détachai ma ceinture, la peur tambourinait dans mes veines.

— Tu vas me dire ce qui se passe, T. ? demandai-je, mais au fond je ne voulais pas vraiment savoir.

J'avais vu T. dans cet état seulement une fois dans ma vie. Poussé à bout... il devenait dangereux. Dans les deux cas, cela impliquait notre père. Je pressai ma main contre mon flanc et appuyai sur la poignée avant de descendre délicatement de la voiture. Les lumières aveuglantes du sous-sol devinrent floues à cause de la douleur de l'effort.

— T., dis-je avec une respiration saccadée lorsqu'il verrouilla la Jeep d'un clic.

Une partie de moi voulait lui demander s'il était sûr de savoir ce qu'il faisait, mais une partie plus importante ne voulait pas le savoir. Je pris un grande inspiration lorsque Tobias s'approcha d'une porte verrouillée et sortit une carte d'identité de sa poche.

Je vis la photo sur la carte et ce n'était pas notre père.

Cela ne me rassurait pas vraiment.

Je le suivis et la porte claqua derrière moi alors qu'on se dirigeait vers l'ascenseur. Il posa la carte contre le lecteur et les portes de l'ascenseur s'ouvrirent. Un silence inconfortable régnait lorsqu'on monta dans la cabine.

J'avais fait tout mon possible pour éviter de venir ici. Je n'étais peut-être pas autant en mauvais termes avec mon père que Tobias depuis le décès de notre mère, mais nous n'avions pas non plus une relation saine. L'ascenseur fut secoué brièvement en s'arrêtant au vingt-troisième étage.

Tobias sortit et se dirigea immédiatement vers la gauche, comme s'il avait l'habitude de faire ce trajet. Je le suivis alors qu'il passait la carte du mec inconnu sur le lecteur avant d'entrer. Le hall était immaculé et luxueux. Notre père adorait avoir un bureau ici. Mais je n'en savais pas plus.

Je ne savais pas qui étaient ses clients, ou pourquoi il était en déplacement si souvent. Maintenant je regrettais de ne pas avoir posé plus de questions. J'aurais peut-être pu comprendre que quelque chose clochait. La culpabilité pesait sur moi alors que je suivais mon frère vers le bureau de la réception. C'était très épuré. Un téléphone, une tasse de café et des photos de jeunes enfants ; ces éléments donnaient l'impression que quelqu'un travaillait toujours ici.

Un faible gémissement fendit l'air, il provenait des bureaux à l'arrière. Je pressai ma main sur ma blessure, luttant contre une vague de douleur en suivant mon frère dans le couloir.

Des taches de sang scintillaient sur le carrelage étincelant. Cette vision me donna la chair de poule. Je levai les yeux vers Tobias qui s'était arrêté devant une porte fermée, il posa la carte contre le lecteur et ouvrit la porte.

Ce que je vis me glaça le sang. Le mec qui était sur la photo de la carte leva la tête, les yeux écarquillés de terreur. Il était assis sur la chaise de son bureau, les mains liées dans le dos. Tobias n'eut aucune réaction, il regarda seulement dans ma direction pour s'assurer que la porte se fermait derrière moi puis il s'approcha vers l'homme apeuré.

— Bon, Harvey. Je t'ai laissé assez de temps pour réfléchir, dans ma grande bonté.

Mon frère dézippa sa veste et l'enleva avant de serrer les poings. C'est là que je vis le sang sur ses phalanges.

— Putain, T., marmonnai-je, ayant soudainement la nausée.

Ce type n'était absolument pas une menace, loin de là. C'était un jeune, mort de trouille, qu'on avait tabassé. Sa lèvre était fendue, il avait un œil enflé qui ne parvenait pas à s'ouvrir et des croûtes de sang qui dépassaient des narines.

Il gémit et essaya de parler, mais ses mots étaient étouffés par le chiffon qu'on lui avait fourré dans la bouche. Tobias tira sur le bord du tissu pour dégager la bouche du type.

Le mec toussa et se mit à respirer fort en levant les yeux vers T.

— Toi... *t'es vraiment un taré.*

— Taré ? répéta Tobias en faisant craquer ses articulations. Plutôt têtu. Bon alors, tu vas me dire la vérité ? L'Ordre des Perdus, c'est quoi et comment on y entre ?

Le mec secoua la tête. Je jetai un œil vers le bureau derrière lui.

C'était de toute évidence un pauvre type qui bossait pour notre père, alors pourquoi T. pensait que ce mec savait quelque chose ?

— Tu connais ses clients, continua T. Tu sais qui il voit. Et tu sais où il est en ce moment, n'est-ce pas ?

Le type sursauta et devint pâle. Mais il ne démentait pas.

Il ne démentait pas...

— Il est où ? m'exclamai-je. Il est où putain ?

Le mec eut soudainement l'air encore plus terrifié. Ouais, il savait quelque chose...

Je m'approchai de lui, luttant contre la douleur qui me tiraillait et qui rendait les bords de ma vision flous et gris.

— Je vais pas répéter, Harvey. Où est notre père putain ?

Le mec se mit à geindre alors que je m'approchais, les yeux rivés sur lui.

— S'il vous plaît, murmura-t-il. Je vais perdre mon boulot.

— Perdre ton boulot ?

La souffrance que Ryth devait endurer hurlait dans mon esprit alors que je me penchais vers cet abruti.

— Tu vas perdre bien plus que ton boulot.

Il retint son souffle et me fit les grands yeux. Je vis une lueur de peur dans ses yeux, avant qu'il se mette à bafouiller :

— Il... il m'a dit de-de ne rien vous d-dire. Il a dit que-que vous n'étiez que des vo-voleurs et des emmerdeurs. Que... que vous vouliez juste l'argent de v-votre mère.

Je me raidis et ne parvins pas à empêcher mes entrailles de brûler.

— Il a dit *quoi* ?

Le mec détourna les yeux vers Tobias.

— Mais pas de b-bol pour vous. Il... il n'y a plus r-rien. Plus rien. Pas un centime.

— Tu crois vraiment, dit Tobias en le saisissant par la chemise pour le tirer vers lui, tu crois vraiment qu'on ferait ça *pour de l'argent* ?

Ce con ne comprenait pas. Il ne comprenait vraiment pas qu'il était en train de creuser sa tombe.

Mais il allait vite s'en apercevoir.

La douleur me cinglait le ventre alors que je me redressais. Mais cette fois ce n'était pas à cause de ma blessure au flanc, c'était à cause de la haine qui grandissait dans mon cœur. Le visage d'ange de ma mère me revint à l'esprit.

Cette pauvre merde leva le menton, ses yeux brillaient d'une loyauté stupide. Mais à ce moment-là, je m'en foutais vraiment. Je n'avais plus envie de me justifier, et je savais que ça ne changerait rien dans tous les cas.

— T, murmurai-je. Montre à cet enfoiré de quel bois on se chauffe.

Tobias acquiesça et serra le poing.

— Avec plaisir, marmonna-t-il juste avant de lancer son poing dans la mâchoire du type.

Le coup fut si violent que la chaise bascula. Il tomba bruyamment au sol. Je fis un pas en arrière pour laisser la nature de Tobias œuvrer. Sa nature de brute.

Le véritable danger... la colère dans sa forme la plus primitive. Il saisit le mec et le souleva du sol en hurlant.

— *Je vais tout vous dire !* cria Harvey.

Mais c'était trop tard. Tobias lui asséna un coup de poing dans le torse et j'entendis un *crac*. S'en suivit un cri de douleur atroce et ce pauvre type arborait peu à peu un teint livide.

Bam !

Bam !

BAM !

Il ne s'arrêtait plus, jusqu'à ce que les cris cessent. Quand Tobias eut fini, il était à bout de souffle. Le sang brillait sur ses phalanges lorsqu'il se redressa en regardant son œuvre. Le mec respirait encore, à peine, mais on en avait fini.

— Je te l'ai déjà dit, Nick et je vais te le redire encore pour que t'oublies pas, me dit Tobias d'une voix vide d'émotion alors qu'il se tournait pour me regarder. Quand on trouvera notre père, ne te mets pas en travers de mon chemin, je ne voudrais pas te blesser.

Je n'avais jamais vu mon frère aussi froid.

Si dépourvu de la vie que notre mère lui avait donnée.

Il ne voulait pas simplement faire couler le sang de notre père.

Il voulait lui ôter la vie.

Chapitre Dix

CALEB

— C'EST QUOI CE BORDEL ?

Je me réveillai dans un grognement sauvage puis j'ouvris les yeux et le regrettai aussitôt. Tobias me fixait d'un air à faire froid dans le dos, d'une colère noire alors qu'il ramassait la bouteille de Scotch vide à côté de mon lit.

— Tu t'es saoulé ?

Je grimaçai en entendant sa question. Mon cœur endolori battait déjà à toute vitesse. J'essayais de cligner des yeux avec difficulté avant de refermer mes paupières.

— Dégage, T.

— Donc toi t'es là à boire et à... *faire la fête* alors que Ryth est dans ce trou à rats ?

Je gardais les yeux fermés mais mon cœur grondait de détresse. Je n'avais pas la moindre seconde de répit, même avec l'aide de l'alcool. J'avais voulu boire pour oublier ce que j'avais vu la veille.

Pour essayer d'étouffer les gémissements et les cris qui résonnaient sans cesse dans mon esprit. Pour essayer de noyer mon propre désir. Parce qu'en regardant Killion, c'est mon reflet que j'avais trouvé. Mais jamais il n'avait été question de l'oublier *elle*.

Je ne pensais qu'à elle.

Je ne voulais penser à rien d'autre.

Ryth.

Mais elle était dans ce taudis. Ce taudis miteux, répugnant et sale, et chaque seconde qui passait était une seconde de trop.

— Tu me dégoûtes, frérot, grogna Tobias en donnant un coup de pied dans une autre bouteille.

La bouteille fut projetée contre mon lit dans un bruit sourd et mon cœur se mit à battre encore plus vite.

— Tu te saoules la gueule et *tu te mets bien* pendant que nous on se démène *POUR LA SORTIR DE LA-BAS* !

J'ouvris les yeux, détestant que ses mots me touchent au plus profond de moi.

— Dégage, Tobias !

Nous...

Comment ça "*nous*" ? Je me redressai, toujours habillé de mes vêtements de la veille. L'odeur de cigares et la douleur de mon corps se réveillaient, rendant ma détresse encore plus grande.

— Sors de ma chambre, dis-je en me levant, jetant un œil noir à T.

Il me détestait à ce moment-là.

Enfin, il détestait tout le monde.

Je le poussais vers la porte, je vis qu'il serrait le poing et la mâchoire. J'attendais son coup mais il ne vint pas, et j'étais bien trop déprimé pour que ça m'importe. S'il voulait me frapper, peut-être même que ça me ferait me sentir mieux. Peut-être que la douleur serait plus agréable. Peut-être...

Je le fis sortir de ma chambre.

— C'est quoi ton problème ? dit Tobias en reculant, me regardant d'un œil noir.

Dans le couloir, je vis Nick sortir. La panique s'empara de moi lorsque je vis ses yeux cerclés de noir et son regard peiné, avec le pansement enroulé autour de son torse.

Qu'est-ce qu'il fout ? La peur me saisit à la gorge en le voyant là.

Il devrait être à l'hôpital !

Enfin, c'est déjà un miracle qu'il soit en vie et qu'il arrive à marcher et pourtant il était là, à me regarder avec cet air de... *déception.* Je ravalai ma salive.

— Espèce de... commença T., mais je n'attendis pas la suite et lui claquai la porte au nez.

Cette douleur constante me tambourinait dans la poitrine alors que je retournais vers mon lit pour m'y avachir. Je me fichais de porter encore mes vêtements sales, je me fichais que la haine de mes frères résonne encore dans le couloir. Je me tournai en prenant mon oreiller et j'y enfouis ma tête pour essayer de ne plus entendre les cris.

Tu veux ton jouet sexuel personnel. Quelqu'un que tu peux contrôler. La voix de Killion surgissait en moi, peu importe à quel point je voulais ne plus l'entendre. Puis ce fut les gémissements, des gémissements de femme. Ce n'était pas les mots répugnants de Killion qui avait créé cette *douleur* dans ma poitrine. C'était mes propres mots, ma voix froide et désespérée...

Oui. Les mots résonnaient encore. *C'est ce que je veux.*

Chapitre Onze

RYTH

J'ai attendu l'arrivée de Viv toute la journée. Sur le sol dur, le dos contre la porte, écoutant les pas lourd des bottes qui passaient dans le couloir avant de s'éloigner. Viv allait venir. Il *fallait* qu'elle vienne. Je me tordais les doigts et serrais les dents, mon cœur retentissait dans ma tête.

Alors pourquoi n'était-elle pas venue ?

Je me levai et me mis à faire les cent pas. Le lit simple, le lavabo et le placard étaient les seuls éléments de cette chambre froide et hostile. Il n'y avait pas de fenêtre pour voir l'extérieur. Aucune lumière en dehors des néons au-dessus de moi, qui étaient contrôlés par un interrupteur dans une autre pièce. Un sol en béton gris et des murs peints en gris. Viv m'avait dit que cet endroit officiait aux yeux de la loi comme maison de redressement pour filles, mais ici on n'enseigne que l'ordre et comment se faire baiser... *littéralement.*

Comme toujours, mon esprit revenait vers Nick, Tobias et Caleb. Je m'arrêtai de marcher. Nick... *Nick.* Je serrai les poings et me frottai les phalanges. On ne m'avait encore rien dit. Il m'avait dit que je saurais vite, l'enfoiré qui me gardait enfermée ici. Celui qui voulait se faire appeler le Directeur.

Ce mec n'était pas un directeur.

C'était un pauvre con sadique.

Un homme qui dirigeait son propre bordel privé.

Un bordel où ma mère m'avait envoyée. Non, elle ne m'avait pas envoyée... elle m'avait *vendue*. Je secouais la tête pour oublier. Cette douleur était trop grande pour y penser. J'avais besoin de me concentrer sur ce que je vivais ici. Il fallait que je reste en vie et loin de ces putains de malades.

Le bruit sourd des bottes qui se dirigeaient vers moi attira mon regard vers la porte. Je déglutis de toutes mes forces lorsque l'ombre apparut devant la vitre et que je reconnus l'uniforme gris du garde. Le clic de la serrure retentit, et la porte s'ouvrit.

— Allez, ordonna le garde. Salle de bains.

Je ravalai ma peur et fis un pas en avant, jetant un coup d'œil dans le couloir alors que d'autres portes étaient déverrouillées par d'autres gardes et que les filles sortaient, portant les mêmes nuisettes transparentes qu'on nous avait dit de porter la nuit dernière. J'essayais de repérer Viv parmi les autres, mais elle n'était pas là.

Des images de ce qui aurait pu lui arriver défilaient dans mon esprit.

Avait-elle été emmenée... était-elle... *blessée* ?

Avaient-ils découvert ce qu'elle préparait et y avaient-ils mis fin, l'avaient-ils tuée ?

— Bouge, ordonna le garde en me poussant par l'épaule.

J'avançais vers les autres, en gardant la tête basse, sans dire un mot. Mais à l'intérieur, la rage bouillonnait. Nous allâmes vers la salle de bains puis nous entrâmes. Le sifflement des douches remplissait déjà l'espace. Je scrutais les corps nus des autres, à la recherche de Viv, mais je ne la trouvais pas.

— Entre, grogna le garde derrière moi.

Le dégoût me fit serrer mes bras le long de mon corps. Je pouvais distinguer celles qui portaient du rouge et du noir de celles d'entre nous qui portaient du blanc. Elles ne cachaient jamais leur corps aux regards des gardes, elles se lavaient et se frottaient, les seins bien en évidence.

Un autre coup dans mon dos.

— Enlève tes vêtements... ne m'oblige pas à te les arracher.

Je déglutis et songeai à me retourner et à lui donner un coup de poing dans la mâchoire, mais je vis, du coin de l'œil, le garde aux cheveux blancs entrer dans la salle de bains, scrutant les autres, jusqu'à ce que ses yeux bleus glacés se posent sur moi. Il y avait une étincelle d'excitation dans son regard en voyant ma défiance.

— Tu vas désobéir à l'officier Garland, Castlemaine ? dit-il en me regardant du haut de sa grande carrure. Parce que ça en a tout l'air.

Je serrais la mâchoire si fort que mes dents allaient se briser. Les gémissements et le son brutal du fouet frappant la chair résonnaient encore dans ma tête depuis la nuit dernière. Je n'avais qu'à donner une occasion à ce salaud, et il se servirait de moi comme exemple, comme Olivia la veille.

— Non, murmurai-je.

Il se pencha plus près.

— Désolé, qu'est-ce que tu as dit ?

Je me forçai à le regarder.

— J'ai dit *non.*

Le sourire fut instantané.

— C'est bien ce que je pensais, dit-il en jetant un coup d'œil aux douches. Alors, qu'est-ce que tu attends ?

Mon souffle s'accéléra alors que je saisis le satin fin et que je soulevai la nuisette au-dessus de ma tête. La chaleur brûla mes joues et mes tétons se contractèrent. Je sentis leurs regards sur mon corps lorsque la nuisette tomba au sol, puis je saisis ma culotte, l'enlevai et me faufilai sous le jet d'eau chaude.

Les autres se dépêchaient de sortir, de prendre des serviettes pour se sécher et s'habiller. Je me lavais les cheveux puis je replongeais la tête sous le jet d'eau en soutenant le regard de ce trou du cul de garde. Les robinets grinçaient. Les douches furent soudain désertées, me laissant seule. J'essayais de ne pas laisser la peur prendre le dessus, je me savonnais puis me rinçais avant de me retourner pour couper l'eau.

Mais le connard aux cheveux blancs était là. J'essayais de le contourner, mais il se déplaçait, me poussant en arrière jusqu'à ce qu'il me presse contre le mur carrelé froid.

— Je t'aime bien, salope de Castlemaine, grogna-t-il, son souffle chaud dans mon cou.

Je regardais le sol alors que l'eau ruisselait le long de mon dos.

— Je pense que toi et moi on va devenir de très bons amis. Je viendrai te chercher, dit-il en caressant mes cheveux mouillés. Putain, tu vas crier quand je vais jouir.

Mon estomac se retourna avec dégoût, mais je me forçai à lever les yeux, laissant la puissance monter en moi.

— Un jour, je sortirai d'ici, dis-je. J'ai hâte que tu rencontres mes demi-frères.

— Ah oui ? dit-il en me poussant violemment contre le mur. Tu crois que tes grands frères vont venir sauver ton petit cul ?

Il attrapa mon visage, écrasant mes lèvres contre mes dents. De l'autre main, il parcourut la cicatrice de ma joue.

— Je parie qu'ils apprécieront de me voir chevaucher leur petite sœur.

L'image surgit dans mon esprit, rendant ma vision de la salle de bain floue.

J'avais envie de pleurer. J'avais envie de vomir.

J'avais envie d'enrouler mes bras autour de mon corps et de me recroqueviller dans un coin pendant que mon esprit se fracturait et que ma volonté s'évanouissait. Je savais maintenant pourquoi celles en rouge ne pleuraient pas, ne criaient pas et ne se battaient pas. C'était à cause d'hommes comme lui qui les brisaient lentement.

— Je pense que tu serais surpris, dis-je malgré ma voix tremblante. Je ferais attention à toi si j'étais toi... pour le reste de ta vie.

Il a souri, et la vue de ce sourire était presque aussi immonde que ses paroles.

— Tig, appela l'autre garde.

Le type tourna lentement la tête, mais sa poigne ne se desserra pas autour de ma mâchoire.

— Le professeur attend.

Il y eut un instant pendant lequel il ne bougea pas, suffisamment longtemps pour que ma peur s'enfonce encore plus profondément, avant que sa poigne ne se relâche autour de ma mâchoire et qu'il ne s'éloigne.

— Habille-toi, salope de Castlemaine, marmonna-t-il en fixant l'autre garde.

Je l'ai contourné et me suis précipitée pour attraper une serviette. L'instinct de survie m'a poussée à m'éponger grossièrement les cheveux et à enfiler une nuisette et une culotte blanches et propres.

Je n'ai même pas essayé de me brosser les cheveux, j'ai juste couru hors de la salle de bain, pour m'arrêter dans le hall vide. Le son des voix m'appelait, et il n'était pas question de donner à ce salaud aux cheveux blancs une autre occasion de me coincer. Je me suis précipitée vers les voix, mes cheveux mouillés collant la nuisette contre mon dos.

— Les cours sont importants, disait un homme devant les femmes. J'attends de vous que vous soyez propres, prêtes... et ponctuelles.

Il m'a jeté un coup d'œil lorsque je suis entrée.

— L'attention est importante. Vous, en revanche, vous n'en bénéficiez pas.

J'ai contourné les autres, grimaçant à la vue d'une goutte d'eau froide qui se glissait entre mes seins. Le professeur se rapprocha, fixant les autres filles dans les yeux.

— Vous ne comptez pas, ni vos désirs, ni vos besoins. La seule chose qui compte, ce sont les besoins de votre maître, de votre propriétaire. Tout votre être leur sera dédié. Leurs désirs. Leurs besoins. Vous trouverez ce qu'ils désirent. Vous deviendrez ce qu'ils recherchent, même s'ils ne le savent pas eux-mêmes.

Le dégoût me traversa.

Il se rapprocha jusqu'à ce qu'il s'arrête devant l'une des filles en blanc. Elle a gémi sous l'effet de la proximité, a grimacé et a tenté de s'éloigner jusqu'à ce qu'il l'attrape par la nuque et la tire près de lui.

— Certains d'entre eux voudront une femme qui soit une pute, qui les accueille à genoux, la bouche ouverte, prête à sucer leur bite. D'autres voudront quelqu'un de timide, de craintif. Ils veulent cet instinct de puissance qui surgit quand ils prennent une femme qui supplie… qui les supplie de se faire baiser, dit-il en regardant la fille. Toi, montre-moi à quel point tu peux avoir peur.

Son regard ne vacillait pas, s'enfonçant dans le sien alors même qu'elle tentait de s'éloigner.

Mon cœur battait la chamade en regardant sa posture, son corps, la façon dont les manches de sa chemise noire étaient retroussées. Il était exactement comme le directeur. Dur, froid. Puissant. Ses yeux vert clair reflétaient les lumières du plafond, le rendant presque beau, d'une manière vicieuse et terrifiante. Sa main grande et puissante se resserra autour de son cou jusqu'à ce que le bout de ses doigts appuie sur ses veines.

Elle gémit.

Ses jambes tremblaient, et c'est son emprise qui la maintint debout, la garda ancrée sur place alors qu'il se penchait près d'elle, si près qu'il aurait pu l'embrasser.

— Montre-moi...

— S'il vous plaît, murmura-t-elle.

— S'il vous plaît ? lui répondit-il en la forçant à tourner la tête pour qu'il puisse murmurer contre sa joue. S'il vous plaît quoi ?

— S'il vous plaît, ne me faites pas de mal.

— Continue, l'exhorta-t-il.

— Je...bégaya-t-elle en fermant les yeux. Je...

— *Continue !* rugit-il.

Toute la classe sursauta. Mon cœur battait la chamade lorsqu'il s'éloigna pour la fixer dans les yeux.

— On t'a parlé des recrues qui échouent à l'entraînement ? Sa voix était si calme, si contrôlée, si glaçante. Tu crois que c'est dur ici ?

Il poussa un petit cri.

— Il y a toujours plus dur, plus cruel. Celles qui se révèlent... inutilisables sont utilisées d'une autre manière. Vous avez été vendues, échangées... rejetées. Et si l'Ordre ne peut pas vous utiliser de cette façon... alors il y a des lieux moins... favorables dans lesquels vous serez envoyées. Quoi qu'il en soit, vous serez nos objets jusqu'à la fin.

Mon estomac se serra de terreur et ma respiration s'accéléra. Elle tomba à genoux en tremblant, des sanglots épais et lourds s'échappant de sa bouche.

— S'il vous plaît, ne me faites pas de mal. Je ferai n'importe quoi... *n'importe quoi.*

Il se tenait au-dessus d'elle, la regardant comme si elle n'était rien, alors qu'elle laissait tomber sa tête sur ses pieds. Son corps tremblait, les os de ses côtes bougeaient comme des ombres sous sa peau.

— Bien, murmura-t-il. *Bien.*

Bien ?

Bien quoi, qu'il l'ait humiliée ?

— Vous serrez la clé de leur serrure. Vous serez parfaites, sur mesure. Vous changerez la couleur de vos cheveux, de vos yeux. Vous changerez tout pour devenir la seule chose sur laquelle ils peuvent compter, qu'ils peuvent aimer... *qu'ils peuvent réparer.*

Il avait prononcé les derniers mots doucement.

Si doucement que je les ai à peine entendus.

Si doucement que les autres ne les ont pas entendus.

Elles se contentaient de regarder la femme à terre avec horreur... après tout, elles auraient pu être à sa place.

— Aujourd'hui, vous allez vous rester dans vos cellules et pleurer la vie que vous avez eue. Vous pleurerez, vous crierez. Vous frapperez les murs et hurlerez jusqu'à ce que votre gorge brûle et que votre voix soit rauque, puis demain... demain, vous serez quelqu'un d'autre. Quelqu'un qui sera brisé, ou quelqu'un qui survivra.

Il leva la tête et balaya la pièce du regard, observant chaque paire d'yeux baissés jusqu'à ce qu'il s'arrête sur les miens. Je ne détournais pas le regard, soutenant le sien jusqu'à ce que mon regard s'humidifie et que mon corps se mette à trembler.

— Dans vos chambres , ordonna-t-il.

Je me suis éloignée des autres, mon pouls s'accélérant tandis que je me dirigeais vers la porte. Je fus la première à passer, à appuyer sur la poignée et à pousser la porte, jusqu'à ce que je m'arrête.

Viv se tenait là, le dos appuyé contre le mur. Un homme la maintenait. Un homme qui n'était pas un gardien. Il était plus âgé, ses cheveux gris étaient éparpillés parmi les cheveux noirs sur les côtés.

— Tu penses que le contrat te sauvera, Vivienne ? murmura-t-il en caressant la ligne de sa mâchoire avec son doigt.

Elle tourna la tête juste assez pour que ses yeux trouvent les miens. Il y eut une lueur de panique, vite remplacée par un regard terne et contrôlé.

— C'est un putain de bout de papier, grogna l'homme dans son oreille. Un papier que je peux déchirer quand je veux. Tu es ma pupille, Vivienne. *Tu m'appartiens.*

Les bruits de pas des femmes de la salle de classe m'entourèrent, attirant le regard de l'homme qui plaquait Vivienne contre le mur. Il ne se souciait pas de nous, ne bronchait pas, ne s'éloignait pas... jusqu'à ce que le bruit sourd de pas se fasse entendre derrière moi, et que celui qu'on appelait le Professeur s'arrête à mes côtés.

L'homme plus âgé retira ses mains du visage de Viv et partit. Aucun mot ne fut prononcé entre eux. Même s'il y en avait eu, je ne les aurais pas entendus. Parce que des cris retentirent. Des cris silencieux et déchirants qui brûlaient dans le regard de Vivienne.

Des cris qui résonnaient dans mon âme.

Chapitre Douze

CALEB

CALEB...CALEB, AIDE-MOI.

J'ouvris les yeux dans l'obscurité. Mais je ne bougeais pas, pas tout de suite. Un seul petit tressaillement et le fantasme s'envolerait, emportant avec lui l'image de Ryth.

— *Pas tout de suite*, murmurai-je, ma voix étant une sorte de croassement désagréable. Non, pas tout de suite...

La puanteur des cigares et la douleur s'accrochaient à moi, à ma chemise, à mon âme. J'essayais malgré tout de repousser le réveil. Mais ça n'avait pas d'importance à quel point je m'accrochais à elle. Elle finissait par disparaître de toute façon, se fondant dans le néant.

Une douleur me déchira la poitrine. Je me forçais à me redresser pour m'asseoir sur le côté du lit, donnant un coup de pied à la bouteille de scotch vide sur le sol, mes sens me revenant peu à peu. Le silence m'attendait. Un silence engourdi, rocailleux. Le genre de silence que je n'aimais pas.

Je me levai du lit, mon corps me faisait mal, mais ma tête était dans un état bien pire. Je massais la douleur lancinante à l'arrière de mon crâne en allant lentement vers la porte de ma chambre. Pendant la fraction de seconde où ma main se posa sur la poignée de la porte, je songeai que tout cela n'était peut-être qu'un mauvais rêve et que rien n'était réel.

Nick n'avait pas failli mourir. Il jouait à Call of Duty dans sa chambre en attendant de gagner son prochain million sans rien faire. Et Ryth était dans sa chambre à côté de la mienne, elle devait travailler dur sur le devoir scolaire qu'elle devait rendre la semaine suivante. Un devoir dont je m'efforcerais de la distraire avec une nuit dans mon lit.

Mais au moment où la porte s'ouvrit et que le néant entra, la réalité revint à moi.

Ce n'était pas un mauvais rêve, tout était bien réel.

Elle était partie.

Nick était vivant, mais à peine.

Et notre père et la mère de Ryth étaient responsables de tout ça.

Je sortis dans le couloir et je jetai un coup d'œil à la chambre de T. L'odeur amère de sa haine était encore présente. Mon frère était une épave au ralenti. Il avait déjà quitté les rails, il se précipitait déjà vers les ténèbres qui l'attendaient. Mais je ne pouvais l'aider plus que ça car déjà je ne pouvais m'aider moi-même.

Mon téléphone vibra dans ma poche. Je tressaillis en réalisant que j'étais toujours habillé avec les vêtements que je portais... *la nuit dernière*. Les souvenirs me revinrent subitement, me faisant déglutir la bile au fond de ma gorge et penser à piller une fois de plus le bar à alcool de mon père... jusqu'à ce que je réalise que je l'avais déjà fait et qu'il n'y avait plus de bouteilles.

Je sortis mon téléphone de ma poche en me dirigeant pieds nus vers la salle de bain. Il était tard, vraiment tard. Il faisait sombre dehors. Combien de temps avais-je dormi ? J'essayais de cligner des yeux pour faire disparaître la brûlure que je ressentais dans les yeux. *Pas assez longtemps.* Voilà combien de temps. Mais il n'y avait pas de repos pour moi, plus maintenant.

Rampe...

Le grognement de Killion surgit en moi quand je m'approchai de la porte de Nick, je mis la main sur la poignée puis j'ouvris la porte. La chambre était vide. J'allais vers celle de T, et ce fut la même chose. Ils étaient en colère contre moi et faisaient on ne sait quoi.

Je secouai la tête, détestant la manière dont je mettais cette colère de côté. Je n'avais pas envie de me soucier d'eux, pas maintenant. J'avais bien trop de mes propres démons à combattre. Mais pas de bagarre, hein ? Non, parce que pour faire sortir Ryth, je devais laisser mes démons gagner.

J'entrai dans la salle de bain, j'allumai la lumière et je jetai un coup d'œil à mon téléphone, où je vis que j'avais six appels manqués. Cinq d'entre eux provenaient d'Evans. Mais le sixième appel était un numéro privé. J'appelai ma messagerie et j'entendis le baryton grave de Killion : *Il y a une fête privée à Crestwood ce soir. Ton nom et celui d'Evans sont sur le registre. Je m'attends à vous y voir.*

J'avais envie de gerber. C'était sans doute pour ça que j'avais eu cinq appels manqués d'Evans. Je voulais être membre à nouveau... alors il fallait en passer par là. Je levai les yeux vers mon reflet miteux. Il voulait me voir ce soir. Cela ne pouvait vouloir dire qu'une chose...

Il voulait me regarder baiser.

Mes couilles se contractèrent à cette idée.

Je me fichais de le faire en public. Ce qui m'importait, c'était *elle*.

Ryth.

Hors de question que je baise quelqu'un d'autre.

Ni maintenant... ni jamais.

Seulement, je n'aurais peut-être pas le choix. J'appuyai sur le numéro d'Evans et entendis la sonnerie, puis il finit par répondre en soupirant.

— Putain C., dit Evans d'un air paniqué. Qu'est-ce qu'on fait maintenant ?

Chapitre Treize

NICK

MON FRÈRE ÉTAIT SILENCIEUX… BIEN TROP SILENCIEUX, putain. Nous étions garés dans l'obscurité, cachés par les grands arbres de la forêt. Le moteur de la Jeep tournait au ralenti mais les phares étaient éteints, ce qui nous rendait pratiquement invisibles depuis l'immeuble de l'autre côté de la route.

Je scrutais le grillage à la recherche de mouvements. L'Ordre était bien protégé, trop bien protégé putain. Les gardes patrouillaient à intervalles réguliers. Une équipe vérifiait les clôtures, tandis qu'une autre patrouillait les terrains intérieurs. Même si nous savions où ils gardaient Ryth, nous serions vus avant de pouvoir approcher de ces foutus bâtiments.

J'avais les tripes en boule, cela me procurait une sorte de coup de poignard dans les côtes. Je fis une grimace en pressant ma main contre le pansement frais tandis que T. fit marche arrière avec le 4x4.

Les feux de freinage rouges s'allumèrent dans l'obscurité tandis qu'il fit demi-tour avant d'avancer au ralenti. T. attendit que nous soyons assez loin pour allumer les phares et éclairer le chemin de terre. Il ne disait rien, il se contentait d'avancer lentement pendant que je pressais ma main contre mes côtes.

Il n'y avait aucun moyen d'entrer là-dedans, pas sans kidnapper un garde et le torturer pour obtenir des informations, puis l'achever. Je pensais à l'appât de l'argent, mais un pot-de-vin prendrait trop de temps... et nous n'avions pas de temps à perdre. Chaque seconde qu'elle passait dans cet endroit était une seconde de trop.

Les chances de tomber sur un garde seul étaient minces. Pourtant, j'y songeais alors qu'on retournait vers la ville. Seulement on ne rentrait pas à la maison. On allait errer dans les banlieues miteuses du sud de la ville. Je jetai un coup d'œil à T. alors qu'il se dirigeait vers le Strip, ralentissant lorsque les punks s'arrêtent à notre niveau dans leurs Lamborghini avant de faire rugir leurs moteurs.

Mais Tobias ne semblait pas les voir ni s'en soucier. Il regardait droit devant lui, la mâchoire serrée, les poings crispés sur le volant. Les phares des bagnoles éblouissaient son visage, rendant ses yeux noirs encore plus noirs qu'ils ne l'étaient. Il faisait peur... non, *il avait même la tête d'un mec dangereux.*

Il nous échappait, il s'enfonçait dans les ténèbres.

Pourtant, on continua lentement notre route vers le sud, laissant derrière nous les punks de la rue et les lumières scintillantes du cœur de la ville. Mais à chaque tournant, j'avais l'impression qu'il se rendait dans un endroit précis. Un endroit où il n'avait pas vraiment envie d'aller. Puis on passa dans de petites rues, on prit des ronds-points jusqu'à contourner les banlieues les plus glauques et dangereuses, jusqu'au moment où ça finit par sortir.

— Tu vas me dire où on va, frérot ?

— J'ai peut-être un contact qui peut nous faire entrer, murmura T. Mais je ne l'ai pas vu depuis un moment.

Je jetai un œil dans sa direction.

— Quoi ? Mais putain, pourquoi tu l'as pas dit avant ?

T. ne dit rien. Mais ce n'était pas parce qu'il était énervé… c'était plutôt de l'inquiétude, comme s'il n'était pas du tout sûr de ce qu'il faisait. Nous tournâmes dans les petites rues de Penance, où les motards zonaient dans les entrepôts abandonnés et où les centres commerciaux étaient envahis par les gangs de rue. Quatre punks en gros quads surgirent derrière nous. Je vis le mouvement dans le rétroviseur et j'eus l'impression de flancher.

— Quand on sera là-bas, Nick, tu dis rien. Compris ?

T. prit la direction du centre commercial miteux et se dirigea vers le parking souterrain plein de graffitis.

— Ne pose pas de questions, ne dis rien… surtout ne dis rien. Tu restes tranquille et tu me laisses parler.

T. donna un coup de volant et se gara devant le portail fracassé et la barrière de sécurité démolie. Je parcourus la zone du regard, repérant une Escape noire flambant neuve garée au bout du parking. Trois mecs sur des motos de sport étaient garés et nous observaient.

Ils ne ressemblaient pas à n'importe quels punks, surtout pas dans un endroit comme celui-ci. Mon sang se glaça.

— Tu veux bien me dire qui sont ces types ?

Je les regardais un à un et remarquai trois autres mecs un peu à l'écart.

— Personne que t'as envie de connaître, répondit T. sèchement. Attends-moi dans la voiture. Ça ne sera pas long.

Il sortit, laissant le moteur tourner au ralenti, et il se dirigea vers le type appuyé contre l'Escape. Je jetai un coup d'œil au rétroviseur latéral, remarquant du mouvement plus loin derrière. Trois gars nous regardaient, cachés derrière des voitures garées plus loin. Des gars assis à califourchon sur des Harleys, portant des patchs de motards. Qui étaient ces types, putain ?

Le connard accoudé à l'Escape fouilla T., puis s'éloigna vers les autres. Ils parlaient, mais je n'entendais pas ce qu'ils disaient, puis le gars tourna la tête et fit signe aux motards en retrait.

Les motos vrombirent dans un grondement sourd. Les autres montèrent sur leurs motos tandis que T. revenait enfin vers moi. Je ne dis rien quand il se glissa derrière le volant, j'attendis que nous soyons de nouveau en train de rouler.

— T., tu vas me dire ce qui se passe ?

— Ils peuvent nous faire entrer.

Il ne dit rien d'autre.

— Nous faire entrer, dis-je en regardant une Audi arriver en trombe derrière nous. À quel prix ?

Il ne répondit pas, ce qui était déjà une réponse en soi. Mon sang continuait de se glacer alors que nous suivions les gars sur les Harleys hors du centre commercial, direction l'Est.

L'Est, là où personne n'allait. En tout cas, personne tenant à rester en vie. Je fis une grimace en jetant un œil à T. Il ne pouvait pas connaître le genre de types qui fréquentaient ce genre de rues. Impossible qu'il évolue dans des milieux aussi sanglants que ça. *C'est pas possible, putain...*

C'est pas mon petit frère ça.

L'Escape nous dépassa dans un virage, moteur vrombissant, vitres teintées baissées, le conducteur me regarda d'un œil noir en passant. T. continua jusqu'au quartiers où les HLM s'étendent vers l'Est. Il y avait des regards curieux depuis les coins des rues. Des gars à califourchon sur des bécanes, d'autres dans des voitures sombres et élégantes, sûrement des voitures de luxe. On roula jusqu'à une sorte de terrain vague avec une clôture imposante et un grand portail verrouillé et on attendit que le conducteur de l'Escape descende de voiture et se dirige nonchalamment vers la serrure pour la crocheter à l'ancienne. Puis il remonta dans son véhicule et nous fit signe de le suivre plus loin.

Le chemin en mauvais état menait à un ensemble d'entrepôts au loin qui formaient trois grandes barres d'acier à quelques pas de maisons abandonnées. Le chemin de terre passait devant l'entrepôt, donnant à ceux qui étaient à l'intérieur plusieurs points de sortie. Ça semblait stratégique, intelligent. T. fit vrombir sa Jeep et se mit à suivre la Ford, laissant l'asphalte derrière nous. Je grimaçai et retins ma respiration sur la route cahoteuse qui nous malmenait. Il se dirigea vers l'avant d'un entrepôt.

Le conducteur de l'Escape se gara et sortit, il attendit que T. coupe le moteur. Je sortis après mon frère, la main toujours pressée sur mon flanc puis je claquai la portière derrière moi.

— N'oublie pas, tu me laisses parler, marmonna T. alors que je me dirigeais vers l'avant de la Jeep pour le suivre jusqu'à la porte.

Des hurlements d'agonie ignobles provenaient de l'intérieur. Il y avait des chiens, beaucoup de chiens. Ils se battaient, devaient tuer quelque chose, à en croire les bruits, quelque chose de petit et terrifié. Je serrai la mâchoire à cause de la douleur et me baissai pour passer sous la porte roulante quand elle se souleva. Mais au moment où j'entrai, je voulus immédiatement sortir.

Immédiatement, putain...

L'odeur immonde de la merde, de la pisse et du sang me saisit à la gorge. Deux énormes pitbulls attaquaient un petit chiot noir dans une fosse pleine de sang. J'entrevis la couleur de la chair striée de sang. Plus on s'approchait, plus je réalisais ce que c'était. C'était un jeu. C'était un putain de jeu.

— C'est quoi ce bordel ?

T. me lança un regard furieux, qui voulait dire deux mots : *ferme-la.*

Un groupe de mecs minables hurlait et criait, encourageant ce bain de sang. Je ne pouvais pas regarder... Je ne voulais pas putain, mais il y avait quelque chose dans ces hurlements d'agonie qui faisait écho en moi.

Les acclamations s'arrêtèrent. Les cris déçus de ces bâtards sans couilles me donnaient envie de tabasser leurs gueules pourries. Je dus forcer mes yeux à quitter le petit corps sanglant au milieu de la fosse alors que deux des hommes grimpaient à l'intérieur et attachaient les pitbulls avec des chaînes et des muselières. L'argent passait de mains en mains. Cette scène me donna envie de vomir quand l'une des brutes s'approcha du petit corps inerte, lui donna un coup de pied, puis se pencha, attrapa le chiot par les pattes arrière et le jeta par-dessus la clôture, où il tomba sur le béton dans un bruit sourd écœurant.

J'avais tort.

Ce n'était pas jeu. C'était juste une *soif de sang*.

— T, murmurai-je, détournant mon regard de tout ce sang.

— Tu veux qu'on puisse entrer ? s'exclama T. me lançant un regard furieux. Alors ferme ta putain de gueule.

Il s'éloigna, se dirigeant vers le bureau très éclairé à l'arrière. Je parcourus l'entrepôt du regard, m'assurant que je posais les yeux sur tous les connards présents. Je voulais être sûr de savoir qui éliminer à mon retour.

— Tobias, murmura le connard derrière le bureau en s'adossant à sa chaise.

Il avait les jambes croisées sur son bureau mais il n'y avait rien d'agréable chez lui. L'homme était un serpent, et cela se voyait dans la pointe d'agacement qu'il y avait dans son regard, comme s'il était sur le point de frapper.

— La dernière fois que je t'ai vu, T., tu m'as dit que tu n'étais pas intéressé par le jeu. Qu'est-ce qui a changé ? reprit-il.

— J'ai une bonne raison maintenant, répondit Tobias.

Le type ne répondit pas, il se contentait de le regarder pendant que les chiens se mirent à hurler de l'autre côté de l'entrepôt.

— C'est sympa ici, dis-je.

Un faible sourire malicieux se dessina sur son visage alors qu'il tournait lentement la tête vers moi, me regardant pour la première fois depuis qu'on était entrés.

— Tu voudrais lancer un pari ?

— Pas spécialement, dis-je en ravalant ma rage et son goût acide.

Son sourire était froid, c'était de la comédie, il regarda ensuite mon frère.

— Qu'est-ce que tu fais là, T. ?

— Les gardes de l'Ordre... ils ressemblent à tes hommes.

Il haussa les épaules avec dédain.

— Je veux être membre.

— Tu veux être membre ?

Tobias ne dit rien. Je les regardais tous les deux, je n'arrivais pas à comprendre comment T. pouvait connaître ces types-là. Ça devait être à cause de Lazarus. C'était même sûr, mais j'étais même surpris que les Rossi tombent si bas.

— Jackson, cria le tueur de chiens.

Le pas lourd des bottes surgit derrière moi. Je ne me tournais pas, je continuais de regarder l'homme derrière son bureau.

— Ouais, patron ?

— Tobias veut faire partie des membres de l'Ordre. Y'a une place pour lui ?

— Il a les couilles pour ça ?

— J'sais pas, dit-il en regardant mon frère. T'as les couilles pour ça ?

— À toi de me le dire, Amo, répondit Tobias d'une voix ferme.

J'attendis que la tension redescende, que cet enfoiré que T. appelait Amo éclate de rire et nous donne exactement ce qu'on voulait, un moyen d'intégrer l'Ordre pour faire sortir Ryth.

— Je crois qu'il y a qu'un seul moyen de savoir, dit Amo en faisant un signe de tête à Jackson avant de regarder T. Il nous manque justement un gars pour un boulot.

Je me raidis et regardai mon frère.

— Un boulot ?

— Qu'est-ce que t'en dis, T. ? demanda-t-il, sans jamais me regarder. Faut bien faire tes preuves, mon frère.

Je n'aimais pas du tout ce gangster minable, et j'aimais encore moins qu'il appelle T. comme ça, comme s'il faisait partie de sa famille. T. me regarda et acquiesça lentement.

— T'es pas obligé, murmurai-je.

— Il est obligé s'il veut intégrer l'équipe, dit Amo en descendant les pieds du bureau avant de se lever pour aller vers la porte.

— C'est bon, Nick, grogna Tobias en s'éloignant.

Putain, me dis-je en le suivant.

— Alors je viens avec toi.

— Nick, dit Amo en posant sa main sur mon bras au moment où les deux types de la fosse de combat apparurent devant moi, m'empêchant de suivre mon frère.

Je me fichais de qui était ce type ou si je le contrariais. Je regardais seulement T. marcher vers la porte roulante qui se levait, et qui le menait je ne sais où pour faire je ne sais quoi.

Je dégageai mon bras.

— Lâche-moi, dis-je en contournant ce connard de tueur de chiens. Tobias !

T. se retourna mais passa aussitôt sous la porte. Le moteur de l'Escape vrombit aussitôt.

Je vis la lumière des phares juste après, créant des ombres sur son visage.

Mon frère avait l'air d'un inconnu au moment où il monta dans la voiture.

Je tournai les yeux et ils se posèrent sur ce petit corps sans vie sur le béton et la peur s'empara à nouveau de moi. Qu'est-ce qu'on était en train de faire ?

Chapitre Quatorze

RYTH

La peur me cloua sur place lorsque l'homme poussa Viv contre le mur dans le couloir. Il saisit sa mâchoire et la secoua jusqu'à ce qu'elle fit la moue en grimaçant. Le fait de lui faire mal ne le faisait pas arrêter. Il semblait même aimer ça. Il fit glisser son pouce sur sa bouche, le regard figé sur le mouvement lent de son doigt.

— Cette bouche m'appartient, t'as compris ?

Les autres filles s'arrêtèrent sur le pas de la porte derrière moi, elles regardaient aussi la scène.

Mais Vivienne ne lâchait rien.

— Va te faire foutre, cria-t-elle d'une voix voilée et étrange.

— Dans quinze jours, dit-il en plongeant son pouce entre ses lèvres, le faisant rouler sur ses dents pour qu'elle ouvre grand la bouche. Il y avait une certaine humiliation érotique dans son geste. Je vais prendre plaisir à te défoncer, Vivienne, *t'as pas idée.*

— London, dit une voix froide dans mon dos.

Le mec plus âgé ne regarda dans notre direction à aucun moment, il avait les yeux plongés dans ceux de Viv, puis il se redressa lentement. Il y eut un mouvement imperceptible au coin de sa bouche, comme s'il avait envie de lui faire tout un tas de choses.

Pupille... il l'avait appelée comme ça, non ? Alors si elle était sa pupille, cela voulait dire qu'il était son... *maître ?*

Non, pitié, non.

Pas étonnant qu'elle ait autant envie de se barrer d'ici.

Une broche en argent scintilla sur sa cravate en satin noir lorsqu'il se redressa. Le type était charmant, même s'il semblait avoir l'âge d'être son père. Son débardeur noir lui allait parfaitement et moulait son corps bien bâti. De grosses veines dessinaient des lignes sur ses avant-bras musclés. Mais c'était ses yeux bleu acier qui me clouaient sur place, ce regard insondable, profond qui regardait à présent le professeur.

— Je veux qu'elle vienne avec moi, exigea London.

— Dès que Vivienne aura fini sa formation, dit le professeur en passant devant moi pour se diriger vers l'entrée.

Les muscles de sa mâchoire se raidirent alors que London se tourna vers elle.

— Je peux lui apprendre tout ce qu'elle a besoin de savoir.

— J'ai peur que ça ne fasse pas partie du contrat, dit le professeur en tendant la main vers Vivienne. Je peux prévenir le Directeur si tu veux qu'on revoie les termes ?

Il ne fallut qu'un instant, un instant pour qu'il comprenne ce qu'il était en train de faire.

— Non... pas besoin, marmonna-t-il. J'ai déjà attendu tout ce temps, je vais pas chipoter pour quelques jours, dit-il en se tournant vers Viv. Hein, Vivienne ?

Il attendit mais elle ne répondit pas. Il posa lourdement sa main contre le mur près de son visage.

Elle maintenait son regard et dit entre ses dents serrés :

— Daddy.

Il caressa la courbe de sa mâchoire et elle tourna la tête. Mais il y avait toujours ce désir fou dans son regard. Il recula et s'en alla. Ma poitrine me brûlait au moment où je soufflai bruyamment. Je voulais le rattraper, le pousser contre le mur et vociférer des menaces de mort jusqu'à ce qu'il se pisse dessus.

— Vivienne, murmura le professeur en regardant le type s'éloigner. Emmène mademoiselle Castlemaine avec toi à la cafétéria boire une limonade. Je vous y retrouve dans un moment.

Viv acquiesça en baissant les yeux.

Je lui pris la main et nous nous éloignâmes. Alors qu'elle marchait à côté de moi, je vis qu'elle avait le teint livide et qu'elle regardait droit devant elle comme si elle était sous le choc. Les empreintes des doigts du mec avaient fait rougir sa peau autour de sa bouche et j'eus envie de vomir. Je tentais de me souvenir dans quelle direction aller, mais je finis par demander à Viv de me montrer la bonne direction.

Une fois à la cafétéria, je lui fis un câlin ; je ne savais pas quoi faire d'autre pour la rassurer.

— Ça va aller, dis-je en la prenant dans mes bras. Ça va aller.

— Non, murmura-t-elle. Ça ne va pas.

Je reculai d'un pas pour la regarder dans les yeux.

— Je vais chercher à boire et tu me raconteras qui est ce type et ce qui se passe, d'accord ?

Elle n'acquiesça pas mais je n'attendis pas qu'elle me réponde, je me dirigeai vers le comptoir des boissons et nous servis un jus d'orange avant de retourner vers elle. Elle s'était assise à une table contre le mur, elle fixait ses mains croisées devant elle. Je posai son verre devant elle.

Elle ne le but pas, elle regardait simplement dans le vide.

— Ce mec, il a dit que tu étais sa pupille. Ça veut dire quoi au juste ?

— Ca veut dire que je suis bientôt vendue, voilà ce que ça veut dire.

— Putain, dis-je en secouant la tête, chassant le visage de ma mère qui m'apparaissait. Pourquoi ils font ça ? Pourquoi...

— Pourquoi ils nous traitent comme des objets ? dit-elle en levant les yeux. Parce qu'on n'est rien, voilà tout.

J'ai besoin de ça, Ryth. S'il te plaît chérie, tu ne peux pas être heureuse pour moi ? Les mots de ma mère me revenaient. Est-ce que j'avais déjà compté pour elle ?

— On s'en fout de savoir pourquoi, dit-elle en triturant ses ongles. Une fois qu'on entre ici, il n'y a qu'un seul chemin... vers le bas. Tu te creuses un trou si profond que c'est impossible de remonter. La seule chose qu'on peut contrôler c'est le moment présent. T'es sympa, Ryth. Sympa et innocente et tu devrais le rester. Tu comprends pas ce qu'ils veulent de nous, ce qu'ils font de nous... dit-elle avant de détourner les yeux.

Innocente... je l'étais peut-être avant Tobias, Nick et Caleb, mais certainement plus maintenant. Je sentis mes joues rougir en repensant à la soirée après le mariage. Puis je me forçai à me concentrer sur Vivienne.

— Ce qu'ils font de nous ?

— Laisse-tomber, dit-elle en buvant une gorgée du jus d'orange. Tu comprendrais pas.

— Alors explique. Je veux comprendre. C'est quoi cette histoire de contrat ?

Elle soupira.

— Ce contrat c'est de la merde. Les filles pensent que c'est important mais c'est juste un pauvre bout de papier. Ça les empêche pas de... faire des choses.

— Qui ? demandai-je en me penchant vers elle.

— Le mec que je suis censée appeler *Daddy*... et ses putains de fils, dit-elle d'une voix aussi insensible que son regard.

Mon estomac se noua.

— Ils... ils t'ont fait du mal ?

— Oui, murmura-t-elle. Et ça me plaît. Ça me plaît, pigé ?

Elle but son verre et le reposa sur la table.

— C'est pour ça que je veux me barrer. Je veux me barrer d'ici et loin de tous ces connards. Surtout m'éloigner de *lui*, London St. James. Il va me détruire, Ryth... lui et ses fils aussi.

Mon cœur tambourinait puis je finis par me lever.

— Alors on se casse.

Elle leva la tête et pendant un instant, le vide dans ses yeux scintilla d'espoir. Elle regarda par-dessus son épaule.

— Ils viendront bientôt nous chercher. Le prof et sûrement le Directeur.

Mon cœur battait la chamade au souvenir de cet enfoiré. Je voulais être aussi loin que possible de lui et de son foutu garde aux cheveux blancs.

— Il faut qu'on trouve un téléphone.

Elle regarda à nouveau par-dessus son téléphone puis se pencha vers moi.

— Je m'en occupe. Je pense que je peux en trouver un. Est-ce qu'ils vont venir ce soir, tes... demi-frères ?

NICK ! Mes propres cris surgissaient dans mon esprit. Je ne voyais rien d'autre que du sang.

— Je sais pas.

Elle se redressa.

— Alors on essaye. Si ça marche pas, on se barre en courant. Si on arrive à passer les gardes puis le grillage, on peut réussir à les semer dans la forêt.

Je baissais les yeux sur la nuisette transparente qu'on portait toutes les deux.

— On va mourir de froid avant l'aube.

— Pas si on continue de courir, dit-elle en me regardant. T'as une autre idée ? Tu préfères apprendre à être une pute, Castlemaine ?

Je déglutis bruyamment.

— Non.

Un sourire lent et prudent se dessina sur sa bouche.

— Alors on trouve un téléphone et on se barre d'ici.

Je jetai un œil derrière moi vers le personnel de cuisine puis me retournai vers elle en hochant la tête. Nous laissâmes les verres sur la table avant de retourner dans le couloir. Mais on n'allait pas pouvoir sortir. Devant nous les portes automatiques étaient fermées et le lecteur de carte clignotait d'une lumière rouge.

— On n'a pas de carte.

— On n'en a pas besoin, dit Viv en regardant derrière nous avant de taper un code sur le digicode. Tu crois quand même pas que j'ai laissé cet enfoiré venir à sa guise sans trouver un moyen de choper son mot de passe ?

L'espoir surgit en moi en voyant que la lumière passa au vert et que les portes se déverrouillèrent d'un *clic*.

Viv agit vite, elle appuya sur la poignée et se faufila dans la porte. Je la suivis en vitesse. Elle se tourna vers moi pour me prendre la main et nous nous mîmes à courir.

Nos pieds nus claquèrent sur le sol puis nous nous retrouvâmes devant une nouvelle porte verrouillée. Au moment où nous parvînmes à passer la porte avant de se remettre à courir, je n'entendais plus rien d'autre que les battements de mon cœur.

Viv me tira sur la main avant de prendre un visage. Peut-être qu'on courait vers notre perte et que je n'en savais rien. Je continuais quand même à courir, à la suivre, jusqu'à ce que la voix grave d'un homme résonne. Viv s'arrêta, sa poitrine se soulevait sous sa respiration haletante.

J'essayais d'écouter malgré le bruit assourdissant de ma propre respiration.

— Je veux pas que les autres assistent à un nouveau scandale, dit la voix ferme du Directeur.

Ce qui se passe en dehors de nos murs ne concerne pas le contrat. Il va falloir que je modifie les termes.

— Je comprends, répondit une autre voix. Ça ne se reproduira plus.

Je regardai Viv alors qu'on s'arrêtait près d'un angle, dos contre le mur.

Il y eut des bruits de pas puis un claquement de porte. J'attendis jusqu'à ce que le cri de panique de mon esprit diminue suffisamment pour que je risque de me pencher et regarder dans le couloir. Ils partaient et se dirigeaient dehors, visiblement. Je regardais Viv à nouveau.

— Viv.

Elle se déplaça pour jeter un œil à son tour et vit que la porte du bureau du Directeur était ouverte.

— Viens, dit-elle en me prenant la main avant de me tirer vers l'avant.

On allait se faire prendre... c'était sûr, on allait...

Je trébuchai en entrant dans le bureau après elle. Viv fit le tour du bureau, saisit le téléphone et le lança vers moi.

— Appelle, Ryth, dépêche-toi.

Mon ventre se noua. Et si je ne me rappelais plus le numéro ? Et si... la peur me clouait sur place.

Je me contentais de fixer le téléphone que je tenais dans la main. *Nick.* Son visage me revint à l'esprit. Mes mains tremblaient. Je voulais juste m'assurer qu'il allait bien. *Pitié, faites qu'il aille bien.*

— Tu veux rester ici à te faire baiser par des inconnus ?

Je sursautai en entendant ses mots et levai les yeux vers elle.

— Non !

— Alors appelle et dis à tes demi-frères de venir te chercher.

— Nous chercher, murmurai-je en m'approchant pour composer le numéro. Venir *nous* chercher.

Je déglutis en entendant la sonnerie à l'autre bout du fil. Ça sonnait encore et encore. J'avais envie d'entendre sa voix. Juste un murmure, un son.

— Ouais ? grogna une voix d'homme au bout du fil.

Je me mis à sangloter violemment.

— *Nick ?*

Silence...

— *Ryth ?*

— Nick ! dis-je alors que mes genoux se mettaient à trembler et que je me courbais.

Je fermais les yeux, me balançant au doux son de sa voix.

— Nick. *Oh mon dieu, Nick.*

— *Princesse,* cria-t-il de sa voix grave. C'est toi ?

— C'est moi oui, c'est moi... j'ai pas beaucoup de temps.

Les cris et les jappements de chiens couvraient sa voix.

— Ça va, princesse ?

— Oui, répondis-je alors que Viv ouvrait les tiroirs pour fouiller dans les papiers du bureau. Pour l'instant ça va, mais ça va pas durer.

— On sait où tu es.

L'espoir surgit en moi en entendant ses mots, mais au même moment j'entendis le claquement de la porte dans le couloir.

— Tu m'entends ? cria mon demi-frère. On sait où tu es et on vient te chercher ! Tiens bon, bébé. *On arrive.*

Chapitre Quinze

TOBIAS

Je fermai la portière passager de l'Escape et m'adossai au siège. Le moteur démarra dans un grognement. Puis on se mit à rouler, à s'éloigner de l'entrepôt, à s'éloigner de Nick. Depuis le coin de mon œil, je vis la porte en acier de l'entrepôt se refermer. Tout se passera bien, tant qu'il ne dit rien... Il avait plutôt intérêt à tenir sa langue... la vie de Ryth en dépendait.

Le conducteur à côté de moi me regardait de travers. Je ne dis rien, je me contentais de regarder dans le rétroviseur alors qu'on récupérait un mec en chemin.

— T'es la roue de secours toi, pigé ? dit le mec au volant en tendant le bras pour atteindre la boîte à gants avant de sortir un Glock et de me le donner.

Je le pris. Visiblement le numéro de série avait été effacé et il y avait du sang sur le viseur. C'était toujours comme ça avec Amo.

Le visage de Ryth me vint à l'esprit alors que la voiture ralentissait. On attendit qu'un des motards ouvre le portail, puis le moteur accéléra sur l'asphalte. Je ne posais aucune questions. Ce n'était pas un boulot d'essai, c'était un véritable test et il fallait que je le réussisse.

Nous traversâmes Penance en direction d'un trou à rats qui ressemblait à rien. Des souvenirs de Laz surgissaient dans le fond de mon esprit. On avait passé des nuits comme ça, à conduire, à faire le sale boulot pour le compte de Rossi.

Mais c'était il y a une éternité, bien avant que tout dégénère.

Maintenant nous étions seuls. La famille et rien d'autre. Pas forcément les liens du sang pour autant.

Je serrai le poing autour du Glock alors que le visage de mon père me revenait en tête. Cet enculé allait finir par payer. Les motards vinrent se placer de chaque côté de nous alors qu'on se dirigeait vers une partie plus reluisante de la ville, où des boîtes de nuits et des bars bordaient les rues.

Puis on se gara dans une allée où se trouvait le Viper Bar. Je ne savais pas ce qu'on faisait ici, je ne savais pas qui était la cible. Tant que je n'avais pas à pointer une arme sur mes frères, je n'en avais rien à faire. On se gara derrière les motos et il coupa le moteur. Je descendis et rangeai le flingue dans mon dos puis passai mon t-shirt par-dessus.

— C'est bon ?

Je jetai un coup d'œil à la voiture avant de hocher la tête.

— Tu vas avec Dion à l'arrière et bar et tu m'attends là-bas.

— Ok, dis-je en regardant le motard qui venait d'enlever son casque.

Je portais le flingue mon dos alors que je suivais Dion dans un couloir au bout duquel la porte menant vers l'arrière du club était habituellement fermée. Sauf que ce soir, elle était ouverte. Elle ne fit aucun bruit lorsqu'on la poussa pour entrer. Visiblement ça allait être moi l'homme de main. Ça ne me dérangeait pas. Ma haine augmentait chaque seconde de plus passée loin d'elle.

Ramène-la !

Mes propres cris remontaient dans mon esprit, étouffés par la pulsation de la musique qui s'échappait du couloir sombre. Dion s'arrêta devant une porte et vérifia la poignée. La porte était verrouillée. Il alla plus loin dans le couloir. Je le suivis vers l'arrière puis on s'assit dans des fauteuils.

Le club comportait une partie restaurant, une partie club de strip-tease de luxe. Je parcourus la pièce du regard et repérai Jackson dans le fond. Il fit un signe de tête, mais il ne m'était pas destiné. À l'une des tables, un mec se leva. Il rigola, beugla contre un abruti à côté de lui, puis se dirigea vers l'arrière.

Le mec à côté de lui s'essuya la bouche avec sa serviette puis la jeta sur la table avant de se lever. De toute évidence, c'était lui la cible. Pourquoi ? Je m'en fichais. Je détournai le regard vers le bar devant lequel ils passèrent, j'attendais Dion.

Mais lorsqu'il se leva de son siège, je jetai à nouveau un œil derrière moi. Deux hommes étaient assis en face de l'endroit où avaient été assis la cible et son acolyte. L'un d'eux regardait la cible se diriger vers l'arrière du bar avant de baisser les yeux sur son repas.

Je suivis les gars vers l'arrière, baissai les yeux et entrai. Une fois dans le couloir qui menait à une salle de strip-tease, je sortis le flingue que je cachais dans mon dos. Dion entra dans la pièce. Je le suivis et fermai la porte derrière moi.

Il n'y avait pas de danseuses.

Rien du tout.

Juste nous.

— C'est quoi ce bordel ? dit la cible en se tournant avant de s'arrêter net.

— Henderson, dit Dion en avançant vers lui, sortant un bout de papier de sa poche avec un stylo.

La cible me regarda puis regarda à nouveau Dion, puis son acolyte.

— Peter, c'est quoi ça ?

— Ils veulent le contrat, dit son acolyte en reculant, le laissant seul au milieu de la pièce sombre. Signe-le, James. Signe-le et on pourra gagner beaucoup de fric. C'est la seule solution. La seule solution pour qu'ils nous fichent la paix.

Mais Henderson sursauta en entendant ça et ses yeux devinrent encore plus sombres. Il n'avait visiblement pas l'habitude qu'on lui dise quoi faire.

— Et puis quoi ? Tu pensais que tu pourrais venir avec tes voyous pour me forcer à renoncer à l'avenir de mon entreprise ? demanda-t-il en me regardant.

— Écoute, dit Dion en levant son flingue. M. Kendry a essayé de négocier avec toi. C'est terminé maintenant. Soit tu signes le contrat, soit il n'y a pas d'avenir du tout... pas avec toi en tout cas, dit-il en levant le papier qu'il tenait dans une main, un flingue dans l'autre.

La cible serra les dents sans même regarder le papier que tenait Dion. J'avais suffisamment vu ce scénario en bossant pour Rossi et je savais reconnaître un gars qui va céder... et un gars qui s'apprête à lui dire de se fourrer son papier là où la poule a l'œuf. Je serrai fermement la crosse du flingue. Ouais... *ce mec, il allait pas céder.*

— Va te faire foutre, s'écria la cible avant de jeter un œil noir à son acolyte. Et va te faire foutre toi aussi, Peter.

Dion s'esclaffa et ce son me donna la chair de poule. Il fonça ensuite droit sur lui, babines retroussées et leva son flingue pour le pointer sur le front de la cible.

— Dernière chance avant que *je te fasse péter la cervelle.*

— *Vas-y !* cria la cible. *VAS-Y ET TU VERRAS !*

Mauvaise réponse...

Je pressentis le mouvement avant qu'il arrive. L'instinct s'empara de moi et je levai mon flingue en faisant un pas sur le côté alors que les deux types qui étaient assis en face de la table où avait été assise la cible se levèrent. Tout se passa très vite. Les coups de feu fusaient. Dion était touché... quelqu'un criait, et ce fut ce son-là qui me sortit de mon inaction.

Quelque chose venait de se briser...

Quelque chose en moi, qui se brisait en mille éclats, me déchirant de l'intérieur.

Nick ! NICK ! À L'AIDE ! Les cris de désespoir de Caleb surgirent dans mon esprit et se mêlaient aux miens au moment où je pointai mon flingue avant de tirer

Mais ce n'était le garde du corps que je voyais, *c'était lui... mon père.* L'enculé qui avait causé tout ça.

Celui qui avait trahi ma mère.

Qui nous avait enlevé Ryth.

Qui avait failli tuer mon frère.

— *Va te faire foutre !* criai-je en me ruant sur lui.

C'était le t-shirt de mon père que j'empoignai, le crâne de mon père qui se fissura en heurtant le mur, les yeux de mon père qui devenaient écarquillés de peur... et ça faisait longtemps que j'attendais ça.

— *Espèce de salaud !* criai-je en lui donnant un coup de poing au milieu du visage.

Le sang jaillit et ne s'arrêtait plus.

Le garde du corps....

Mon père...

Aucune importance.

— *RAMENE-LA !* criai-je. RAMENE-LA TOUT DE SUITE !

Les ténèbres s'étaient emparées de moi, mes démons sortaient à travers mes mots. Je lançai un coup de poing... puis je ne m'arrêtais plus. Mes phalanges s'écrasaient sur son visage alors que je le cognais avec violence, des coups secs et brutaux jusqu'à ce qu'il tombe à genoux et finisse par lever son flingue en l'air.

Pan ! Le coup de feu partit et mes muscles se mirent à brûler. Ils brûlaient de toute cette fuite, de toute cette peine, de toute cette rage. Il fallait que ça sorte et j'en avais assez de fuir. Je plantais mes doigts dans ses yeux et appuyais jusqu'à ce qu'il crie. Mais je ne pouvais pas m'arrêter. Ni même quand j'entendis la porte claquer, d'autres hommes arrivaient.

Deux... trois gardes du corps en plus. Quelqu'un me saisit par derrière. Je penchai la tête en arrière et me retournai.

— TU ME L'AS ENLEVEE ! dis-je en envoyant mon poing dans son visage.

Peu importe qui je frappais... ça n'avait plus d'importance.

Je frappais encore et encore, jusqu'à ce que j'incarne la vengeance.

— Tobias !

Quelqu'un criait mon nom.

— BANKS !

Je m'arrêtai pour lever les yeux. J'avais les mains autour du cou d'un type que je ne connaissais pas... mais je savais qu'il était proche de la mort. Une odeur nauséabonde similaire à de l'essence emplit la pièce. Je me rendis compte peu à peu du carnage... je regardai autour de moi... puis je me figeai.

— Tu l'as tué putain, dit Dion, bouche bée, se tenant le flanc. Tu les as tous tué putain.

Son t-shirt était maculé de sang, ses yeux plein de terreur alors qu'il me regardait comme si j'étais un monstre.

Il passa la langue sur ses lèvres et serrait fermement son flingue. Il le leva et le pointa sur moi.

— T'aurais pas dû venir, Banks. C'était une erreur d'aller voir Amo.

— Une erreur ? dis-je en retenant mon souffle.

— Ouais, une sacrée erreur, dit la voix grave de Jackson dans mon dos.

Je sentis le métal froid du canon contre mon crâne.

T'es juste la roue de secours...

Va avec Dion...

Les mots me revenaient. Le silence se faisait en moi alors que je regardais le flingue de Dion.

— C'est impossible d'intégrer l'Ordre, n'est-ce pas ?

— Pour toi ? répondit Jackson. Impossible.

Il n'y avait pas...

Il n'y avait jamais eu de moyen d'entrer.

Je fixai mon attention sur Dion.

— Jack Castlemaine, dit Jackson en appuyant son flingue contre ma nuque. Il est où ?

Je ne comprenais pas.

— Castlemaine ?

Les yeux de Dion s'écarquillèrent, il regardait Jackson derrière moi. L'odeur du sang remplissait déjà mes narines.

— Ouais, dit Jackson en s'approchant. Il est où ? Notre patron veut savoir.

Mon esprit était un cafouillage géant, j'essayais de recoller les morceaux du puzzle lorsque mon téléphone se mit à sonner. Il vibrait contre ma cuisse.

— Tu sais, on serait venus vous trouver un jour ou l'autre, murmura Jackson. Toi et tes frères... mais toi... *espèce de petit con, tu t'es jeté tout seul dans la gueule du loup.*

Ils cherchaient le père de Ryth. Mais ils nous cherchaient nous aussi...

Mais pas mon père, si ? Non... ni Elle, d'ailleurs.

C'était à cause d'*eux* que Ryth était dans ce trou sordide.

Je ne bougeais pas, je me contentais de regarder fixement Dion. Je me mis à rire, même si je n'en avais pas envie. Le son jaillit en éclats. Dion sursauta et son regard empreint de panique se porta sur Jackson.

Ce mouvement était tout ce qu'il me fallait. Je basculai la tête sur le côté et me tournai, le saisissant par le poignet pour contrôler son arme.

— Vous avez osé me la prendre ? criai-je en lançant mon poing dans le visage du type avant de mettre la main sur son flingue.

Mais au lieu de lui prendre l'arme, je serrai ses doigts sur la gâchette. Un coup de feu retentit. Ce fut un bruit assourdissant, mais je m'en fichais, parce que j'entendais seulement les cris de Ryth. *TOBIAS* ! Je l'avais vue le soir où la connasse d'ex de Nick avait essayé de la piéger. J'avais vu ce qu'ils lui avaient fait...

Pan !

Un coup partit à nouveau et cette fois, Dion cria. Je tordis le poignet de Jackson, il se débattit et me donna un coup à la tête. La violence fut similaire à celle d'une balle. Je titubai puis me redressai et retroussai les lèvres avant de foncer sur lui. Je lui donnai un coup de tête en plein dans le nez. La vague de haine s'atténuait. Je sentais le moindre coup cette fois-ci. Je l'ai asséné de coups avant d'appuyer sur la gâchette.

Jackson se figea, je vis un instant sa respiration saccadée... puis le sang jaillit.

— Toi... murmura-t-il en s'effondrant au sol. T'es vraiment un enculé. Tu penses que tu vas pouvoir intégrer l'Ordre ? *T'es qu'une merde. Tu comprends ? UNE MERDE !* dit-il avant d'éclater de rire. Ta pute est finie. Elle a été vendue et elle a déjà dû se faire baiser par des centaines de mecs à l'heure qu'il est. Tu la retrouveras jamais... *tu n'auras jamais...*

Il se figea sans terminer sa phrase.

Je vins au-dessus de lui, le flingue en main, son sang sur mes doigts et je levai une dernière fois le flingue.

— Vous pouvez pas la prendre... elle n'a jamais été à vous, dis-je en mettant mon doigt sur la gâchette. Parce qu'elle est à moi.

Chapitre Seize

NICK

Il y avait quelque chose de pas net... quelque chose de plus que ces combats de chiens répugnants et que les rires et la puanteur qui s'en dégageaient. Je n'aimais pas cet enculé d'Amo, je le sentais pas du tout. J'étais planté là devant la porte de son bureau, je le regardais se marrer et être en joie lorsqu'on amena deux autres chiens dans l'arène, on leur donnait des coups de pieds et de poings puis on retira leurs muselières avant de les jeter l'un vers l'autre.

Eux ils étaient là à regarder ce spectacle. J'avais le ventre noué, une haine acide me brûlait le fond de la gorge alors que je posais les yeux sur le pauvre corps de ce chiot mort encore sur le béton, mis de côté comme si c'était rien... puis je vis sa patte arrière bouger. *Il bougeait encore.*

Son petit thorax se soulevait lentement. Je jetai un œil vers les autres, mais tout le monde était occupé à acclamer en hurlant les cris assourdissants et les gémissements des chiens.

Amo regarda son téléphone... pour la cinquième fois. Il regarda dans ma direction et ce regard me glaça le sang. Quelque chose tournait pas rond... *vraiment* pas rond. Je détournai les yeux et regardai à nouveau le petit chiot à l'agonie. Mais lui se fichait de ce que je regardais. Il se tourna vers l'arène et poussa un cri pour encourager le combat. Jusqu'au moment où l'un des mecs se pencha un peu trop près et un pitbull sauta et le saisit par le bras avant de tirer dessus.

Des cris retentirent. Amo et les autres se ruèrent sur lui alors que le chaos régnait. Je souriais en entendant les hurlements du type, mais au lieu de regarder la scène de sang et de panique, je me retournai pour regarder... la porte du bureau. J'entrai et me dirigeai vers la masse désordonnée de papiers sur le bureau. En un seul geste, je vis une photo. C'était un homme dans une allée sombre, il regardait l'objectif.

Je le connaissais...

Mon estomac se noua.

La photo était floue mais je savais reconnaître Jack Castlemaine quand je le voyais. Je le reconnaissais parce que je l'avais vu avant d'emmener Ryth à la Prison de Mitchelton. C'était lui. J'abandonnai la photo et j'en trouvais d'autres. De Tobias, Caleb... et moi. Il y avait un nom écrit sous la photo de Jack Castlemaine. Sebastian Black. J'avais jamais entendu ce nom... mais il devait avoir son importance, *sûrement*.

Je relevai les yeux, pris de panique. Mon instinct hurlait alors que je remettais les photos et les papiers en place avant de sortir du bureau, puis je fis le tour de l'arrière de l'entrepôt.

Il fallait que j'agisse, que je fasse quelque chose. Si je restais là, je servais à rien du tout.

Je voyais bien qu'il y avait quelque chose de louche. Ils avaient des photos de nous. Cela ne pouvait vouloir dire qu'une seule chose. Quelqu'un voulait avait payé pour notre peau et on s'était jetés dans la gueule du loup.

— Putain, T. !

Il était dans la merde… il était vraiment dans la merde. Je pris mon téléphone en me cachant derrière des cagettes empilées puis je composai le numéro de T. Ça sonnait dans le vide.

Il ne répondit pas, alors j'essayai à nouveau.

— Réponds putain, T., marmonnai-je en m'arrêtant devant une grosse cagette en bois.

Elle n'était pas fermée. Le téléphone continuait de sonner dans le vide et je jetai un œil au contenu de la cagette. Il y avait des grenades et une grosse quantité de C4.

— Putain.

Je raccrochai, pris trois grenades avant de me tourner.

Mon téléphone sonna et je répondis aussitôt.

— Nick ?

J'étais sous le choc… *non… c'était pas possible. C'était pas elle.*

— Ryth ?

— *Nick !*

— Princesse ? m'exclamai-je en oubliant tout le reste pendant un moment. C'est toi ?

— C'est moi oui, c'est moi. J'ai pas beaucoup de temps.

J'avais envie de pleurer de soulagement jusqu'à ce que je me rappelle sa situation.

— Ça va, princesse ?

— Oui, pour l'instant, mais ça va pas durer.

— On sait où tu es. Tu m'entends ? On sait où tu es et on vient te chercher. Tiens bon, bébé. *On arrive.*

La ligne fut coupée. Je regardai l'écran, elle n'était plus là. J'appuyais sur l'écran mais je vis que le numéro n'était pas dans mon répertoire. Je voulais rappeler, mais je me retenais. Si elle avait des ennuis, si rappeler faisait attirer l'attention sur elle, je pourrais jamais me le pardonner.

Je rangeai alors mon téléphone dans ma poche. Je ne pouvais plus attendre, ni T., ni personne d'autre. C'était trop tard. Il fallait que je trouve un moyen de sortir d'ici. *Maintenant.* Je tirai sur la gâchette d'une grenade avant de me faufiler plus loin.

— *Hé, connard !* criai-je en lançant la grenade vers la foule.

BOUM !

Elle retentit près de l'arène… mais Amo avait disparu. Je le cherchai du regard jusqu'à ce que je l'aperçoive sortir du bureau. Il eut un air méprisant avant de se jeter sur moi. L'explosion retentit dans mes tympans mais j'entendais malgré tous ses cris de haine lorsqu'il me tomba dessus.

La douleur me cinglait le ventre mais je n'avais pas eu le temps de faire bouclier. Je réagis aussi vite que possible en lui assénant un crochet qui fit craquer quelque chose dans son visage. Sa tête bascula sur le côté et du sang commençait à couler de son nez. Le second chien s'échappa de l'arène et se jeta sur le premier venu.

J'entendis des cris de terreur terrifiants.

— *Nick !*

Je tournai la tête et vis mon frère courir vers moi, les yeux écarquillés, le visage plein de sang. Bordel, il était dans un sale état. Il leva le flingue qu'il tenait. *Pan !* Le coup partit, Amo était touché.

Ce bâtard m'avait échappé.

— T'as essayé de me doubler, espèce de sale merde, dit Tobias en prenant une grande inspiration avant de foncer vers lui. T'allais venir me chercher ? Venir chercher mes *frères* ?

— T., m'écriai-je en le regardant.

Il était déchaîné mais il y avait quelque chose de bien pire dans son regard, quelque chose qui me terrifiait.

Amo s'esclaffa et essuya le sang qui coulait sur son flanc. T. prit à nouveau une grande inspiration et regardait Amo droit dans les yeux.

— On s'en va, Nick.

Je pressais ma main contre mon flanc et saisis les deux dernières grenades avant de m'en aller. Mon frère me semblait être un inconnu, un mec froid, impitoyable, meurtrier...

Il pointa son arme sur Amo lorsque je m'approchai. Les pitbulls étaient partis et les deux enfoirés qui les avaient roués de coups ne disaient plus rien. Il y avait du sang partout, du sang éclaboussé dans la fosse et qui formait une marre sur le sol.

— Essaye encore de nous trouver et je reviendrai... mais la prochaine fois, je viendrai pas seul, avertit Tobias.

— J'ai compris, grogna Amo. Toi et les Rossi, vous êtes en guerre.

— C'est ce que tu penses, hein ? dit Tobias en prenant son téléphone avant de passer un appel et d'enclencher le haut-parleur.

Il y eut une réponse au bout de la deuxième sonnerie.

— T.

C'était la voix sombre de Lazarus Rossi.

— Ouais, marmonna Tobias. C'est moi, je voulais juste m'assurer que tout va bien, *frérot* ?

Lazarus mit un instant avant de répondre.

— Ouais, tout va bien. Et toi ?

Tobias éteignit le haut-parleur avant de répondre.

— Ouais, ça va, dit-il en fixant Amo. Je te rappellerai bientôt.

Puis il raccrocha, rangea le téléphone dans sa poche et sortit les clés de sa Jeep. D'un geste de la main, il les lança vers moi. Je les saisis avec la main dans laquelle je tenais une grenade. On se dirigeait déjà vers la porte du garage à moitié ouverte.

Puis je m'arrêtai et baissai les yeux.

Le petit Rottweiler était toujours là sur le béton, les yeux ouverts, peinant à respirer. Je pris la gâchette de la grenade avec les dents puis me penchai pour récupérer le chiot. Il ne gémit pas et ne se débattit pas. Je devais le blesser davantage en le soulevant et en l'amenant vers la Jeep.

— Doucement mon petit, dis-je en m'arrêtant devant la voiture en le maintenant aussi délicatement que possible.

Boum !

Le coup de feu me fit me retourner vers l'entrepôt alors que mon frère en sortait, passant sous la porte roulante avant de venir vers moi. Je lui lançai les clés puis montai à l'avant et plaçai le chiot entre mes pieds.

— Qu'est-ce qui s'est passé ? Je croyais que tu voulais lui laisser la vie sauve.

Tobias s'installa au volant et démarra le moteur.

— J'ai changé d'avis, dit-il en jetant un œil à mes pieds puis leva les yeux vers moi.

Le chiot gémissait et me léchait la jambe.

— J'ai pas pu le laisser.

Tobias étouffa un petit rire.

— Tu veux dire *la* laisser.

Quoi ? Je baissais les yeux vers le petit chiot qui levait la patte pour lécher une plaie. Oui, c'était une *femelle*...

Mon cœur battait la chamade lorsque T. s'élança sur la route. Les phares éclairèrent une moto tombée au sol. On s'éloigna discrètement de ce carnage. J'aperçus les deux pitbulls qui s'échappaient alors qu'on prenait de la vitesse sur l'asphalte.

— Qu'est-ce qui t'es arrivé ? dis-je en regardant le visage ensanglanté de mon frère.

Le faible éclairage du tableau de bord donnait l'impression de taches noires.

Il jeta un œil dans le rétroviseur et s'essuya maladroitement.

— Rien de bon.

On se dirigeait vers la ville, guettant les lumières rouges et bleues qui allaient finir par surgir.

Les phares des voitures d'en face nous éblouissaient. J'entendais seulement le bourdonnement sourd de la circulation alors qu'on était arrêtés au feu rouge devant des clubs VIP. Deux mecs descendirent d'une Bentley. Il ne me fallut qu'une seconde pour réaliser de qui il s'agissait.

— C'est Caleb ? marmonnai-je et Tobias jeta un œil.

On ne bougeait pas, ni même quand le feu passa au vert et que les voitures derrière se mirent à klaxonner. On commençait à se faire doubler alors qu'on regardait notre frère ajuster son col. Il était canon, il souriait au type qui l'accompagnait puis ils se dirigèrent vers l'entrée du club de luxe.

— Est-ce qu'il...

— Il prend du bon temps, visiblement, grogna T. en démarrant enfin.

Je vis le visage de Caleb se tourner vers nous alors qu'on s'éloignait.

— Quel enfoiré, dit T. entre ses dents serrées. Quel *putain d'enfoiré égoïste !*

Je ne savais pas s'il nous avait vus... mais nous on l'avait bien vu. Il avait la même allure que notre père. Il riait, buvait... baisait avec Dieu sait qui, comme s'il se fichait que Ryth soit dans ce trou à rats.

Chapitre Dix-Sept

CALEB

— Pourquoi est-ce qu'on doit encore les revoir ? marmonna Evans alors qu'on descendait de sa Bentley.

J'ajustai ma chemise en prenant une grande inspiration.

— Parce qu'ils ne nous font pas confiance... pas encore.

Les voitures défilaient sur la route près de nous. Les phares étaient éblouissants par moments. Des phares de stop attirèrent mon attention. Pendant un instant, je crus avoir aperçu Nick, mais la voiture s'en alla aussitôt.

— T'es sûr de vouloir faire ça ?

Non...

Mais je n'avais pas le choix. Je marchai sur le trottoir et levai les yeux vers le club.

— Allons-y, grognai-je en marchant d'un bon pas.

Nous nous arrêtâmes devant la porte, nos cartes d'identité et nos téléphones furent récupérés. Personne n'entrait dans ce genre de clubs sans y laisser quelque chose. Moi, c'était mon âme.

— Caleb, dit Killion en s'avançant. Je pensais pas que tu viendrais.

Je déglutis avec difficulté et grimaçai pour masquer le dégoût qui me saisit quand il me fit une tape dans le dos.

— On est venus.

— C'est vrai, dit-il en souriant presque trop fort d'un sourire qui disparut lorsqu'il tourna la tête.

— Evans.

— Killion, marmonna mon acolyte.

— On y va ? demanda Killion pour qu'on le suive.

Des filles presque nues dansaient autour de barre à l'avant du club, où quelques hommes en costumes se délectaient du spectacle. Evans regardait, je vis son regard s'attarder alors qu'on suivait notre hôte vers l'arrière du club. C'était ça qui lui plaisait, la pénombre à l'avant du club qui offrait toute l'obscurité dont il avait besoin.

Mais moi je n'étais pas comme ça.

Une pointe d'excitation surgit en moi alors que Killion faisait signe au videur qui surveillait l'entrée de l'arrière du club. Cette excitation trouva son chemin jusqu'à ma bite. J'essayais de garder mon sang-froid, mon attention sur une seule et unique pensée.

Ryth...

Nous entrâmes dans la salle arrière, mais il n'y avait pas de femmes qui nous attendaient ce soir. Au lieu de ça, Killion nous conduit jusqu'à la sortie au fond de la pièce. Il y avait un autre videur qui nous ouvrit la porte. Là, une limousine nous attendait. Killion monta et laissa la portière ouverte pour qu'on le suive.

Je suis monté et Evans monta derrière moi puis le videur ferma la portière après être monté à l'avant. La limousine démarra et s'élança dans l'allée puis dans la rue. Je me redressai et tournai mon attention vers Killion.

Il me regarda avec un air curieux, son regard parcourut lentement mon corps. Il me désirait, c'était évident. Mais je ne savais pas s'il voulait mon corps, ou autre chose...

Je détournai les yeux, espérant que Ryth n'ait pas eu à vivre ça. Mais pour la récupérer, j'étais prêt à tout...

— T'as l'air inquiet, murmura Killion.

— Problèmes familiaux, dis-je.

Il hocha la tête.

— Tu m'as jamais dit comment tu allais, depuis que ta mère...

— Je vais bien, répondis-je.

— Et tes frères ? Tobias est toujours aussi sanguin ?

Va te faire foutre, Caleb ! La voix de T. rugissait encore dans mon esprit.

— Plus que jamais.

Killion se lécha les lèvres.

— Je me demande si ça lui dirait de se joindre à nous un soir ?

Mon sang se glaça et je regardai à nouveau cet enfoiré.

— Non.

Il sourit instantanément d'un sourire faux.

— Évidemment, dit Killion en me regardant.

Mais mon humeur changeait, se transformait en quelque chose de plus sombre, d'un peu plus… *froid*.

Nous sortîmes de la ville pour s'approcher de maisons de luxe qui s'étendaient loin dans la rue, cachées derrière de grands grillages et d'épaisses haies. Puis la limousine ralentit et tourna. Le chauffeur baissa sa vitre et s'approcha d'un lecteur caché sur un poteau. Killion ne me quittait pas des yeux.

— Putain, j'ai soif, marmonna Evans alors que la grille s'ouvrait et qu'on entrait.

Je maintenais le regard de Killion. Il était en joie de cette soirée, un peu *trop* même. Evans était déjà en train d'ouvrir la porte quand on se gara devant la maison. Le garde descendit et se précipita pour nous ouvrir la portière, Evans descendit aussitôt.

J'observais la maison en descendant de voiture. Elle était ancienne et paraissait valoir une fortune. Tout en grès et en fer forgé. Des jardins bien entretenus menaient à un chemin derrière la maison. Killion s'avança, sachant exactement où il allait, et pendant un instant je me demandais quel était cet endroit.

Mais je m'en fichais sincèrement.

L'argent propre, l'argent sale. Qu'ils prennent tout.

Je le suivis vers une porte devant laquelle un garde faisait le guet, puis il fit un signe de tête à Killion qui entrait. Il nous observa suivre Killion à l'étage. Il y avait du monde, trois ou quatre hommes et une femme qui me semblait vaguement familière. Elle était à genoux en bas de l'escalier moquetté, en train de sucer une bite. Elle croisa mon regard alors que je passais, ses yeux brillaient.

On avança vers une porte, il y avait un homme devant.

— Monsieur le Directeur, dit Killion en lui faisant une tape dans le dos.

Ils avaient l'air d'être amis mais quand je regardais cet homme, je compris qu'il n'était pas au même niveau. Je jetai un œil dans la grande chambre et j'aperçus une femme vêtue d'une nuisette transparente rouge, elle était à genoux, les jambes écartées, au milieu de la pièce.

— Elle attend, dit un homme.

Le Directeur fit un signe en direction de la chambre.

Killion sourit en entrant.

— Caleb, viens.

Je n'avais pas envie d'aller dans cette chambre. Mais un simple non suffirait à anéantir toute la confiance que j'avais bâtie jusqu'ici. Mon cœur tambourinait alors que j'entrais.

— C., murmura Evans, mais il me suivit quand même.

Je vis d'autres femmes, elles portaient toutes la même nuisette. Certaines étaient rouges, d'autres noires, et il y en avait deux blanches contre le mur.

— Les rouges tu peux les baiser, les noires sont à vendre... mais les blanches... dit Killion en levant les yeux vers les deux femmes terrifiées. Les blanches, c'est seulement pour les yeux, dit-il en se tournant vers la femme à genoux. Debout.

Elle se leva lorsque le Directeur entra. Deux autres hommes le suivaient, ils s'arrêtèrent de chaque côté d'elle. Un signe de tête de Killion et ils se mirent à agir. L'un d'eux la saisit par le décolleté et tira dessus pour lui arracher. Ses seins jaillirent tandis qu'il déboutonnait son pantalon et baissait sa braguette.

— À genoux, ordonna Killion.

Elle s'agenouilla avec à peine plus qu'un gémissement. Mais son regard ne quitta jamais celui de Killion. Elle savait à qui elle obéissait, elle ouvrit la bouche quand le type s'avança en l'attrapant par les cheveux avant d'enfoncer sa bite dans sa bouche. Elle ouvrit grand la bouche, suçant, léchant, donnant à Killion tout ce qu'il voulait.

— Bonne petite pute, murmura Killion.

Il ne se souciait pas du type. Il ne pensait qu'à elle. À son humiliation, sa honte.

— Allez, dit-il.

Le deuxième gars déboutonna son jean. Mais j'en avais vu assez. Killion tourna la tête et jeta un coup d'œil à une autre femme en rouge, lui faisant signe de venir.

— Approche.

Elle fit un pas en avant. Je jetai un coup d'œil aux autres, celles habillées en noir et en blanc. La même nuisette que portait la femme de la veille. *Les rouges tu peux les baiser, les noires sont à vendre mais les blanches...*

Les mots de Killion défilaient dans ma tête. Mon cœur battait la chamade. Une impression familière planait sur les bords alors que je marchais vers eux. *Les rouges, tu peux les baiser.* Je jetai un coup d'œil en arrière et vis Killion qui me regardait, attendant de voir laquelle j'allais prendre.

Non...

Je ne voulais pas faire ça.

De la sueur ruisselait sur ma nuque. Si j'en prenais une autre, il saurait que je n'étais pas prêt. Je croisai son regard, ses yeux sombres brillaient. S'il voyait que je n'étais pas prêt, je n'aurais aucune chance d'entrer dans l'Ordre.

Le visage de Ryth défila dans mon esprit. J'essayai de déglutir alors que je faisais un pas en avant, rencontrais le regard de la femme vêtue de noir, et lui fis un signe de tête.

— Viens.

Mon Dieu, mon Dieu, j'avais l'impression de tricher.

Je rencontrai le regard d'Evans, le désespoir hurlait en moi. Il jeta un coup d'œil à Killion. Je savais que ce bâtard souriait, je le savais au plus profond de mon âme.

— Viens avec moi, dis-je entre mes dents serrées.

Il tressaillit et devint tout rouge. Mais s'il ne venait pas... s'il me laissait seul avec elle, alors...

Je me dirigeai vers l'autre côté de la grande salle et entendis des grognements dans mon dos. La femme qui se faisait défoncer par deux gars pour le plaisir malsain de Killion poussa un gémissement, puis un grognement, avant que le bruit de la chair sur la chair retentisse à nouveau. Les sons... les odeurs... je commençais à bander.

Est-ce que tu vas être une gentille fille et garder notre petit secret ?

Je me souvenais de mes propres alors que j'entrais dans la salle sombre. C'était une chambre, une chambre à coucher. Le lit était placé au milieu de la pièce, éclairé faiblement par une seule lampe de chevet.

— Maître ?

C'était un doux murmure féminin derrière moi.

Je me retournai et elle était là tout près... trop près, putain.

Le lit.

Son corps.

Tu vas me supplier ? Les mêmes mots que j'avais dit à Ryth me venaient à l'esprit.

— Tourne-toi.

L'ordre était rauque et brut. Je ne voulais pas la regarder. Je ne voulais pas voir son visage quand je...

Evans était dans l'embrasure de la porte. Ses yeux étaient écarquillés, le blanc brillait. Tout ce à quoi je pensais était Ryth, la façon dont elle avait tremblé cette nuit-là quand je l'avais baisée dans le cellier. Je fis un pas de plus vers cette femme alors qu'elle se tournait, m'offrant sa croupe.

Tu vas crier ?

J'avançais encore, jusqu'à ce que la chaleur de son corps se presse contre le mien. D'un mouvement rapide, je saisis ses cheveux et tira sa tête en arrière.

— Tu vas crier ?

Le passé...

Le présent.

Tout se mélangeait. Seulement maintenant, mon corps se crispait de dégoût. Une ombre bougea dans l'embrasure de la porte. Derrière Evans, Killion s'approcha. Il me regarda pendant que je saisissais ses cheveux et que je la tirais violemment contre moi.

— Réponds-moi...*est-ce que...tu vas...crier ?*

— Non, répondit-elle à bout de souffle.

Je fermai les yeux. Ce n'était pas ce que Ryth m'avait dit. Dans ma tête, je repassais ce moment.

Oui... oui, je vais crier.

Touche-la. T'as juste à la toucher, putain. C'est juste du sexe, non ? Juste du sexe, putain.

La rage brûlait en moi, m'emmenant plus profondément que jamais auparavant. Donnez-moi un flingue, et je le déchargerais sur elle, Killion et ce putain d'endroit. Je voulais juste récupérer Ryth... *maintenant.*

Le dégoût m'envahit quand je tendis le bras, attrapai la bretelle de sa nuisette noire et tirai dessus. Le tissu se déchira, dévoilant ses seins, et chaque nerf de mon corps brûla du feu de la trahison. Evans s'approcha. Killion sourit alors que j'observais le corps et les seins nus de la fille.

Ses mamelons froncés attendaient, mais ma main refusait de bouger. Je la tirai plus fort contre moi, voulant absolument que mon corps prenne le pas sur ma tête. *Fais-le... fais ce qu'il veut.* Je déglutis de toutes mes forces quand la femme en face de moi gémit. Je la poussai en avant, elle était penchée devant moi, je tirai sur le bord de sa culotte et l'arrachai.

Elle tressaillit et poussa un cri. Mais je savais que c'était faux. Tout en elle était faux, de ses vêtements au désir dans son regard. Elle n'était rien de plus qu'un corps chaud que je pouvais baiser, rien de plus que quelqu'un que je pouvais posséder.

L'Ordre.

Le Directeur.

Tu veux ton propre jouet personnel... Quelqu'un que tu peux contrôler...

Mes pensées m'envahissaient. Mon pouls s'emballa. Les pensées qui avaient plané à la lisière de mon esprit brûlaient maintenant comme le feu. Ces femmes venaient de l'Ordre... du même endroit où se trouvait Ryth.

Le même putain d'endroit.

Blanc. Je saisis ma fermeture éclair et la baissai vers le bas. Celles en blanc, pour les yeux seulement... Elles étaient catégorisées putain, les neuves et celle prêtes à être achetées, à être utilisées...

Bordel de merde !

Je regardais la culotte dans ma main et je la laissai tomber sur le sol. Ses seins nus se balançaient alors qu'elle faisait semblant de se débattre de mon emprise. Elle pensait que je voulais la prendre de force, que c'était mon truc. Elle attendait, penchée en avant. Ses faux gémissements remplissaient la pièce. Je ne voulais pas ça, je ne voulais rien de tout ça. Je tournai la tête et je vis Evans qui me regardait avec horreur.

Mais plus personne à la porte. Killion était parti.

— *Espèce de sale pute*, cria sa voix provenant d'une autre pièce. *Baise-la plus fort.*

Des cris retentirent dans la pièce d'à côté, des cris de malade, de vrais cris de putain, ils la pilonnaient sans relâche. J'eus un goût acide dans le fond de la bouche. Ce n'était pas ce que je voulais. Ce n'était pas Ryth.

— Je ne peux pas, gémis-je, secouant la tête en me tournant vers Evans.

La confusion se mêlait à la rage.

Il s'approcha, s'arrêtant près de moi pour murmurer :

— Alors c'est foutu. Tu comprends ça, hein ? On est dans la merde.

J'étais tourmenté.

— Tu dois... la baiser, insista Evans.

Je la poussai en avant. Elle se cogna contre le bord du lit. Son cul et sa chatte nus étaient exposés, et ma bite avait ramolli.

— Je peux pas... Putain, je peux pas.

— Tu penses qu'ils ne sauront pas ? grogna Evans a grogné. Killion est dans la chambre à côté en train d'écouter, en ce moment même, bordel.

Je serrai les poings et je faillis renoncer. Je vais la perdre... Je vais perdre ma seule chance de la récupérer.

— Dégage de là, grogna Evans en me poussant sur le côté.

Il s'avança et dézippa sa braguette. D'une main, il saisit la nuque de la fille, de l'autre il empoigna sa bite.

— Ne me regarde pas, compris ?

Il n'attendit pas qu'elle réponde, il lui plaqua le visage contre le matelas, baissa son pantalon et s'enfonça en elle assez fort pour qu'elle se débatte et gémisse. Seulement cette fois, ce gémissement était réel. Je restais là à regarder comment il l'écartait, ses hanches fouettant son cul encore et encore. J'avais vu mes frères baiser notre demi-sœur, j'avais vu Ryth se battre avec ses propres démons. Je me souvenais qu'elle aimait ce que Nick et Tobias lui faisaient. C'est ce qui m'avait excité. C'est ce qui m'avait fait bander. Pas... ça...

Des grognements et des cris plaintifs s'échappaient de la fille. Evans serra les dents, étouffant ses propres gémissements. Mais les gémissements et les cris de la pièce d'à côté avalaient tout le reste. Evans baissa la tête, ses doigts s'enfonçant dans ses hanches alors qu'il la baisait... jusqu'à ce que dans un son rauque et guttural, il s'enfonce brutalement et s'arrête.

Il haletait.

— À ton tour, C., grogna-t-il en se retirant.

Les cris provenant de l'autre pièce cessèrent, Evans relâcha son emprise sur la fille et s'éloigna du lit. Il se retourna quand le bruit sourd de pas se rapprocha. Dans un éclair de désespoir, je sus ce que je devais faire.

Je m'approchai de la fille, toujours penchée sur le lit, et j'inspirai profondément.

— Tu restes là, putain, ordonnai-je en posant ma main sur sa hanche. Tu restes là, tu bouges pas.

Elle ne bougea pas.

Killion s'avança dans l'embrasure de la porte alors que je remettais ma queue dans mon pantalon et remontais la fermeture éclair. Son regard froid et inébranlable parcourut la pièce, s'arrêtant sur moi qui me tenais derrière elle, puis il regarda la croupe de la fille quand je reculai.

Sa chatte était luisante, les restes de sperme scintillaient de mille feux.

— Bien joué, sourit Killion. Bien joué, mec.

Je n'osais pas regarder Evans, qui était tourné vers le mur. De la porte, on aurait dit qu'il était dégoûté par ce que j'avais fait... incapable de regarder.

— Va te nettoyer, dit Killion. On va à l'Ordre. On va t'en trouver une à toi.

Chapitre Dix-Huit

CALEB

Je crus que j'allais vomir. Le dégoût s'empara de moi alors que Killion s'éloigna dans l'autre pièce.

— Evans, dis-je, mais il secoua simplement la tête.

— Vas-y, dit-il sans même me regarder alors qu'il sortait. Va la chercher, Caleb, que tout ça n'ait pas servi à rien.

J'entendis le son de ses pas s'éloigner. Je continuais de regarder la porte, j'étais rempli de culpabilité. Je posai doucement les yeux sur la fille allongée à plat ventre sur le lit.

— Lève-toi, lui ordonnai-je. Lève-toi et va te laver.

Désolé. Désolé qu'on ne soit pas mieux que...

Je ne parvins pas à lui dire. Les regrets allaient devoir attendre.

Je remis mon pantalon avant d'aller dans l'autre pièce. La femme que Killion avait utilisée était recroquevillée au sol, les deux hommes qui l'avaient baisée haletaient, nus au-dessus d'elle. Et Killion... Il avait le sourire jusqu'aux dents.

Il se retourna quand j'approchai, son sourire était répugnant.

— Tu veux un verre ? Viens, on en prendra un dans la limousine.

Je le suivis hors de la pièce et me dirigeai vers le couloir avant de descendre les escaliers. Mais il n'y avait aucun signe de l'homme qu'il avait appelé le Directeur. J'essayai de chercher Evans, mais il n'était nulle part. Probablement en train de se noyer dans le Scotch le plus cher qu'il pouvait trouver. Les choses allaient être différentes entre nous maintenant...

Vraiment différentes, putain.

J'avalai le goût acide dans le fond de ma gorge et je suivis Killion jusqu'à la limousine, avant de grimper dedans.

— Evans ? demanda Killion alors que je m'installais sur le siège.

Je secouai la tête, cet enfoiré sourit encore plus fort.

— Bon, il n'est pas comme nous, Caleb.

Un signe de tête de sa part, et les portes de la voiture se fermèrent.

— Il ne fera que te ralentir, ajouta-t-il.

Le moteur démarra, et nous avons descendu le chemin, en direction du portail.

— Toi ton truc, c'est de plus grands endroits. Des endroits où je peux t'aider à entrer.

Un tressaillement surgit au coin de mon œil. J'avais envie de lui bondir dessus et de le frapper jusqu'au sang. Je voulais qu'il soit aussi moche à l'extérieur qu'à l'intérieur. Mais je ne le fis pas, parce que c'est ce que je voulais, non ? *Cette... putain de torture.*

Je me contentai de hocher la tête.

— Oui.

— Oui ? chuchota Killion.

Ses yeux brillaient de mille feux.

Ma réponse résonnait, s'enfonçant plus profondément, me donnant la chair de poule. Je regardais à travers les vitres teintées alors que nous quittions la maison et tournions sur une grande rue. Je voulais enregistrer chaque virage et chaque kilomètre que parcourions. Mais je ne pouvais pas. Les ténèbres enveloppaient mon esprit et enfoncèrent leurs griffes profondément. Je descendais dans un trou sans fond.

Killion me regardait avec une excitation qui aurait dû me terrifier. Seulement, quand je croisais son regard, je ne ressentais rien. Pas de peur, pas d'excitation... rien.

Nous avons continué à rouler, en prenant ce qui ressemblait à des routes secondaires jusqu'à ce que nous nous arrêtions le long d'une grande clôture et devant le même portail que celui où mon frère s'était écrasé la veille. Seulement cette fois, le portail s'ouvrit devant nous. La fenêtre du conducteur s'abaissa et il dit quelques mots au gardien. Puis nous avons avancé en direction du bâtiment au loin.

Cet endroit était grand... il s'étendait sur une bonne partie du terrain. Je déglutis alors que mon pouls s'accélérait.

Killion surveillait chacun de mes mouvements. Je me devais donc d'être prudent et scrutai alors le bâtiment avec peu d'intérêt.

— Encore une fête ?

— Non.

Killion se pencha vers moi alors que la limousine s'arrêtait.

— Encore mieux que ça.

Le chauffeur sortit de la voiture et nous ouvrit la portière. Killion sortit, ajusta sa veste et leva les yeux. Cet endroit était gigantesque. Un bâtiment gris, bétonné, à l'apparence hostile. Il n'y avait aucun nom sur la porte, rien qu'une équipe de gardes qui se dirigeait vers nous.

— Killion.

Le ton rocailleux et méfiant venait de derrière nous. La porte d'entrée en acier était ouverte, et le Directeur était à l'intérieur. Il croisa le regard de Killion avant de passer au mien.

— Monsieur Banks, dit-il en s'avançant vers moi. Bienvenue dans l'Ordre.

La panique m'envahit lorsque j'entrai. Je réprimai le besoin de courir, d'ouvrir toutes les portes et d'abattre tous les murs jusqu'à ce que je la trouve. Un seul faux mouvement et c'était fini.

Je n'étais toujours pas convaincu qu'ils me croyaient. Peut-être qu'ils avaient voulu m'attirer ici, pour me menotter et m'emprisonner. Bordel, peut-être même pour me tuer pour que je ne pose plus problème. Alors je décidai de jouer la sécurité :

— Je ne sais toujours pas pourquoi on est là, dis-je en levant les sourcils en balayant du regard le vaste hall d'entrée. Je ne sais même pas où on est.

— Oh, je pense que tu vas beaucoup apprécier ce que nous avons à offrir, dit le Directeur en souriant. Enfin, je crois que tu as déjà eu un avant-goût.

Nous avons longé un grand couloir jusqu'à une double porte verrouillée. Mon pouls s'accéléra tandis que je le regardais poser une carte contre le lecteur avant que les portes s'ouvrent.

— C'était un peu intense, marmonnai-je.

Killion me fit un sourire étrange en avançant.

— On n'est jamais trop prudent, n'est-ce pas ?

Prudent... c'est une façon de le dire. Je serrai la mâchoire et le suivis, nos pas résonnaient bruyamment sur le sol. Mais putain, où était Ryth ?

Chapitre Dix-Neuf

RYTH

— Que faites-vous ici ? s'exclama le Directeur en entrant dans le bureau, balayant la pièce du regard avant de poser ses yeux gris froids sur nous.

Nous étions collées contre le mur, aussi loin que possible du téléphone. Je n'osais pas regarder le combiné, je l'avais presque jeté dans un besoin désespéré de dissimuler mon appel à Nick. Un seul faux mouvement et il l'aurait vu. Un faux mouvement et il...

— Le professeur... commença Vivienne, les yeux écarquillés. Il nous a dit de venir vous attendre.

Il fit une grimace, sa mâchoire était crispée. Il semblait furieux.

Pourtant Vivienne continuait, sa voix tremblait quand elle parlait.

— Monsieur St. James a fait un scandale, dit-elle alors que ses doigts tremblaient en montrant son cou et les marques rouges que ce type lui avait laissées. Le professeur... a dû intervenir.

Le Directeur traversa la pièce brusquement, la saisit par le cou et la poussa contre le mur.

— Ton *Maître*, grogna-t-il, ses lèvres se retroussèrent lorsqu'il se pencha vers elle. C'est *ton Maître putain, et tu dois le respecter comme tel.*

Les yeux de Vivienne s'écarquillèrent.

Mais ensuite il s'éloigna, presque comme s'il s'était laissé aller à une colère pendant une seconde... *non, plutôt comme s'il venait de montrer son vrai visage.* Il était dangereux, plus dangereux que Lazarus Rossi...plus dangereux que ma propre mère.

Le Directeur prit une grande inspiration et tourna ses yeux pleins de haine vers moi.

— On ne va pas avoir cette discussion encore une fois.

Il tressaillit puis fouilla dans sa poche pour en sortir son téléphone.

— Retournez dans vos chambres, dit-il. Tout de suite.

Nous avons filé devant lui et sommes sorties dans le couloir. Elle me prit la main avant de se mettre à courir vers les doubles portes. Nous les avions à peine atteintes qu'un mouvement apparut derrière les vitres au loin. Un garde se dirigeait vers nous, il pressa sa carte contre le lecteur et déverrouilla la porte, se dirigeant vers celle où nous nous trouvions.

— Putain, qu'est-ce qu'on fait ? chuchotai-je risquant un regard par-dessus mon épaule.

Le directeur ne nous avait pas suivies.

— Je sais pas.

La main de Vivienne se resserra autour de la mienne.

Le garde pressa sa carte sur le lecteur et ouvrit la porte. Il n'eut même pas eu besoin de dire quoi que ce soit, il resta sur le côté et attendit que nous passions.

— Dans nos chambres, murmura Vivienne.

— Vous n'allez pas dans vos chambres, répondit le garde. Puis il nous fit signe d'avancer, de retourner dans le couloir et de nous diriger vers la salle de classe. Nous avons de la compagnie qui arrive.

Mon cœur s'accéléra. Je jetai un coup d'œil à Vivienne, son visage devenait pâle. De la compagnie... qu'est-ce que cela signifiait ? Mais nous dépassions la salle de classe et le mur où Vivienne avait été retenue contre sa volonté et nous étions en train de nous diriger vers une autre pièce plus loin dans le couloir.

L'obscurité s'échappait par l'ouverture de la porte devant nous. Je secouai la tête, mes pas se stoppèrent alors que Vivienne atteignait l'entrée.

— Allez, dit le garde en me poussant pour que j'avance.

J'essayai d'attraper la main de Vivienne, mais ce contact fut rompu lorsque le garde s plaça entre nous et dans la pénombre.

— Là-bas.

J'entrai et observai les stores gris acier et les grands canapés en cuir noir. D'autres femmes se tenaient le long du mur de la pièce, jetant des regards dans notre direction alors qu'on nous poussait en avant.

— Alignez-vous, ordonna le garde.

Je me dirigeai vers les autres, celles qui portaient du blanc. La couleur nous protégeait en quelque sorte, pour l'instant. Nous attendions en silence. Chaque bruit me faisait trembler de peur. Vivienne ne disait rien. Je jetai un coup d'œil dans sa direction, espérant une sorte de force, mais elle n'en avait aucune à donner.

Le bruit lent et lourd des pas des hommes résonnait. J'entendis une série de pas, puis une autre.... et encore une autre.

Était-ce le Professeur ? Savaient-ils pour l'appel ? Je déglutis de toutes mes forces alors que des ombres approchaient de l'embrasure de la porte.

Le Directeur entra dans la pièce, ses yeux gris et ternes balayèrent la pièce, s'attardant un peu trop longtemps sur moi avant de regarder ailleurs. Un autre homme le suivait, un homme plus âgé avec des cheveux gris et des yeux sombres qui brillaient d'excitation. Il sourit en entrant après le Directeur, son regard se posant sur la ligne de filles.

— Je vous l'avais dit, murmura-t-il. Exquises.

Un mouvement attira mon regard alors qu'une autre ombre arriva sur le seuil de la porte... et qu'un homme entrait.

Mon cœur s'arrêta net.

Mon corps se figea.

C'était Caleb... CALEB ! Je voulus avancer, l'espoir surgissant en moi alors qu'il balayait la pièce du regard, ces yeux noisette parfaits trouvant les miens avant de détourner le regard. *Il avait détourné le regard...*

J'avançais d'à peine un demi-pas. Vivienne se jeta sur moi, me saisit le poignet et me ramena dans le rang alors que mon demi-frère murmurait une réponse.

— Elles sont magnifiques.

Chapitre Vingt

CALEB

— Elles sont parfaites, hein Caleb ? dit Killion en se tournant me regarder.

Je ne pouvais pas répondre, je ne pouvais pas bouger. La voir se tenir là, habillée comme... les autres était presque trop dur à supporter. Ses yeux devinrent ronds et je vis un regard de soulagement sur son visage lorsque nos regards se croisèrent.

Elle commença à s'avancer, et il me fallut beaucoup de force pour ne pas traverser cette putain de pièce et la prendre dans mes bras. Mais un seul faux mouvement, et ils sauraient. Les portes. Les gardes. Des hommes avec des mitrailleuses. Ils étaient tous là. Pour l'instant, nous n'avions aucune chance. Je secouai la tête, jetai un regard attentif au Directeur et me forçai à répondre.

— C'est vrai.

— Tu peux choisir celle que tu veux, dit Killion en se dirigeant vers celles qui étaient habillées en rouge. Tu pourras la posséder, autant que tu le veux.

— Tant que le contrat est rempli, grogna cet enfoiré. Et que tu payes le prix, bien sûr.

Je serrai la mâchoire et je dis entre mes dents serrées :

— Bien sûr.

La fille à côté de Ryth attrapa sa main et la fit rester dans le rang. Le mouvement attira l'attention de Killion. Comme un requin en chasse, il s'approcha, regardant les filles et Ryth.

— Qui avons-nous là ?

Non... Putain, non.

Il s'éloigna de celles habillées en rouge et en noir... puis il s'avança vers celles en blanc.

— Des nouvelles recrues ? dit-il en jetant un coup d'œil au mec derrière moi.

— Quelques-unes, répondit le Directeur. Une est déjà sous contrat, mais seulement en tant que pupille. Elle n'est pas encore... *brisée.*

Killion se tourna vers Ryth, qui était au bout de la file. Un vent de panique soufflait dans ma tête, le son s'amplifiait. Je me raclai la gorge et continuai à marcher, me dirigeant vers l'autre bout de la file. Je ne les voyais pas. *Je ne pouvais pas les voir.* Tout ce que je voyais du coin de l'œil, c'est Killion qui s'approcha d'une fille.

— Celle-là, dit-il en s'arrêtant devant Ryth et tendit le bras pour saisir son visage. Elle est fichue.

La tache de naissance sur sa joue se mit à rougir.

Non... pas fichue.

Spéciale.

— Elle est... parfaite, murmura Killion en la tirant plus près. Je la veux.

— Non ! cria-t-elle en se débattant, lançant un regard vers moi. *Lâchez-moi, putain !*

— Ryth est nouvelle, déclara le Directeur en s'approchant. Elle ne comprend pas encore.

— Mais elle comprendra, n'est-ce pas, ma petite ? dit Killion en la retournant et en la plaquant contre le mur. Je vais lui faire comprendre, moi.

La rage me traversa comme un coup de poing de glace. Je commençais à avancer.

— Il a dit qu'elle n'était pas à vendre.

Mais ce con m'entendit à peine. Il fit remonter la nuisette de Ryth et se mit à malaxer son cul avec sa grosse main répugnante.

— Je m'en fous.

— *Va te faire foutre !* cria-t-elle en le faisant reculer.

Elle était si petit face à la corpulence et la puissance de Killion, qui visiblement aimait ça. Il les aimait petites et faibles. Mais elle n'était pas faible, pas quand elle était avec nous.

L'image d'elle et Nick me revint en mémoire. Ses mots résonnaient dans ma tête. *Mets-toi à genoux, Nick. Mets-toi à genoux, bordel.* Elle était à nous. Elle était... *à moi.*

Mon passé et mon présent entraient en collision. Elle et nous. Ce supplice interdit, puis la brutalité de cette pièce. Killion saisit ses poignets d'une main et les souleva pour les cogner contre le mur.

— Cette marque sur ton visage, on dirait l'empreinte d'une main, grogna Killion à son oreille. Comme si t'avais été battue, dit-il en lui pinçant le téton. Tu aimes être battue ?

Elle cria et ce son me déchira le cœur. *Je vais le tuer ! Je vais détruire ce putain de...*

Il fallait faire quelque chose. Il fallait...

— Celle-là, dis-je en attrapant une fille en rouge à l'autre bout de la ligne.

Killion arrêta de malmener ma demi-sœur et me regarda.

— Elle est belle, murmura le Directeur en s'approchant. Olivia est calme et vulnérable, entraînée pour tout ce qu'un homme pourrait exiger d'elle.

Elle est entraînée...

Rien que ça, ça devrait me rendre malade. Mais même pas. Je la saisis par la nuque et la tirai vers moi.

— *Non. Ne fais pas ça*, gémit ma demi-sœur, qui vivait ça comme une trahison.

Je savais à qui ses mots étaient destinés. Elle préférait être à la merci d'un putain de monstre comme Killion que de me voir toucher une autre femme. Je lui faisais du mal... *ça lui faisait du mal.*

Je devais me sortir ça de la tête. Je devais me concentrer. J'étais si proche du but maintenant. Si proche, putain. Ne pouvait-elle pas voir ce que je faisais ? *Ne pouvait-elle pas voir que ce n'était qu'un jeu ?*

Killion me regarda en poussant ma demi-sœur contre le mur. Elle se débattait, la main de Killion serrait sa gorge, l'autre glissant sur son cul, relevant la nuisette blanche plus haut.

— Juste un avant-goût. J'ai le droit quand même.

Je saisis la fille à la gorge, serrant ma poigne, trouvant les tendons crispés qui couraient le long de son cou.

— Je pourrais t'étrangler facilement, dis-je en serrant plus fort. Faire en sorte que ton monde se transforme en enfer. Tu aimerais ça ? T'évanouir à moitié pendant que je te baise ?

— Mon Dieu, murmura Killion. T'es vraiment comme moi, hein ?

Elle laissa échapper un gémissement, à la fois de choc et de désir. Ce son vibra sous mes doigts et imprégna la pièce. L'idée que nous soyons pareils me donnait la nausée. Killion était un faible, une véritable merde. Un putain de sadique qui n'en avait rien à foutre du plaisir, il ne pensait qu'à la douleur.

Il n'avait aucune idée de ce que cela signifiait de dire non et de tout donner en même temps. Que le plaisir de la fille était un terrain de jeu, il ne savait pas qu'on pouvait être tendre et brutal à la fois, donner encore et encore, et pendant tout ce temps, avoir les gémissements de la fille seulement pour soi. Ces petits halètements étaient *pour moi*. Autant *pour elle* que pour moi.

Pour Ryth...

Je fermai les yeux alors que son nom m'emplissait.

C'est à Ryth que je parlais. Ryth que je sentais contre mon corps. Ryth que je voulais plus que tout. Je resserrai ma prise, sentant la course effrénée de ses battements de cœur.

— On t'a déjà léché pendant que tu t'évanouis ?

La fille gémit contre mes doigts.

Le désir montait en moi, je me collai contre elle. Je me penchai, mon souffle dansant sur son oreille.

— Je vais baiser ce doux et jeune corps, princesse. Je vais te baiser si fort et si lentement quand tu crieras mon nom. Je t'étranglerais un peu quand je sucerai ton clito et mangerai ta chatte, dis-je en appuyant sur la veine de son cou, la faisant crier de peur, puis je relâchai ma prise.

— Puis je relâcherai la pression quand tu jouiras. On fera ça encore... et encore... *et encore, princesse.* Au matin, tu seras à peine capable de chuchoter, tellement tu auras crié. Je vais te faire des bleus, et tu vas adorer chaque putain de minute.

Du coin de l'œil, je vis la poitrine de Ryth se soulever sous sa respiration. Mais Killion ne la poussait plus contre le mur. Je me tournai pour lui faire face, voulant absolument qu'il voie ce qu'il pouvait avoir à la place.

Allez...allez, putain de connard.

Je soutenais son regard, ses yeux sombres brillaient d'excitation. J'attirai la fille contre moi, cette fille qui n'était rien de plus qu'une putain de diversion. Mon regard vacillait, mais j'essayais de garder mon sang-froid. Je ne pouvais pas regarder Ryth, je ne pouvais pas voir les larmes scintiller dans ses yeux, ni son regard qui criait la trahison. Pas encore...parce que je n'en avais pas fini avec ma trahison.

J'avais pas fini de LUI BRISER LE CŒUR.

— Tu seras à moi. T'as compris ? dis-je en serrant ma main autour de son cou, puis je la soulevai jusqu'à ce que son corps touche à peine terre.

— Tu seras à moi jusqu'à ce que j'en ai fini avec toi.

Killion relâcha ma demi-sœur et se rapprocha.

— Olivia, c'est ça son nom ?

La femme hocha la tête docilement, mais ce n'était pas sa soumission que je voulais. Putain, je bandais comme un cheval, ma bite forçait contre ma braguette. Le fantasme de Ryth était presque douloureux.

— Oui, chuchota-t-elle, comme elle avait été entraînée à le faire.

Ma concentration vacilla... Je croisai le regard de Ryth, ma bite ne tenait plus en place, elle voulait sortir. Je la désirais...je la désirais tellement. Je voulais l'embrasser, la goûter. La prendre de nouveau dans ce cellier. Seulement cette fois, je ne m'arrêterais pas, même avec sa mère à quelques mètres.

Cette fois, je la baiserai contre les boîtes conserves. Je la baiserai jusqu'à ce que ses jambes tremblent et que sa chatte palpite.

Cette fille se mit à gémir, poussant son cul contre moi, sa chaleur pressée contre ma queue. Je voulais jouir... je voulais...

— Je ne veux pas être tendre, grognai-je. Je vais être une bête avec toi. Tu vas me détester et me désirer en même temps.

— Non, dit Ryth en trébuchant en arrière. Non...

— Je vais la prendre, dit Killion en s'avançant, s'arrêtant devant nous.

Dans le désespoir hurlant de la pièce, personne n'entendait les pleurs de Ryth. Personne d'autre que moi.

Je pris une grande inspiration.

— Tu la veux, Killion ?

Son sourire glacial s'agrandit.

— Je la veux, ça te pose un problème ?

C'était donc ça ? C'était un jeu pour les hommes comme lui, encore un putain de jeu. J'enlevai ma main de son cou et je la poussai en avant, vers cet enfoiré.

— Non, pas du tout.

Mon corps criait pour être libéré, mais c'était mon âme qui était piégée dans ce puits de ténèbres à l'intérieur de moi. Un endroit dont je savais que je ne sortirais jamais.

— Rédigez le contrat, dit Killion. Je prendrai celle-là ce soir.

— Très bien, répondit le Directeur.

Je détournai les yeux de ma demi-sœur pour les poser sur lui. Ce regard de pierre ne vacillait pas, pas une seule fois. Il fit un signe de tête et les gardes avancèrent, emmenant le reste des filles de la pièce. Ryth fut la dernière à partir, la dernière à passer devant moi, et alors qu'elle le faisait, je tournais mon regard vers elle au moment où elle me cracha à la figure.

La salive atterrit sur ma joue.

Je ne bronchais pas.

Je le méritais.

Non, je méritais même pire.

Le désespoir remplissait ses yeux bleu-gris alors qu'on la faisait sortir. Killion et le Directeur avaient vu la scène mais ne dirent rien, attendant que je demande qu'elle soit battue. Après tout, elle n'était personne, non ?

L'angoisse qui me saisissait le cœur disait le contraire.

— Allons-y, murmurai-je. J'ai envie de me barrer d'ici.

Killion hocha la tête, son regard se tournant vers son trophée.

— Je ne pourrais pas être plus d'accord.

Chapitre Vingt-Et-Un

CALEB

J'ÉTAIS ENGOURDI QUAND NOUS SOMMES SORTIS DE CET endroit. Vide quand nous sommes remontés dans la limousine, et brisé quand nous sommes partis.

— T'es bien belle toi, hein, dit Killion en baissant la nuisette d'Olivia, dévoilant ses seins alors que nous franchissions les portes.

— Dommage que tu aies loupé celle-là, Caleb, mais je suis sûr qu'il y en aura d'autres.

Je hochai la tête, je ne ressentais rien.

— Je suis sûr qu'il y en aura d'autres.

Un petit rire répugnant s'échappa de ce tas de merde pendant qu'il la caressait.

— Mais désolé de t'avoir coupé l'herbe sous le pied. Je vais me rattraper.

Ses yeux sombres étaient fixés sur moi. C'était vraiment un fils de pute sadique.

— Tu as juste à le dire et c'est à toi, tout ce que tu voudras.

Mon cœur gronda sourdement. *Alors fais demi-tour et ramène-moi là-bas. Rends-la moi.* Je soutins son regard, les mots hurlant dans mon esprit. Mais le ferait-il ? Le ferait-il vraiment ou se jouait-il de moi ? C'était son style, il me taquinait juste assez pour que je lui demande quelque chose, puis il m'enlevait tout.

Si je lui demandais, il le saurait, et tout cela n'aurait servi à rien. Je devais garder le contrôle pour le bien de Ryth. Je déglutis fortement et me tournai pour regarder par la fenêtre.

— Je te le ferai savoir, murmurai-je.

Mon esprit était tourmenté, d'une part, dans le désespoir de la retrouver, et d'autre part, de ne pas tout foutre en l'air. Je passai ma main sur ma joue et trouvai son crachat quand un gémissement retentit dans la voiture. Mais ce n'était pas un son de désir, c'était un son de douleur. L'acide brûlait dans le fond de ma gorge. J'allais être malade, vomir sur ce beau cuir neuf comme un gamin.

Chaque kilomètre était une agonie.

Chaque seconde, un supplice.

Chaque gémissement de la femme en face de moi était un clou dans mon cercueil.

— Je dois retourner à la chambre noire pour récupérer ma voiture.

Mes mots étaient tellement mâchés qu'il pouvait à peine m'entendre.

— Passez au club, chauffeur, demanda Killion. Je pense que notre invité a eu assez de notre compagnie pour une soirée.

Les lumières brillantes de la ville scintillaient devant nous. Je n'avais pas besoin de lever les yeux pour savoir qu'il me regardait. Je ne pouvais pas répondre à ce regard, plus maintenant. Au lieu de cela, je fermai les yeux et essayai de garder mon sang-froid. Un ouragan hurlait à l'intérieur de moi, un ouragan qui avait besoin de sortir.

J'ouvris les yeux sur des rues à peine familières avant que la limousine ne s'engage dans une rue secondaire et ne tourne, s'arrêtant à l'arrière du club où, quelques heures auparavant, j'avais rencontré Evans et grimpé dans sa Bentley. Il y avait seulement quelques heures. Je tirai sur la poignée avant que la voiture ne s'arrête. Cela m'avait semblé une vie entière.

— Caleb.

L'air de la nuit me saisit en même temps que le murmure de Killion. La portière s'ouvrit et je m'arrêtai un instant.

— C'était sympa ce soir. J'espère qu'on pourra remettre ça... *bientôt*.

Bientôt...

Le dégoût me brûla les tripes alors que je claquai la portière derrière moi. Mon regard se fixa sur l'éclat bleu devant moi, comme si c'était mon dernier espoir de salut. Une tempête rugit en moi alors que la limousine s'éloignait. Je mis ma main dans ma poche et saisis mes clés pour déverrouiller ma voiture avant de m'avancer vers elle.

Les lumières clignotèrent avant que je m'affale derrière le volant et que je ferme la portière d'un coup sec. Non, sa voix résonnait encore. La trahison. La douleur... *le regard qu'elle avait quand elle avait dû partir, sachant que je l'avais laissée tomber.* Je me déchargeai de ma colère en frappant le volant.

— *PUTAIN DE MERDE !*

J'avais fait ça pour elle.

Je lui avais fait ça... à... elle.

Mes mains tremblèrent alors que je démarrai le moteur. Puis je compris brusquement. J'ouvris la portière pour me pencher. Les restes du Scotch de qualité supérieure brûlaient dans ma gorge tandis que je vomissais.

Non.

C'était la voix de Ryth.

Non.

Non.

Non.

Des ombres se déplaçaient sur le béton devant moi. Quelqu'un saisit la portière et l'ouvrit en grand, me l'arrachant des mains avant que l'on m'attrape et me sorte de la voiture. Je me débattis mais je touchais seulement de l'acier avant de m'écraser sur le béton. La douleur se répandit sur mon visage alors que le froid et la puanteur de ma propre saleté me saisissaient. Je fus soulevé, tiré vers le haut puis plaqué contre ma voiture.

— *Putain, tu me dégoûtes !*

Je levai les yeux et croisai le regard de mon frère.

— Tobias.

Il était une boule de nerfs, ses yeux sombres étaient encore plus noirs que jamais. Mystérieux, terrifiants. Je jetai un œil derrière lui, Nick était là, à me fixer.

— On s'amuse bien frérot ? dit Nick d'une voix blessante. Tu t'amuses pendant que nous on essaye de sortir *notre sœur de ce trou à rats* ?

Je secouai la tête mais j'étais incapable de parler.

Les lumières faiblardes du parking faisaient briller l'acier du flingue que Tobias brandit. Mes genoux tremblaient, mon frère était intransigeant. Je m'accroupis au sol, sur l'asphalte à côté de la voiture.

— Vas-y, dis-je alors que les mots me brûlaient. Je le mérite. Je mérite à cause de ce que je lui ai fait ce soir.

La nuit était glaciale.

— T'as fait quoi ?

Je n'entendis aucune émotion dans la voix de mon frère. Le bout du canon était collé à mon crâne.

— Dis-moi, ça m'intéresse, ajouta-t-il.

— Je l'ai trahie, dis-je en levant les yeux, croisant son regard. Je l'ai laissée là-bas.

Nick eut un mouvement de sursaut et s'avança.

— De quoi tu parles ?

J'ouvris la bouche pour leur raconter, essayant de trouver un semblant d'espoir dans ce qui s'était passé ce soir. Mais il n'y avait pas d'espoir. Il y avait seulement les cris de la femme que je venais de trahir, pour quoi ?

Rien.

Ça n'avait servi à absolument rien.

— J'ai essayé, putain, j'ai essayé, dis-je en serrant les poings. Vous comprenez pas ? *VOUS COMPRENEZ PAS PUTAIN ?*

Mon cri résonnait dans la nuit. Je me jetai sur le poignet de Tobias et pressai le flingue sur ma tête.

— Vas-y. Fais-le putain !

Mes cris résonnaient dans la nuit. Je me laissais tomber contre la voiture, vaincu.

— *Je peux pas vivre comme ça. Je peux plus la voir dans cet endroit. Je peux pas...*

Oublier ce que j'ai vu Killion lui faire.

— Tu l'as vue ? murmura Nick.

Le flingue se mit à trembler, puis s'éloigna de mon crâne.

— Non, dis-je en tirant Tobias vers moi, maintenant son regard de haine. *Non !*

— Je pense que tu ferais mieux de nous raconter, C., dit Nick. Et tu ferais mieux de le faire tout de suite.

Ils me détestaient. Putain, ils me détestaient. Les larmes brouillaient la vision de mon frère. Mais ce n'était rien comparé au regard vide de Ryth qui brûlait dans mon esprit.

— Je l'ai trahie. Je l'ai trahie et je sais pas quoi faire.

Tobias se pencha, son corps se déplaçant dans la flaque de lumière. Il était couvert de taches de sang, des taches si rouges qu'elles paraissaient noires sur sa peau. Je baissai les yeux sur ses mains et grimaçai. Elles étaient pleines de sang... il ne s'agissait plus seulement de taches. Je relevai les yeux vers lui. Je n'étais pas le seul à avoir merdé ce soir.

— Que les choses soient claires, grogna mon petit frère, j'en ai rien à faire de tes états d'âme. Fais encore des trucs en douce et je te fais péter la cervelle sur le capot de ta belle bagnole. Pigé, *frérot ?*

Il le ferait.

Je n'arrivais pas à respirer normalement. Mais je me forçai à parler.

— Elle est vivante, dis-je. Mais elle est en danger.

— Elle m'a appelé, dit Nick. Elle m'a dit ça aussi.

Je secouai la tête.

— Faut qu'on la sorte de là-bas. Faut qu'on l'éloigne du...

Du Directeur...

— Ils lui font quoi là-bas putain ? demanda Tobias.

Lâchez-moi ! Ses cris me revenaient.

— Rien de bon.

— Lève-toi, cria Nick. On rentre à la maison.

— A la maison, C., dit Tobias en me poussant avec le canon de son flingue. M'oblige pas à te courir après.

Je hochai la tête alors que Tobias scrutait le parking avant de ranger son flingue dans son dos, puis ils se mirent à avancer vers l'entrée du club. Pour moi, ils étaient des inconnus à ce moment-là. Mais peut-être que c'était autre chose... peut-être que c'était moi qui avais détérioré le lien familial. C'était moi l'inconnu. Celui en qui ils n'avaient pas confiance.

Mon bras tremblait alors que je me hissai avant de retourner au volant. La Lamborghini vrombit et rugit alors que je sortais du parking pour rentrer chez moi.

Une partie de moi était terrifiée à l'idée de revoir mes frères, une autre partie était soulagée, avait hâte de se libérer du poids de ce fardeau. Je me cramponnai au volant, déambulant prudemment dans les rues qui menaient à la maison. En arrivant dans l'allée, je vis que les lumières étaient allumées.

C'était étrange car je ne m'étais jamais senti aussi seul, même pas après le décès de ma mère, ni la veille quand j'avais failli perdre mon frère. Ces moments étaient fades en comparaison de ce sentiment de honte. J'ouvris la porte d'entrée, j'entendis un faible gémissement de douleur, puis la voix douce de mon frère.

— Doucement ma belle, doucement. Je vais pas te faire de mal.

J'allai dans la cuisine et je trouvai Nick torse nu, en train de bercer un chiot blessé.

— Qu'est-ce qui s'est passé ?

Nick me lança un regard noir par-dessus son épaule.

— T'es pas le seul à avoir une soirée horrible. Tiens, passe-moi le chiffon là, dit-il en désignant un chiffon de vaisselle.

J'allai l'aider, j'étais ravi de penser à autre chose.

— Presse-le contre sa plaie, dit-il.

— Qu'est-ce qui s'est passé ? dis-je en pressant doucement le chiffon contre l'abdomen du chiot et une tache de sang commença à imprégner le linge blanc. Il est à qui ce chien ?

— À moi, marmonna Nick, dit-il sans lever les yeux vers moi, scrutant le petit chiot et grimaçant à chaque fois qu'il gémissait. Il faut qu'on l'emmène au véto.

— Plus tard, s'écria Tobias dans mon dos.

Je me raidis en entendant sa voix glaçante. Puis je me tournai vers lui.

— Maintenant, dit Tobias en enfilant un t-shirt propre avant de venir près du comptoir, j'ai envie que tu nous racontes ce que tu as à nous dire.

Nick s'arrêta de soigner le chiot et le serra contre lui, lui caressant la tête.

— Allez, C. et t'as intérêt que ton histoire soit intéressante.

Je hochai la tête, ne sachant pas par où commencer. Comment pouvais-je leur dire ce que j'avais fait... *non, ce que j'étais.*

— Il fallait qu'on trouve un moyen d'entrer là-bas, alors j'en ai trouvé un, dis-je en détournant les yeux de Tobias.

— Comment ? demanda Nick.

— Est-ce que c'est important ? dis-je en secouant la tête.

Tobias saisit le comptoir et ce mouvement attira mon regard. Il y avait du sang séché sur ses doigts et sous ses ongles. Je n'avais pas besoin de demander ce qui s'était passé. Tout était là, dans ses yeux sombres et impénétrables.

— Oui, dit-il les dents serrés, c'est important.

— Je suis allé dans un club de prostitution, un club répugnant avec un homme que j'aurais préféré ne jamais rencontrer, et j'ai pu entrer dans un club privé. Le genre de club qui achète des femmes qui viennent d'endroits comme l'Ordre.

Tobias se figea. Il était si immobile qu'il ne respirait pas.

— Qu'est-ce que tu racontes ? dit Nick en s'approchant, sa main s'éloignant du chiot. Ils font du trafic de femmes ?

Mon estomac se noua alors que je hochai la tête.

— Oui, c'est exactement ça.

Non... non, lâchez-moi ! C'était le cri de Ryth. Dans mon esprit, je revoyais les mains de Killion qui se baladaient sur ma sœur.

— Ryth est là-bas ? murmura Nick.

— Oui, dis-je en regardant Tobias.

— Est-ce qu'elle a été... commença mon plus jeune frère avant de s'arrêter, son visage devenant pâle alors qu'il détournait les yeux.

— Je sais pas, répondis-je. Je sais pas.

— Mais tu l'as vue ? demanda Tobias en me regardant droit dans les yeux. Tu l'as vue ce soir.

Lâchez-moi ! Mon esprit était plein de sa rage. Je ne pouvais pas leur dire ce que Killion lui avait fait, je ne pouvais pas leur dire que j'étais resté à regarder sans rien faire.

— Oui, je l'ai vue.

— Alors tu sais comment entrer, dit Nick en s'approchant de moi, soutenant mon regard. Tu sais comment entrer.

J'acquiesçai.

Tout ce que tu veux, Caleb. Absolument tout. C'était ce que Killion m'avait dit.

— Oui, je sais comment entrer. Mais il faut être très prudents. S'ils devinent qu'on y va pour la faire sortir, ils la tueront et nous après.

— Non, grogna Tobias. Je les laisserai pas faire.

Chapitre Vingt-Deux

RYTH

LES MURS BLANCS AUTOUR DE MOI DEVENAIENT FLOUS. LE bruit de mes pas me semblait loin et étrange. Mais le battement de mon cœur était assourdissant, une sorte de rugissement terrifiant qui me hantait l'esprit.

Vivienne regarda vers moi alors qu'on sortait de la salle. Un peu de salive avait séché sur mes lèvres. Mon demi-frère n'était pas venu ici pour me chercher. Il était venu... *pour acheter l'une d'entre nous pour la baiser.* Mes genoux se mirent à trembler à cette pensée. Je tombai lourdement au sol alors que mes genoux lâchaient.

— Calme-toi, murmura Vivienne en me prenant le bras pour que je me relève.

Il n'était pas venu pour moi...

Il n'était pas...

Je me mis à sangloter alors qu'on avançait.

— Continuez de marcher, cria le garde alors qu'on passait devant lui.

Vivienne lui lança un regarda noir alors qu'on suivait les autres filles. Mais mes pas devinrent à nouveau lents, mes pieds refusaient d'avancer. Je voulais y retourner, passer la porte et lui foncer dedans. Je voulais le frapper jusqu'à ce qu'il saigne. Je voulais lui faire autant de mal qu'il m'en faisait. Je voulais...

Je voulais...

Le toucher et le prendre dans mes bras. Je voulais lui dire de me réconforter et de me dire que tout irait bien. Qu'il était venu pour me chercher. Qu'il n'était pas comme les autres mecs. Mais tout ça aurait été un mensonge.

Je l'avais vu dans ses yeux froids quand il avait attrapé cette fille, quand il l'avait serrée contre lui en lui murmurant les mêmes choses qu'à moi.

C'était un putain de joueur. Un vrai *connard !* Non il était pire que ça. C'était le genre de mec à me voir comme un bien, à utiliser et à jeter quand bon lui semble. Je n'arrivais pas à croire que j'avais eu des sentiments pour lui. Je n'arrivais pas à croire que je...

— Ryth, s'écria Vivienne en lançant un regard paniqué vers le bout du couloir.

Dans la pénombre, je vis le garde aux cheveux blancs s'avancer, son pas assuré mangeait la distance entre nous alors qu'il nous regardait, alignées, avant de s'arrêter sur moi.

— Faut qu'on bouge, marmonna Vivienne en me tirant vers elle. Tout de suite !

Je laissais Vivienne m'extirper de la file pour m'emmener vers une porte, mais le garde traversa le couloir et me saisit avant de me pousser contre le mur.

— T'as quelque chose à me dire ?

Je levai les yeux et rencontrai les siens. Il était furieux et je savais évidemment pourquoi. On était entrées dans le bureau du Directeur et on s'était servi de son téléphone. Je serrai les dents et relevai le menton.

— *Allez vous faire foutre.*

Ses lèvres se retroussèrent et je vis la haine dans ses yeux. J'entendis dans mon dos le faible murmure de voix d'hommes.

Celle-là est fichue...

Les mots me revenaient. Je sentais encore ses mains sur moi, sur mon visage, mon cul... mes seins. Mon estomac se noua dans le dégoût de ce souvenir.

— Refais une scène comme celle que tu viens de faire dans cette salle et tu n'auras plus à t'inquiéter d'être vendue au plus offrant, dit-il en s'approchant de moi jusqu'à ce que la chaleur de son souffle soit sur ma joue. Je te prendrai pour moi.

Je serrai les dents, retenant un gémissement, puis je détournai mon regard.

Il se pencha un peu plus, m'écrasant contre le mur.

— Je vais venir te chercher, Castlemaine. Je vais venir putain...

— S'il vous plaît, chuchota Vivienne, en me tirant la main. Elle ne le pensait pas.

Le désespoir scintillait dans ses grands yeux terrifiés. Le garde avait un regard noir, mais il ne fit rien pour arrêter Vivienne alors qu'elle me libérait. Mes pieds nus frappèrent le sol dur alors que je m'éloignais en titubant.

— Salle à manger, dit un autre garde en faisant un signe. Tout de suite.

Je la suivis, ne ressentant rien d'autre que la douleur glaciale de la trahison. Il n'y avait pas de place pour la douleur ou la peur, pas de place pour autre chose que la rage brûlante qui bouillonnait en moi.

— Viens, me dit Viv, me tirant plus fort alors que nous suivions les autres jusque dans la salle à manger. Elle me poussa vers une table et je m'assis sur une chaise.

Je restais affalée là, à fixer la table.

— Il m'a trahi, chuchotai-je.

Vivienne se pencha, elle regardait les autres en me disant :

— De quoi tu parles, putain ?

— Caleb, dis-je en levant mon regard vers le sien. Je pensais qu'il était venu pour moi, mais non.

Elle se raidit quand elle comprit.

— Ce mec... dit-elle en se figeant à mesure qu'elle parlait. *Ce mec, c'était ton frère ?*

Je me contentai de hocher la tête, parler aurait été trop douloureux.

Elle soupira longuement.

— Mais tu venais de...

L'appeler.

— C'était mon frère aîné, dis-je en secouant la tête, mes épaules s'affaissant en avant alors que les larmes me piquaient les yeux. Caleb.

Elle tomba sur sa chaise, observant du coin de l'œil les autres filles qui avançaient le long du comptoir, attrapant à manger et à boire. Je n'avais aucune idée de l'heure qu'il était, si c'était le jour ou la nuit, ou si j'étais dans cet endroit depuis une semaine ou une vie entière. Pour l'instant, je m'en fichais.

— Il faut que tu manges quelque chose, insista Vivienne.

Mon estomac se noua. L'idée de manger me donnait la nausée. Je secouai la tête.

— Je peux pas manger. Mais toi... vas-y.

Je la regardai vraiment pour la première fois et je vis à quel point elle n'avait pas peur, lorsqu'elle m'avait arrachée à ce garde, même si cela avait attiré l'attention sur elle.

— Pourquoi tu m'aides ? Pourquoi tu en as quelque chose à faire ?

Elle déglutit et jeta un coup d'œil aux autres assis à l'autre bout de la pièce avant de répondre.

— Je te l'ai dit.

— Je te crois pas, dis-je. Il doit y avoir autre chose.

Ses joues devinrent rouges et elle détourna le regard.

— Si tu ne veux pas prendre soin de toi, alors c'est ton problème. Moi, je vais manger, parce que j'ai besoin d'énergie.

Pour courir. Elle n'eut pas besoin de le dire. Pourtant, elle me lança un regard qui en disait long en se levant et en se dirigeant vers le comptoir.

Je fixai la table, sentant la douleur s'intensifier. Il avait été là, à marcher dans ces couloirs, il m'avait laissée là comme si je ne représentais rien pour lui.

Des larmes chaudes se mirent à couler sur mes joues, de plus en plus nombreuses. Je les essuyai d'un revers de main alors que Vivienne revenait avec deux sandwichs et deux jus de fruits. Elle posa une assiette devant moi, puis fit de même avec la boisson. Nous ne parlions pas, comme les autres. Mais ce silence attira mon attention. Je jetai un coup d'œil dans la salle à manger et j'aperçus une des filles en rouge qui me regardait avec insistance.

Il n'y avait rien de réconfortant dans son regard.

Aucune ressemblance avec celui de Vivienne. Elle ne mangeait pas, ne buvait pas. Ses yeux sombres observaient chacun de mes mouvements. Je me forçai à prendre une bouchée du sandwich. Mais le pain resta coincé comme une boule dure au fond de ma gorge, me faisant mal quand je l'avalai.

— Tu dois rester discrète, me dit Viv.

Je jetai un coup d'œil à Viv qui observait attentivement l'autre fille.

— Tu dois être prudente ici, Ryth, dit-elle d'un ton dur. Maintenant plus que jamais.

Des ombres avancèrent près du seuil de la porte. Je levai la tête quand trois hommes entrèrent. Le Directeur, le Professeur...et le Prêtre. Mes joues se mirent à brûler alors que je regardais le prêtre. Je ne l'avais pas vu depuis qu'il m'avait enlevée dans cet entrepôt, laissant Nick se vider de son sang.

Nick...

Une douleur traversa ma poitrine en pensant à lui. Il était vivant et allait venir me chercher. Mais quand il verra Caleb et saura ce qui s'est passé ce soir, il deviendra fou... et il ne serait pas le seul. *Tobias.* Mon souffle s'arrêta quand il envahit mon esprit. Ses yeux remplis de rage remplissaient dans mon esprit. Il tuerait Caleb. Il le tuerait sans réfléchir.

Après être venu me chercher.

S'il vous plaît, mon Dieu, faites que ce soit après qu'il soit venu me chercher.

— Tu dois rester discrète ce soir, insista Vivienne alors que le Directeur et le Professeur traversaient la salle à manger.

Leurs regards froids balayèrent la pièce, le regard du Directeur s'attarda un peu trop longtemps sur moi alors que sa voix remplissait l'espace.

— Les cours commenceront demain. Certaines d'entre vous suivront un niveau d'entraînement plus intense.

Un niveau d'entraînement plus intense.

Ce sentiment de peur me fit regretter la bouchée du sandwich.

— Pour l'instant, vous allez être escortées jusqu'à vos chambres, dit-il en nous fixant... attendant un instant.

Les autres furent les premières à se lever, l'observant alors qu'elles contournaient les tables et se précipitaient vers la sortie. Je me levai avec Vivienne. Mais je ne me précipitai pas comme les autres. Au lieu de cela, je soutenais le regard du Directeur.

— Mlle Castlemaine, murmura-t-il.

Je voulais me jeter sur lui et lui arracher les yeux. Je voulais crier, hurler, mais ma colère ne me servirait à rien. L'appareil de localisation cognait contre ma cheville alors que je marchais. J'étais toujours prisonnière, de toute façon.

On arrive, Ryth ! Les mots de Nick me hantaient alors que je sortais de la salle à manger et que j'entrais dans le couloir une fois de plus. Nous nous dirigeâmes vers les cellules sombres et vides, chaque garde nous guettant alors que nous entrions. Les portes se refermèrent, se verrouillant derrière nous avec un bruit sourd.

Le silence était le plus difficile.

Parce que c'est là que les souvenirs surgissaient.

Les souvenirs d'un temps où je me sentais vraiment vivante.

Quand Caleb n'était pas le monstre qu'il avait été ce soir. Et ma vie avait un sens autre que celui d'être vendue comme un morceau de viande au plus offrant. Les lumières dans le couloir s'éteignirent, me laissant seule au bord de mon lit dans l'obscurité.

Peut-être que chaque moment que j'avais passé avec eux était un mensonge ? Je mis mes pieds sur le lit et enroulai mes bras autour de mes genoux. L'envie de voir de Nick m'envahit. Ce genre de douleur ne pouvait pas être simulée.

— Il va venir, murmurai-je à voix haute. Il va venir.

Je restais assise comme ça pendant un moment avant de m'allonger et de tirer la couverture sur moi, recouvrant cette nuisette horrible qu'ils nous faisaient porter jour après jour. Je frissonnais de froid puis je fermais les yeux, espérant m'endormir.

QUELQUE CHOSE ME couvrit la bouche. Une voix grave parlait doucement.

— Je t'ai dit que j'allais venir te chercher, salope.

J'ouvris les yeux brutalement, mon cœur battait la chamade alors que la main sur ma bouche me collait au matelas. Dans la lumière faiblarde qui provenait du couloir, je vis briller des cheveux blancs... et je me mis à crier.

Le son traversa à peine la pièce, étouffé et sourd, brûlant au fond de ma gorge. Je le repoussai d'une gifle, mais il était trop fort, son autre main s'enroula autour de ma gorge et il me tira du lit. La peur s'empara de moi quand il me jeta au sol. Des étincelles jaillirent derrière mes paupières, je fus sonnée pendant un instant. Il lança un regard prudent vers la porte et me traîna sur le sol, loin de tout regard indiscret.

Avant que le rugissement de Nick ne me déchire... et que je me défende.

— *NON ! NON ! LÂCHEZ-MOI !* criai-je alors que je me débattais, griffant son visage partout où je pouvais.

Il s'en fichait, il tourna la tête alors que je visais ses yeux, puis il arracha ma nuisette, dévoilant mes seins.

C'était une bête. Froid. Muet. Sa détermination brillait dans ses yeux sombres. Je donnai des coups de pied et je criai alors que sa main malmenait mes seins avant de me pincer les tétons. Mais ça ne servait à rien. Il me tenait fermement et me griffait, il se mit à me tripoter avant de trouver ma culotte et de la baisser.

Je me débattis, la terreur me saisissant au plus profond de moi. Dehors, une alarme stridente retentit.

— Putain !

Ce con lança un regard vers le couloir, puis me regarda à nouveau.

— Je vais devoir faire vite, hein ?

Je vis son poing approcher avant qu'il ne s'écrase mon visage. Ma tête vacilla sur le côté. La douleur rebondit dans mon crâne et pendant une seconde, je ne parvins plus à bouger. Il se servit de ce court instant pour déboutonner son pantalon d'un mouvement frénétique. Dans cette torpeur, je savais ce qui se passait et ce qui allait se passer. *Pitié, non !* La peur surgit à travers mon choc. Je donnai des coups de pied puis je réussis à lui donner un coup de genou dans le ventre. Il grogna et ses yeux sombres se plissèrent sous la douleur. Je lui donnais des coups de poing et je le griffais à la joue avant de viser ses yeux.

Dans l'obscurité, je visais mal, mais je sentis que je touchais quelque chose de chaud et de doux. Quelque chose dans lequel mes ongles pouvaient s'enfoncer.

— *AH !* cria-t-il. *Espèce de salope !*

Je lui donnai à nouveau un coup de genou, encore plus fort cette fois, et je fus récompensée par un grognement. Je n'avais que quelques secondes. Je donnais des coups de pied autant que je pouvais puis je réussis à le pousser, il recula et je me dégageai instantanément de son emprise. Ma culotte avait disparu. Ma nuisette en dentelle était en lambeaux, et dans le couloir, l'alarme stridente continuait à retentir.

Une lueur s'échappa de la poche du garde avant que son téléphone se mette à sonner. Je trébuchai en arrière, mon souffle traversant ma poitrine en hurlant :

— *Laissez-moi putain !*

Du bruit retentissait dans le couloir.

Des cris suivirent alors que des portes s'ouvraient et claquaient avec fracas.

Le garde se relevait alors que ma porte s'ouvrait... et deux gardes se précipitèrent à l'intérieur. Les lumières du plafond furent allumées, m'aveuglant.

— C'est quoi ce bordel, Tig ? cria un des gardes en regardant mon agresseur, avant de tourner les yeux vers moi.

— Qu'est-ce qui se passe ici, bordel ?

Je jetai un coup d'œil à l'embrasure de la porte alors que le Directeur entrait dans ma chambre. Il me lança un regard, puis regarda son sbire.

— Tig ? L'alarme incendie s'est déclenchée.

Mais le bâtard aux cheveux blancs ne répondit pas, il me regardait fixement. Il y avait des taches de sang sur ses joues, et un de ses yeux dégoulinait, de la même substance que je sentais encore sous mes ongles. Je pris une grande inspiration, tremblant et frissonnant.

— Ryth !

Je lançai un regard à Vivienne alors qu'elle se dégageait de l'emprise d'un garde dans le couloir et s'élançait maintenant dans l'embrasure de la porte.

— Peter, escortez Mlle Castlemaine et Mlle Brooks à l'infirmerie.

— Oui, monsieur, marmonna le garde, puis en nous faisant un signe de tête, il s'écria : venez avec moi.

Mais je ne pouvais pas bouger... mes pieds étaient gelés. Jusqu'à ce que le directeur s'approche, se dirige vers mon lit et tire la couverture avant de s'avancer vers moi. La chaleur m'enveloppa alors qu'il enroulait la couverture sur mes épaules, ses yeux sombres me transperçant.

— Allez, Ryth. M'oblige pas à répéter.

Je m'éloignai lentement de lui... puis je courus vers Vivienne.

Chapitre Vingt-quatre
Caleb

— Répète, exigea Nick en s'occupant de ce satané chien.

Je fixais son corps rasé et ses yeux tristes alors qu'il était assis sur les genoux de Nick, le regardant avec amour.

— J'ai déjà raconté, dis-je. Je pense que c'est bon.

— Raconte encore, dit Tobias en sortant de la cuisine avec deux bouteilles de boissons énergisantes.

Je levai la main pour en prendre une... mais il ne me tendit rien. Je vis juste le regard sauvage de mon plus jeune frère quand il tendit une bouteille à Nick avant d'ouvrir sa bouteille.

La tension entre nous était brutale. Après la nuit dernière, il allait falloir un miracle pour qu'ils me fassent à nouveau confiance. Je commençais à parler, repassant les mêmes détails encore et encore. C'était la cinquième fois que nous en parlions. Une fois la nuit dernière, deux autres fois ce matin pendant que nous attendions chez le vétérinaire, et une autre fois en rentrant à la maison.

Peu importe le nombre de fois où je leur racontais. Il y avait toujours cet élément de doute... parce que tout et n'importe quoi pouvait mal tourner.

— J'appelle Killion. Je lui dis que je voudrais y retourner.

— Tu exiges, grogna Tobias. Tu *exiges* d'y retourner. Cet enfoiré te doit quelque chose. Alors tu le fais payer, de toute façon, tu dois le faire.

Je déglutis le goût amer de la colère en soutenant le regard de Tobias.

— J'exige.

Il fit un lent signe de tête, puis détourna les yeux. Quelque chose s'était brisé chez mon frère. Une partie de lui que je connaissais depuis toujours. Peut-être que ça avait disparu depuis longtemps... et peut-être que ça n'avait jamais été là.

— J'exige de retourner là-bas.

— Il ne te laissera pas entrer en voiture, dit Nick en caressant le chien. Cet endroit n'est pas ouvert à n'importe quel visiteur. Il voudra que son chauffeur t'emmène.

— Et si Killion décide de venir avec toi ? dit Tobias en me regardant.

Il ne pensait pas que j'avais les couilles pour aller jusqu'au bout, il ne pensait pas que j'avais le cran de faire ce qui devait être fait. Seulement, il ne savait pas ce que Killion avait fait à notre sœur, ni les profondeurs dépravées dans lesquelles je m'étais enfoncé pour l'empêcher d'aller plus loin. Je regardais Nick.

— Je le tuerai, et le conducteur aussi.

— Bien, dit Tobias en prenant l'arme qu'il avait depuis la nuit dernière.

Une arme que je n'avais jamais vue auparavant. Il s'avança et me la tendit.

— Descends autant de ces enfoirés que possible.

Je pris l'arme et la rangeai dans la ceinture de mon jean.

Nick se leva et allongea le chiot blessé sur une pile de couvertures qu'il avait tirées du placard à l'étage. Il grimaça en se redressant, la main appuyant sur sa blessure.

— On t'attendra derrière la grille. Tout ce que tu as à faire, c'est de la récupérer... et on s'occupera du reste.

— Appelle, grogna Tobias. Je veux que cette nuit se termine et que notre sœur revienne.

— Moi aussi, dis-je en hochant la tête.

Je pris mon téléphone, je fis défiler mes contacts et j'appuyai sur le numéro de Killion.

Il répondit à la troisième sonnerie.

— Caleb.

— Tu as dit tout ce que je voulais, pas vrai ? dis-je en jetant un coup d'œil à Nick en parlant.

— Oui, dit-il, le désir rendait sa voix rauque. Tu as quelque chose en tête ?

— Oui, répondis-je, le pouls battant à mille à l'heure. Je veux y retourner... Je veux une fille pour moi tout seul.

Je pouvais presque l'entendre sourire.

— T'es un vrai, toi.

***

J'ÉTAIS NERVEUX, j'ajustais ma veste en jetant un coup d'œil sur le parking du club. Il était déjà bien plus de neuf heures. Une heure parfaite pour que les rues soient animées et que Killion ait déjà des projets. Il n'avait pas dit s'il m'accompagnerait, même lorsque je voulus savoir. Cela me rendait nerveux. Presque aussi nerveux que le pistolet que je tenais dans le dos et le couteau attaché à ma jambe.

Les phares passèrent sur moi, m'aveuglant pendant une seconde jusqu'à ce qu'ils s'éloignent. Je grimaçai et tournai la tête quand mes yeux s'adaptèrent et que la limousine s'arrêta à côté de moi.

— M. Banks, dit le chauffeur en venant à l'arrière pour ouvrir ma portière. Ravi de vous revoir.

Je hochai simplement la tête en regardant la portière qui s'ouvrait, révélant un siège vide. Le soulagement m'envahit lorsque je montai à l'intérieur et que la portière se referma derrière moi.

Il était derrière le volant en une seconde puis il démarra la voiture.

— On passe chercher Killion sur le chemin ? demandai-je.

— Désolé, M. Banks. M. Killion m'a dit de vous demander de le pardonner, mais il avait d'autres projets pour ce soir. Il passe la soirée chez lui, il savait que vous comprendriez.

Je pensais à Olivia et je grimaçais. Je ne comprenais que trop bien. Je m'adossais au siège, écœuré et reconnaissant à la fois. Nous nous sommes éloignés de la boîte de nuit et avons traversé la ville, laissant la Lamborghini dans le parking sécurisé une fois de plus.

Chaque kilomètre était atroce. Le pistolet s'enfonçait dans le bas de mon dos, me faisant me tortiller contre le siège. Le mouvement attira le regard du conducteur. Putain. Chaque seconde passée ici était un supplice. Je déglutis et essayais de respirer, mais sous le costume, je transpirais. Je tirai un peu sur mon col et me penchai en avant vers les buses d'aération.

— Vous avez besoin que la température soit ajustée, monsieur ?

Merde. Je me redressai.

J'attirais trop l'attention sur moi.

— Non, c'est bon... merci.

Le chauffeur hocha la tête, jetant des regards furtifs dans ma direction alors que nous nous dirigions vers la sortie de la ville et que nous laissions l'agitation derrière nous. J'essayais de me concentrer sur la route et je me forçai à ne pas penser à ce qui allait se passer. Chaque seconde était une torture. J'étais partagé entre le besoin désespéré de la revoir et la trahison que j'avais vue dans ses yeux. Je tournais la tête pour regarder par la fenêtre alors que l'obscurité envahissait la voiture.

Peu après, la vue familière des hautes clôtures apparut devant ma fenêtre. La limousine ralentit au niveau du portail et le chauffeur baissa sa vitre. J'étais reconnaissant d'être accompagné, même si je savais ce que je devais faire pour avoir cette sécurité. Le chauffeur parla au garde pendant un bref instant avant que la fenêtre remonte et que le portail s'ouvre.

Nous avons traversé l'allée, roulant bientôt jusqu'à la porte d'entrée. Mon pouls s'emballa. Le bruit était si fort, je savais qu'ils l'entendraient. *Reste calme... ne fous pas tout en l'air.* Les pensées se bousculaient dans mon esprit. Le fantasme de moi tirant ouvertement sur tout le monde et tous ceux qui se tenaient entre moi et Ryth surgissait dans ma tête alors que la limousine s'arrêtait et que le chauffeur en descendait.

Je déglutis quand la portière s'ouvrit. Il y avait un garde qui m'attendait avec une expression stoïque.

— M. Banks, dit-il lorsque je descendis. Le Directeur a exprimé ses regrets de ne pas pouvoir se joindre à vous ce soir. Malheureusement, il avait d'autres projets.

J'ajustai le bouton de ma veste en essayant de garder mon calme.

— Je comprends, murmurai-je.

— Il m'a demandé de vous accompagner à la salle à manger. Vous pourrez inspecter de plus près les avantages.

Les avantages...

Je grimaçai à ce mot. La chaleur monta en moi. Pourtant, je me forçai à hocher la tête.

— Bien.

Le chauffeur restait en retrait. Je jetai un coup d'œil par-dessus mon épaule, puis je suivis le garde à l'intérieur. Le bruit sourd de nos pas résonnait dans le silence. J'aurais dû me sentir soulagé en franchissant la porte, mais ce n'était pas le cas. Au mieux, ça rendait tout ça encore plus réel.

— Désolé que nous n'ayons pas fait plus d'efforts. Nous n'attendions pas vraiment quelqu'un, murmura le garde.

Il pêchait, attendant que je dise quelque chose. Je gardais la bouche fermée en le suivant jusqu'aux doubles portes, le surveillant comme un faucon alors qu'il s'approchait et posait sa carte d'accès contre le scanner avant d'entrer.

Je comptais trois portes avant que le hurlement perçant de ce qui ressemblait à une alarme incendie ne retentisse.

— *Putain !* cria le garde en levant les yeux le haut, vers les lumières rouges clignotantes des capteurs. Il jeta un regard paniqué dans ma direction. *Ça a sonné toute la nuit et toute la journée. Il n'y a pas de feu*, dit-il par-dessus le bruit.

Je fis un pas de plus.

— *Si vous devez partir, c'est bon. Indiquez-moi juste la bonne direction !*

S'il vous plaît... S'il vous plaît ! Laissez-moi.

Il sembla incertain pendant une seconde, grimaçant alors que nous restions immobiles sous le son strident, puis il leva la main et déclipsé sa carte d'accès, et mon cœur faillit s'arrêter.

— Passez ces portes, tournez à droite, prenez une autre porte, et elles seront là !

Je pris la carte et hochai la tête avant de commencer à marcher, le laissant derrière moi. L'alarme résonnait dans ma tête alors que je me précipitais vers les doubles portes, puis je jetai un coup d'œil par-dessus mon épaule, apercevant le garde qui retournait à toute vitesse vers le chemin que nous avions emprunté, une deuxième carte à la main.

Je pressai la carte sur le capteur et j'attendis qu'il devienne vert avant de pousser la porte. Le bruit ne s'arrêtait pas, au contraire, il s'intensifiait. Je levai les yeux, captant l'odeur mordante de quelque chose d'électrique en train de brûler et je combattis l'envie de sourire. Je devais me dépêcher... c'était *maintenant ou jamais*.

Les muscles de mes cuisses se contractèrent alors que j'allongeais le pas. Son indication était trop vague, putain. Trouver Ryth et la faire sortir d'ici aussi vite que possible... sans qu'aucun de nous ne soit tué... Je grimaçai et continuai à marcher, mon cœur battant la chamade lorsque je m'arrêtai devant la porte suivante. Le couloir qui m'attendait à travers la section vitrée des portes automatiques semblait vide.

Un mouvement derrière la vitre attira mon regard. Un frisson glacé descendit le long de ma colonne vertébrale. La panique me traversa lorsque j'aperçus une ombre derrière moi dans l'acier inoxydable des portes. Une main couvrit ma bouche et je fus tiré vers l'arrière.

Je trébuchai en arrière, essayant de me débattre, mon poing fendant l'air. *Allez !* La haine que j'avais en moi remonta à la surface. Mais la prise qui m'entourait était faible... c'était pas celle d'un homme.

— Tu veux voir ta sœur ? siffla une voix féminine dans mon oreille. Alors ne te bats pas avec moi.

— J'ai vu ton comportement hier soir. La façon dont tu la regardais, la façon dont tu la voulais, putain, soupira-t-elle. Tu as fait en sorte que ce fou la laisse tranquille. Donc, Roméo, t'es là pour la baiser, ou pour *te foutre de sa gueule* ?

La colère me brûla quand je me penchai vers son oreille.

— Je suis là pour la faire *sortir d'ici*.

Elle cherchait le mensonge dans mon regard, puis fit un signe de tête et me relâcha.

— C'est ce que j'espérais, dit-elle en jetant un œil par la vitre de la porte avant de se retourner vers moi. On n'a pas beaucoup de temps. Tu dois faire exactement ce que je dis, Roméo. Tu comprends ?

— Tout ce qu'il faudra.

Son sourire fut glaçant.

— T'es bien son demi-frère... maintenant voilà ce que tu vas faire...

Chapitre Vingt-Trois

CALEB

JE POUSSAI LA PORTE ET JETAI UN COUP D'ŒIL DERRIÈRE moi. Une lueur de mouvement disparut au coin du couloir et le bruit des pas de Vivienne s'estompa alors qu'elle s'éloignait à toute vitesse. C'est ça...*cours maintenant.*

Mon pouls ralentit, cette haine se déplaçant plus profondément en moi, jusqu'à mon putain de cœur glacé. Vivienne m'avait donné ses instructions, toute en panique et en peur. Elle avait peut-être raison, mais j'avais d'autres projets.

Mes frères étaient des sanguins. Mais pas moi. Je n'avais pas cette rage bouillonnante et cette brutalité bestiale. J'étais froid. Une vraie pierre. Froid jusqu'au cœur. Je n'étais pas humain. Plus maintenant. J'avais besoin d'informations et il n'y avait qu'un seul homme qui pouvait me les donner.

Le Directeur.

J'accélérais le pas, me dirigeant vers le ventre de cette bête alors que l'alarme incendie continuait à retentir et à hurler au-dessus de moi. Elle avait dit que le bureau était juste devant. Je scrutais les gardes, aperçus la porte fermée plus loin dans le couloir, et posai les yeux sur le lecteur électronique devant la salle. Le genre de serrure qu'aucune autre porte n'avait.

Un tressaillement apparut dans le coin de mon œil alors que je me concentrais sur les petites lumières rouges clignotantes. Je ne voyais rien d'autre. Si. Le murmure de Ryth me revenait. *Caleb, non.*

— J'arrive, princesse, chuchotai-je avant de fouiller dans ma poche pour sortir le lecteur de carte illégal, puis je me mis au travail.

Je glissai l'extrémité dans la serrure et j'appuyai sur les boutons tandis que résonnait ce lourd bruit sourd dans ma poitrine... *ne pas se faire prendre.*

Fais-la sortir, putain. Les mots de Tobias résonnaient dans ma tête. *Sinon pas la peine de revenir, pigé ?*

Je comprenais... parfaitement.

Ce n'était pas ses menaces pas si subtiles qui m'avaient fait me raidir. C'était lui. Sa brutalité et sa détermination à faire tout ce qu'il fallait pour récupérer Ryth, peu importe le nombre de lois qu'il devait enfreindre. Alors j'étais là, à enfreindre quelques lois à mon tour.

Les souvenirs me revenaient et l'intensité de ma concentration aussi. Je me concentrais sur les chiffres sur l'écran de mon appareil, les regardant défiler.

— Allez, grognai-je.

Plus on me retire quelque chose, plus je le désire.

Comme Ryth.

Et tous les secrets que ma mère avait cachés dans son bureau. Des secrets qu'on aurait jamais dû connaître. Des secrets sur les femmes et les hommes qui s'étaient servi d'eux. Je n'étais qu'un gamin à l'époque, je m'étais introduit dans son bureau avec un tournevis avant de me faire arrêter.

Elle avait amélioré l'accès avec quelque chose de plus fort, plus... électronique.

Donc j'avais dû devenir plus intelligent. J'étais devenu encore plus froid et plus déterminé à découvrir ce qu'il y avait derrière ces serrures.

Bip.

Le lecteur arrêta de défiler. La petite lumière rouge clignotante devint verte alors que les serrures s'ouvrirent en un clic.

Je me levai et poussai la porte avant d'atterrir dans l'espace de ce bâtard. Des papiers jonchaient son bureau. Je fis le tour et en attrapai une poignée, cherchant ce dont j'avais besoin. Il devait y avoir quelque chose ici, quelque chose qui m'aiderait à comprendre. *Contrat entre London St. James et l'Ordre de Hale.*

Je m'arrêtai, mon pouls s'accéléra. Un contrat ? Je levai les yeux vers la porte entrouverte, puis je regardai à nouveau le papier dans ma main. Mon regard sauta sur le blabla juridique pour arriver aux vrais détails. *London St. James se voit par la présente attribuer Vivienne Brooks comme pupille personnelle dans le but d'empêcher la divulgation non autorisée d'informations confidentielles telles que définies ci-dessous.*

C'était un contrat de non-divulgation... mais un contrat comme je n'en avais jamais vu auparavant.

Son silence avait été acheté mais la déchéance ne manquerait pas d'arriver.

Pas étonnant que Vivienne voulait partir. Mais que valait une vie pour ces bâtards ? Et qu'est-ce que ce London St. James savait de si important ?

Je scannais le contrat une nouvelle fois, puis je fouillais le reste des papiers sur le bureau pour trouver quelque chose d'autre d'utile. L'ordinateur était là, rempli à ras bord de leurs secrets. Il n'y avait aucun moyen d'avoir accès à leurs fichiers, pas sans passer des heures à essayer de trouver un moyen de déjouer leur foutue sécurité. Nul doute qu'un endroit comme celui-ci, qui vend les péchés des gens, proposait le meilleur que l'on puisse acheter. Si j'avais eu plus de temps...

Je pris mon téléphone en étalant les papiers sur le bureau, je pris des photos de tout ce que je pouvais. Tout pouvait être important. Le hurlement de l'alarme incendie s'arrêta. Mais le son résonnait toujours dans mes oreilles.

Boum...boum...boum.

Ce n'était pas les battements de mon cœur. Je remis les papiers en ordre et contournai rapidement le bureau, prenant place dans un fauteuil en cuir, avec un regard ennuyé de dégoût.

L'obscurité passa devant l'embrasure de la porte avant qu'il se fige, remarquant ma présence. Sa voix était sombre et dangereuse... et vraiment familière.

— Excusez-moi. Je n'avais pas réalisé que nous avions de la compagnie.

Je levai mon regard vers la chemise noire et le col clérical blanc. C'était *lui*, le putain de prêtre qui s'était tenu au bout de l'autel et avait marié mon père à la mère de Ryth. Je croisai son regard.

— J'avais un rendez-vous, dit-il en levant un sourcil tandis qu'il balayait la pièce du regard, puis il vit la pile de papiers. Je l'ai déconcerté en étant assis ici seul.

— Ah oui ? dit-il.

Je devais l'agacer à être seul ici.

Je me levai, lâchant un soupir.

— Peut-être une autre fois alors, pour les présentations, marmonnai-je en faisant un pas vers lui.

— Les présentations ? dit-il en me faisant un sourire sinistre et glacial.

Mais il n'y avait aucun signe dans ses yeux qui laissait penser qu'il me reconnaissait.

Je souris doucement en soutenant le regard de ce bâtard.

— On se connaît, non ? finit-il par dire.

— Vous me connaissez ?

Je fis un pas de plus alors que le souvenir fleurissait dans son regard.

— Banks, murmura-t-il.

Il prononça à peine le nom que je réagis immédiatement. Je me jetai sur lui et commençai à le frapper. Mais je ne m'arrêtais plus. J'étais déjà lancé... j'allais aller jusqu'au bout. À cet instant-là, je ne me battais pas pour ma vie... *je me battais pour celle de Ryth.*

Je rugis d'un cri primitif en enfonçant mon poing sur sa tempe. Le prêtre laissa échapper un grognement et vacilla sur le côté. Mais si je pensais qu'il était faible et vaincu, j'avais tort. Il se retourna, ses lèvres se retoussèrent et il s'élança sur moi, me frappant assez fort pour me projeter sur le bureau.

Mon flingue s'enfonça mon dos, la douleur me cinglait la colonne vertébrale. Je lui donnai un coup de pied en plein dans le ventre et le projetai de l'autre côté de la pièce.

Il n'y avait aucun moyen d'arrêter ça. Aucune porte de sortie sans qu'elle perde la vie. Trop tard. Mon cœur avait pris les manettes alors que je me hissai du bureau et me jetai sur lui. Je lui donnai un coup de poing dans la mâchoire, regardant sa tête vaciller sur le côté. Pendant une seconde, ses yeux se révulsèrent avant que son expression stupéfaite ne fasse place à la rage.

Il se mit à crier :

— *GAR... !*

Il ne put pas finir le mot. Je lui donnai un coup de tête, frappant son nez avec mon front. Le sang gicla, éclaboussant ma joue tandis qu'un craquement répugnant emplissait mes oreilles. J'enfonçai mon poing dans son visage une fois de plus. Il tituba, assommé, puis tomba à genoux.

Je pris une grande inspiration, me tenant au-dessus de lui.

— Tu me l'as enlevée, dis-je alors que mes poings me démangeaient... Je serrai les poings plus fort. Et j'en ai assez.

Il leva les yeux, le visage ensanglanté, alors que je levais mon poing et l'enfonçais une fois de plus, touchant sa tempe cette fois. Il s'écroula sur le sol en un instant, silencieux et immobile.

Je ne me penchais même pas pour vérifier s'il respirait, je sortis juste mon arme, la pris par le canon et l'écrasai contre la tête de ce connard. Des respirations saccadées ponctuaient mes paroles.

— Bouge pas, enfoiré.

J'enjambai son corps et refermai la porte derrière moi en remettant mon arme en place et en retournant dans le couloir. Je me déplaçais plus vite maintenant, allongeant mes pas, puis je baissai les yeux.

Il y avait des éclaboussures de sang sur ma chemise. Je grimaçai en voyant ça en tâtonnant pour trouver les boutons. Mes doigts pulsaient, fonctionnant à peine, alors que j'ouvrais ma chemise sous ma veste en me précipitant vers l'avant du bâtiment, priant Dieu que Vivienne ait tenu sa promesse... et qu'elle ait fait sortir ma demi-sœur d'ici.

Chapitre Vingt-Quatre

RYTH

Je grimaçai en regardant les bleus sur mon flanc. Des crampes me serraient l'estomac comme un poing, comme le poing de ce *salaud* qui m'avait fait ça. La douleur était d'autant plus profonde que je restais immobile. Je retins un gémissement en me déplaçant sur le lit, ce qui valut à l'infirmière de me lancer un regard noir avant qu'elle se dirige vers le bureau au fond de l'infirmerie.

Un médecin était venu. Il avait observé mes bleus et mon visage. Ses yeux froids étaient sans émotion quand il avait regardé la fente sur ma lèvre, puis il était parti. C'était ce matin, et pourtant ils m'avaient laissé ici... et Vivienne et moi avions le sentiment désagréable que c'était pour une raison.

Il n'y avait pas de cours.

Pas de visites de vieux dégueulasses qui tripotaient mon corps et frottaient leur bite contre mon cul...et pas de visites d'un demi-frère qui regarde ça et s'en va, comme si ça n'avait pas d'importance. Comme si *je* n'avais pas d'importance. Je me blottis contre l'oreiller et je fermai les yeux. Des cheveux blancs et des mains vicieuses se dessinaient derrière mes paupières, puis la panique s'immisça dans mon cœur. Mais c'était le regard froid de Caleb qui me faisait le plus mal. Je me retournai, remontant mes genoux contre ma poitrine, et je ravalai ma douleur.

— Réveille-toi.

J'ouvris les yeux et tournai la tête quand Vivienne contourna le bas du lit.

— Quoi ?

Elle balaya du regard le reste de l'infirmerie, ne trouvant que des lits vides et la puanteur piquante de l'antiseptique, puis elle retira le drap de mon corps. Ils m'avaient donné une culotte en coton à porter. Blanche, bien sûr, comme la nuisette de remplacement que je portais. Ils avaient peur que le bâtard aux cheveux blancs qu'ils appelaient Tig m'ait violée...

Il l'avait presque fait.

Viv se pencha vers moi, me regardant attentivement.

— Tu n'as pas l'air bien, dit-elle en relevant la tête, projetant son regard vers le bureau au bout de la pièce. Pas vrai ?

— De quoi tu parles ?

Viv se rapprocha.

— Tu veux sortir de ce trou à rats, alors il faut que tu sois malade... là, maintenant, compris ?

La panique m'envahit. Il y avait du désespoir dans ses yeux... une détermination téméraire. Elle jeta un coup d'œil vers les placards le long des murs de l'infirmerie, son regard s'arrêta sur l'acier inoxydable brillant de l'un d'eux.

Je suivis son regard, puis je me figeai. Le pistolet tranquillisant se trouvait près du bord, à portée de main. Mes entrailles se crispèrent en le voyant. C'était le même qu'ils avaient utilisé sur moi la première nuit où ils m'avaient amenée ici... et ils l'utiliseraient encore.

Je soupirais. Un petit signe de tête, et Viv fit un pas en arrière. Je poussais un cri avant de me serrer le ventre. Je savais maintenant. C'était maintenant ou jamais... maintenant... ou j'allais être vendue.

— Allez, chuchota Viv.

Je criais encore en me tenant le ventre, attirant le regard de l'infirmière à l'autre bout de la pièce.

— S'il vous plaît, j'ai besoin d'aide.

Viv recula et se dirigea vers le comptoir alors que l'infirmière se précipitait vers moi, déroulant le stéthoscope de son cou.

— Qu'est-ce qui ne va pas ?

— Mon ventre, dis-je en pleurnichant tout en jetant un coup d'œil à Viv. Quelque chose cloche. Et j'ai des palpitations.

L'infirmière me poussa contre l'oreiller. Le métal froid du stéthoscope glissait contre ma peau. La confusion sillonnait le front de l'infirmière qui ouvrait la bouche pour parler... mais les mots n'eurent pas le temps de sortir. Vivienne saisit le pistolet tranquillisant et se retourna.

L'infirmière fut trop lente, son attention était fixée sur les battements mon cœur. Vivienne arriva derrière elle, la saisit au cou d'une main et appuya sur la gâchette de l'autre.

Tzzt.

Le coup fut presque silencieux. Il y eut une seconde où les yeux de l'infirmière s'écarquillèrent. Elle se débattit un instant, mais je savais par expérience que c'était inutile. Tout ce qu'elle faisait, c'était faire passer la drogue plus vite dans son organisme. Je sortis des draps et me levai en vitesse.

— Vivienne ! Putain qu'est-ce que t'as fait ?

Je lançai un regard paniqué vers la porte — à tout moment le garde allait arriver.

L'infirmière donnait des coups de pied et se débattait, sa bouche s'ouvrit en grand alors qu'elle essayait de crier à l'aide. Mais il n'y avait aucun son... juste un sifflement d'air, jusqu'à ce que ses yeux se révulsent lentement, montrant le blanc des yeux, puis son corps s'affaissa et devint immobile.

— Enfin, dit Vivienne en soupirant avant de laisser l'infirmière tomber sur le sol.

Nous étions fichues... nous étions tellement fichues, putain. Je regardai l'infirmière puis Viv.

— Putain, qu'est-ce que t'as fait ?

Elle était lente, trébucha en se levant, puis arracha la carte d'accès de l'infirmière de la boucle de ceinture à sa taille.

— Comme je te l'ai dit, Ryth. On va se barrer d'ici.

La terreur et le désespoir surgirent en moi alors qu'elle faisait un pas en avant, attrapait ma main, puis me tirait vers la porte. On était déjà parties avant que je m'en rende compte, on s'échappait de l'infirmerie en lançant des regards paniqués derrière nous.

Mon cœur battait la chamade, noyant tout le reste autour de moi. Je n'avais aucun moyen d'entendre les pas des gardes s'ils arrivaient. Viv me prit la main et m'entraîna avec elle alors que nous courions vers la première série de portes verrouillées.

Elle posa brutalement la carte d'accès contre le scanner et poussa les portes.

Nous les avons franchies en un instant, puis nous nous sommes précipitées vers la porte suivante. Mes pieds nus tapaient sur le sol jusqu'à ce qu'ils brûlent.

— Où est-ce qu'on va ?

— Je te l'ai dit, dit-elle entre ses dents serrées. On se casse d'ici.

Je tirai violemment sur sa main.

— Viv...Viv !

Elle s'arrêta et se tourna vers moi avec de grands yeux paniqués.

— Quoi ?

— Où est-ce qu'on va, bordel ?

Sa poitrine se souleva puis retomba aussitôt.

— On sort d'ici.

Je risquai un regard par-dessus mon épaule.

— Comment ?

— J'ai un plan. Fais-moi confiance.

— Je veux bien sortir d'ici, mais s'ils nous attrapent... s'ils nous attrapent, Tig sera le dernier de nos soucis.

— Ils ne vont pas nous attraper.

Je grimaçai à ces mots. Je n'arrivais pas à avoir la même assurance qu'elle, surtout maintenant. Mais je la laissais me prendre la main et me tirer vers la prochaine série de portes.

— Dis-moi, pourquoi tu veux absolument sortir, et ne me dis pas que tu aimes ce que cet homme te fait ! Qu'est-ce qui te fait si peur... *Viv, dis-moi.*

Viv s'arrêta et pour la première fois, je vis une vraie peur dans ses yeux.

— J'ai mes raisons, d'accord ? Disons juste que je ne veux rien avoir à faire avec ce qui est sur le point de se passer.

Qu'est-ce qui est sur le point de se passer ?

Les mots résonnaient dans ma tête, mais je n'eus pas eu l'occasion de les prononcer. Je continuais à courir, me précipitant vers ce qui semblait être une porte d'accès vers l'extérieur. Une porte en acier nous barrait la route.

— Qu'est-ce qui est sur le point de se passer ? dis-je à travers une respiration haletante.

Elle pressa la carte de l'infirmière contre le capteur, attendant que la lumière passe du rouge au vert.

— Rien de bon.

Mais le capteur ne passait pas au vert. La lumière rouge clignotait toujours.

Ma mère...mon père...mes frères. Nous étions tous pris là-dedans.

— Dis-le-moi... dis-le-moi maintenant.

— Meurtre, incendie criminel. Toute une gamme de conneries dont je veux m'éloigner. J'ai entendu London parler au téléphone la dernière fois qu'il m'a sortie de cet endroit.

— Attends... *il te fait sortir d'ici ?*

Elle se retourna et croisa mon regard.

— Oui. C'est pas la question, Ryth. Quelque chose de grave est sur le point de se produire, dit-elle en jetant un coup d'œil derrière nous. Quelque chose d'encore pire que ça. Ils ont fait enlever un homme en prison, putain, et ce n'est que le début. Il y a une guerre entre l'homme qui dirige cet endroit et quelqu'un d'autre.

Elle frappait la carte contre le scanner encore et encore.

— Allez, *putain* !

Je voyais rouge alors que l'onde de choc me traversa.

— Enlevé, chuchotai-je. Qu'est-ce que tu veux dire par *enlevé* ?

Boom ! La porte vibra avec un bruit sourd ... de l'autre côté. Je sursautai et trébuchai en arrière, la terreur me traversant. *C'était faux... tout était faux.* Elle connaissait quelqu'un dehors... *quelqu'un qui était sur le point de nous faire tuer.*

Je reculais encore, la peur me cinglant le ventre. *Fais demi-tour... fais demi-tour maintenant, avant qu'il ne soit trop tard.*

— *DISPERSEZ-VOUS* ! Le rugissement venait de derrière nous. *JE VEUX QU'ON TROUVE CETTE SALOPE !*

La peur se répandait en moi comme un poison. Vivienne jeta un coup d'œil en arrière alors qu'un bruit sourd retentit de l'autre côté de la porte.

— C'est qui, chuchotai-je. Vivienne...c'est qui, putain ?

Je voulais m'éloigner de tout ça, tomber à genoux alors que les gardes se précipitaient sur nous et prier pour que je sois tuée dans l'assaut. Mais au fond de moi, cette partie sauvage de moi se battait toujours contre le garde aux cheveux blancs qui m'avait attaquée. Elle criait, frappait et donnait des coups de pied, lui griffant les yeux comme si j'étais possédée. Elle se battait toujours pour retourner auprès de ceux qui m'aimaient.

Boum !

Vivienne fit un pas en arrière et saisit ma main en regardant fixement la porte.

— Prépare-toi.

Mais je ne pouvais pas bouger.

Viv me lança un regard. L'inquiétude remplissait ses yeux. Elle se tourna et m'attrapa par les épaules.

— Allez, Ryth ! Tu veux sortir d'ici, non ? Alors c'est le seul moyen.

— Qui... dis-je lentement.

L'homme enlevé à la prison... *l'homme enlevé à la prison.* C'était tout ce que je pouvais entendre dans ma tête.

— Qui était cet homme, Viv ?

Mais avant qu'elle ne puisse répondre, la porte s'ouvrit... et Caleb était là, torse nu avec sa veste ouverte. Ses yeux noisette foncé étaient écarquillés et rivés sur moi.

— Putain, c'est quoi ce bordel ? chuchotai-je.

La misère se lisait dans son regard alors qu'il jetait un coup d'œil derrière nous et faisait un pas en avant.

— Pas le temps d'expliquer, dépêche-toi.

Mais la douleur de la trahison me revenait brutalement, elle tambourinait dans ma poitrine. J'arrachai ma main de son emprise.

— Lâche-moi, Caleb.

Derrière nous, le bruit sourd et lourd de pas se rapprochait. Caleb se jeta sur moi, prit ma main à nouveau, et me poussa contre lui.

— On n'a pas le temps pour ça, Ryth.

Je me débattais.

— *Lâche-moi*, Caleb !

Il lâcha un rugissement désespéré et me souleva sur son épaule.

— Frappe et crie tant que tu veux, petite sœur, grogna-t-il. Mais tu viens avec moi.

Il se retourna et se mit à courir, me portant dans la nuit, puis je vis les portières arrière d'une limousine qui nous attendait.

Pan ! Des coups de feu retentirent, faisant éclater le montant de la porte derrière nous... et à ce moment-là ne me souciais plus de lui tenir tête... je me souciais de lui sauver la vie.

— Laisse-moi, Caleb !

Il ne répondit pas, il me poussa pour que je monte dans la limousine.

— Monte, Vivienne.

Secrets et mensonges scintillaient dans son regard alors que son attention se fixait sur moi. Elle grimpa après moi et ferma la porte brutalement.

Caleb était déjà parti, courant avant de sauter derrière le volant. La vitre du coffre explosa soudainement sous les coups de feu. Je poussai un cri en me baissant, jetant mes bras au-dessus de ma tête alors que la limousine avançait.

Pan ! Pan ! Les balles frappaient l'arrière de la voiture. Pourtant, le besoin de savoir pourquoi Vivienne était prête à risquer sa vie pour moi refit surface. Je me tournai et saisis ses épaules alors qu'elle était accroupie sur le sol.

— Dis-moi ! criai-je alors que le moteur de la limousine vrombissait et que nous dérapions sur le côté, frôlant la lignée d'arbres sur le bord de la route.

— L'homme qu'ils ont enlevé à la prison... *c'était quoi son nom ?*

Ses yeux étaient ronds comme des billes. Son inquiétude n'avait nulle part où aller alors que le moteur de la limousine hurlait. Les lumières fendirent l'obscurité, se dirigeant vers nous. Tout se passa très vite. Un instant, nous étions toutes les deux recroquevillées sur le tapis de la voiture, l'instant d'après nous étions secouées.

Le verre se brisa encore.

Le métal grinça alors qu'ils touchèrent la limousine sur le côté. On fit des tonneaux. Mes bras s'élancèrent et se heurtèrent au plafond. Ma tête suivit avec un craquement, puis on s'écrasa au sol... et je restais là, étourdie, engourdie, avalée par les ténèbres. Il y avait une douleur lancinante à l'arrière de ma tête, me faisant gémir. Jusqu'à ce que, dans un bruit d'acier, la portière à côté de moi s'ouvrit d'un coup sec.

— Viens, grogna Caleb en tendant la main pour me faire sortir.

Vivienne était allongée contre le siège... mais elle ne bougeait pas.

— Vivienne, gémis-je alors que Caleb me tirait de l'épave. Des phares m'aveuglèrent.

— Laisse-la, grogna Caleb, essayant de m'éloigner.

Mais je ne pouvais pas, pas après tout ce qu'elle avait fait pour moi. Je retirai ma main de la sienne.

— Non. On ne peut pas la laisser.

Caleb se retourna pour me faire face. Les phares du véhicule venant en sens inverse éclairaient le sang sur sa chemise.

— Oh, mon Dieu... dis-je en trébuchant en avant.

— Il faut qu'on parte, gémit-il en grimaçant, et là je compris que nous avions de sérieux problèmes.

Je retournai dans la voiture et attrapai le bras de Vivienne.

— Viv ! criai-je en serrant les dents. *Lève-toi tout de suite, putain !*

Elle laissa échapper un son de douleur, puis ouvrit les yeux.

— Il faut qu'on bouge ! criai-je alors que les phares devenaient aveuglants, la limousine devenait un flou pâle et blanc.

Elle semblait avoir compris. En se hissant sur ses pieds pendant que je la tirais, elle finit par tomber hors de la voiture. Elle heurta le sol avec un bruit sourd, puis elle se releva.

— Allez ! cria Caleb en tendant le bras.

Ma vision se brouilla au moment où j'entendis un autre coup de feu. Il avait tiré, visant quelque chose derrière nous. Un rugissement suivit, douloureux et brutal. Et dans cet état de choc, je réalisai que c'était ce qu'il avait prévu depuis le début.

Il était venu pour moi, *depuis le début.*

Il avança vers moi et me prit la main. Nous nous sommes mis à courir en direction des arbres au loin.

— Va vers cette clôture, Ryth ! cria Caleb, m'entraînant avec lui. *T'AS COMPRIS ? VA VERS CETTE PUTAIN DE CLÔTURE !*

Va vers la clôture...va vers la clôture.

L'acier scintillait à travers les arbres... et derrière lui je devinais le petit faisceau d'une lampe de poche qui brillait dans l'obscurité. *On arrive, princesse. Tiens bon, on arrive...* Les mots de Nick surgirent dans le chaos mental dans lequel j'étais. L'espoir jaillit. J'enfonçai mes pieds nus dans le sol, je ne m'arrêtais pas de courir.

— Vas-y, cria Caleb. Vas-y, Ryth...vas-y !

Je courais à toute vitesse, me faisais frapper par des branches sur mon chemin alors que cette lueur d'acier se rapprochait.

Pan !

Le coup de feu retentit derrière nous et un bruit sourd heurta le sol. Je jetai un regard paniqué par-dessus mon épaule et je vis Caleb à terre. Une vague de peur m'envahit. Je m'arrêtai, ma respiration était brûlante comme un feu dans ma poitrine alors que Viv me dépassait.

— Vas-y ! criai-je. Je te rejoins !

Je me jetai sur Caleb, j'attrapai son bras, le passai par-dessus mes épaules et l'aidai à se relever.

— Cours, RYTH ! cria-t-il en me repoussant alors que, dans l'obscurité, la lumière blanche se rapprochait.

Les pas lourds étaient similaires à des coups de tonnerre quand Tig sortit des arbres en rugissant.

Et Caleb se raidit, se tenant immobile.

Il brandit son arme, le désespoir brillait dans ses yeux.

Puis il ouvrit le feu.

Pan. Pan. Pan !

Le garde tomba brutalement au sol. Caleb ne perdit pas de temps, il me prit par le bras et nous nous sommes mis à courir. Il essayait de me faire gagner du temps. Assez pour atteindre la barrière. Des ombres défilaient dans les arbres tout autour de nous alors que nous étions rattrapés par les gardes de l'établissement.

Je courais... la peur au ventre.

Viv poussa un cri, le son était strident et terrifiant.

— *Lâchez-moi, putain !*

J'étais paniquée. *On n'allait pas s'en sortir... On n'allait pas s'en sortir...*

— Pars ! cria Caleb en me poussant, me propulsant en avant.

Pan ! Il tira à nouveau. Les balles s'écrasèrent sur les arbres autour de nous. À travers la pénombre, j'aperçus Vivienne alors qu'ils l'emmenaient de force au loin, elle donnait des coups de pied et se débattait comme un chat sauvage.

— Putain, laissez-nous partir maintenant !

Sa nuisette blanche ressortait dans l'obscurité... puis je ne la vis plus. Ses cris s'estompèrent, ainsi que les sons de cette lutte violente. Les larmes me brouillaient la vue alors que des silhouettes sombres se déplaçaient derrière la barrière.

— Princesse ! cria Nick. Par ici !

Je courais vers lui à toute allure. L'acier brillait sous la lumière des torches. Il y avait un trou dans la clôture... j'avais juste à passer par là.

— *NON !* rugit Caleb derrière moi alors que je baissais la tête et que *je me jetais* dans ce trou.

Je me relevai et glissai, heurtant quelque chose de dur avec mes pieds.

Quelque chose de chaud.

Quelque chose qui m'enveloppa soudainement de ses bras puissants.

— C'est bon, princesse... *C'est bon.*

Caleb rugissait et hurlait. J'aperçus les cheveux blancs de l'homme près de lui jusqu'à ce que, du coin de l'œil... un mouvement se produise. Tobias bondit sur eux et percuta le bâtard qui avait essayé de me violer, libérant un son terrifiant alors qu'il se mettait à le tabasser de ses coups sans merci.

— Monte dans la voiture, Ryth...chuchota Nick. Tu ne veux pas voir ça.

Chapitre Vingt-Cinq

RYTH

— Monte dans la voiture, Ryth ! dit Nick en me poussant vers la Lamborghini.

Les portières étaient ouvertes et le moteur tournait. Je titubai jusqu'à elle puis je me jetai par la portière ouverte, et me précipitai sur le siège arrière. Des coups de feu retentirent. Je sursautais à chaque coup de feu, mon cœur se bloquant au fond de ma gorge.

Les cris de Tobias rugissaient dans la nuit, je me cramponnais à la poignée de la portière.

Pan ! Pan ! Pan !

Je criais alors que des ombres se dessinaient dans la voiture. Mais je ne pouvais pas voir qui c'était. Je gémis, me reculant sur le siège alors que la portière conducteur s'ouvrit et que Nick se glissait derrière le volant.

— Tiens bon, princesse.

Il mit le moteur en marche.

— *Allez !* cria-t-il à nos frères.

La portière passager s'ouvrit et Caleb se précipita à l'intérieur, refermant la portière dans le même mouvement, puis la portière arrière s'ouvrit violemment.

— Démarre ! cria Tobias en se jetant sur le siège, la portière se refermant derrière lui avec fracas ! *GO !*

Je fus projetée contre la portière à côté de moi alors que les pneus de la voiture de sport crissèrent. *Pan !* Une balle venait de frapper l'arrière de la voiture.

— *Baisse-toi !* hurla Tobias en me poussant vers le sol.

Son corps était lourd, se pressant sur moi tandis que le moteur vrombissait et que Nick manipulait le volant comme un pro.

— Tu es blessée ? Les mains de Tobias glissaient sur mon dos. Ryth... tu es blessée ?

— Non, chuchotai-je, mes mots étant étouffés contre sa jambe.

Pourtant, il devait le voir par lui-même. La voiture tourna et le hurlement du moteur devint plus profond. Les phares étaient presque flous au travers des feuillages. Derrière nous, le faible bruit des coups de feu réapparut.

— Montre-moi, bébé, grogna Tobias en me tirant sur le siège.

Je croisai son regard et je me figeai. Ses yeux étaient des puits noirs dans la faible lumière. Ses joues creuses étaient encore plus ciselées qu'auparavant. Il avait un air froid et ténébreux. Son regard me fixait tandis qu'il passait ses mains sur mes épaules, mes seins et mon ventre, cherchant... flairant. Si ça avait été quelqu'un d'autre, j'aurais crié et me serais débattue. Mais je les connaissais, eux... *Je les désirais.*

Sauf Caleb.

Je jetai un coup d'œil au siège passager et la douleur de la trahison s'intensifia. Caleb était silencieux, sa main appuyée contre le tableau de bord.

— Vas-y, cria-t-il à Nick. *Accélère !*

La voiture accéléra encore plus, le hurlement du moteur était comme un cri de guerre dans la nuit. Tobias me tenait toujours, ses mains se déplaçaient lentement, glissant sur mes seins avant qu'il me prenne la nuque et me tire vers lui. La chaleur de son corps se pressait contre moi.

— J'ai cru que je t'avais perdue, petite souris, dit-il d'un ton rauque et étrange.

Mais j'étais engourdie.

Jusqu'au plus profond de mon être.

Tobias était mon ancre, il me tenait dans ses bras alors que la voiture dérapait sur le côté et qu'un craquement retentissait lorsque nous heurtions quelque chose.

— Ramène-nous à la maison, Nick ! cria Caleb.

— Je pensais t'avoir perdue... dit encore Tobias en s'accrochant à moi.

Sa chaleur, sa voix, son odeur. Tout m'envahissait, me ramenant à la personne que j'étais autrefois. Les phares de la voiture éclairèrent son visage, il avait l'air furieux et enragé.

— Nick, grogna Caleb.

— T'en fais pas, dit Nick en passant la vitesse supérieure avant de tourner le volant.

Les phares qui approchaient devinrent de plus en plus brillants, jusqu'à nous recouvrir, puis ils disparurent. Les lumières de la ville scintillaient au loin. Nick maniait la Lamborghini d'une main de maître, nous faisant naviguer vers les rues bondées.

— Sème-les, dit Tobias en relâchant son emprise sur moi et se retourna, levant l'arme dans sa main. Ou rapproche-moi assez pour les descendre.

Nick fit tourner le volant, nous faisant contourner le flot continu de voitures, et franchit un feu de signalisation orange alors que le reste des voitures freinaient.

— Fais gaffe, dit Caleb en serrant les dents alors que nous contournions une voiture lente, puis il freina brusquement, nous sommes partis en vrille dans une rue latérale et avons disparu dans l'obscurité.

Nous avons encore tourné brusquement, s'engageant dans une rue après l'autre jusqu'à ce que je perde tout sens de l'orientation. Puis finalement nous avons tourné à nouveau, et nous sommes passés devant une entrée familière. C'était le parc, celui où Nick m'avait emmenée. Une douleur se déchaîna en moi lorsque je me souvins de la façon dont il m'avait plaquée au sol dans un mouvement de désir et de désespoir. J'avais l'impression que c'était il y a une éternité.

— On rentre et on ressort, grogna en tournant le volant. Ils vont nous rattraper... et vite.

La Lamborghini frémit lorsque Nick freina et engagea la voiture dans l'allée. La Jeep de Tobias était garée près de la maison. La peur m'envahit alors que je cherchais la voiture de Creed.

— Ils sont où ?

— Morts, avec un peu de chance, marmonna Tobias lorsque Nick s'arrêta devant la porte d'entrée.

— Cinq minutes ! cria Nick. Prenez tout ce que vous pouvez, et on s'en va.

Tobias et Caleb sortirent en courant. Nick se déplaçait plus lentement, jetant un coup d'œil à la rue, puis il me fit signe de m'approcher.

— Dépêche-toi, princesse.

Ce n'est qu'alors que je vis qu'il se tenait les côtes avec sa main. RYTH ! Ses cris résonnaient encore dans ma tête alors que je me dépêchais.

— Tu es blessé.

Il croisa mon regard. Ce regard de tristesse me fit mal au cœur.

— Ne t'inquiète pas pour ça maintenant. Il faut qu'on se barre et vite.

Je le suivis à l'intérieur. Des pas lourds résonnaient à l'étage, se déplaçant comme le tonnerre dans la maison. Un sac vola par-dessus la rampe d'escalier et heurta le sol avec un bruit sourd.

— Qu'est-ce que tu prends ? cria Tobias.

— *Mon ordi et mon chargeur. C'est tout !* cria Nick en se dirigeant vers la cuisine. Princesse. Donne-moi un coup de main, tu veux ?

Des gémissements provenaient de derrière la porte de la buanderie. Il l'ouvrit et entra, s'accroupissant devant moi.

— Doucement, ma fille.

— Nick ? demandai-je alors qu'il ramassait le petit chiot noir et feu qui pleurnichait, puis il me le tendit.

Mon cœur se mit à fondre à la vue de ce pauvre petit chiot. Une patte était bandée et il avait un autre bandage autour de son cou.

— Oh mon Dieu, elle est magnifique. Tu l'as trouvée où ?

Elle tendit le cou pour me lécher la main alors que des bruits sourds de pas dévalaient les escaliers.

— On se casse ! cria Tobias.

— Je te raconte plus tard, princesse, dit Nick en me prenant le bras, me poussant vers la porte.

— Tiens ! dit Tobias en jetant un pull-over en l'air, laissant Nick l'attraper tandis que T. fixait la nuisette transparente que je portais.

— Personne n'a le droit de te voir comme ça, petite souris. Sauf nous.

Nick prit le chiot de mes bras et mit le pull sur mon épaule.

— On s'en va d'ici, tout de suite.

— Non, dit Tobias en s'arrêtant, me regardant fixement en secouant la tête.

Une douleur me déchira le cœur et des éclats de trahison jaillirent dans son regard lorsqu'il leva la main.

— Pas tant qu'on ne l'aura pas débarrassée de ça.

Il désigna le bracelet de localisation autour de ma cheville.

Nick baissa les yeux, ses sourcils se froncèrent avant que sa mâchoire ne se serre.

— *Ces putains de bâtards.*

Il s'approcha avec le chiot dans les bras. Puis il s'agenouilla devant moi, souleva ma jambe et posa mon pied sur sa cuisse. Il leva les yeux vers le mien.

— Ils te traquaient comme un animal ?

Mon pouls s'accéléra à ces mots et je hochai la tête. Je déglutis en pensant au tatouage gravé sur mon corps.

— Enlève ce putain de truc, dit Nick en regardant Tobias. Je ne veux pas qu'un de leurs trucs la touche.

Tobias arriva de la cuisine.

— Coupe-boulons, dit Caleb en s'approchant, sans oser me regarder dans les yeux. C'est avec ça qu'on pourra l'enlever.

— Dans le garage, dit Nick en reposant mon pied avant de se lever, tenant toujours le chiot dans ses bras. Dépêche-toi.

Tobias partit en courant, traversant la maison à toute allure, ses pas lourds semblable à un tonnerre qui disparaissait dans le garage. Nick me jeta un coup d'œil tandis que je regardais Caleb. Puis C. partit pour porter les sacs jusqu'à la voiture.

J'étais reconnaissante quand Tobias revint en courant, avec une énorme pince coupante.

— Monte sur le comptoir, petite souris, dit-il en m'attrapant par la taille, me soulevant facilement.

Ma culotte blanche se voyait sous ma nuisette transparente. Tobias regardait... non, *il me dévisageait*. Puis il se mit au travail, passa le cordon sous la pince, puis appuya.

Ses muscles se tendaient alors qu'il jurait, puis il réessaya.

Puis dans un bruit sourd, le bracelet se cassa et tomba au sol. Je me penchai en avant pour caresser la peau de ma cheville alors que ma gorge se resserrait.

— On y va, princesse, insista Nick, en faisant un signe de tête à Tobias. Tu es libre.

Je m'empressais de les suivre et de me diriger vers la voiture.

— Ryth, viens avec moi, cria Nick derrière moi alors que nous nous précipitions dehors.

J'ouvris la portière passager tandis que Nick venait à côté de moi et plaçait le chiot dans mes bras.

— Où est la Mustang ?

Nick monta au volant de la voiture de Caleb.

— C'est une longue histoire.

Il démarra le moteur et fit reculer sa voiture de sport en, faisant demi-tour avant de sortir de l'allée. Les feux de freinage de la Jeep s'allumèrent. Mais je ne voulais savoir pour la Mustang.

— Dis-moi, insistai-je en m'accrochant au chiot alors que la Lamborghini avançait.

Il jeta un regard prudent dans ma direction.

— Elle est au garage.

Au garage ? Il bichonnait cette voiture, elle était comme neuve. Il n'y avait aucune chance qu'elle soit au garage, pas maintenant. Je caressais les oreilles du chiot et je fus récompensée par une langue chaude et humide entre mes doigts.

— Je te crois pas. Dis-moi. Dis-moi ce qui est arrivé à la Mustang et ce qu'ils t'ont fait... dans cet entrepôt.

— Ils m'ont poignardé.

Ses mots étaient froids, douloureux.

— Ils m'ont poignardé et j'ai écrasé la Mustang contre la grille de l'entrepôt pour te faire sortir, dit-il.

— Tu as fait ça ?

Il jeta un coup d'œil dans ma direction.

— Oui, je l'ai fait.

Je ravalai la douleur au fond de ma gorge. *RYTH !*

Je tressaillis, ma main massant méthodiquement le cou du chiot.

— Et cette petite chienne ?

— C'est une tout autre histoire, une histoire que je ne pense pas pouvoir te raconter tout de suite, dit-il en jetant un coup d'œil dans le rétroviseur en disant cela, son regard se déplaçant vers l'éblouissement des phares derrière nous.

Nous allions à nouveau vers la ville. J'avais froid alors je calai le chiot sur mes genoux avant d'enfiler un pull.

— Parle-moi, dit-il prudemment. Je vis son visage inquiet sous les phares d'une voiture qui arrivait en sens inverse. Seulement si tu en as envie.

Je détournai les yeux. Je ne pouvais plus penser à cet endroit sans voir Caleb.

Maintenant c'était à mon tour de prendre un air inquiet.

— C'est une tout autre histoire. Une histoire que je ne pense pas être prête à raconter tout de suite, dis-je d'un ton froid.

Il n'insista pas et je lui en étais reconnaissante. Nous nous sommes dirigés vers un immeuble.

— On connaît quelqu'un ici ? demandai-je en regardant au-delà du pare-brise.

— On peut dire ça, dit Nick en se garant sur une place de parking alors que Tobias se garait à côté de nous. Moi.

— C'est chez toi ? dis-je en poussant la portière, tenant le chiot d'un bras.

Il coupa le moteur, sorti et ferma la portière, prenant son temps pour contourner la voiture et s'arrêter devant moi.

— Oui, princesse, c'est chez moi.

Je sortis avec le chiot, secouant la tête quand il voulut me le prendre. J'avais besoin d'elle. Sa chaleur, la sensation de son corps contre moi. Sans elle, j'étais perdue, je tremblais, je m'effondrais. Je suivis Nick après qu'il ait pris ses affaires sur le siège arrière et je me dirigeai vers le bâtiment.

Nous avons pris un vieil ascenseur branlant jusqu'au dernier étage. De l'extérieur, l'endroit semblait vieux et délabré. Mais dès que nous sommes entrés et que nous nous sommes dirigés vers l'appartement du dernier étage, tout devenait élégant, industriel... et luxueux.

Il tapa un code à la porte d'entrée, puis il l'ouvrit.

Il y a des vêtements propres dans ma chambre, de la nourriture dans le placard.

— Prem's pour la douche, dit Tobias en nous contournant, disparaissant aussitôt.

— Tu as faim ? demanda Nick.

Je secouai la tête.

— Non.

Je doutais d'avoir à nouveau faim un jour.

— Tu as froid ?

Je secouai la tête.

— Soif ?

Caleb laissa échapper un grognement, puis se dirigea vers le salon et les grandes baies vitrées qui donnaient sur la ville. Il ne voulait pas me regarder, ne voulait pas m'entendre, ne voulait pas m'écouter parler.

— Tu veux me dire ce qui s'est passé entre vous deux ? murmura Nick, en le fixant.

La douleur me traversa. Je ne pouvais pas regarder C., je ne pouvais pas regarder la façon dont son corps bougeait alors qu'il s'éloignait. Ce que Caleb et moi avions eu auparavant, nous ne l'aurions plus jamais, je le savais au fond de moi.

— Non, répondis-je en regardant ailleurs. C'est au-dessus de mes forces.

Chapitre Vingt-Six

RYTH

Tobias sortit de la chambre. Ses cheveux étaient encore humides, il était torse nu. Une serviette était enroulée lâchement autour de sa taille, laissant sa cuisse visible lorsqu'il marchait.

Il se dirigea vers moi, et je vis le désir dans ses yeux, un désir qui brûlait dans l'obscurité, un désir que je ressentais au plus profond de mon âme. Il enroula ses bras autour de moi, m'attirant contre lui. J'enfouis ma tête dans son cou et je respirais son odeur charnelle et masculine. Celle que je détestais auparavant.

— Je pensais t'avoir perdue, petite souris.

Ses mots étaient un gémissement dans mon oreille, faisant s'accélérer mon pouls.

Je ne pouvais pas m'en passer. Je ne pouvais pas me passer de lui. Je resserrai mes bras autour de lui, plaquant mon corps contre le sien.

— Jamais.

— On peut rester ici ce soir, annonça Nick en ouvrant le réfrigérateur derrière moi. Mais ensuite, il faudra qu'on bouge. Il nous faut un endroit sûr, un endroit où ils ne penseront pas venir nous chercher, dit-il en jetant un coup d'œil à Tobias. Sauf s'ils veulent une guerre.

Tobias se renfrogna.

— Tu veux vraiment qu'on se terre dans une planque de Rossi ?

— Tu as une meilleure idée ? répondit Nick. Alors je suis preneur.

Mais personne n'avait une autre idée. Même si c'était la dernière chose que Tobias voulait faire, il demanderait une dernière faveur à son ennemi. Et il allait le faire pour moi.

Il me fixait de ses yeux noirs sans fond qui auraient été terrifiants pour n'importe qui d'autre. Ses doigts se recourbèrent et effleurèrent une mèche de cheveux sur le côté de mon visage.

— Mais on a ce soir, non ?

Je frissonnai à ces mots.

— Non.

Je jetai un coup d'œil à Caleb qui regardait par la fenêtre. Les lèvres de Tobias se retroussèrent quand Caleb se retourna et le regarda avec un air sauvage.

— Pas avant qu'elle soit prête.

Tobias lâcha sa main et fit un pas vers lui.

— Pas avant qu'elle soit prête ? La haine grondait sous la surface de ses mots. Tu as quelque chose à avouer, C. ?

Les sourcils de Caleb se froncèrent et il eut un regard inquiet. Mais pas une seule fois il ne regarda dans ma direction. Il soutenait seulement le regard de Tobias, ce regard détaché devenant encore plus froid. Mon estomac se serra. Allait-il dire la vérité ? Ou allait-il prétendre que ce qui s'était passé là-bas n'était jamais arrivé ? Il finit par retrousser ses lèvres en un grognement et se dirigea vers la chambre de Nick, arrachant sa chemise en chemin.

Tobias le regarda fixement. Nick aussi.

Il était jaloux et mesquin, il voulait gâcher ce moment, et il avait réussi. Tobias leva le bras et me fit signe de venir.

— Viens, petite souris. Tu dois sûrement être affamée.

Mais manger était la dernière chose que je voulais.

— Non.

Je ne pensais pas que j'allais vouloir manger à nouveau, ni dormir, ni être seule.

— Il parlait de quoi Caleb, princesse ? demanda Nick en me regardant.

— Ils t'ont fait quoi ? demanda Tobias d'un air tendu. C'est ce que C. insinuait, non ?

— Ne la force pas, dit Nick à son frère. Tu n'es pas obligée de nous le dire, sauf si tu le veux.

Je n'en avais pas envie. Je voulais oublier cet endroit et tout ce qui s'était passé entre ces murs. Je voulais faire comme si nous étions de retour dans les jours qui avaient précédé mon enlèvement. Je voulais faire comme s'il n'y avait que nous.

— On peut oublier toute cette merde, me dit Tobias. On recommence à zéro, là, maintenant. Qu'est-ce que tu dis de ça ?

— Je voudrais bien, dis-je en me forçant à sourire.

— Alors on va manger, dit Nick en sortant de la nourriture du réfrigérateur avant d'ouvrir un placard. Je n'ai pas grand-chose. Mais on va peut-être pas pouvoir manger quelque chose de décent avant un bon moment... et tu dois passer un coup de fil, non ? dit-il en jetant un regard en coin à Tobias.

Il y eut un murmure et un grognement énervé avant que mon demi-frère se retourne et ne s'éloigne.

Nick prépara à manger, il versait des ingrédients dans une casserole. Il y avait du bouillon, du poulet congelé et une sorte de *dim sum* congelé. Je le regardais en frottant les oreilles du chiot.

— Où est-ce que tu l'as trouvée ?

— Dans une arène de combat de chiens. Ils pensaient qu'elle était morte, dit-il en levant les yeux vers moi. Elle s'est battue et a survécu. Je crois qu'elle est plus forte qu'elle n'en a l'air.

Je ne savais pas s'il parlait du chien ou s'il parlait de moi. Peut-être que c'était les deux. Peut-être que c'était la raison pour laquelle il l'avait sauvée en premier lieu. Quoi qu'il en soit, j'étais contente.

— Elle a déjà un nom ?

— J'espérais qu'on en choisirait un ensemble, vu qu'elle va être à nous.

À nous...

Pendant que Nick cuisinait, je réfléchissais à un nom pour la chienne. Rien ne me venait, pas au début. Elle était gentille et douce. Ces grands yeux tristes et brillants la rendaient encore plus douce. Mais sous la douce caresse de son nez froid et cette étincelle de joie se cachait le cœur d'une combattante.

— Une arène de combat de chiens ? chuchotai-je.

— Deux pitbulls adultes l'ont attaquée, et elle a survécu, dit Nick en continuant de remuer sa tambouille. Elle a survécu alors que ces salauds l'ont jetée comme un déchet.

Une battante... *comme moi.*

— Tu es une rebelle, toi, hein ? chuchotai-je.

Nick releva la tête après avoir remué la tambouille qui dégageait maintenant une délicieuse odeur salée. Même si j'avais dit que je n'avais pas faim, mon ventre gargouillait quand même.

— Rebelle, c'est comme ça que je veux l'appeler.

Nick sourit en s'approchant.

— Rebelle, hein ? dit-il en la regardant. C'est vrai qu'elle a l'air d'être une sacrée rebelle. Bien joué, Princesse.

— La douche est à toi, dit Caleb en entrant, ses cheveux et son torse nu encore humides, il portait un jogging gris de Nick.

Mon pouls s'accéléra en le voyant, me trahissant alors que j'observais les muscles de son torse et ses abdos fermes.

Pas le moment d'être tendre. Le souvenir de ces mots refit surface. *Je vais être une bête avec toi. Tu vas me détester et me désirer en même temps.*

C'était la vérité. Je le détestais... et pourtant je le désirais encore.

— Je vais te trouver des vêtements, grogna Nick, me jetant un regard avant de regarder Caleb et de disparaître dans la chambre.

— Est-ce que tu vas me pardonner un jour ?

C'était la première fois qu'il me parlait, la première fois qu'il faisait semblant de me voir.

— Après ce que *tu* m'as fait ? dis-je en me rapprochant, le fixant dans les yeux. Après ce que tu *les* as laissés me faire ?

— Et c'était quoi ?

Je tressaillis au ton dangereux de la voix de Tobias alors qu'il s'approchait.

— Parce que je meurs d'envie de le savoir, putain, frérot.

Je ne répondis pas. Au lieu de cela, je m'approchais de lui, mis le chiot dans les bras de Tobias, et marmonnai :

— Je vais prendre une douche.

Je ne pouvais pas gérer Caleb pour le moment, ni l'effusion de sang qui allait sûrement arriver. J'entrai dans la chambre de Nick alors qu'il jetait un pantalon de survêtement et un T-shirt sur le lit. Il se redressa et me regarda.

— Qu'est-ce qu'il y a ?

Je secouai la tête.

— Rien.

Mais dans la cuisine, Tobias ne voulait pas laisser tomber.

— Tu vas me le dire, frérot ? Ou je dois te le faire cracher ?

Nick tressaillit sous la menace, mais il ne bougea pas. Ce n'était pas seulement l'Ordre de Hale qui allait nous détruire. On faisait ça très bien tout seuls.

— Je vais te laisser, alors, déclara Nick lorsque la porte d'entrée de son appartement claqua violemment.

Je pris les vêtements et me précipitai dans la salle de bain, j'avais hâte de ne plus sentir la puanteur de ce trou à rats, que mes souvenirs soient lavés, mais l'eau ne serait pas assez chaude pour ça. Je fermai la porte de la salle de bains derrière moi et je retirai le pull, puis la nuisette et la culotte blanche, les jetant sur le sol dans le coin de la pièce. Je ne porterai plus jamais de blanc, punaise.

Mon regard se porta vers le miroir, et vers la marque sur mon abdomen, qui était encore rouge et douloureuse. Puis j'entrai dans la douche et je fis couler l'eau. Le jet était chaud et piquant. J'appréciais cette chaleur, je basculai la tête en arrière alors que le faible son des voix s'élevait.

J'essayais de mettre leur colère et leur rage de côté pour un moment, et à la place... je me mis à pleurer. De violents frissons secouèrent mon corps et je m'effondrais lentement sur le sol. Je l'avais laissée... elle m'avait protégée, elle avait essayé de me sauver... *et je l'avais laissée seule là-bas.*

Ils lui ont fait du mal. Je le savais sans aucun doute.

Ils lui feraient encore du mal, l'utiliseraient et la briseraient.

Tout ça parce que je l'avais laissée tomber.

J'enroulais mes bras autour de mes genoux, les rapprochant de ma poitrine.

Mon cœur se serra et la douleur éclata dans le fond de ma gorge. *Je l'avais abandonnée... Je l'avais abandonnée.*

La douleur se transforma en un cri. Je me mordis le poing, me balançant d'avant en arrière en gémissant.

Ils ont fait enlever un homme en prison, bordel. La voix de Viv résonnait dans ma tête. *Il y a une guerre entre l'homme qui dirige cet endroit et quelqu'un d'autre.*

Je retirai mon poing de ma bouche. L'homme qu'ils avaient enlevé devait être mon père. Des frissons me parcourent à cette idée. Je me relevai, mes genoux tremblant, je coupai l'eau et je sortis de la douche. Des serviettes humides jonchaient le sol de la salle de bain, et c'était presque comme si tout était normal... sauf que je savais que ce n'était pas le cas.

J'en pris une propre, je me séchai le corps, puis je l'enroulai autour de mes cheveux.

— Princesse.

La voix de Nick s'immisça par la porte de la salle de bain, il passa la tête.

— Je sais que tu as dit que tu n'avais pas faim...

Il se figea.

Son regard était rivé sur le miroir... et le tatouage noir encré dans ma peau.

Pendant une seconde, il ne comprenait ce qu'il voyait. Jusqu'à ce que je me retourne et pose ma main dessus pour couvrir la marque.

— Ces putains de bâtards..., dit-il violemment avant de prendre grande inspiration et de rugir de plus belle : *CES PUTAINS DE BÂTARDS !*

Chapitre Vingt-Sept

RYTH

Je tressaillis en entendant son rugissement et je reculais jusqu'à toucher le meuble du lavabo. Mais rien ne pouvait arrêter Nick, pas quand son regard ne pouvait quitter mon ventre. Il entra dans la salle de bain.

— *Ils...ils t'ont tatouée...* dit-il en levant les yeux vers moi, le regard troublé par la haine. *Comme une putain de propriété ?*

Je mis mon autre main dessus pour cacher ma honte. Les larmes montèrent, lentement, glissant sur mes joues alors qu'un son blessé s'échappait du fond de ma gorge. C'est tout ce que j'étais pour eux. Quelqu'un qu'ils pouvaient posséder comme si je n'étais rien.

Le bruit de pas tonitruants se rapprocha, déchirant la chambre avant que Tobias apparaisse dans l'embrasure de la porte, derrière son frère.

Ce regard impitoyable glissa lentement le long de mon corps... jusqu'à ce qu'il s'arrête.

— Enlève tes mains, Ryth, dit-il.

Je secouai la tête, mes mains tremblant devant moi.

Nick s'approcha, essayant d'atténuer le côté cruel de sa voix :

— Montre-nous.

Je secouais à nouveau la tête, mes larmes brouillant leurs visages.

— Non.

— Princesse, insista Nick, se rapprochant jusqu'à s'arrêter juste devant moi. Ses mains étaient si douces, poussant les miennes sur le côté. Laisse-nous voir.

Je ne pouvais pas les regarder, pas quand ils observaient que mon corps ne leur appartenait plus. Il était ruiné... non, *j'étais ruinée*. Je tournai la tête, mon corps tremblant sous le poids de leurs regards.

— C'est quoi ce bordel ? grogna Tobias a grogné.

— P et O, répondit Nick, son doigt levant mon menton. Pour Ordre des Perdus, je suppose.

— Ces enfoirés, dit Tobias entre ses dents serrées. Ces putains d'enfoirés de salopards. Ils t'ont fait du mal. Ils t'ont fait du mal et ils vont payer pour ça. Je le jure sur ma putain de vie, princesse, ils vont payer.

— Ça n'a pas d'importance.

Mes mots étaient empreints de douleur.

— Si, ça en a, dit Nick en soutenant mon regard, et il m'engloutit dans sa tristesse. Je vais faire enlever ce tatouage. Peu importe le prix, princesse. Je vais le faire enlever, d'accord ?

Il voulait absolument que je le sache, comme si les souvenirs allaient disparaître avec l'encre. Mais ça ne marchait pas comme ça... les souvenirs seraient toujours là. Tobias s'approcha, glissa sa main sous celle de Nick et me saisit le visage.

— Plus jamais, tu m'entends ? Plus jamais ils ne poseront leurs mains sur toi.

Sa voix était rauque et exigeante et sa bouche se rapprochait de la mienne. Je fermai les yeux, sachant ce qui allait se passer, mais incapable de l'empêcher de se produire.

Il m'embrassa... lentement, durement, avec les dents, les lèvres et la langue, jusqu'à ce que je me retire et grimace.

— Je n'ai pas besoin de ta pitié, Tobias.

Il tendit le bras, me prit la main et la porta sur lui jusqu'à ce que je tienne son érection.

— C'est de la pitié pour toi, petite souris ?

Il avait toujours été sauvage et exigeant, toujours le plus violent des Banks, détournant ma détermination.

— Tu nous dis d'arrêter et on arrête, Ryth, me rassura Nick. Tu veux qu'on te laisse tranquille ? On va te laisser tranquille. Mais si tu veux qu'on te montre à quel point tu nous as manqué et que cette putain de marque ou tout ce qui t'est arrivé dans cet endroit ne signifie rien pour nous, alors on veut bien te montrer.

La main de Tobias trouva la mienne. Il n'y avait plus de force. Aucune obligation... juste la chaleur de sa main sur la mienne. Ils voulaient me baiser... me faire oublier tout le reste.

— Tu nous appartiens, princesse, dit Nick.

Les yeux sombres de Tobias brillaient.

— Et on t'appartient.

Ma main se posa sur son érection… ce *mâle* qui s'était battu, qui avait saigné… qui brûlait pour moi.

Des mains partout sur mon corps. Mon visage poussé contre le mur. Le souvenir de cette salle me revint à l'esprit, suivi de la honte. Je voulais leur dire ce qu'ils m'avaient fait.

Ryth est nouvelle. Les mots du Directeur me revenaient. *Elle ne comprend pas encore.*

Mais elle comprendra, n'est-ce pas ? Le dégoût s'intensifia lorsque la voix de cet homme me revint clairement. L'homme qui était venu avec Caleb… il l'avait laissé poser ses mains sur moi. J'essayai de chasser le souvenir.

— Ils…

Un mouvement attira mon regard vers la porte de la salle de bain.

Caleb apparut près de la porte. La colère remonta à la surface, devenant glaciale et terrifiante. *Espèce de salaud !* J'avais envie de traverser la pièce et de lui hurler dessus. On ne pouvait pas oublier ce qui s'était passé dans cet endroit, parce que tout ce que nous avions maintenant était souillé par ce souvenir. L'oublier impliquait l'anéantissement de la relation que *nous avions.*

Et je le détestais pour ça.

Une douleur me traversa le cœur, me forçant à la chasser.

— J'emmerde cet endroit, grognai-je, mais mon regard disait autre chose.

Je me transformais en Tobias, et j'empoignais sa bite plus fermement.

Et va te faire foutre, Caleb.

— C'est bien ma petite souris, ça, murmura Tobias.

Je soutenais le regard de Caleb tandis que Tobias glissait sa main le long de mes côtes avant de me toucher les seins. Je voulais blesser Caleb plus que tout autre chose. Son regard était si froid en nous regardant.

— Bon sang, ça m'avait manqué, dit Tobias en léchant mon téton, attirant mon regard. Puis il leva la tête. Putain, *tu* m'avais manqué.

Je glissais mes doigts dans ses cheveux, le poussant vers le bas. Il obéit... Bon sang, il obéit, pétrissant mon sein alors qu'il le prenait dans sa bouche et faisait glisser son autre main entre mes jambes, son doigt parcourut le long de ma fente avant de plonger dedans.

— Oh, dis-je en basculant ma tête en arrière, rencontrant la bouche de Nick.

Les lèvres et les langues se mirent à glisser dans ma chatte et ma bouche. Le désir fleurit en moi, me ramenant à eux... *à ça.* Nick se retira pour enlever sa chemise.

— Sur le lit, T.

Mais je me figeai, mon regard fixé sur son grand bandage, puis je croisai son regard.

— Attends, on ne peut pas.

Tobias leva les yeux, les sourcils froncés.

— Quoi ?

Je secouai la tête.

— Tu es blessé, Nick.

— Tu crois que ça va l'arrêter ? gloussa Tobias. Ce mec est sorti de l'hôpital juste après une putain d'opération... pour venir te chercher.

J'eus le souffle coupé.

— Tu as fait ça ?

— Ouais, dit Nick en baissant son pantalon. Sa bite jaillit.

— Et je le referais, sans hésiter.

Il se laissa tomber sur le lit et s'allongea sur le dos.

— Maintenant, tu vas me faire attendre, princesse... ou tu vas me laisser te donner ce dont tu rêves aussi ?

Caleb était aussi froid que la pierre lorsqu'il s'éloigna du lit en reculant. Mais il ne s'en alla pas, pas même lorsque Nick tapota le lit à côté de lui.

— On sera prudents. Donc, chevauche-moi, princesse.

Le chevaucher ? Pour enlever mon poids de son corps, bien sûr. J'acquiesçai avant de lever une jambe et de me mettre à califourchon sur lui, en m'assurant de rester loin de sa blessure.

— Plus haut, insista-t-il.

Je reculais, remontant jusqu'à son estomac. Il voulait toucher...

— Plus haut.

Je jetai un coup d'œil à Tobias qui regardait, il avait un sourire amusé et des yeux sombres et dangereux. Je reculai à nouveau, me déplaçant vers le torse de Nick. Il mit une main sur sa blessure et l'autre glissa sous ma cuisse. Ses doigts se mirent à me caresser. Je devins immobile. Mes mains se posèrent de part et d'autre de son corps alors que je tremblais.

Des doigts rugueux plongèrent dans ma chaleur. Je fermais les yeux, luttant contre l'envie de me frotter à lui.

— Plus haut.

J'ouvris les yeux et glissai sur l'oreiller tandis que je reculais encore.

— Maintenant, assis-toi sur moi.

Une décharge d'adrénaline me traversa. Je secouai la tête, regardant en bas. Je planais au-dessus de lui… nue, à découvert. Il pouvait *tout* voir. Tobias respirait difficilement. Le regard sombre de Caleb était rivé sur moi alors que j'abaissais mon corps sur le visage de mon demi-frère.

Sa langue glissa le long de ma fente et punaise, j'étais là, prenant du plaisir comme seul Nick savait m'en donner. Sa main trouva ma cuisse, puis ma hanche. Cette main me fit descendre sur lui jusqu'à ce qu'il n'y ait plus que la chaleur de sa bouche.

— Chevauche-le, petite sœur. Comme tu l'as fait la nuit du mariage, grogna Tobias.

Je me penchai en avant et m'agrippai, mais au lieu de me redresser, je me mis à onduler. Sa langue plongea à l'intérieur puis trouva mon clitoris… encore et encore. Je voulais plus… *plus*. Sa bite palpitait dans mon champ de vision, le gland perlait d'une minuscule goutte. C'était si beau. Je me positionnais de manière à prendre sa queue en main, et Nick gémit dans ma chatte.

— Putain, continue, petite souris, insista Tobias, sa propre main plongeant dans la ceinture de son pantalon. Suce-le.

J'ouvris la bouche et je me penchais, faisant glisser ma langue autour du gland rouge vif de la bite de Nick. Un grognement de sa part fit vibrer sa langue, envoyant la vibration contre mon clito sensible. Je poussai un gémissement, me frottant contre lui alors que la tension montait. Je fermai les yeux, faisant glisser sa bite le long de ma langue tandis que je serrais plus fort et aspirais.

Les hanches de Nick se soulevèrent du lit.

— Oh, putain... continue, gémit-il, me tirant plus haut pour me sucer le clito.

Je m'exécutais, prenant encore plus de lui en le léchant et en le suçant, ma concentration étant partagée entre le plongeon de sa langue et mon propre désir désespéré de le faire jouir dans ma bouche.

C'était une course.

Une course angoissante, animale. *J'allais jouir... j'allais...*

Je le suçai et serrai les poings alors que l'orgasme me frappait, me faisant descendre sur lui jusqu'à l'étouffer. Je voulais jouir dans sa bouche, je voulais qu'il me suce et m'avale. Il le fit, déclenchant un grognement. Sa bite tressaillit, cette veine épaisse palpita et la chaleur remplit le fond de ma gorge.

Plus profond, *plus fort*. Je le suçais, j'avalai le goût salé alors que mon corps frissonnait sous l'orgasme. Je me redressai quand il se ramollit en reprenant son souffle.

— Putain, princesse, gémit Tobias.

Je haletais en levant les yeux, voyant sa bite dans sa main. Mes mouvements étaient lents alors que je levais ma jambe au-dessus de Nick et me tournais pour me mettre à quatre pattes.

— Tobias, ordonnai-je. Baise-moi... *fort*.

Je me penchais vers Nick, goûtant mon propre désir sur ses lèvres. Il sourit et se leva pour me saisir la nuque alors qu'il s'installait derrière moi. Je les voulais... je voulais *ça*. Mon corps utilisé de la façon dont j'avais envie d'être utilisée, mais par *eux*, mes demi-frères.

La grande main de Tobias glissa sur mon cul, puis le long de mon dos, avant de me pousser en avant, enfonçant mon visage dans le matelas. Il mit un genou entre mes jambes et les écarta doucement. D'un coup puissant, il entra en moi jusqu'au fond. Je gémis alors que cette douleur à l'intérieur de moi criait : *oui !*

— C'est comme ça que tu aimes, petite souris ? dit Tobias en plongeant à nouveau en moi, le son lisse de nos corps qui se heurtaient résonnait dans l'air.

— *Plus fort*, demandai-je.

La pression sur mon dos s'atténua. Il glissa une main en-dessous, sur mes seins, puis il saisit mon cou et me souleva. Nick nous regardait, les yeux écarquillés lorsque son frère baissa la tête pour me grogner à l'oreille :

— Tu te souviens que je t'aime, n'est-ce pas ?

La bite de Tobias me faisait gémir.

— Oui.

— Bien. Parce que je suis sur le point de te baiser comme si je ne t'aimais pas.

Sa main se resserra, la pression me fit paniquer alors qu'il me punissait avec son désir. Mais je pouvais encore aspirer de l'air. Ses propres respirations étaient lourdes et chaudes contre mon oreille.

— Putain, Ryth grogna-t-il. Tu. Seras. Ma. Perte.

Je tâtonnais pour m'accrocher, m'agrippant à son bras alors qu'il forçait mes genoux à s'écarter encore plus, jusqu'à ce que je n'aie plus d'équilibre. Il devint mon soutien, sa bite s'enfonçant profondément alors qu'il me baisait fort.

Il était sauvage.

Comme seul Tobias pouvait l'être.

Tu es à moi, semblait crier sa main autour de ma gorge. Je gémissais alors que mon corps prenait le dessus.

— Je tuerais le monde entier pour toi, grogna-t-il.

Je regardais Nick dans les yeux, je vis une étincelle de panique, et à ce moment-là, je sus la vérité : Tobias le ferait vraiment, sa colère ne diminuerait jamais. Cette pensée m'excita encore plus. Sa prise brutale autour de ma gorge, ses va-et-vient impitoyables. Les deux me firent basculer. Je passais mon bras derrière lui, le tirant encore plus fort contre moi alors que je gémissais, jouissant pleinement.

Sa prise se relâcha instantanément, se déplaçant vers mes hanches alors qu'il poussait une fois de plus en moi en laissant échapper un gémissement guttural. Mon corps ne pouvait plus supporter mon poids, plus du tout. Je me suis effondrée, m'écrasant sur le lit à côté de Nick. Épuisée. En sécurité.

Je haletais et levai lentement les yeux vers l'endroit où se trouvait Caleb.

Mais il était parti.

La douleur me traversa mais je fus soulagée.

Je savais que je ne le pensais pas. Même si je voulais que ce soit le cas. Tobias s'effondra à côté de moi.

— Ça va, princesse ?

Je hochai la tête et je tendis la main vers lui, attirant son corps contre moi tandis que je me blottissais contre Nick et que je fermais les yeux, murmurant :

— Maintenant, ça va oui.

Chapitre Vingt-Huit

CALEB

— Oh putain, grogna Tobias.

Le son lourd de leurs respirations fendait l'air. C'était tout ce que je pouvais entendre. Eux. *Elle.* J'étais resté devant la chambre de Nick, incapable de les regarder une putain de seconde de plus. J'avais mal aux couilles. Ma bite était dure, elle palpitait dans mon putain de froque. J'enfonçai ma main dans mon pantalon, et j'appuyai mon autre main contre le mur. *Tu seras à moi. Tu comprends ?* Mes propres mots me revenaient. C'étaient les mots que j'avais dit à une autre... mais ils étaient tous pour elle. Tout ce que j'étais était à elle.

— Ryth, dit Tobias en grognant son nom alors qu'il jouissait.

Tu seras à moi, jusqu'à ce que j'en ai fini avec toi. J'empoignais plus virilement ma bite alors que cette douleur montait encore et encore.

Les faibles gémissements du chiot quelque part derrière moi brisèrent l'emprise que Ryth avait sur moi.

Pendant une seconde, au moins.

— C ? dit Nick.

Je fermai les yeux. Il s'attendait à ce que je les rejoigne, putain... un seul regard vers elle et je saurais que cela n'arriverait jamais. Pas maintenant. Pas après ce que j'avais fait.

Si seulement ils savaient...

Je retirais ma main et je m'éloignais de la porte, le désir étant maintenant aussi vide que mon putain de cœur. S'ils savaient ce qui s'est passé, ils me tueraient. *Je le savais.*

Le chiot gémit une fois de plus, m'attirant loin de la pièce. Je m'approchai, remontai la braguette de mon pantalon avant de m'agenouiller pour lui caresser la tête.

Bip.

Le volume de mon téléphone était faible, mais toujours trop fort dans le calme de cet appartement. Je le saisis et me redressai ; c'était un message d'Evans. *Putain, qu'est-ce que t'as fait ?*

La panique m'envahit alors que je fixais l'écran, puis je jetai un coup d'œil derrière moi vers la chambre de Nick. Ils étaient silencieux... endormis ? Je m'approchai, je mis mes pieds dans les chaussures de Nick et je passai la porte. Le froid s'engouffra, me frappant violemment. La chair de poule parcourut mes bras tandis que je fermai la porte de l'appartement sans bruit derrière moi et que je me dirigeais vers l'ascenseur, tirant sur la porte avant d'appuyer sur le bouton.

Le vieil appareil frémit et trembla en descendant, s'arrêtant au rez-de-chaussée. J'attendis d'être sûr d'être assez loin avant de passer l'appel.

— Evans.

— C'est quoi ce *bordel*, Caleb ? Il était paniqué, à bout. Son ton était environ trois octaves trop haut. Putain, qu'est-ce que tu as fait ?

— De quoi tu parles ?

Mon pouls s'emballait.

— Tu la ramènes, bordel de merde, dit-il. Tu m'entends ? *Ramène-la, putain.*

— Tu sais autant que moi que ça n'arrivera jamais.

Le silence résonnait dans le haut-parleur. Puis j'entendis le faible bruit de pas lourds.

— Parle-moi. Qu'est-ce qui se passe ? dis-je.

— Qu'est-ce qui se passe ? soupira-t-il. Tu m'as baisé, tu comprends ça, hein ? *Tu m'as baisé, putain.*

— Est-ce que Killion a dit quelque chose...

Son ricanement me fit sursauter.

— Est-ce qu'il a dit quelque chose ? répéta Evans à voix haute. Il est venu dans mon bureau et a fermé la porte. Il m'a menacé, Caleb. *Il a menacé ma putain de famille !*

Je déglutis de toutes mes forces tandis que mon estomac se nouait.

— Tu réalises à quel point c'est grave ? Le ton d'Evans devenait rocailleux. Tu sais le genre de personnes avec qui tu as affaire. Tu as pris ce qui leur appartenait. Tu l'as prise... et maintenant tu dois la rendre.

La rendre...

Comme si elle était leur putain de *propriété*. Ces bruits de pas résonnaient à nouveau en arrière-plan, mais cette fois, ils faisaient *écho*. Mon esprit s'affolait, essayant de comprendre ce que mes tripes me disaient de faire.

— Merci de m'avoir prévenu, Evans, dis-je prudemment avant de raccrocher.

Les lumières scintillaient devant moi, la ville était toujours animée, même en pleine nuit. *Il a menacé ma famille.* Les mots d'Evans résonnaient alors que mon téléphone vibrait dans ma main. Je jetai un coup d'œil à l'identification de l'appelant et je vis son nom avant d'appuyer sur le bouton qui envoyait les appels vers la messagerie vocale, puis j'éteignis ce foutu téléphone.

Mets-toi à genoux. Le putain de grognement sadique de Killion me traversa l'esprit. Je regardais le téléphone dans ma main. *Suce-le... putain, suce-le.* Ce désir remontait en moi une fois de plus.

Le désir dépravé et malsain que je devais combattre.

Je fermai les yeux, ma respiration était plus profonde. C'était plus que du sexe, plus que du désir. C'était le contrôle total dont j'avais besoin. La façon dont Tobias se comportait avec elle, sa main autour de sa gorge, sa bite en elle. Il l'avait utilisée. Bon sang. Il l'avait utilisée. Ma bite durcit à cette pensée. Je mis ma main dans mon pantalon une fois de plus, mais cette fois dans le caleçon.

Suce-le... gentille fille. Un gémissement s'échappa, douloureux et dur au fond de ma gorge. Je me branlais dans le but de ressentir une fraction de ce que j'avais eu avec elle auparavant. Dans ma tête, nous étions de retour dans le garde-manger de la cuisine, ma main sur sa bouche, mes doigts au fond de sa chatte.

Je baissais la tête, conduisant ma main jusqu'à mon gland avant de redescendre. Je me tournai pour m'appuyer contre le mur en béton de l'immeuble.

Quand je vais te baiser, Ryth ... Je vais te baiser toute la putain de nuit. Tu vas être mon jouet préféré... mon jouet humide et parfait.

Dans ma tête, son souffle s'arrêtait et sa gorge tremblait, emprisonnant un gémissement refoulé. Je gémissais pour elle maintenant alors que ma bite glissait dans ma main. De la chaleur gicla entre mes doigts, lisse et pleine de désir. Je pris une grande inspiration et j'ouvris les yeux. Ce désir me remplissait toujours. Ce putain de désir affamé. Ma main était un pauvre substitut.

J'essuyais ma main sur mon pantalon avant de retourner à l'intérieur. Mais ces pas qui résonnaient derrière Evans m'inquiétaient. Il ne voulait pas parler, je le savais. C'était la raison pour laquelle j'allais aller le voir.

Et si Killion faisait des menaces en l'air ?

Evans ne savait pas grand-chose, seulement ce que je lui avais dit, ce qui était minimal. L'ascenseur s'arrêta en tremblant. Je soulevai la grille et sortis avant de taper le code que Nick m'avait donné pour le digicode, puis j'entrai dans l'appartement.

Tout semblait calme quand je refermai la porte. Des sons de respiration régulière provenaient de la chambre de mon frère. J'enlevai les baskets de Nick et je marchai pieds nus jusqu'à la porte de la chambre. La pièce était sombre à l'intérieur, la lumière de la salle de bain était éteinte, ils dormaient tous les trois profondément. Pourtant, le clair de lune passait par la grande fenêtre du sol au plafond, caressant sa peau.

Elle était allongée dans les bras de Nick, utilisant son biceps comme oreiller. Tobias lui faisait face, un bras sur sa taille. Ils étaient parfaits, là, tous les trois. Mon propre cœur me faisait mal et palpitait, poussant ce désir insupportable dans mes veines.

Je détournai le regard... je devais le faire. C'était ça ou devenir fou.

Je n'aurais jamais ça. Plus jamais. Pas avec elle. Je le savais. Je partis et me dirigeai vers la deuxième chambre. Le chiot titubait, ses griffes faisaient du bruit sur le sol tandis qu'il me suivait, puis il sauta lentement sur le lit quand je me mis sous la couette.

Mais le sommeil ne vint pas. Pas avant un long moment.

Je tournais sans cesse, incapable de faire disparaître la douleur et cette voix lancinante dans ma tête qui me disait que ça allait mal finir. Je fermais les yeux, me forçant à entrer dans l'obscurité. Quand je me suis réveillé dans la pièce éclairée, mes yeux piquaient et étaient larmoyants.

De doux ronflements provenaient de la petite chienne pelotonnée au pied du lit. Je sortis des draps, la faisant bouger un peu, et je fus récompensé par un gros soupir épuisé et agacé.

— Désolé, marmonnai-je.

Le reste de l'appartement était toujours aussi silencieux. Je bâillai, me frottai les yeux et me dirigeai en titubant vers la cuisine. Le dîner d'hier soir avait été mis au réfrigérateur, il était toujours dans la casserole. Mais l'idée de manger me donnait la nausée. J'avais besoin de café...

Et de réfléchir.

Des bruits de pas. Des pas qui résonnent. Je n'arrivais pas à chasser cette idée de ma tête. J'ai fouillé dans les placards et je finis par trouver le café dans le congélateur, puis j'ai préparé une cafetière avant de retourner dans la chambre et de prendre mon téléphone. Je l'allumai et vis une série d'appels et de messages manqués. Le dernier attira mon attention.

Davis : Tu as vu ça ? C'est quoi ce bordel ?

Mon pouls s'emballa en cliquant sur le lien, qui m'emmena à un article de presse en ligne.

L'éminent avocat de Copeland Law, Michael Evans, a été retrouvé assassiné chez lui ce matin après un cambriolage.

— *Putain*, dis-je alors que mes doigts tremblant faisaient défiler l'article à la recherche de toute information supplémentaire avant de revenir aux appels.

Il y en avait un autre... *un autre appel et un autre message.* Mon estomac se noua alors que j'appuyais sur le bouton et que je me connectais à mon compte.

— *Nous voulons la récupérer, M. Banks. Livrez la fille ou le prochain, ce sera vous... ou peut-être un de vos frères, qu'en dites-vous ? Comme le petit voyou qui m'a pris par surprise. Je pense que je vais aimer lui rendre visite.*

Un cri suivit, guttural, plein de douleur.

— *S'il vous plaît, non... Je ne savais pas ! JE NE SAVAIS PAS PUTAIN !*

Les hurlements de désespoir me donnaient la nausée. Puis il n'y eut plus de bruit. Le silence, un silence terrifiant et sans fin. Je fermais les yeux, mes mains tremblaient. Ils l'avaient tué, putain...

Ils l'avaient tué.

J'éloignai mon téléphone d'un coup sec et je mis fin à l'appel, puis je regardai fixement la porte. Il fallait qu'on se barre d'ici... *maintenant.*

J'oubliais le café... j'oubliais tout le reste, je sortis de la cuisine pour aller dans la chambre de Nick. Ils étaient encore enlacés et endormis quand j'entrai.

— Nick, dis-je en le secouant. Réveille-toi. Il faut qu'on parte d'ici.

Mon frère ouvrit les yeux, me fixant d'un regard trouble.

— Quoi ?

Ryth ouvrit les yeux et me regarda. Sa haine pour moi brûlait. Mais je ne pouvais pas me soucier de sa colère, pas quand j'étais trop préoccupé à lui sauver la vie.

— Ils arrivent, il faut qu'on parte.

— C'est quoi ce bordel ? gémit Tobias.

Ils ne me croyaient pas... *ils ne me croyaient pas.* Je pris mon téléphone et j'appuyais sur replay.... les sons d'Evans suppliant qu'on lui laisse la vie sauve résonnèrent dans la pièce avant que j'appuie sur pause.

— Lève-toi, putain... on se casse d'ici.

Chapitre Vingt-Neuf

RYTH

— *S'il vous plaît, non... JE NE SAVAIS PAS ! JE NE SAVAIS PAS, PUTAIN !*

Je me redressai alors que des cris emplissaient la chambre avant que Caleb n'appuie sur le bouton, mettant fin à cette torture. Pourtant, ils résonnaient dans ma tête, des cris terrifiés et torturés. Ma respiration devint saccadée et mon pouls s'accéléra.

— Il faut qu'on parte, dit-il en regardant dans ma direction, ces yeux sombres gravés de douleur. *Tout de suite.*

Nick sortit des draps aussitôt.

— T.

— On y va, grogna Tobias en sortant par l'autre côté du lit.

J'eus froid soudainement.

— On prend autant d'affaires que possible dans l'appartement, princesse, insista Nick en enfilant ses vêtements et en jetant un coup d'œil vers moi. Tu peux faire ça pour moi ?

Je hochais la tête en me glissant à ses côtés. Il se retourna, prit mon visage dans ses mains et m'embrassa avant de se retirer et de me regarder dans les yeux.

— Je vais nous trouver un moyen de transport, un qu'ils ne peuvent pas tracer, puis il faudra qu'on se débarrasse de nos téléphones et de tout ce avec quoi ces salauds pourraient nous tracer. Je serai de retour dès que je peux.

Ce tonnerre dans ma poitrine se transforma en une douleur. *Non, s'il te plaît, ne me laisse pas.*

Je voulus l'arrêter alors qu'il mettait ses chaussures et se dirigeait vers la porte d'entrée.

— Reste avec elle. Personne n'entre si tu ne les as pas fait sortir, compris ?

— Je ne vais nulle part, marmonna Caleb.

Je pouvais entendre Tobias grogner à l'extérieur de la chambre, son grognement semblait désespéré et énervé. Je pouvais seulement deviner qu'il parlait à Lazarus.

— Tobias a dit la vérité la nuit dernière, dis-je en jetant un œil à Caleb alors que la douleur dans ma poitrine rayonnait.

— Il est prêt à tuer le monde... pour toi, dit-il en se dirigeant vers la porte, en marmonnant, y compris son propre frère.

Il me laissa là, debout, nue, dans la chambre de Nick, ses mots se mêlant à ces cris torturés dans ma tête. J'enfilai mes vêtements et je me dirigeai vers la salle de bain. *Prends tout.* C'est ce que

Nick avait dit. J'ouvris d'un coup sec l'armoire, cherchant un sac et j'en vis un au fond. Il y avait des parfums et des déodorants féminins, ainsi que du shampooing et de l'après-shampooing.

Ils étaient à Natalie... ils étaient sûrement à elle. Je déglutis et ravalai ma jalousie en fourrant tout dans le sac. Je ne me souciais plus des ex-copines. Pour l'instant, tout ce qui comptait était de rester en vie... *et ensemble*. Mon estomac se serra alors que je vidais la salle de bain de tout ce que je pouvais, prenant même les serviettes et les gants de toilette avant de tout jeter sur le lit et de porter mon attention sur son armoire.

Au moment où j'en avais fini avec la chambre de Nick, Tobias vint me chercher.

— Nick est de retour, et nous avons un endroit où rester. On doit faire vite, tu comprends, princesse ?

Je hochai la tête en jetant un coup d'œil à la cuisine.

— J'ai besoin de quelques minutes.

— Tu en as dix, puis on se tire d'ici, me dit-il par-dessus son épaule.

Rebelle émit un gémissement, attirant mon attention.

— C'est bon, dis-je en me précipitant, ouvrant le congélateur d'un coup sec avant de commencer à en sortir le contenu.

— Je vais m'assurer que tu as de quoi manger.

Mes mains étaient brûlantes de froid quand passa la porte.

— Prête ?

— Les sacs sont dans la chambre.

— T., cria Nick.

Tobias entra, vêtu d'un jean et d'un t-shirt noir, cachant une arme dans son dos. Il avait l'air dangereux à cet instant, plus qu'il ne l'avait jamais été auparavant. Les mots de Caleb résonnaient dans ma tête. Il n'avait pas parlé comme si l'idée que Tobias tue pour moi était un fantasme... *plutôt une réalité.*

— Ryth ?

Je levai la tête, rencontrant les yeux marron foncé de Tobias.

— Oui ?

Il balaya une mèche de cheveux de ma joue, son regard rivé sur ma tache de naissance.

— Tu es prête ?

Je déglutis de toutes mes forces.

— Prête.

— La voiture est en bas, annonça Nick. On y va. T, tu as l'adresse ?

— Ouais, dit Tobias en me contournant pour prendre quatre des sacs à provisions, remplis d'autant de nourriture qu'ils pouvaient en contenir, puis il se dirigea vers la porte.

Nous sommes sortis de là en un clin d'œil. Nick attrapa Rebelle et la porta jusqu'à l'ascenseur. Nous sommes descendus en silence. Je frissonnais même si je portais un des pulls de Nick, marchant pieds nus alors que nous nous dirigions prudemment vers la voiture. Tobias était le premier, arme à la main, il balaya la zone avant de jeter un coup d'œil par-dessus son épaule et d'acquiescer.

La voiture était plus vieille, une Ford bleue dont le moteur tournait encore au ralenti. Caleb s'avança.

— Reste derrière moi, Ryth, chuchota-t-il en jetant un coup d'œil autour de lui avant d'ouvrir la portière arrière et de me faire signe d'entrer d'un geste de la tête.

Je m'empressai de grimper à l'intérieur, je posai deux sacs à provisions pleins et je tendis les bras à Rebelle.

— Ça va, princesse ? demanda Nick. Je hochai la tête. Il y a des vêtements et des chaussures pour toi dans ces sacs. On en aura d'autres quand on arrivera à la planque.

Des vêtements... des chaussures ? Je serrai la chienne contre ma poitrine et je jetai un coup d'œil aux sacs tandis que Nick fermait la porte et se glissait derrière le volant. Caleb grimpa à côté de moi et Tobias s'installa sur le siège passager. Puis nous nous sommes éloignés de l'immeuble, laissant tout derrière nous.

— Tiens, dit Caleb en prenant un sac et en sortant une paire de baskets neuves.

— Merci, rétorquai-je en glissant Rebelle dans l'espace qui nous séparait et je les lui pris des mains.

Il tressaillit, ma colère était perceptible, mais je ne pouvais pas m'en empêcher. Je n'allais pas faire comme si ce qui s'était passé là-bas n'était pas arrivé. L'ancienne Ryth qui supportait ce genre de conneries avait disparu depuis longtemps. La nouvelle était tout aussi sauvage que les hommes qu'elle aimait. Je me penchai en avant, jetai un coup d'œil par-dessus l'épaule de Nick et vis que le démarrage de la Ford était un fouillis de fils tordus, avant de me concentrer pour enfiler mes baskets et faire mes lacets.

— Va vers le nord sur Eastgate, puis prends Montview jusqu'à Morningside.

— Tu veux dire leur entrepôt ? Putain, T. Je voulais être en sécurité. Je ne voulais pas camper dans leur putain d'arrière-cour.

— Tu voulais une planque. Alors c'est une putain de planque, grogna Tobias en jetant un coup d'œil par-dessus son épaule. Freddy va nous rejoindre là-bas.

Nick expira fortement en conduisant dans les rues, prenant le chemin le plus long pour éviter les banlieusards du matin... et les flics, vu que nous étions dans une voiture volée. Lorsque le soleil traversa le pare-brise, nous sommes passés devant des entrepôts entourés de clôtures de deux mètres de haut surmontées de fil de fer barbelé.

Il n'y avait personne qui s'attardait dans les rues ici. C'était... calme, vraiment très calme, et sinistre comme l'enfer. Une voiture était garée à l'angle de la rue dans laquelle nous venions de tourner, je vis la silhouette de quelqu'un derrière le volant. Tobias regarda le type pendant que nous tournions. Je réalisai avec une clarté effrayante que c'était là que mon père avait travaillé, où il avait vécu la plupart du temps, parce qu'il n'était presque jamais à la maison et quand il l'était... il se disputait avec ma mère.

Ou plutôt, elle se disputait avec lui.

— Prends la troisième à gauche, indiqua Tobias. Ensuite, c'est la cinquième maison sur la droite.

Nick freina et tourna brusquement, puis il jeta un coup d'œil dans le rétroviseur, mais il n'avait pas besoin de s'en préoccuper, un simple coup d'œil aux fenêtres barricadées et aux chiens massifs qui patrouillaient près des clôtures de ces complexes nous indiquait que personne venait ici sans que les Rossi ne le sachent.

Je ne savais rien...

Ni de leur puissance, ni de leur dangerosité.

Nick donna un coup de volant, puis un autre, et il s'arrêta dans l'allée d'une petite maison en brique très commune. Un Explorer noir était garé sur le trottoir, la peinture brillait. Nick laissa le moteur tourner. La porte d'entrée s'ouvrit et le garde du corps de Lazarus Rossi en sortit.

Freddy...

C'était son nom.

Les lunettes de soleil noires brillaient alors qu'il se concentrait sur moi. Il s'éloigna, s'appuya contre le mur en brique et croisa les bras. Tobias, Caleb et Nick sortirent les premiers, laissant nos affaires dans la voiture alors qu'ils contournaient la voiture et se dirigeaient vers les escaliers pour le rejoindre.

Rebelle émit un faible gémissement. Je lui grattai la tête en sortant. Des mots furent échangés sans poignée de main. Freddy me fixait des yeux... tandis que les autres entraient dans la maison. Nick ressortit une seconde plus tard, se baissant pour se pencher sur moi, la voix basse.

— Prête ?

— Bien sûr, répondis-je en attrapant le sac de vêtements que Nick m'avait achetés et je les suivis.

La maison était calme et simple, mais entièrement meublée. Nick emmena Rebelle à l'intérieur et la posa sur l'un des coussins moelleux du canapé.

— Bon toutou, marmonna Freddy en nous suivant à l'intérieur.

— Ryth, viens avec moi, cria Nick.

Une vague d'excitation m'envahit alors que je le suivais dans l'une des chambres. Tobias et Caleb avaient déjà déposé les sacs de l'appartement de Nick sur le lit, puis étaient retournés dans le salon. Au moment où je les suivis, je sentis le regard de Freddy se fixer sur moi.

— Tout va bien ? demanda le garde du corps en me fixant. Mais je savais que la question ne m'était pas destinée.

— Ouais, répondit Tobias en soulevant un pistolet qu'il n'avait pas auparavant et en le posant sur le comptoir. On est bon.

Un signe de tête, et le garde du corps se rapprocha. Seulement il était plus près de moi.

— Bien, nous voulons nous assurer que vous êtes tous sains et saufs, marmonna-t-il, me fixant à travers ces lunettes de soleil sombres. Où est ton père, Castlemaine ?

La chaleur se rassembla sur mes joues. Je fronçai les sourcils, puis je jetai un coup d'œil à Tobias et au flingue dans son dos.

— Je ne sais pas. Pourquoi cette question ? Plus je le fixais, plus je m'énervais. J'ai déjà dit à Lazarus que je n'ai pas son argent.

Freddy sourit et laissa s'échapper un soupir en se redressant.

— C'est vrai, on ne l'a pas, dit Tobias en se rapprochant.

Freddy le fixait du regard.

— Tu crois vraiment que c'est juste une question d'argent ? Il est temps de grandir, T. Je t'ai appris mieux que ça. Assure-toi juste de tenir ta part du marché. Le premier numéro que tu appelles après le contact a intérêt à être le mien, putain.

Il se tourna et rencontra le regard de Nick, puis celui de Caleb, avant de sortir par la porte d'entrée.

Nick le suivit, ferma la porte à clé et jeta un coup d'œil à travers les stores lorsque le bruit sourd d'une portière de voiture retentit, avant que le grognement du moteur de l'Explorer ne suive.

— Putain, qu'est-ce qu'il voulait dire ? dit Nick en se retournant vers nous. Je pensais qu'ils en avaient après ce foutu argent. Qu'est-ce qui est plus important que ça pour ces foutus Rossi ?

Il y eut un silence avant que Caleb ne prenne la parole.

— Des infos, voilà ce qu'il y a.

— Des infos ? murmurai-je, et l'un après l'autre, ils jetèrent un regard dans ma direction. Des infos sur quoi ?

— Sur les salauds qui nous poursuivent, dit Nick en passant ses doigts dans ses cheveux avant de regarder ailleurs. Je n'arrive pas à croire que j'ai raté ça, putain. Ce n'est pas une question d'argent.

— Quoi que ton père ait sur ces gens, c'est dangereux, marmonna Caleb. C'est pour ça qu'on doit le retrouver... et vite.

Chapitre Trente

NICK

Donc, c'est de ça qu'il s'agissait... ce n'était pas du tout une question d'argent, n'est-ce pas ? *Ils voulaient des infos.* Je passais mes doigts dans mes cheveux tandis que mon esprit s'emballait, bloqué sur le dossier que j'avais vu à l'entrepôt. Un dossier rempli de détails sur l'attaque contre le père de Ryth. J'essayais de tout reconstituer jusqu'à ce que je prenne lentement conscience de Ryth.

Elle était le centre de tout ça.

Son père, sa mère... cet endroit maudit.

Elle tremblait debout là, les yeux écarquillés et remplis de terreur. Putain, elle avait l'air d'être sur le point de s'enfuir de cette foutue baraque d'une seconde à l'autre. *Fais quelque chose.* Tobias se contentait de regarder la porte d'un air renfrogné, sans se soucier d'elle. Mais pas moi. Pas le moins du monde.

— Princesse, dis-je en m'approchant d'elle doucement. *Hey.*

Elle leva ses grands yeux vers moi, la panique jaillit dans son regard.

— Tout va bien se passer, murmurai-je.

Ses lèvres se mirent à trembler, m'attirant vers elle. Je ne voyais plus la gamine qui avait emménagé chez nous. Je voyais une combattante, celle qui avait fui ce trou à rats dans le désespoir de revenir vers nous, tout comme nous nous étions battus pour la faire sortir. Nous avions vécu plus de choses en un mois que Natalie et moi en des années.

Je voulais la protéger, je voulais l'aimer. Je voulais lui donner le genre de foyer qu'elle n'avait pas eu, un foyer rempli de loyauté et d'amour. Je me suis approché d'elle et j'ai levé son menton pour qu'elle me regarde. Je l'avais goûtée et baisée, et bon sang, j'en redemandais.

— Reste avec nous, d'accord ?

Sa respiration haletante était hors de contrôle. Merde, il fallait que je lui change les idées. Alors je fis la seule chose à laquelle je songeais. Je me penchai vers elle et je l'embrassai. Elle était toujours aussi tendue et insensible. Le désir augmenta alors que je me rapprochais, pour en savourer davantage. Sa chaleur caressa ma bouche. Elle tremblait, mais sa respiration se calmait, devenait plus profonde. Je saisis sa nuque, passant mes doigts dans ses cheveux. Et lentement, très lentement, elle s'éloigna de ces pensées de peur et se concentra sur moi.

— Ils viendront pas, dit Tobias alors que j'approfondissais le baiser. Ils ne peuvent pas nous tracer, pas maintenant. Ils ne seront pas en mesure de faire quoi que ce soit, et on va faire en sorte que ça dure. Et quand ils s'en rendront compte, ils nous laisseront tranquilles.

Ses mots se voulaient réconfortants, mais ils ne faisaient que m'éloigner de la sensation qu'elle dégageait. Je me retirai doucement du baiser, levant mon regard vers le sien et je vis cette lueur de peur maintenant émoussée.

— Arrête de parler et embrasse-la, Tobias, murmurai-je. Elle a besoin de ressentir et pas de réfléchir.

Mais Tobias se contentait de fixer la porte.

— Entre courir ou baiser, si je te baise, petite souris, ce ne sera pas quelque chose dont tu as envie. Ce sera une putain de punition.

Il se dirigea vers la porte, l'ouvrit d'un coup sec, et sortit. Je serrai les dents. Quel trou du cul égoïste. Je jetai un coup d'œil à Caleb, qui fronça les sourcils.

— Alors ? dis-je à mon grand frère.

Mais il se contenta de grimacer alors que Ryth se détournait.

— Je n'ai pas besoin qu'on m'embrasse, bordel de merde, dit-elle en s'éloignant de moi... non, elle s'éloignait de Caleb. Surtout pas *lui*.

Surtout pas lui...

Je la regardais elle puis lui.

— Qu'est-ce qui se passe entre vous deux ?

Caleb avait juste l'air froid et détaché.

Bang !

Ryth claqua la porte de la chambre derrière elle. Je m'approchai de Caleb et j'enfonçai mon doigt sur son torse. Nous n'avions pas le temps pour ça. Comme si nous n'avions pas assez d'ennemis à nos trousses.

— On était d'accord pour faire tout ce qu'il fallait pour la sortir de là-bas. Je sais que tu as dû faire des choses tordues pour entrer là-bas. Mais quoi que tu aies fait, quoi qu'il se soit passé entre vous, il faut que tu reviennes parmi nous, C. Reviens dans l'équipe. Répare ce que tu as abîmé, ou tu la perdras pour toujours.

Je grimaçai en réveillant la douleur de mes côtes, puis je levai la main pour panser ma blessure. Mais je n'arrivais pas à ne plus penser à ce fichu dossier. La dernière chose que je voulais faire était de partir, mais si je restais, ces deux-là n'allaient pas s'adresser la parole.

Ils avaient besoin d'un catalyseur. Une raison de ramener le problème à la surface. Et ils devaient la trouver sans que je sois là. Je me suis dirigé vers la chambre au bout du couloir. Sur le lit simple était posé un sac rempli d'armes que Freddy nous avait laissées. Je n'eus pas besoin de regarder de très près pour voir que les numéros avaient été effacés. *On ne demande rien, hein ?* C'était un des avantages d'appartenir à la mafia. Pour l'instant, je prenais n'importe quelle arme à disposition.

Je glissai un pistolet dans la ceinture de mon jean et je sortis, lançant un regard noir à Caleb avant de m'arrêter devant sa porte. Je voulus frapper et lui dire quelques mots de réconfort. Mais quel réconfort pourrais-je donner ?

En fin de compte, je partis sans rien dire, fermant la porte d'entrée tranquillement derrière moi. Je remontai dans la Ford et je sortis de l'allée en marche arrière. Il fallait que je trouve une autre voiture, une qui ne soit pas volée.

Je traversai le quartier de Rossi. Les rues étaient sacrément calmes. Personne ne causait d'ennuis ici, sauf si quelqu'un avait envie d'être poursuivi par la mafia. Je prenais la direction ouest, incapable de chasser ce putain de dossier de mes pensées. Si je pouvais juste trouver où était son père... alors je pourrais arrêter ça.

J'arrêterais tout, et je la sauverais...

C'est tout ce qui me motivait.

Chapitre Trente-Et-Un

CALEB

RÉPARER... *RÉPARER CE QUE J'AI ABÎMÉ* ? JE SERRAI LA mâchoire et fixai la porte de la chambre fermée. Comment je pouvais réparer ça, bordel ? Je me tournai, passant mes doigts dans mes cheveux. Ce satané chiot me fixait depuis le coussin du canapé.

— Qu'est-ce que tu regardes, bordel ? dis-je en laissant échapper une inspiration refoulée.

Je trouvai la détermination, pour une seconde, au moins. Je me dirigeai vers la cuisine, j'ouvris d'un coup sec un placard, je pris un bol en plastique que je remplis d'eau avant de retourner dans le salon.

— On ne chie pas sur le tapis, hein ? dis-je en posant le bol d'eau là où elle pouvait l'atteindre. Si tu as besoin d'aller dehors, viens me chercher. Je suis sûr que je peux au moins m'occuper de ça sans tout foutre en l'air.

Mais encore une fois...

Je sortis mon téléphone de ma poche et je fixai le message sur l'écran. Je n'étais pas stupide, je savais qu'ils essaieraient de localiser nos téléphones. C'est la raison pour laquelle j'avais désactivé ma localisation au moment où nous nous étions enfuis, et je m'étais aussi assuré que le VPN était activé.

J'avais prévu de me débarrasser de ce téléphone, dès que j'aurais analysé les captures d'écran. Je trouvai les images en question et fis un zoom pour observer chaque mot. Il devait y avoir quelque chose dans ces contrats que j'avais trouvé dans le bureau du Principal, une information que je pouvais utiliser pour que ces bâtards nous lâchent.

Boum !

Je levai les yeux vers le bruit qui venait de la chambre.

Boum !

— C'est quoi ce bordel... dis-je en m'approchant.

Boum !

Je me dirigeai vers la porte, je posai la main sur la poignée et je m'arrêtai.

BOUM !

— Ryth ?

Le ton de ma voix était froid. Je me léchai les lèvres. Cette petite voix me poussa à tourner la poignée et à ouvrir sa porte.

— Est-ce que tu...

Elle était sur le lit, les épaules voûtées, son corps tremblant alors qu'elle pleurait. Je fis un pas de plus, la douleur me parcourant en la voyant comme ça. Je la vis se raidir et lever la tête. Sa voix était rauque.

— Dégage, Caleb !

— Ryth, dis-je, ne sachant pas comment soulager sa douleur.

Elle se leva d'un coup et se retourna, des larmes brillaient sur ses joues rougies alors qu'elle attrapait une lampe de bureau à côté d'elle avant de la lancer vers moi.

— J'ai dit dégage !

J'esquivai de peu la lampe qui s'écrasa contre le mur.

Répare. Répare. Répare ce que tu as abîmé. La putain de voix de Nick me hantait. Chaque fois que je la regardais, je voulais... *Est-ce qu'on t'a déjà léchée pendant que tu t'évanouis ?* Mes propres mots me revenaient. *Non.* J'essayais de les chasser.

Elle se retourna, attrapa un livre qui était à côté de la lampe, et cette fois-ci elle le lança en direction de ma tête. Je l'esquivai, il heurta le mur derrière moi et tomba au sol.

— Arrête ! criai-je alors qu'elle se retournait, cherchant désespérément tout ce qui lui tombait sous la main.

Elle allait se blesser et saccager la barraque des Rossi si je ne l'arrêtais pas. J'avançais vers elle en tendant la main.

— Ryth, arrête.

Dans un soupir de colère, elle se retourna, ses grands yeux étaient rivés sur moi.

— Va te faire foutre ! cria-t-elle, avant de prendre son élan.

Elle me gifla.

Ma tête vacilla sur le côté. Je fus immobilisé par le choc pendant une seconde, jusqu'à ce que la bête en moi rugisse pour se venger. Mais je la maîtrisais alors que je me tournais vers elle.

— *Tu leur as dit ?* cria-t-elle, les yeux écarquillés et sauvages. Tu leur as dit que tu es resté là à le regarder... *me toucher ?*

Elle se déchaîna à nouveau. Mais cette fois, ses coups étaient faibles, ce qui me permis de saisir ses poignets et de la tirer contre moi. *Répare. Répare. Répare ce que tu as abîmé.*

— Non, répondis-je en la regardant fixement. J'ai rien dit.

La douleur scintilla dans ses yeux.

— Espèce de salaud, dit-elle en prenant une grande inspiration. Espèce de merde froide, insensible et psychopathe ! Je devrais leur dire. Leur dire ce que tu as fait...

Fais quelque chose, ou tu vas la perdre.

— Vas-y, grognai-je. Tu crois qu'il se serait passé quoi si je ne l'avais pas distrait ? dis-je alors qu'elle essayait d'arracher ses mains de ma prise, mais je la tenais fermement, ramenant ses mains sur mon torse.

— Déteste-moi autant que tu veux, parce que ce que *tu vois* comme une trahison, c'était une putain de nécessité de mon côté. J'ai fait ce que je devais faire, petite sœur, et je le referais. Parce qu'au final, j'ai eu ce que je voulais, quel qu'en soit le prix.

— *Tu le referais ?* dit-elle froidement. Tu voudrais encore poser tes mains sur elle, n'est-ce pas ? Tu la veux.

C'était la vraie raison, *c'était ça.* Elle était jalouse. Un élan de satisfaction remonta à la surface et ma bite durcit à cette idée. Je la poussai en arrière jusqu'à ce que ses jambes touchent le lit et qu'elle tombe.

La jalousie se lisait dans ses yeux quand elle me regarda.

— Putain, je te déteste !

Je grimpai sur elle en un instant, je lui pris les mains et les plaquai contre le matelas.

— *Tu me détestes ?* criai-je. *Est-ce que c'est ça, Ryth. TU ME DÉTESTES, PUTAIN ?*

Elle se débattit :

— Oui !

Répare. Répare. Répare ce que tu as abîmé. Nick était toujours dans ma tête, ce putain de cavalier sur son cheval blanc. Seulement moi je n'étais pas aussi parfait, n'est-ce pas ? Je n'étais pas comme lui. J'étais celui qui ne voulait pas lui donner à manger ou lui offrir un putain de chiot. J'étais celui qui voulait la prendre et la baiser jusqu'à ce qu'elle apprenne sa place, ne la laissant jouir que lorsqu'elle me supplierait, qu'elle soit inondée.

— Je pense pas, princesse.

Le désir augmenta et cette fois je n'arrivais pas à le faire redescendre.

— Je crois que j'aime te voir exactement là, sous moi. Il n'y a qu'un seul problème, dis-je en baissant la tête pour chuchoter. Il y a trop de cris et pas assez de langue.

Elle se raidit, sa poitrine se soulevant contre la mienne alors qu'elle haletait.

— Tu es pathétique, soupira-t-elle, mais je sentais le mensonge dans ses mots tremblants.

Elle aimait la façon dont je lui parlais. Elle aimait être malmenée.

— Je parie que si je glissais mes doigts dans cette douce chatte, je saurais la vérité, n'est-ce pas ? Tu ne me détestes pas, Ryth, *tu me désires*, dis-je en remontant vers le haut, juste assez pour la regarder dans les yeux. C'est pour ça que tu es contrariée, non ? Tu ne veux pas me désirer, mais tu me désires.

Je plaquai ses mains au-dessus de sa tête d'une main et je glissai l'autre sous l'élastique de son jogging. J'étais entre ses jambes en un instant, elle était chaude et humide.

— Tu vois, dis-je en la doigtant. T'as envie d'être baisée, hein, princesse ?

Ses yeux se fermèrent et ses lèvres s'ouvrirent en laissant échapper une bouffée d'air. Putain, elle était magnifique. La douleur me revint avec le souvenir de cette salle là-bas.

— Tu crois que je me repasse pas ce putain de moment dans ma tête ? dis-je en faisant des va-et-vient avec mes doigts, allant plus profondément quand elle écarta ses jambes pour moi. Tu crois que ça ne va pas me hanter jusqu'à mon dernier souffle ? Je *déteste* ce qu'il t'a fait, Ryth... *Mais je déteste encore plus avoir envie de te faire la même chose.*

C'était la vérité. La putain de vérité, malsaine et terrible.

— Tu crois que je ne voulais pas être celui qui te pousse contre ce mur ? dis-je en massant son clito, glissant deux doigts en elle, la regardant se tordre contre l'oreiller. Je me fais violence à chaque putain de seconde à cause de ce désir pour toi. Tu me rends fou, petite sœur, je suis déchiré entre l'envie de te protéger de moi... et celle de t'étouffer avec ma putain de bite.

Elle laissa échapper un gémissement.

J'étais déjà endolori et dur. Je m'écrasais contre elle, forçant ses cuisses à s'écarter avec mon genou. Elle ouvrit les yeux, ses lèvres se retroussèrent alors qu'elle me fixait. Cette rage jaillit en elle, la poussant à lutter contre moi... et putain, *j'adorais ça*.

— Tu vas lutter contre moi, princesse ? dis-je en bloquant ses bras. Tu vas me cracher dessus ?

Ses lèvres se retroussèrent. Putain, elle avait un air sauvage à ce moment-là.

Une véritable rage pure.

Puis je mis ma main autour sa gorge.

— Tu te souviens de ce que j'ai dit dans cette salle ? dis-je en resserrant ma prise, pressant mes doigts contre son cou avant de relâcher la pression. Je veux te lécher et te voir fermer les yeux et être gagnée par les ténèbres. Je veux que tu t'abandonnes à moi. Tu pourrais, Ryth ? N'être rien d'autre que le plaisir que je te donne ?

Elle haleta, elle respirait avec difficulté.

Je baissais la tête, pressant mon corps contre le sien, me délectant de la sensation qu'elle me procurait.

— Tu lui as dit la même chose.

Ses mots étaient un murmure dur, mais je voyais encore de la jalousie dans son regard.

— Non, grognai-je contre son oreille. Je disais tout ça pour toi. Chaque putain de mot était pour toi, dis-je en appuyant sur les veines de son cou. Tu es celle qui habite mes pensées. Tu es celle que *je possède*. Je ne peux pas m'en empêcher, je ne peux pas contrôler ce putain de désir. Je vais le contrôler, je vais être aussi doux que possible, *si tu me laisses faire*.

Elle était immobile. Tellement immobile. Je voulais être dans sa tête. J'avais besoin de savoir ce qu'elle pensait. Je m'avançais vers elle, plein d'espoir.

— Maintenant, *le mot de passe*, princesse. Tu t'en souviens ?

Son regard était rivé sur moi.

— Oui.

— Est-ce que tu veux...

J'étais plein d'espoir et à cet instant, elle vit mon désir, mon besoin... et elle ne recula pas.

L'adrénaline s'intensifia, même si je tremblais. Personne ne voyait *qui j'étais vraiment*... pas même mes frères, pas comme ça. Elle avait un pouvoir entier, même avec son petit corps piégé sous moi et ma main autour de sa gorge. C'était elle qui contrôlait la situation, elle qui avait ses doigts fins enroulés autour de mon cœur.

Elle soutenait mon regard, et même si je voulais me cacher derrière ce masque, je ne le faisais pas.

— Fais-le.

Sa respiration était rauque.

Ma bite tressaillit alors que mon pouls s'accélérait.

— Arrête, murmurai-je en essayant de reprendre mon souffle. Le mot de passe sera pas nécessaire.

Je me levai, j'attrapai la boucle de ma ceinture et je fis glisser la ceinture hors de mon pantalon avant de l'enrouler et de la mettre dans sa paume.

— Tu lâches ça et j'arrête, d'accord ?

Elle restait silencieuse. Je levai les yeux vers elle et je vis dans ses yeux la même obscurité que la mienne.

— T'as compris, Ryth ? C'est important.

Son pouls s'accéléra sous mon pouce. La vibration titillait cette envie dominante en moi. J'étais comme un lion en chasse, les pattes foulant la terre à toute vitesse, la bouche ouverte, les dents désespérément à la recherche de la sensation de sa chair. Je pressais ma bite contre elle, j'avais besoin de la pénétrer. Mais je voulais plus que ça. Pour l'amener au bout, pour... *la posséder*.

— Dis-le.

— Je laisse tomber ça et tu arrêtes, chuchota-t-elle.

Je soutins son regard une seconde de plus, puis je descendis plus bas, je pressai mes lèvres contre son cou, et je fis glisser ma main le long sa fente par-dessus le jogging qu'elle portait. C'était un jogging de Nick, gris foncé. Je la regardai, appuyant juste un peu jusqu'à ce que ses pupilles s'élargissent, puis je tirai brutalement sur le jogging.

— Tes pieds, ordonnai-je.

Elle se figea pendant une seconde, son esprit coincé entre la panique et l'obéissance. Puis elle leva une jambe.

— Gentille fille, dis-je en relâchant la pression. Son pouls s'accéléra avec ces mots. Mon doux et parfait jouet de baise.

Elle gémit et je souris en arrachant la paire de chaussures que mon frère lui avait acheté et je la jetai au sol.

— L'autre, princesse.

Elle leva l'autre jambe. J'enlevai l'autre chaussure.

— Tes hanches.

Elle se souleva. Bon sang, elle était douée pour obéir. Je levai les yeux vers le sien, caressant le côté de son cou, attirant son attention sur cette caresse. J'arrachai le jogging de son corps, la trouvant nue en dessous. Mon regard se dirigea vers le tatouage sur son corps, le P à l'intérieur du O. Mes frères avaient été enragés à la vue de ce tatouage. Ils voulaient du sang, criaient à la vengeance. Mais pas une seule fois ils n'avaient vu que c'était simplement elle.

C'était *elle*.

Chaque marque faite sur son corps contre sa volonté.

Elle s'était battue contre eux, oh oui, elle savait se défendre.

Pourtant, ils auraient fini par gagner, ils lui auraient enlevé tout contrôle.

Elle avait besoin de le retrouver, de se battre, de faire rage, d'apprendre à céder, de trouver le pouvoir dans la soumission... avec moi. Elle avait besoin d'être protégée, d'être chouchoutée de la seule façon que je connaissais.

Les ténèbres en moi rencontraient sa rage.

J'embrassais le tatouage, et je la sentis se raidir.

— Putain, t'es parfaite, chuchotai-je en écartant ses jambes.

Sa chatte était luisante. Je fis glisser un doigt le long de sa fente et je perçus le tremblement. Elle était déjà mouillée... complètement trempée.

Elle aimait ça, putain.

J'écartai ses lèvres et fis rouler mon doigt autour de son clito. Il vibra sous mes doigts. Je parie qu'en ce moment même, il y avait des papillons dans son ventre... un tourbillon de faim animale. Je me redressai et posai mes lèvres contre le battement sur le côté de son cou, le battement qui tremblait quand elle essayait d'avaler, jusqu'à ce que je la lèche, traînant ma langue le long de l'artère et descendant plus bas, gardant ma prise autour de sa gorge.

Je resserrai ma prise, je sentis la panique monter, puis je lâchai prise en écartant sa chatte avec mes doigts et en léchant son noyau.

— Tu es parfaite, princesse, parfaite, putain.

Un gémissement s'échappa de sa gorge. Le son vibra contre ma main et ma bite se dressait contre mon pantalon. Je relâchai mon emprise, puis j'appuyai de nouveau en suçant son clitoris et en glissant un doigt en elle. Elle était si lisse, elle dégoulinait.

Ses mains s'agrippèrent aux draps. Il fallait que je la fasse décoller. Appuyer... relâcher... sucer... glisser. Encore et encore, jusqu'à ce que ce gémissement vienne à nouveau. Elle était proche... si proche, putain.

Je léchais son clito avant de relâcher ma prise autour de sa gorge.

— Tu me détestes, dis-je en me léchant les lèvres en regardant sa chatte luisante. Je le vois dans tes yeux. Nick veut que je répare ça. Il veut que j'arrange les choses entre *nous*.

Je regardais cette rage paniquée naître dans son regard, puis je me redressai, je saisis son haut et je lui enlevai pour dévoiler ses seins.

— Donc voilà, *je répare ce que j'ai abîmé.*

Ses doux tétons roses se dressèrent. Je baissai la tête et j'effleurais sa chair avec mes dents, mordant juste assez pour qu'elle tressaille.

— Caleb...

Mon nom était un putain de grognement, un crachat avec des mots.

J'ignorais son gémissement.

— Retourne-toi.

Cette lueur d'agacement dans ses yeux était là, brûlant avec une telle férocité. Je levai la tête et je croisai ce regard. Domination. Contrôle. Elle allait apprendre... avec moi, *elle n'aurait pas le contrôle.*

Elle n'en avait pas besoin.

Je me levai, regardant son corps trembler. Elle pensait qu'elle pouvait me contrôler, comme si j'étais... Nick. Je soutenais son regard défiant.

— Maintenant.

Elle fit un "o" avec sa bouche et s'exécuta.

— À genoux et à quatre pattes.

Ses seins dansèrent quand elle se retourna, puis elle se mit à quatre pattes, ses bras tremblaient. Je me mordis la lèvre et je la regardais.

— Quel putain de trou parfait, dis-je en effleurant la chair sensible, m'arrêtant sur son cul. Vraiment étroit, hein ? dis-je en enfonçant mon doigt dedans.

Son corps luttait, se crispant contre l'invasion. *Putain de merde.*

— Une bonne petite pute, murmurai-je.

Elle baissa la tête à cause de ces mots crus et s'empala sur mon doigt, l'enfonçant encore plus loin.

— Ce cul est à moi, déclarai-je, en baissant la tête pour faire glisser ma langue sur son entrejambe. Cette chatte... elle est *à moi*.

Elle gémit. Je faisais des va-et-vient avec mon doigt et ma langue, baisant son cul et sa chatte, pile comme elle en avait envie.

— Écarte les jambes, princesse.

Mais elle n'obéit pas, trop fascinée par les mouvements de mon doigt, enfoncé jusqu'à la jointure dans son cul, et le bout de ma langue recourbée, qui la léchait délicatement. Je me retirai et sortis mon doigt, lui laissant une seconde pour comprendre les règles.

— Ne m'oblige pas à te le dire deux fois.

Elle écarta alors encore plus les genoux, me donnant tout l'accès que je voulais. L'image d'elle chevauchant le visage de Nick surgit dans mon esprit. Elle avait aimé ça, avoir le contrôle... être au-dessus. Je baissai mon pantalon, et une flambée de douleur traversa mes couilles. J'étais douloureusement dur, j'avais hâte de jouir autant qu'elle.

Mais c'était notre moment, le moment de mettre la barre haut. Je me penchai en avant, rassemblant la salive dans ma bouche, puis je crachai sur son cul. Une chaleur gluante recouvrit mes doigts. J'enfonçai un doigt profondément en elle, pénétrant cette rondelle musculeuse et serrée, sentant son désir prendre le dessus. Et lentement, elle se détendit, s'empalant sur mon doigt jusqu'à la garde.

— T'es bonne, t'es vraiment bonne, putain, murmurai-je, en regardant mon doigt disparaître en elle. Tu l'avales en entier, dis-je en me redressant au-dessus d'elle, ma main trouvant sa gorge une fois de plus.

Cette fois, elle gémissait de plaisir. Elle savait ce qui allait se passer. Le bruit sourd de la porte retentit et la démarche lourde et familière de Tobias se rapprocha de nous. Il s'arrêta sur le seuil de la porte, sa respiration devint saccadée, tout comme la sienne.

— Putain de merde, grogna-t-il.

Mais je n'y prêtais pas attention. Ce moment était à elle... non, il était *à nous*. Je fis glisser mon pouce le long de sa raie, puis je retirai mon doigt de son cul et je saisis ma queue. *Appuyer...* relâcher. Sa gorge vibrait alors qu'elle déglutissait. Je m'enfonçai dans sa rondelle, sentant son corps lutter. *Appuyer... relâcher.*

Elle gémit quand le gland glissa à l'intérieur, étirant l'orifice. Bon sang, *j'adorais l'étirer*. Elle laissa tomber sa tête en avant, ses bras tremblaient. Je jurerais avoir entendu un gémissement, mais j'étais trop concentré sur le mouvement qu'elle faisait pour s'empaler sur ma bite. Je resserrai mes doigts à son cou, juste assez pour que la panique s'installe, et son corps se crispa.

— Respire, princesse.

Tobias entra, nous regardant alors que je la pilonnais. Il se baissa, saisit son menton lui fit lever les yeux vers lui.

— Regarde-moi pendant qu'il te baise, dit-il d'un ton suave alors qu'il regardait ma main serrer sa gorge. C'est ça, princesse, avale sa bite.

Je grognai en entendant les mots de mon frère. Mes boules se contractèrent, se resserrant avec le besoin de jouir. Les claquements humides de nos corps résonnaient, ce son me poussait à bout... jusqu'au moment où je me retirai et relâchai la prise autour de son cou. Son cul était béant, se refermant lentement lorsque je sortis. Elle gémissait, son corps entier tremblait maintenant.

Des souffles haletants me secouaient. J'essayais de garder le contrôle, mais c'était très difficile.

— Dis-moi à quel point tu veux jouir, princesse.

— S'il te plaît... dit-elle sur un ton plaintif.

Ses bras se dérobaient, sa tête s'enfouit dans le lit. Tobias se redressa, la regardant alors qu'elle roulait sur le dos et écartait les jambes, son corps tremblait de toute part. Elle mit sa main sur sa chatte.

— Non, dis-je et elle arrêta, les yeux écarquillés.

Je pris sa main et je la levai au-dessus de sa tête d'une main, tandis que je trouvais l'intérieur de sa cuisse avant d'écarter sa fente de l'autre main.

— Est-ce qu'elle a envie de jouir, frérot ?

Tobias contourna le lit, enleva ses chaussures et passa sa chemise par-dessus sa tête.

— Putain, oui elle en a envie.

— Tous les deux, dis-je.

Elle écarquilla les yeux quand je la tirai en avant, l'attrapai par la taille et la mis debout devant moi. Son cul était à moi, sa chatte, pour mon frère. Tobias saisit ses mains, il était debout devant elle, puis il les enroula autour de son cou.

— Accroche-toi à moi, bébé, dit-il en regardant vers le bas.

Je saisis ma bite quand il souleva sa jambe pour l'enrouler autour de sa taille. En un coup de reins, j'étais profondément dans son cul. Je n'en pouvais plus et je ne pus contenir un gémissement.

— Respire, Ryth, dit Tobias alors qu'il glissait dans sa chatte.

Je sentis une pression contre moi alors qu'elle nous avalait tous les deux.

Je saisis sa mâchoire, et je tournai son regard brillant et vide vers moi.

— C'est bien ma princesse, t'es parfaite. Avale tout.

Tobias grogna, baissant la tête pendant qu'il la baisait. Je me calai sur son rythme brutal, m'enfonçant profondément en elle. Elle gémit et poussa des petits cris, s'agrippant à mon frère pendant qu'on la baisait tous les deux.

— Tu es... mon objet..., dis-je en la pilonnant, encore et encore. Et... tu... *aimes ça... putain...*

Elle laissa échapper un cri et laissa tomber sa tête en arrière. Je fermai les yeux alors que mon orgasme se déclencha, déchirant mon corps comme avec une lame. Je voulais dire les mots... lui dire ce que je ressentais.

Mais il n'y avait aucun mot pour le dire. La chaleur se répandit autour de moi alors que je me vidais en elle.

— T'es à moi, dit Tobias. T'es à moi, putain. Comme ça... oui...comme...ça...

Son corps rebondissait, c'était grâce à nous qu'elle tenait debout.

— Jouis, princesse, ordonnai-je alors qu'elle gémissait et fermait les yeux. Vas-y, jouis.

Son corps se contracta et se mit à trembler, ce qui amena Tobias à l'extase. Il laissa tomber sa tête contre son épaule, ses doigts s'enfonçant dans ses hanches alors qu'il donnait un ultime coup de reins.

Elle frissonna et haleta quand je sortis d'elle doucement. Tobias fit de même. Puis nous sommes tous les trois tombés sur le matelas. Mon esprit était engourdi, mon corps épuisé, mon âme et mon cœur suffisamment rassasiés. Quand je retrouvai enfin la capacité de parler, je murmurai contre son oreille :

— Tu connais ma part d'ombre maintenant, petite sœur. Tu connais ma bestialité. Je ne pourrais pas te laisser partir, pas maintenant... ni jamais.

Chapitre Trente-Deux

RYTH

Caleb me saisit le menton, faisant basculer mon regard vers le sien.

— Tu comprends ce que je dis, princesse ?

Sa respiration était lourde, instable. Je voyais le pouvoir dans ses yeux. Un puits de désirs charnels inexploités... tout ça pour moi, et j'en voulais plus.

Mon corps tremblait. Ma chatte palpitait de ses propres battements de cœur. J'étais vide et engourdie, mais je sentais tout.

— Oui, dis-je en comprenant enfin à quel point il m'aimait. Je comprends.

Il se pencha en avant et m'embrassa doucement avant d'incliner ma tête, fixant mon cou. Je n'avais pas besoin d'un miroir pour savoir qu'il avait laissé des marques. Ses mains... son désir. Je n'arrivais pas à reprendre mon souffle à cette idée, et dans le sillage de ce désir, le souvenir de Vivienne me revint. La façon dont elle avait regardé cet homme qui était assez vieux pour être son père... c'était exactement ça.

Elle aimait ça. Le contrôle. La domination.

Je fixai Caleb, ressentant à nouveau cette sensation grisante de pouvoir, alors que la porte d'entrée s'ouvra et se referma avec un bruit sourd.

— Il faut que tu voies ça, cria Nick.

Le son de la télé s'entendait faiblement.

— C'est quoi ce bordel ? marmonna Tobias en se levant du lit, enfilant son jogging au bout du lit.

Il se pencha et ramassa son t-shirt sur le sol, les muscles de son dos se contractant avec le mouvement avant qu'il tourne la tête et me jette un regard vorace.

J'eus le souffle coupé par cette puissance primitive dans ses yeux. Il avait aimé ce que nous venions de faire ensemble. Il avait beaucoup aimé.

Caleb prit mon jogging, mon t-shirt et mon soutien-gorge sur le sol avant de se tourner vers moi. Ce sombre besoin charnel était tout aussi dangereux maintenant qu'il l'était avant.

Il se rapprocha, se penchant pour me donner mon jogging.

— Princesse.

Sa queue se balança quand il se pencha, et mon regard était rivé sur son corps quand il se déplaçait. Mon Dieu, mes frères allaient finir par me tuer. J'enfilai un pied, puis l'autre, je pris mon soutien-gorge et mon t-shirt qu'il me tendait, et je me figeai... quand le son de la voix de ma mère parvint jusqu'à moi.

Nous sommes vraiment inquiets pour sa sécurité. Nous voulons juste que Ryth rentre à la maison.

Caleb jeta un coup d'œil vers la porte, puis sortit rapidement, attrapant ses propres vêtements sur le sol avant de se précipiter vers la porte. Je le suivis en contournant le désordre sur le sol, je me précipitai dans le salon et je vis ma mère à la télé.

Elle se tenait à côté de Creed, s'épongeait les yeux avec un mouchoir, et fixait directement la caméra.

Nous craignons qu'elle soit retenue en otage par ses demi-frères. Ils sont dangereux, très dangereux. Nous avons reçu des rapports indiquant qu'ils ont agressé l'un des employés de mon mari et ont mis le feu à notre maison. Nous ne savons pas ce qu'ils vont faire ensuite, et nous avons peur pour la sécurité de ma fille. Nous sommes si bouleversés d'en arriver là, mais nous voulons juste la retrouver. S'il vous plaît, si quelqu'un a vu mon bébé, nous avons mis en place un numéro d'appel via le service de l'Ordre de Hale.

— Cette putain de salope ! cria Tobias en regardant Nick. *Cette putain de salope !*

Nick fixait l'écran.

— Ils veulent que la ville entière nous cherche, des putains de chiens de chasse.

Tobias se rapprocha de la télé, mais ce n'était pas ma mère qu'il regardait, c'était Creed.

— Chaque putain de flic, chaque putain de commerçant, marmonna Nick en se retournant jusqu'à ce qu'il me voie.

Mais je ne pouvais pas détacher mon regard de l'homme qui se tenait derrière eux... un homme que je reconnaîtrais entre mille. *Le Directeur*.

— C'est eux, murmurai-je en rencontrant le regard de Nick. C'est ce putain d'Ordre qui est derrière tout ça.

Un téléphone sonna, attirant mon attention. Nous nous sommes tous tournés vers Caleb, baissant nos regards vers la poche de son jogging.

— Tu t'es pas débarrassé de ton putain de téléphone ? dit Nick en détournant son regard vers celui de Caleb.

— Non, répondit-il en regardant qui l'appelait. T'en fais pas, ils peuvent pas nous tracer.

Il rejeta l'appel, l'envoyant vers la messagerie vocale. À peine quelques secondes plus tard, son téléphone vibra, il avait un message. Il jeta un coup d'œil dans ma direction et fit un pas en arrière.

— C'est qui ? demanda Tobias.

Caleb se retourna.

— Personne.

Mais T. ne voulait pas le croire. Il se jeta sur lui et attrapa le bras de Caleb, stoppant net son frère. Caleb baissa les yeux.

— Lâche-moi, Tobias.

Il y eut une seconde de tension où je crus que T. allait le pousser, mais il le lâcha doucement. Le téléphone de Caleb sonna à nouveau, le son strident me fit sursauter.

— C'est qui ? demanda Nick. C., qui c'est qui n'arrête pas d'appeler, putain ?

— Killion, répondit Caleb lentement.

Il ne bougea pas, ne regarda pas dans ma direction. Mais je savais qu'il en avait envie. Ma respiration s'accéléra alors que ce nom évoquait des souvenirs. J'entendais encore son souffle rauque dans mon oreille, je sentais encore ses mains partout sur moi, pinçant mon téton avant de se laisser tomber entre mes jambes.

— Pourquoi est-ce qu'il appelle, C. ? Et pourquoi tu t'es pas débarrassé de ton putain de téléphone bordel ?

Caleb secoua la tête, se tournant pour jeter un regard dans ma direction avant de répondre.

— Parce qu'il pense que je suis fichu, voilà pourquoi.

— Fichu ? Le grognement de Tobias était effrayant. Putain, pourquoi il pense que tu es fichu, frérot ?

Caleb ne répondit pas, pas pendant un long moment, jusqu'à ce qu'il dise :

— Parce qu'il a fait tuer quelqu'un. Quelqu'un que je connaissais... un ami.

Un ami...

Je déglutis de toutes mes forces.

— À cause de moi, n'est-ce pas ? chuchotai-je.

Nick me lança un regard furieux.

— Non, Ryth. Pas à cause de toi.

Il s'approcha de moi et força mon regard à le suivre.

— Rien de tout cela n'est de ta faute. Garde-ça en tête, dit-il.

Pas ma faute ? Peut-être pas. Mais ça ne changeait rien au fait que si je n'avais pas franchi leur porte avec ma mère cette nuit-là, ce type serait encore en vie — je baissai les yeux vers le renflement du bandage sous la chemise de Nick — et Nick ne serait pas blessé.

— Qu'est-ce qu'il y a de si important sur ce téléphone, Caleb ? demanda Nick alors qu'il levait mon menton avec son doigt pour que je le regarde. T'as intérêt que ça en vaille le coup.

— Des contrats, répondit-il. Déguisés en putains de contrats malsains, où ils échangent des femmes contre le silence.

— Contre le silence ? dit Nick alors que son regard s'assombrit quand il se tourna vers son frère. Pourquoi ?

Caleb soutenait son regard.

— C'est ce que j'essaie de comprendre.

— Et tu ne l'as pas encore fait, ce qui signifie qu'il n'y a rien, pas assez en tout cas, dit Tobias en se dirigeant vers la télé pour l'éteindre, faisant disparaître l'image de ma mère en train de pleurer.

— Ils ont tué un homme, chuchotai-je. Ils l'ont tué.

— Et ils ont tout brûlé, dit Nick en jetant un coup d'œil à Tobias. Je suis retourné voir ces mercenaires, pour essayer de trouver plus d'informations sur le contrat qu'ils ont signé avec le père de Ryth, et tout a disparu.

Ses mots me figèrent.

— Il y a des mercenaires après mon père ?

— Ouais, acquiesça Nick. Donc il ne s'agit pas seulement de toi, princesse. Tout nous ramène à ce putain d'endroit.

L'Ordre de Hale.

— C'est quoi le nom sur le contrat ? demanda Nick.

Caleb regarda son téléphone.

— London St. James.

St. James...Vivienne.

— Je connais ce nom.

Mes frères se tournèrent vers moi. La chaleur me monta aux joues, et la pièce devint floue. Je pensais seulement à sa prise autour de sa mâchoire alors qu'il grognait, *Quinze jours. Je vais prendre plaisir à te baiser, Vivienne.*

Ma bouche devint sèche.

— L'homme qui possède Vivienne.

— Possède ? murmura Caleb.

L'obscurité brilla dans ses yeux. Même dans ce climat de terreur, malgré ce que nous venions de faire ensemble, il en voulait encore. Le contrôle. La domination. *Posséder...* Je savais maintenant ce que cela signifiait pour Vivienne. Mon pouls s'emballa quand je répondis.

— C'est le mot qu'elle a employé. Elle est sa pupille. Sous contrat avec l'Ordre.

— C'est un échange contre le silence, dit Caleb passant son téléphone à Nick avant que Nick ne le passe à Caleb, puis à Tobias et enfin à moi.

Par la présente, Vivienne Brooks est désignée comme sa pupille personnelle dans le but d'empêcher une divulgation non autorisée d'informations confidentielles telles que définies ci-dessous.

Je cherchais ce que signifiait le "ci-dessous", mais tout ce que je lisais n'avait aucun sens.

— Avant de s'enfuir, elle m'a dit qu'elle avait entendu ce mec parler au téléphone. Elle a dit qu'ils avaient parlé de faire sortir un homme de prison.

— Ton père... dit Nick en passant ses doigts dans ses cheveux. Putain, ils ont ton père. Ils ont ton père.

Je déglutis de toutes mes forces et mon cœur se serra. Si c'était le cas, il n'y avait aucune chance qu'il soit en vie. C'était peut-être pour ça qu'ils étaient après moi. Pensaient-ils qu'il m'avait dit quelque chose ? Quelque chose de *confidentiel*...

Je tendis le téléphone à Caleb, souhaitant ne plus jamais le regarder.

— Alors on trouve ce London St. James et on le fait parler, dit Tobias en jetant un coup d'œil aux autres. Ensuite, on trouve le père de Ryth et on se barre de cette ville.

— Et on va où ? demanda Caleb en rencontrant son regard.

— Où est-ce que tu proposes qu'on aille ? demanda-t-il en levant son téléphone. Si tu penses que ces gars vont nous laisser partir, alors tu te fais des illusions.

— Alors on part à leur poursuite. Les mots de Nick étaient glaçants. Et on commence par le cœur de tout ça.

Le cœur ?

— Qui ? s'écria Tobias.

Nick soutint le regard de son frère et répondit :

— Haelstrom Hale.

Chapitre Trente-Trois

TOBIAS

— On commence par le cœur de tout ça, dit Nick en me regardant, sachant ce qui devait être fait.

Je me contentai de hocher la tête. J'étais prêt. Prêt à en finir une fois pour toutes.

— Quoi ? dit Ryth en jetant un coup d'œil à Nick, à Caleb, puis à moi. Non, dit-elle en secouant la tête en venant vers moi. Pas question, putain. T'as la moindre idée de ce que ça signifie ?

— Oui, répondis-je en soutenant son regard. On va les forcer à se montrer au grand jour.

— Et se faire tuer par la même occasion, répondit-elle, ses yeux bleu-gris s'assombrissant d'un air renfrogné. Putain, elle était mignonne quand elle était énervée. Non. Je veux pas.

Le regard de Caleb était d'acier.

— C'est ce qui va se passer, princesse. Que tu le veuilles ou non.

Elle se retourna et leva ses mains en l'air.

— Vous êtes tous des putains de suicidaires, vous savez ça ?

— Plutôt des meurtriers, répondis-je.

Elle s'immobilisa à ces mots, sa poitrine se soulevant un peu plus fort. Nick se rapprocha, prit son menton et fit basculer son regard vers le sien.

— Il n'y a aucun endroit sûr pour nous, plus maintenant, dit-il en désignant la télévision. Tôt ou tard, quelqu'un va nous repérer et ils vont t'emmener... encore.

— Ça n'arrivera pas, grognai-je alors qu'un désir froid brûlait en moi. Pas maintenant, ni jamais, putain. J'éliminerai cette merde avant de le laisser poser ses mains sur toi.

Elle pensait que ce n'était que des mots, qu'une menace sans possibilité de la mettre à exécution. Elle ne réalisait pas qu'il y avait eu un trou en moi pendant les secondes, les minutes et les jours d'enfer où elle avait été enlevée. Pensait-elle que j'avais fait les cent pas à me tordre les mains, que j'avais été dépité de l'avoir perdue ? Elle saurait bien assez tôt.

— Je sais où il est, dit Caleb en levant la tête, regardant le téléphone dans sa main. D'après mes infos, il a une réservation permanente pour déjeuner dans un restaurant de luxe en ville.

Mon pouls fit un petit saut et je marmonnai :

— Alors allons-y, putain.

Caleb baissa sa main. Son regard était de pierre alors qu'il se dirigeait vers la chambre. Nick et moi avons suivi Caleb jusqu'au sac d'armes qui nous avait été offert par Lazarus. Je mis d'autres vêtements, j'enfilai un jean noir et un t-shirt noir, puis j'attachai un double harnais autour de mes épaules avant de ranger deux Glocks noirs dans l'étui.

— Il n'y a pas de retour en arrière après ça. Tu comprends ça, hein ? dit Nick en jetant un coup d'œil dans ma direction tout en ajustant sa chemise et en rangeant son arme à l'arrière de son jean. Si ça ne marche pas, alors il faudra fuir.

Fuir. Je secouai la tête.

— C'est pas une option, frérot, dis-je en croisant son regard. Les types comme Hale n'abandonnent pas, et si tu penses qu'il le fera, alors tu n'as pas compris, dis-je en jetant un coup d'œil à l'embrasure de la porte en entendant Ryth qui faisait les cent pas dans le salon, tandis que le bourdonnement de la télévision résonnait encore dans ma tête.

— Ils sont passés à la télé, Nick. Tu crois qu'ils vont s'arrêter comme ça ?

Il ne répondit pas.

— Ils se sont montrés. C'est dire à quel point ils sont désespérés de la récupérer.

— Mais pourquoi elle ? marmonna mon frère.

Un mouvement apparut dans le coin de mon œil. Je n'eus pas besoin de tourner la tête pour savoir qu'elle était là. Je la sentais comme un foutu bourdonnement magnétique dans mon âme. Pour moi, elle était une sorte d'attraction gravitationnelle.

— Pourquoi elle ? répéta Nick en secouant la tête. Je n'arrive pas à comprendre. Pourquoi *elle*, putain ?

Je ne répondis pas. Parce qu'en vérité, je ne le savais pas non plus. C'était tout ce à quoi je pensais, tout ce qui me motivait. *Pourquoi elle ? Pourquoi elle ?* Et comment pouvait-on en finir ?

Je secouai la tête, sachant qu'elle écoutait chaque mot et qu'elle paniquait.

— Ça n'a pas d'importance, dis-je en ajustant mon holster avant d'attraper ma veste en cuir, l'enfilant par-dessus mes armes. Ils la veulent et ils ne vont pas s'arrêter, à moins qu'on les oblige... alors on va les obliger.

Nick acquiesça lentement, la détermination brûlait dans son regard.

— Allez, dit Caleb depuis le seuil de la porte.

Mon attention se porta sur Ryth alors que je me tournais et marchais vers elle. Nick était gentil et réconfortant, moi j'étais le mec instable avec ses coups de poings sanglants. Elle était en sécurité parce que j'étais sauvage. Je passais devant elle, me dirigeant vers la porte d'entrée, et les autres suivirent.

Je grimpai sur le siège arrière de la berline gris foncé que Freddy nous avait laissée après s'être débarrassé de la voiture volée. Nick se glissa derrière le volant, laissant Caleb s'affaler sur le siège passager. Mais Ryth ne sortait pas, elle nous faisait attendre dans cette satanée voiture... jusqu'à ce qu'elle franchisse la porte de la planque et s'avance vers la voiture.

La portière claqua quand elle la referma et elle me regarda fixement. Mais nous étions déjà en route, on sortait de l'allée et on se dirigeait vers la ville dans un silence glacial. Elle se tordait les mains, pliant ses pauvres doigts dans tous les sens, d'une manière qui semblait douloureuse.

Un tressaillement apparut dans le coin de mon œil... *elle se fait du mal... elle se fait du mal... elle se fait du mal.* Je serrai la mâchoire et je lui saisis la main. Son souffle s'arrêta. La surprise brilla dans ses beaux yeux. Je respirais un peu trop fort alors que je la regardais fixement. Je n'étais pas comme ça, je n'étais pas du genre réconfortant ou attentionné, et pourtant, *j'étais là*.

Elle me mettait mal à l'aise.

Elle me donnait l'impression d'être écorché, à vif, comme si je n'étais pas le bâtard que j'étais en réalité. Je baissai les yeux sur mes doigts enroulés autour des siens, et je compris que c'était de l'amour. On roula en ville comme ça, moi sur la banquette arrière tenant sa main, essayant de l'empêcher de s'abîmer les articulations.

Ça dura jusqu'à ce que, sur les indications de C., Nick nous entraîne dans une ruelle sombre avant de garer la voiture. Ma main était moite quand je lâchai sa main, mais je ne l'essuyai pas sur ma cuisse en sortant. Je fermai le poing à la place, me concentrant sur mes frères alors que nous contournions l'arrière de la voiture. Ryth sortit et Nick la tira près de lui.

— Je veux que tu restes à l'écart, dit-il en éloignant une mèche de cheveux de son visage. Reste dans la foule, là où on peut te voir. Mais si les choses tournent mal...

— Si ça part en vrille, alors je suis foutue de toute façon, répondit-elle.

Il mit les clés de la voiture dans sa main.

— Dans la boîte à gants, il y a une enveloppe. Tu y trouveras les détails d'un compte que j'ai ouvert à ton nom. Un compte qu'ils ne pourront pas trouver, pas avant un moment en tout cas, et il y a assez d'argent pour t'installer quelque part.

La douleur parcourut son visage et elle secoua la tête.

— Ça n'arrivera pas.

— Non, dis-je en trouvant le regard de Caleb. Ça n'arrivera pas.

Je tuerais cet enfoiré en plein milieu de son putain de restaurant prétentieux avant d'en arriver là.

— Tout ira bien, du moment que tu restes dehors pour qu'il y ait des témoins. On n'a pas l'intention de faire quoi que ce soit de stupide, dit Caleb en jetant un œil vers moi. On veut juste avoir une... *discussion*. C'est tout. Lui montrer qu'on n'a pas peur, peu importe ce qu'ils prévoient de faire.

— Donc, c'est du bluff ? demanda-t-elle.

— *C'est plutôt un ultimatum*, répondit Caleb.

Cela sembla l'apaiser un peu, et la peur s'estompa dans ses yeux.

— Ok, princesse ? murmura Nick.

Elle fit un signe de tête. Il n'y avait pas grand-chose d'autre qu'elle pouvait faire, n'est-ce pas ? Cela allait arriver, qu'elle le veuille ou non. Je regardai par-dessus mon épaule, puis je me retournai et vérifiai mes armes une dernière fois.

— Allons-y, dis-je en avançant dans la rue, avant de prendre le chemin qui menait au restaurant luxueux.

Caleb et Nick se mirent derrière moi alors que je passais les portes vitrées et montais les escaliers.

Le maître d'hôtel était à l'entrée et nous sourit pendant une seconde, avant de jeter un coup d'œil à mes frères et moi et il se mit à bégayer :

— Avez-vous une réservation ?

Je ne répondis pas, je ne ralentis pas non plus, je continuais à marcher, en scrutant les tables jusqu'à ce que j'aperçoive le bâtard au loin. Il était assis avec trois autres hommes, sirotant nonchalamment un verre. Deux gardes de sécurité discrets se tenaient vers l'arrière, habillés en noir, avec les renflements d'une arme sous leurs vestes. Un seul geste... et je me précipiterais sur eux le restaurant avant même qu'ils aient une chance de réagir.

— Hum-hum, grogna doucement Nick en croisant le regard du trou du cul le plus proche.

— Mr. Hale, cria Caleb, attirant l'attention de ce bâtard.

Des yeux froids, noirs et globuleux se tournèrent vers nous. Les muscles de sa mâchoire sculptée, comme si elle avait été taillée dans la pierre, se crispèrent. Il n'y avait pas un soupçon d'émotion dans le regard d'Haelstrom Hale, ni dans celui de mes frères et moi-même.

— Je suis sûr que tu sais qui nous sommes, dit prudemment Caleb.

Le problème était que mon frère était trop poli, putain. Je me penchai en avant, prenant appui sur le bord de la table et je fixai les ténèbres de l'enfer. Le souvenir lui revint à l'esprit. Putain, ce type était froid, jusqu'à la moelle. Il y avait quelque chose de pourri en lui. Quelque chose de pourri qui semblait gonfler derrière ces trous noirs alors qu'il regardait ailleurs, scrutant le restaurant au-delà de nous. Mais ce n'était pas sa propre sécurité qu'il cherchait... non, c'était Ryth.

Du coin de l'œil, je la vis. Elle attendait au milieu du restaurant, debout entre les tables comme nous le lui avions dit. Je sus instantanément le moment où il la vit aussi. Son souffle accéléra et ses pupilles se dilatèrent.

— Tu la regardes pas, putain, grognai-je en me penchant vers lui pour attirer son attention. Tu piges, salaud ? Tu la regardes pas, putain.

— Haelstrom, dit un de ses potes en voyant le flingue sous ma veste ouverte. Qu'est-ce qui se passe ?

— Rien, répondit Hale.

— Fais dégager tes chiens, Hale, dit Caleb d'un ton calme à côté de moi, bien plus calme que je ne l'étais.

La rage bouillonnait en moi.

Un de ses gardes s'approcha de la table mais il leva une main, l'arrêtant net.

— C'est bon, Gregor.

— Ouais, dis-je en regardant le garde. C'est bon.

— Comment vous m'avez trouvé ? demanda Hale.

Mais personne ne répondit. Je savais que Caleb avait parlé à Freddy dans notre dos. Hale n'était pas le seul à avoir des informateurs dans la ville.

— On est venus pour te dire d'arrêter de lui courir après, dit Caleb. Choisis quelqu'un d'autre, *n'importe qui d'autre*. Ryth ne t'appartient pas.

Il y eut un tressaillement au coin des lèvres de Hale. Un signe que je n'aimais pas du tout.

— On s'en fout si sa mère ne veut pas qu'elle soit avec nous, ajouta Nick. Et on en a rien à foutre de ce que notre père a à dire. On te le dit clairement, Ryth ne mettra *plus jamais* les pieds dans cet endroit.

Caleb attendit que Nick termine avant d'ajouter :

— À moins que tu veuilles que le monde sache *exactement* ce qui s'y passe.

Et il y eut ce putain de tic à nouveau, celui qui plissait les coins de ces yeux de fouine. Des yeux que je voulais fermer, définitivement.

— Ça ressemble beaucoup à une menace, Caleb.

C. haussa les épaules.

— Menace. Promesse. Appelle ça comme tu veux.

Je jetai un œil aux connards pompeux avec lesquels il était assis, chacun d'eux détourna la tête. Ils savaient exactement quel genre de monstre ils côtoyaient... et ils avaient peur de lui.

Des tas de merde sans cervelle.

Hale poussa un lent soupir et décroisa les jambes.

— Dites-moi, que pensez-vous exactement pouvoir faire ici, M. Banks ? dit-il en jetant un coup d'œil à Ryth, qui s'était rapprochée.

— Ryth est une jeune femme perturbée, qui a fui un environnement qui lui offrait stabilité et sécurité, un environnement que sa mère a choisi par contrat plutôt que d'encourager un comportement criminel imprudent. Elle est émotionnellement instable et extrêmement vulnérable. Je crains qu'elle ne le soit encore plus lorsqu'elle découvrira exactement le genre de choses que son *demi*-frère pratique. En particulier les fêtes privées débauchées où il met en pratique ses fantasmes de dépravé.

Caleb se figea. Son visage devint pâle. Les veines ressortaient le long de son cou jusqu'à ce que son pouls soit visible.

— Caleb ?

Je grimaçai en entendant sa petite voix ; Ryth s'approchait. Hale ne regarda pas dans sa direction, il soutenait le regard de C.

Fils de pute.

— Il parle de quoi ? demanda-t-elle.

— Tu veux que je lui montre l'enregistrement ? proposa Hale. Je suis sûr qu'on peut le regarder, même s'il ne date que de quarante-huit heures. Je pensais qu'après cette nuit, tes... besoins seraient comblés, dit-il en jetant un coup d'œil à Ryth. Mais visiblement non.

Le son rauque qui s'échappa de sa gorge fut instantané et destructeur. Ryth trébucha en arrière, puis se retourna et dépassa les autres tables alors qu'elle se précipitait vers la porte.

— Belle discussion, murmura Hale. Peut-être que nous en aurons une autre... bientôt.

Bientôt...

Ce seul mot était plus menaçant que les munitions que nous avions. Je jetai un coup d'œil aux salopards qui l'accompagnaient et je mémorisais leurs visages.

Mon frère regarda vers la porte d'entrée puis se mit à crier avant de partir à sa poursuite.

— *Ryth !*

Hale sourit alors que C. courait vers la sortie, nous laissant seuls.

— Tu es prêt à mourir, fils de pute ? dis-je sans pouvoir me retenir.

Je m'attendais à un sourire, mais je voulais de la *rage*.

Hale leva ce regard glacial vers moi. Je savais à quel genre d'homme nous avions affaire maintenant. C'était un véritable diable, un diable habillé en Calvin Klein avec une armée de corrompus tout autour de lui.

Chapitre Trente-Quatre

CALEB

— *Ryth !* criai-je en passant la porte d'entrée du restaurant.

Mais elle ne s'arrêtait pas, elle dévala les escaliers de devant et courut vers la ruelle.

— *Arrête, bordel !* criai-je.

— Fous-moi la paix ! rétorqua-t-elle en se dirigeant vers la voiture.

Au moment où elle s'enfonça dans la pénombre, elle se retourna, les yeux brillants de larmes.

— Putain, je te faisais confiance !

— J'ai rien fait ! criai-je en bondissant sur elle au moment où elle attrapa la poignée de la portière.

Je saisis son bras et la fis tourner pour qu'elle me fasse face.

— Écoute-moi, j'ai rien fait je te dis.

Son poing m'arriva en pleine face, s'écrasant sur le bord de ma mâchoire, et on en était là une fois de plus — dans toute cette rage et cette tension et moi j'étais consumé par sa douleur. Je la saisis sans me soucier de ses coups ou de la douleur brutale qui provenait de ma mâchoire, et je l'attirai contre moi.

— Pourquoi je suis aussi détruit à ton avis ?

Des pas résonnèrent dans la ruelle derrière nous. Je savais que c'était Nick sans même regarder.

— C'était Evans. Il l'a fait pour m'empêcher de te trahir et d'être anéanti. C'est lui qui a tout fait, et ils l'ont tué quand même.

— Lâche-moi, Caleb dit-elle en me donnant des coups pathétiques.

Mais je me laissais faire, j'acceptais la douleur, parce que je la méritais.

— Lâche-moi, putain !

Je la laissai partir et elle tomba contre la voiture. Elle leva vers moi ses yeux remplis de trahison.

— Je te faisais *confiance*, putain.

— Tu crois que je ne le sais pas ? *Mon ami est mort* à cause de moi.

Elle se figea et son souffle devint saccadé.

— Quoi ?

— L'enregistrement que tu as entendu. Ils l'ont tué, et c'est à cause de ce que nous avons fait cette nuit-là, dis-je en jetant un coup d'œil à Nick par-dessus mon épaule. C'était une putain de trahison, un message. Nick avait dit qu'on devrait tous payer le prix pour te récupérer, alors voilà ma part. C'est ma part, tu comprends ?

Tobias arriva rapidement dans la ruelle et s'avança vers la voiture.

— Peu importe ce qu'il y a, vous parlerez plus tard. Montez. On s'en va *tout de suite*.

Il avait raison. Nick appuya sur le bouton pour déverrouiller la voiture et nous sommes tous montés dedans. Cette fois, je me mis à l'arrière.

— Tu ferais mieux de nous raconter, frérot, dit Nick en passant la marche arrière et en appuyant sur l'accélérateur.

En quelques minutes, nous étions de nouveau en train de retraverser la ville, en direction de la planque des Rossi. Je regardais Ryth, qui était assise aussi loin que possible de moi, presque collée à la portière. Puis je me mis à raconter.

— Il n'y avait qu'un seul moyen pour moi d'entrer dans l'Ordre, et c'était par Killion.

Je la vis frissonner en entendant ce nom et elle braqua son regard sur moi. Des larmes brillaient sur ses joues, me faisant me sentir encore plus salaud que je ne l'étais déjà.

— Pour pouvoir rentrer, il voulait que je couche avec des femmes que l'Ordre proposait.

Elle déglutit bruyamment et la douleur brilla dans ses yeux avant qu'elle ne détourne le regard. Il y avait des sentiments, plus que je ne l'avais jamais imaginé. Son cœur et le mien étaient en jeu.

— Mais je n'ai pas réussi à aller jusqu'au bout. Evans l'a vu et il fallait bien le sinon on allait te perdre. Alors, pendant que je restais là à regarder, il l'a fait à ma place.

— Putain... dit Nick en jetant un œil dans le rétroviseur.

Ma voix était brute et rauque. Je sentais que ça brûlait jusque dans ma poitrine.

— Ça l'a détruit de faire ce qu'il avait à faire dans cette pièce. Et malgré ça, ils l'ont quand même tué.

Le silence à l'intérieur de la voiture était assourdissant jusqu'à ce que Ryth parle.

— Est-ce qu'il lui a fait du mal ?

Je tressaillis en entendant ces mots et je ravalai la rage qui montait.

— Non, répondis-je en la regardant. Mais je ne sais pas pour les autres.

Elle enroula ses bras autour de ses côtes et frissonna. Je savais que la dernière chose qu'elle voulait était que je la touche, mais je ne pouvais pas supporter de la voir souffrir. Je m'approchais d'elle pour la prendre dans mes bras. Elle résista un moment, puis se tourna et enfouit sa tête dans mon cou.

— Je ne vais pas te mentir. Je sais ce qui est en jeu. Je te promets sur ma vie, et celle de mes frères, que je n'ai pas touché cette femme.

Elle releva la tête, et je sus à ce moment-là qu'elle m'avait complètement envouté. Je me penchai pour effleurer ses lèvres avec les miennes.

— Est-ce que tu me connais maintenant ? Mieux que quiconque ? Je pourrais faire beaucoup de choses, Ryth, mais je ne te mentirai jamais.

Je l'embrassai une fois de plus, je glissai un doigt sous sa mâchoire et j'inclinai ses lèvres vers les miennes. Sa bouche était tendre et impitoyable jusqu'à ce que la chaleur entre nous prenne le dessus. Petit à petit, elle s'abandonna à moi, puis elle m'entoura de ses bras et m'attira contre elle. Le désir intensifia mon baiser. Je me mis à toucher ses seins jusqu'à ce qu'elle gémisse.

Mes frères étaient silencieux à l'avant. Je fis remonter son haut sur ses seins. Je tirai sur la bretelle du soutien-gorge, libérant son mamelon.

— J'aurais risqué ma vie plutôt que de te trahir. Tu vois à quel point c'est tordu ?

Elle répondit en courbant l'échine pour m'offrir la chaleur de son corps au lieu de sa rage.

— Bordel, C. Tu peux pas attendre qu'on rentre ? marmonna Nick.

Je ne pouvais pas attendre, pas une seconde de plus. C'était plus que du sexe, plus que de la luxure et du désir... c'était une entaille dans mon âme. C'était une promesse, une promesse qu'il fallait qu'elle comprenne. Je la poussai doucement sur le siège et mes mains trouvèrent le bouton de son jean puis je tirai sur la fermeture éclair.

Elle souleva ses fesses et me laissa faire glisser son jean et sa culotte d'un coup sec. Au moment où nous prenions l'autoroute, mes doigts glissaient profondément en elle. Je n'en avais jamais assez. Je me penchai pour embrasser le haut de son sexe.

— Il n'y a personne d'autre. Tu comprends ça, Ryth ? Il n'y a personne d'autre pour moi.

Ses doigts glissèrent dans mes cheveux avant de s'y accrocher tandis qu'elle levait un genou et écartait les jambes autant qu'elle le pouvait. Tobias s'approcha et saisit sa cuisse, la soutenant pendant que je faisais glisser ma langue le long de sa fente et que j'aspirais.

— C'est ça, petite souris, dit Tobias. Laisse notre frère exorciser ses putains de démons.

Ses mots me faisaient bander de plus belle, parce que c'est exactement ce que je ressentais. Ce n'était pas demander son pardon, c'était *l'exiger*. Je levai les yeux vers les siens, je mis mes doigts de chaque côté de sa fente pour avoir un meilleur accès. Je la léchais comme si mon âme était en jeu, la menant plus près de l'extase.

Elle était tellement humide, sa chatte rose mouillait pour moi.

— Mange-la, grogna Tobias. Putain, mange-la, C.

Son corps se contracta et elle leva ses pieds plus haut, mais ils étaient toujours empêtrés dans son jean. La pression sur l'arrière de ma tête augmenta et elle m'attira plus fort contre elle. Mon Dieu, elle était proche, si proche, putain. Elle poussa de minuscules gémissements et je sentis son cul se serrer. Elle se tortillait, puis elle devint lisse et chaude contre ma bouche en laissant échapper un gémissement guttural.

— C'est ça, l'encourageait mon frère. Continue comme ça, princesse.

J'étais en proie à une respiration saccadée. Elle serra les cuisses et sa chatte vibra contre ma bouche alors que je lui donnais un dernier coup de langue avant de me retirer.

— Personne d'autre, Ryth. Je te le promets.

Elle leva les yeux vers moi, la tache de naissance sur sa joue était rouge vif alors que je glissais mes doigts dans ma bouche pour les sucer. Putain, je ne me lassais pas de la voir comme ça, toute rosie. Je baissai mon regard vers sa chatte, elle était toute gonflée et humide.

— Il faut qu'on trouve ce London St. James, dit Nick en rompant le charme, attirant mon attention sur lui alors qu'il conduisait. Tout ce qu'il sait sur Hale, on pourra s'en servir. Peut-être qu'après ce bâtard comprendra nos menaces.

Il avait raison. London St. James et le père de Ryth étaient la clé de tout ça.

— Je vais le chercher, trouver un moyen de lui faire rompre son engagement. On lui donnera ce qu'il veut.

Ryth releva la tête en remettant son jean et sa culotte en place.

— Tu veux dire Vivienne, n'est-ce pas ?

— T'as une autre idée ?

Ses sourcils se froncèrent jusqu'à ce qu'elle ferme les yeux et secoue la tête.

— Alors on fait ça, répondit Nick. On la fait sortir de là-bas et on attire St. James pour qu'il nous donne toutes les informations qu'il a.

Mais Ryth n'était pas convaincue. Elle était silencieuse, les yeux grand ouverts qui cherchaient les miens. Elle avait peur, et ce n'était pas seulement pour elle. Je savais ce que Vivienne avait fait pour la protéger, je savais ce qu'elle avait fait pour l'aider à s'échapper. Pour Ryth, ce serait une trahison.

— Dès qu'on saura ce dont on a besoin, on la libérera. Tu as ma parole, dis-je. Je te le promets.

— Je sais que si j'étais elle, je préférerais tenter ma chance avec nous, plutôt que de rester une putain de seconde de plus dans cet endroit, marmonna Tobias en se tournant vers la route. Surtout maintenant.

Après qu'on l'ait laissée tomber. C'est ce qu'il voulait dire. *Punaise.* Je serrai le poing, je sentais encore la douleur des coups que j'avais donnés au prêtre. Ils allaient s'en prendre à elle, j'en étais sûr.

— On la fait sortir, on prend ce dont on a besoin, puis on la cache, ajoutai-je. Quelque part où ils ne la trouveront jamais.

— Où ça ? demanda-t-elle. Où pourrait-elle aller pour que Hale ne la trouve pas ?

— Je sais pas, répondis-je. Mais on trouvera un endroit.

Nous avons conduit jusqu'à la planque et nous nous sommes garés dans l'allée. Plus je pensais à ça, plus je savais que Killion était plus impliqué que je le croyais. Il avait été ma porte d'entrée, mais il était plus que ça. Il était au cœur de cet endroit. Peut-être même qu'il était autant en charge que Hale.

Les cris d'Evans se mêlèrent à ceux de Ryth dans ma tête.

Je sortis et suivis les autres alors qu'ils entraient dans la maison. Tobias balaya la rue du regard, puis il prit son téléphone et tapa un message. Le temps que je rentre, je vis la belle Explorer noire se garer devant la maison. Freddy était au volant. Je savais que nous étions en sécurité pour le moment, mais je ne savais pas pour combien de temps encore.

J'entrai dans le salon et j'entendis la porte de la salle de bain se fermer. Un rapide coup d'œil au reste de la maison, et je me dirigeai vers la chambre et le sac d'armes intraçables.

— Tu vas quelque part ? me dit Tobias qui se tenait dans l'embrasure de la porte.

Je lui lançai un regard furieux en prenant deux Sig Sauers et un chargeur de rechange.

— Je sors.

Il s'approcha.

— Tu veux de la compagnie ?

Ce n'était pas vraiment une question. Peut-être que Tobias ne me faisait pas entièrement confiance après tout. Aussi violent que soit mon jeune frère, c'était quelque chose que je devais faire seul.

— Non, dis-je en le poussant. Occupe-toi de la garder en sécurité.

J'allai dans la cuisine et je tendis la main à Nick.

— Les clés.

Il me lança un regard, puis jeta un coup d'œil vers la porte.

— Tu vas où Caleb ?

Je secouai la tête.

— Les clés, Nick.

Avec un profond soupir, il posa les clés dans ma main.

— Si tu te fais tuer frérot, elle te pardonnera jamais.

Je me dirigeai vers la porte d'entrée en marmonnant :

— Alors on sera deux.

Chapitre Trente-Cinq

CALEB

Ne te fais pas tuer. Ça avait l'air simple, non ?

Mais c'était *tout* sauf simple. Surtout avec ce que j'avais prévu de faire. Je montai dans la voiture, je démarrai le moteur et je quittai l'allée en reculant, me sentant plus agressif que je ne l'avais jamais été dans ma vie.

Je m'engageai dans les rues secondaires de l'autre côté de la ville, me remémorant le moment où j'avais croisé le regard d'Halestrom. Des yeux sombres et froids et une mâchoire ciselée. Cet homme était un prédateur, un calculateur. Une machine qui se faisait passer pour un humain.

La menace ne s'était pas exactement déroulée comme prévu. Je pensais qu'il ferait tout pour garder son installation secrète. Mais au lieu de se cacher derrière ses pots-de-vin et son argent, il semblait presque nous mettre au défi de le dénoncer. Après tout, l'Ordre de Hale était, à ses yeux, irréprochable, derrière sa façade de structure carcérale pour jeunes femmes à problèmes.

Seulement cet endroit n'offrait aucune thérapie. Ce n'était rien de plus qu'une façade pour le trafic de femmes de l'élite. Je passai ma langue sur mes lèvres, savourant encore le sel et le plaisir, et mon pouls s'emballa au souvenir de ce qui venait de se passer avec Ryth.

J'avais failli la perdre aujourd'hui, j'avais failli la pousser trop loin. L'image d'elle se tenant là avec ce putain de regard de trahison me fit l'effet d'un coup de poing dans le cœur. Elle avait pleuré... *à cause de moi.*

Mon souffle s'accéléra tandis que je regardais dans le rétroviseur, scrutant les voitures derrière moi. Je l'avais presque perdue... *Je l'avais presque perdue.*

— *Quel con !* criai-je en frappant le volant.

Cela pesait lourd sur mon âme alors que je me dirigeais vers l'appartement d'Evans dans l'Upper West Side de la ville. Il vivait dans la suite penthouse d'un immeuble élégant et luxueux que sa famille possédait, avec une protection par alarme et des systèmes de caméras dernier cri. Cela faisait des mois que je n'y étais pas allé. Mais avant le chaos du décès de ma mère et l'arrivée de Ryth, j'y passais mes week-ends à boire et à faire la fête. J'avais l'impression que c'était il y a une éternité. Je fis une grimace en tournant le volant, je me garai dans l'entrée arrière de son immeuble et je coupai le contact.

Tout ça, c'était un véritable bordel.

Je descendis de la voiture et me dirigeai vers l'entrée. Evans avait été un ami, un très bon ami que je ne méritais pas. Il était solitaire, maladroit, héritier d'une fortune qui lui pesait lourdement, et au fond, j'en avais profité, je m'étais servi de lui pour me frayer un chemin dans le genre de soirées avilissantes qui me hantaient maintenant.

Evans m'avait ouvert des portes et m'avait fait rencontrer le genre d'hommes sur lesquels j'aurais préféré ne jamais poser les yeux. Des hommes comme Killion. Peut-être était-ce ma faute si cela était arrivé ? Comme si j'avais en quelque sorte attiré leur attention sur Ryth... comme du sang dans l'eau attire un gang de requins affamés.

Cette idée était presque trop dure à supporter.

— Non. Ça ne peut pas être aussi simple.

Je fixai le bâtiment puis je m'approchai du digicode avant de taper le numéro qu'Evans m'avait donné. Il voulait que je puisse aller et venir sans qu'il ait à se soucier de la sécurité. Je ne pensais pas que je m'en servirais maintenant.

Il m'a menacé, Caleb. Il a menacé ma putain de famille.

Ces mots résonnaient en moi alors que j'attendais que la porte s'ouvre. J'entrai, je parcourus le hall du regard puis je me dirigeai vers l'ascenseur. Le code était nécessaire une fois de plus pour atteindre le dixième étage où l'appartement d'Evans se trouvait. Des yeux froids et vides me regardèrent dans le reflet des portes en acier inoxydable de l'ascenseur lorsqu'elles se refermèrent.

J'avais l'air indifférent en apparence, mais au fond de moi, une tempête se déchaînait. Les souvenirs de l'Ordre se bousculaient dans ma tête. Les cris du prêtre quand je l'avais attaqué dans le bureau du directeur. Des images de sang et de chaos suivirent je grimaçai en détournant les yeux du monstre que je voyais dans mon reflet.

Je sortis lorsque l'ascenseur s'arrêta et je me dirigeais vers la porte de l'appartement. J'entrai le code à nouveau, puis je poussai la porte et j'entrai. L'odeur familière d'eau de Cologne et de cigares de luxe me saisit dans la pénombre ambrée de l'appartement. Mes pas ralentirent d'eux-mêmes au moment où je vis le ruban adhésif de la scène de crime tendu au bout du couloir, puis j'aperçus le chaos dans le salon.

Je ne voulais pas voir ce qui m'attendait de l'autre côté de ce ruban jaune, et pourtant je ne pouvais pas m'empêcher de graviter vers le canapé poussé et la table basse fracassée. De minuscules éclats de verre craquaient sous mes bottes, et de plus gros morceaux étaient éparpillés sur le sol de la pièce. L'endroit était sens dessus dessous.

Bon sang...

Je m'arrêtai au bout du couloir, incapable de faire bouger mes pieds d'un pas de plus. Il y avait du sang sur le carrelage lisse. La grande flaque était maintenant séchée et avait pris une teinte roussâtre. Une chaise de salle à manger était renversée au milieu de la pièce. Je sus instantanément que c'était là qu'il était mort. Ses cris surgirent à nouveau dans ma tête, encore et encore, tandis que je trouvais des restes de liens sur le sol.

Mon estomac se noua et le dégoût me fit trouver un appui contre le mur. *Ils l'ont tué... ils l'ont tué putain.* Tout ça à cause de ce qu'on avait fait. Et le pire, c'est que je le referais sans hésiter, même en sachant les conséquences. Parce qu'il n'y avait aucune chance que je la laisse.

Jamais.

Je me forçai à quitter la pièce, je marchai jusqu'au bureau et j'allumai la lumière. La pièce s'éclaira instantanément, et je me dirigeai vers le bureau. Il n'y avait aucun dossier. Je tirai la chaise et m'assis.

Je connaissais Evans, probablement mieux que je ne le devrais. Nous avions partagé beaucoup trop de nuits à réviser après avoir fini dans le même cours d'éthique et de droit. Et comme je le connaissais plutôt bien, je savais qu'il avait des informations sur ceux qui avaient fait ça. Des informations dont j'avais besoin. J'ouvris les tiroirs, je sortis les dossiers, et j'en trouvai un avec mon nom dessus.

J'ouvris le dossier puis j'étalai son contenu sur le bureau. Il y avait des images en noir et blanc avec des informations sur les hommes qui travaillaient pour l'Ordre de Hale. Evans était peut-être maladroit et calme dans la vie réelle, mais ses compétences d'enquêteur surpassaient tout le reste. Il était réputé en cours et au cabinet pour être un "génie". C'était ce mec qui déterrait tous les dossiers sur nos ennemis, nous donnant l'avantage quand nous en avions besoin.

Et il semblait qu'il l'avait fait une dernière fois.

Mais cette fois, c'était pour moi.

St. James, Killion, Hale, et d'autres apparaissaient dans une liste détaillée. Nom, date de naissance, adresse, et bien plus. Mon cœur s'accéléra alors que je regardais tout ça. Je me levai et remis les feuilles dans le dossier avant de fermer la porte derrière moi en sortant du bureau. Mais avant de quitter l'appartement, je revins dans le salon. J'avais une dernière chose à faire avant d'aller descendre London St. James. Un clou de plus sur mon cercueil.

Je descendis au rez-de-chaussée et retournai à ma voiture avant de me diriger vers la propriété de la famille d'Evans, encore plus à l'ouest de la ville. Puis je me garai devant un immense portail en fer forgé. On ne voyait quasiment pas la demeure depuis la rue, elle était cachée par de grands saule pleureurs et par l'allée sinueuse qui menait à l'entrée. C'est la culpabilité qui m'avait conduit ici. Maintenant que j'étais là, qu'est-ce que j'allais dire...

Je me penchai et appuyai sur l'interphone puis je me figeai lorsque j'eus une réponse immédiate, la voix froide d'une femme.

— C'est une propriété privée.

— Mme Evans, c'est Caleb Banks.

— Caleb ?

Je ravalai l'acidité qui me montait dans la gorge.

— Oui, madame, c'est ça.

— Je vais t'ouvrir le portail, dit-elle et une seconde plus tard, le portail s'ouvrit sous mes yeux.

J'avançai vers l'immense maison blanche au loin puis je m'arrêtai dans le virage de l'allée. La porte d'entrée s'ouvrit et je coupai le moteur. *Quel con...* me dis-je en sortant avant de me diriger vers Francine Evans qui m'attendait sur le perron.

Elle se tenait là, droite et immobile, le menton levé, accentuant ses traits de rapace. Mais son air défiant était de la comédie, simplement de la comédie. Ses yeux injectés de sang brillaient de larmes récentes. Elle s'essuya les yeux alors que je m'approchais avant de la prendre tendrement dans mes bras.

Elle me tapota le bras d'une main tremblante, elle ne se laissait pas submerger par l'émotion.

— Je suis vraiment désolé, dis-je d'une voix enrouée. Je n'arrive pas à réaliser ce qui vient de se passer. Un ami m'a envoyé un lien ce matin. Ce serait un cambriolage ?

Je me retirai de son étreinte pour voir sa réaction. Elle détourna les yeux et fit un pas en arrière comme pour mettre de la distance. Les muscles de sa gorge se tendirent et elle avala sa salive avant de parler :

— Apparemment, oui.

Mon cœur battait la chamade.

— Vous pensez que ça pourrait être autre chose ?

Elle haussa les épaules.

— Je sais pas. Je sais plus rien maintenant.

Elle était sur le point de craquer devant moi, elle enroula ses bras autour de sa taille.

— C'est gentil d'être passé, Caleb, mais il fallait pas t'embêter.

— Non, ça m'embêtait pas.

Des souvenirs de ma mère me revenaient lentement. Je voulais apaiser la peine de cette femme... mais que pouvais-je dire ? *C'était de ma faute... entièrement de ma faute. Mais comment aurais-je pu le savoir ?*

— Merci d'être passé, dit-elle pour que je parte. Mes amitiés à ta mère.

Ta mère... Je grimaçai et acquiesçai lentement. Son deuil lui faisait oublier qu'elle avait été à quelques mètres du cercueil de ma mère il y a seulement quelques mois.

— Bien sûr, murmurai-je. Je le ferai. N'hésitez pas à m'appeler si vous avez besoin de quoi que ce soit.

— C'est adorable, dit-elle en retournant vers sa maison. Mais ça ira.

Mais ça n'allait pas aller. Je levai les yeux vers la maison, je savais qu'à l'intérieur, Gerald Evans était en ce moment même dans les derniers mois de son cancer de stade quatre et à présent leur fils unique était décédé. Francine Evans était seule, seule et isolée derrière les murs de cette propriété où un jour, elle aussi mourrait... seule.

Je repartis vers ma voiture en hochant la tête. Je montai derrière le volant et mis le moteur en marche avant de me diriger vers le portail et de jeter un coup d'œil sur le dossier posé sur le siège passager.

L'adresse de London St. James était inscrite sur la première page, c'était l'écriture d'Evans, comme s'il l'avait écrit à la hâte. Était-ce un indice pour moi ?

J'entrai l'adresse dans mon téléphone avant de sortir de l'allée des Evans. St. James ne vivait pas très loin... à seulement quelques rues en fait, même si les rues ressemblaient davantage à celles où on habitait et pas les immenses que je quittais à présent. Je me dirigeais vers l'ouest, puis je tournai à gauche sur Sunset puis à droite sur Rayne, ralentissant pour regarder les numéros des maisons. Mais ce ne fut pas nécessaire...

Je vis deux mecs derrière une Chrysler bleu nuit devant un garage pour trois voitures. Des jumeaux, visiblement, d'un âge similaire à celui de Tobias, et mes tripes me disaient que c'était là. Le coffre était ouvert et il y avait deux sacs de sport à leurs pieds. Je me garai devant leur allée et je coupai le moteur.

Je ne pensais qu'à Ryth. Ryth et la douleur qui brillait dans ses yeux. Une douleur que je ne voulais plus revoir. Je sortis de la voiture aussitôt et je passai la main sous ma chemise pour sortir mon flingue alors que je montai l'allée escarpée.

— St. James, c'est ça ?

Deux regards identiques me firent face.

— T'es qui toi ? s'écria l'un d'eux, son regard scruta l'arme que je levai et que je pointai sur la tête de son frère.

À ce moment-là, il écarquilla les yeux.

D'un mouvement de flingue, je leur dis :

— Dedans.

Ils ne bougeaient pas. Pas au début en tout cas, la peur les figeait sur place. Mais c'était pas un jeu. C'était déjà allé trop loin. Je me rapprochai d'eux et posai le bout de mon flingue sur la tête du mec.

— Je vais appuyer sur la gâchette et faire sauter ta cervelle sur ta bagnole.

— C'est bon, mec, dit l'autre jumeau en reculant. On rentre, ok ? Calme-toi.

Je les suivis jusqu'à la maison et je jetai un coup d'œil vers la troisième place du garage, vide. L'autre voiture était une Bronco tunée, et c'était impossible que London St. James conduise ce genre de bagnole. Ils mirent la clé dans la serrure et ils entrèrent, je les suivis et fermai la porte derrière moi. L'entrée était décorée de dessins au fusain qui paraissaient valoir de l'argent. Mais je n'étais pas là pour les cambrioler. Je tendis l'oreille.

— Qui d'autre est là ?

— Personne, répondit l'autre jumeau. Alors prends ce que tu veux et casse-toi.

Ils pensaient que je venais les cambrioler ? *Ils m'avaient pas entendu dire leur putain de nom ?*

— On a de l'argent, dit l'idiot en face de moi. Il doit y avoir dix mille balles dans le coffre. Prends-les. On appellera pas les flics.

— Non évidemment, dis-je en m'approchant plus près, le fixant du regard. J'en ai rien à faire de votre fric. Où est votre père ?

Il fronça les sourcils et lentement, je vis qu'il commençait à comprendre. À cet instant-là, il avait la même gueule que son père. Le même regard manipulateur, la même lueur prédatrice. Ma prise se resserra autour du flingue. C'est St. James que je voulais, St. James que je ferais crier. Je ferais tout pour avoir les infos nécessaires pour sauver Ryth.

Mais je n'étais pas venu pour le tuer, non je réservais ça à Killion.

— Notre père ? répéta ce con en regardant mon flingue.

— Oui, dis-je. Votre putain de père.

L'autre jumeau s'avança et se mit à grogner :

— Qu'est-ce que tu lui veux ?

— Disons qu'on fait affaire ensemble, répondis-je froidement en appuyant le bout de mon flingue sur la tête de son frère.

Il soutenait mon regard, se souvenant sans doute de mon visage au moment où il répondit :

— Alors je pense que t'as pas de bol, il est pas là.

Ma respiration se figea. *Il est pas là...*

— Il est où alors ?

Ses lèvres se retroussèrent de colère.

— Au même endroit que d'habitude... il est allé *la* voir.

Vivienne.

La panique surgit en moi alors que ces couloirs sombres et ces portes verrouillées me revenaient à l'esprit.

— À l'Ordre.

— Ouais, dit l'autre en face de moi. Il est à l'Ordre.

Chapitre Trente-Six

CALEB

L'Ordre...

— T'es qui toi d'abord ? dit l'enfoiré en face de moi en plissant les yeux.

Je sursautai et secouai la tête machinalement.

— Aucune importance.

— Je pense que si, dit son frère en s'avançant. Je pense que ça a une grande importance.

Le flingue dans ma main se mit à trembler, il devenait soudainement trop lourd. Mon pouls s'accéléra alors que je baissais mon arme. Je n'étais pas là pour les blesser... je voulais juste...

— Il la laissera pas, dit-il en me regardant et en faisant un pas de plus. Tu la veux, c'est ça ? On va plus la lâcher, pas maintenant.

Sa voix était un grognement rauque.

— Elle est *à nous* maintenant, tu comprends ? Tu peux pas la prendre, on la *possède*.

On la possède...

Ces mots résonnaient en moi. Maintenant je ne voyais plus London St. James dans les yeux de ses fils, je me voyais moi. La posséder... C'était ce que je voulais, non ? C'était le même désir, la même envie perpétuelle qui me rongeait. Chaque seconde passée avec Killion n'était pas pour la sauver. C'était pour que je la contrôle, que je la prenne, *que je la baise*. Mon corps tremblait de désir. Ryth brûlait en moi comme une drogue, celle que j'avais goutée entre mes lèvres dans le cellier de la maison de mes parents alors que je la doigtais. J'avais envie de la goûter à nouveau.

C'était plus que de l'amour....

Plus sombre que le désir.

C'était une pulsion sauvage.

Une obsession dont je ne pouvais me défaire.

Parce que je ne le voulais pas.

— T'as pigé ? dit le mec alors que je sursautai en posant les yeux sur le gars en face de moi alors qu'il s'avançait pour me saisir le col. Vivienne est à nous.

Je me dégageai de son emprise.

— Lâche-moi.

— T'es qui ? demanda-t-il à nouveau.

Je n'allais pas rester là et leur répondre, je me tournai et me dépêchai de regagner la sortie. J'étais dehors en un instant, le souffle court alors, les jambes et les mains tremblantes. Mes genoux avaient commencé à vaciller quand j'arrivai à la voiture. J'ouvris la portière et montai.

Mes mains tremblaient alors que j'enclenchai le contact et démarrai la voiture.

Bip...

Je sortis mon téléphone de ma poche et vis le signal lumineux d'une notification. J'appuyai sur le bouton pour allumer l'écran. J'avais un message de Killion...

Mes doigts tremblaient alors que j'entrai mon code pin avant d'ouvrir le message. C'était une vidéo, mais c'était sombre, trop sombre pour voir de quoi il s'agissait. Alors j'appuyai sur play...

— Tiens-la bien ! retentit une voix dans le haut-parleur.

Mes yeux étaient rivés sur l'écran... je sentis l'horreur me gagner alors que j'entendais Ryth gémir, puis soudain la vidéo devint plus claire. Je vis Ryth se débattre et crier pendant qu'on l'attachait à une table en acier. Le vrombissement d'un outil de tatouage suivit. Je regardais sans pouvoir rien faire, ils lui baissaient le pantalon et commencèrent à lui tatouer la peau.

Un gémissement guttural et plein de haine s'échappa de sa gorge. Je serrai le téléphone dans ma main jusqu'à ce qu'il tremble sous mes doigts. Elle criait et se débattait tant qu'elle pouvait sous leur emprise.

— *NICK* ! cria-t-elle. *TOBIAS* !

Mon cœur se serra. Je savais que c'était arrivé mais je n'étais pas prêt à voir ça.

— *CALEB* !

Elle criait mon nom. Elle criait mon nom... je fermais les yeux alors qu'une douleur emplissait mon cœur.

— Non... *non... non.*

Bip.

J'ouvris les yeux et regardai l'écran avant de fermer la vidéo et de faire taire le vrombissement de cette machine. J'avais un message vocal de Killion. Je n'avais pas envie de l'écouter, mais je ne pouvais pas faire autrement... il n'y avait pas que ma vie en jeu, il y avait celle de Ryth aussi.

Je serrai le poing, appuyai sur le bouton puis j'entendis la voix grave de Killion résonner dans la voiture.

— J'ai changé d'avis, Caleb. Je veux la salope ruinée finalement, dit-il et sa voix devenait plus grave sur un fond musical que je reconnaissais. On me l'a promis, dit-il et je pouvais sentir le sourire sur son visage. Le contrat est signé, on va venir la chercher. C'est juste une question de temps, Caleb, cette petite pute de Castlemaine est à moi... et je vais jubiler quand je vais crier son nom pendant qu'elle s'étouffera avec ma queue.

Je fermai les yeux et m'adossai au siège. Dans ma tête, je hurlais et je mourais de désespoir. *Je vais le tuer... Je vais le tuer.* Ma main tremblait encore après avoir écouté son message. Mais au lieu de l'effacer, j'appuyai à nouveau sur le bouton pour réécouter ses menaces. Cette fois, ce n'est pas lui que j'écoutais, c'était la musique en arrière-plan. Je connaissais ce son, je l'avais déjà entendu. Au Hale club.

Ma lèvre se mit à tressauter. Ce club de l'enfer...

Il était là à se la jouer, à me menacer. Je levai les yeux vers la maison de St. James et je ne pus retenir la haine qui se répandait en moi. Je sentais l'arme contre mon dos et je ne pouvais penser à rien d'autre. Poser le canon sur la face de Killion et appuyer sur la gâchette.

Je voulais ça plus que jamais.

Je mis le moteur en marche et appuyai sur l'accélérateur tout en entrant le numéro de Nick sur mon téléphone.

Il répondit à la troisième sonnerie.

— T'es où putain, C. ?

— Je vais au club de Hale, Nick. Killion est là-bas... Killion...

Je veux la salope ruinée finalement.

La voix de ce salaud résonnait dans ma tête. Je n'arrêtais pas d'y penser, je n'arrivais pas à surmonter la force de cette haine en moi.

— Killion est là-bas, et je vais le buter.

— De quoi tu parles, C. ? cria-t-il. Si tu vas là-bas, c'est toi qui vas te faire tuer. Tu piges ?

Oui. Peut-être qu'au fond, j'avais toujours su qu'on en arriverait là. Moi contre lui...

— Rentre. Rentre et on en discutera, me supplia Nick mais je sentais la colère dans sa voix.

— Non, pas cette fois... dis-je alors que les mots devenaient étouffés, ils s'enfonçaient dans ce battement de haine qui cognait contre ma cage thoracique. Dis à Ryth... dis-lui... que je l'aime.

— Caleb...

Je baissai le téléphone.

— Caleb...

Puis j'appuyai sur le bouton pour raccrocher.

Ça allait mieux à présent. J'étais calme, concentré. Le regard fixé sur la route devant moi alors que je naviguais entre les rues résidentielles pour rejoindre la ville. Je savais ce qu'il me restait à faire. Je savais comment j'allais atteindre l'absolution... pour elle en tout cas.

Un meurtre après l'autre.

Chapitre Trente-Sept

RYTH

— *Caleb !* cria Nick et je sursautai. *Putain !* cria-t-il en baissant le téléphone avant d'appuyer sur le bouton à nouveau et de remettre le téléphone à son oreille. *Réponds ! Réponds espèce d'enfoiré !*

— Qu'est-ce qu'il y a ? dis-je en regardant Nick alors qu'on entendait la tonalité du téléphone encore et encore.

Les poils sur mes bras se hérissèrent alors que j'allais dans la cuisine.

— Nick ?

Il baissa la main, mit fin à l'appel et me fixa pendant un instant. Non, il regardait comme à travers moi, comme s'il ne me voyait pas.

— Quel con celui-là ! grogna-t-il en croisant mon regard.

— Qu'est-ce qu'il y a ? Dis-moi.

— Il va trouver Killion, répondit-il. Ce con va trouver Killion et il va se faire buter.

— Quoi ? s'écria Tobias en arrivant dans la cuisine alors qu'il enfilait son t-shirt. Il avait encore le visage rougi d'avoir couru. Comment ça, il va trouver Killion ?

Nick me regarda.

— Il m'a dit de te dire qu'il t'aimait.

— Non, dit Tobias en regardant Nick. *C'est pas possible !* Rappelle-le, Nick. Dis-lui de ramener son cul ici. Dis-lui...

— Il répond pas.

Je fixais Nick alors que mon esprit s'emballait et que mon cœur hurlait.

— Qu'est-ce qu'il a derrière la tête ?

— Comment ça *"qu'est-ce qu'il a derrière la tête ?"* rétorqua Tobias. Tu crois qu'il pense à autre chose qu'à toi ?

— Moi ? Non. C'est pas de ma faute. J'ai rien demandé...

Cette révélation me fit l'effet d'une claque.

— Pas de ta faute ? m'interrompit Tobias. Ses lèvres se retroussèrent et il se rapprocha de moi. T'es aveugle, princesse ? *C'est toi* son point faible, son putain de talon d'Achille. Tu vois pas qu'il essaye de se faire pardonner pour ce qu'il t'a fait là-bas ? Il va s'en prendre à ceux qui t'ont fait du mal, tous ceux qui t'ont *menacée*. Il va tuer ce Killion... même si ça lui coûte la vie, dit-il avant de baisser d'un ton et de me regarder dans les yeux. C'est pas juste pour te sauver, Ryth. C'est pour s'assurer que plus personne ne te touche. Tu nous appartiens. Depuis *toujours...* depuis le moment où tu as mis les pieds chez nous. Qu'on le veuille ou non.

Cette soirée-là me revint à l'esprit. Je puais la fumée et j'avais juste un sac poubelle avec quelques vêtements. J'étais entrée dans leur vie ; et dans leur cœur. En contrepartie, ils étaient entrés dans les miens aussi. Non, entrer n'est pas le mot juste... ils s'étaient engouffrés dans mon cœur.

Nos destins étaient entrés en collision ce soir-là avec une onde de choc qui nous avait tous changé. Un cataclysme. Destructeur. Ils m'avaient brisée et reconstruite en même temps.

Maintenant ils essayaient de me sauver...

Chacun avec leur propre part d'ombre.

Avec seulement un flingue en main et cette rage qui brûle.

Caleb allait mourir...

Pour moi.

— *Non*, dis-je alors que la douleur m'envahissait. On peut pas le laisser faire. Tu m'entends ? On peut pas...

— On va pas le laisser faire, princesse, dit Nick en jetant un coup d'œil à Tobias. On a besoin d'une bagnole. Rapide... *dépêche-toi, T.*

Tobias retint sa respiration et détourna les yeux avant de courir vers la porte. Elle claqua bruyamment. Nick était déjà en mouvement.

— Il nous faut des flingues, princesse... beaucoup de flingues.

Des flingues...

À Elle

Je me dépêchai d'aller dans la chambre, je pris le sac de sport au bout du lit et y rassemblai toutes les armes éparpillées sur le lit. *Caleb allait mourir... il allait mourir...*

Sauf si on l'arrêtait à temps.

Chapitre Trente-Huit

CALEB

Je m'engageai sur le parking du Hale club et je garai ma voiture. Le ciel s'assombrissait alors que le crépuscule virait à la nuit et que les lampadaires du parking se mirent à briller un peu plus. Je ne vis pas la voiture de Killion, ni son chauffeur, mais ça ne voulait pas dire qu'il n'était pas là.

Je jetai un œil à mon téléphone sur le siège passager, je pouvais encore entendre le rire glauque et les paroles de ce bâtard. Mon pouls s'accéléra. Mon esprit était une tempête vengeresse qui déchaînait sa rage en moi.

Mes mains tremblaient lorsque je descendis et mis la main sur le flingue dans mon dos. Ma détermination était sans limites, elle me poussa à vérifier les munitions dans le flingue. Le chargeur était plein, mais je n'avais pas d'autres munitions...

Est-ce que j'allais le faire ?

Est-ce que j'allais appuyer sur la gâchette et tuer un homme de sang-froid ?

Le visage de Ryth emplissait mes pensées et la réponse suivit aussitôt. Ouais, pour elle, je le ferais. Je poussai la porte et entrai dans le club avec le flingue en main, près de ma cuisse. La peur monta en moi mais je la ravalai, je savais que pour moi c'était probablement la fin.

Je le comprenais maintenant que je me dirigeais vers l'entrée VIP à l'arrière du club. On appellerait les flics. Peut-être que les vigils me tueraient avant même qu'ils arrivent. Si j'avais été Tobias, j'aurais peut-être eu une chance de m'en sortir... mais je n'étais pas mon petit frère.

J'étais seulement moi...

— Aide-moi, maman, murmurai-je alors que je me tenais devant l'entrée et que j'appuyai sur le buzzer en cachant le flingue dans mon dos.

Pendant un instant je crus que la porte n'allait pas s'ouvrir et que les vigils allaient se jeter sur moi avant même que je puisse entrer. Mais la porte s'ouvrit et je vis un garde qui se tenait là, me défiant du regard.

— M. Banks.

Je levai mon flingue et le pointai vers son visage avant d'avancer.

— Bouge.

Ses yeux devinrent ronds comme des billes et sa mâchoire se crispa. Je passai la porte et la referma derrière moi.

— Est-ce que Killion est là ?

Le garde ne répondit pas, pas avant que je pointe à nouveau mon arme sur lui.

— Oui, oui, il est là.

Il est là... il est là... il...

Je scrutais le couloir et je le fis reculer jusqu'à la salle arrière du club. Il n'y avait pas encore de danseuses, ni de filles terrifiées habillées en noir, rouge, ou blanc, sortant tout droit de l'Ordre de Hale pour qu'on puisse les baiser et se les approprier. Non, il y avait seulement des hommes corrompus avec un seul but : corrompre et dégrader tout ce qu'ils touchaient.

Non, l'arrière salle du Hale Club était calme et sombre. J'allongeai le pas, poussant le garde vers l'avant, où la musique était plus forte.

— Reste dans mon champ de vision, dis-je en balayant le club du regard, cherchant Killion dans l'obscurité, puis je regardai à nouveau le garde et lui désignai avec mon arme les tables vides.

Je n'étais pas venu ici pour tirer sur le garde, mais s'il se tenait entre moi et ma vengeance, alors je n'aurais pas d'autre alternative que d'appuyer sur la gâchette.

— Où est Killion ?

Il désigna les salons sombres de l'autre côté du bar. Je suivis le mouvement de son bras et je scrutais la pénombre. Mon cœur s'emballa et ma bouche devint sèche. Je poussai le garde plus fort en contournant l'extrémité du bar, attirant le regard du barman qui essuyait les verres.

Il arrêta de bouger et plissa les yeux. La peur s'empara de lui avant qu'il jette un coup d'œil à la silhouette sombre d'un homme assis à une table...

Killion.

Mon cœur était aux commandes maintenant, il me forçait à avancer. L'arme tremblait dans ma main tandis que je laissais le garde derrière moi et me dirigeais vers la silhouette sombre assise toute seule. Plus je me rapprochais, plus je le voyais clairement. Killion était assis, les jambes croisées, sirotant nonchalamment son putain de cognac comme s'il n'avait pas peur... Peut-être que c'était le cas, quand on n'avait pas de conscience.

Le pistolet ne tremblait plus à présent, je tendis le bras et visai la tête de ce bâtard. Une lueur de confusion me traversa. Pendant une fraction de seconde, je me dis que tout ça était trop facile, que c'était trop lisse. Mais je chassais cette pensée pour me concentrer sur lui.

— Tu as fait tuer Evans, grognai-je en me rapprochant. Et menacé sa famille.

Killion posa lentement le verre sur la table en face de lui et leva les yeux vers moi. Le bruit sourd et lourd de la musique résonnait dans la salle. Mais je savais qu'il m'avait entendu car ses yeux de fouine brillaient.

Je pris une grande inspiration, ma main était maintenant stable alors que je m'approchais et que j'appuyais le pistolet sur sa tempe.

— Tu crois que tu peux me la prendre ? Tu crois que tu peux... *me la voler ?*

Celle-là... elle est ruinée. L'écho de ses mots résonnait dans ma tête. Tout ce que je pouvais voir était ses mains sur Ryth alors qu'il la poussait contre le mur dans cette pièce à l'Ordre. *Cette marque sur ton visage ressemble à la marque d'une main...comme si tu avais été battue.* Dans ma tête, je le revoyais lui pincer le téton. *Tu aimes être battue ?*

Mon doigt s'enroula un peu plus fort autour de la gâchette.

— Je ne te laisserai pas faire.

Elle est parfaite... Je la veux...

Il ne bronchait pas, ne regarda même pas l'arme.

Un mouvement apparut dans le coin de mon œil. Et un frisson de terreur m'envahit une fois de plus.

— Je savais que tu viendrais, sourit Killion. En fait, je t'attendais.

Pftt...

Un bruit surgit derrière moi. Quelque chose me saisit au niveau du cou, me faisant trébucher sur le côté. Je mis ma main sur la douleur et quelque chose tomba au sol. Je vis l'acier du projectile briller. Mais ce n'était pas une balle... *pas une balle.* La pièce sombre commença à osciller alors que je titubais. Je me retournai et je vis le garde aux cheveux blancs de l'Ordre s'avançant à grands pas, baissant le pistolet tranquillisant qu'il tenait dans la main.

Ce n'est qu'alors que Killion décroisa les jambes et se leva.

— Tu vois, on ne pouvait pas l'atteindre. Personne ne voulait nous parler, au lieu de ça c'était un autre nom qui sortait... *les Rossi.* Vous l'avez bien cachée. Si bien que j'ai été plutôt impressionné, dit-il en s'approchant et l'obscurité semblait tourbillonner autour de moi.

Mon cœur battait la chamade, faisant régner la terreur dans mes veines.

— Non, murmurai-je.

Il hocha lentement la tête.

— Si, j'en ai bien peur. On avait besoin d'un autre moyen pour l'attirer à nous... et quel meilleur moyen que de te pousser à bout ? dit-il et je me raidis lorsqu'il s'approcha et toucha ma joue alors que ses yeux sinistres s'illuminaient. Et tu sais à quel point j'aime faire ça, dit-il en souriant. Maintenant, on a un deal, deux contre un...

Mes frères...

— Nick...*Tobiiiiassss !*

Ma voix devint enrouée alors que la pièce vacillait. Je savais que je tombais, mais je n'étais pas capable de rester debout. Je voulais lutter... *J'essayais de lutter.*

Au lieu de cela, je heurtai le sol dans un bruit sourd et ma tête s'écrasa si fort que je vis des étoiles pendant une seconde.

Je vis des bottes noires luisantes alors que Killion s'approchait. Je luttais, je donnais des coups de pied, et hurlais de rage entre mes dents serrés en essayant de combattre le poison qui bourdonnait dans mes veines, mais la pièce devint plus froide, jusqu'à ce que les ténèbres s'enroulent autour de moi.

— Tes frères... dit Killion en rigolant, s'agenouillant près de moi. Eh bien, on n'a plus besoin d'eux maintenant, n'est-ce pas ?

L'obscurité l'envahit lui aussi, m'empêchant de voir son visage.

— *Nooon...*

Ma voix n'était plus la mienne, plus maintenant.

Juste un gémissement.

Juste une supplication...

Et alors que la dernière trace de conscience s'échappait de moi, une pensée traversa mon esprit... *Qu'est-ce que j'ai fait, putain ?*

Chapitre Trente-Neuf

RYTH

J'ENTENDIS LE CRISSEMENT DES PNEUS DEHORS. JE tournai les yeux vers Nick, qui attrapa le gros sac de sport et le hissa sur ses épaules.

— On y va, princesse.

Je le suivais alors qu'on se précipitait dans le couloir et qu'on courait vers la porte d'entrée avant de sortir. Une vieille voiture d'occasion de type *muscle car* nous attendait dans la rue, vrombissant et pétaradant. Tobias descendit de la voiture et vint vers nous.

— Une Charger ? marmonna Nick en lançant à son frère le sac d'armements.

— Tu voulais une voiture rapide, non ? dit Tobias en prenant la place passager, l'ouvrant violemment dans un grincement de gonds.

Je n'attendis pas plus longtemps, je montai à bord et attrapai ma ceinture.

— Voyons de quoi cette beauté est capable, alors, dit Nick en montant derrière le volant.

Le moteur pétarda à nouveau et manqua de s'éteindre avant que Nick appuie sur l'accélérateur et enclenche un vrombissement puissant. La voiture tremblait puis s'élança alors que Tobias remettait son siège en place, posant le sac d'armes à ses pieds en encourageant Nick.

— Allez… *GO* !

Je fus projetée en arrière contre le siège et peinai à enclencher ma ceinture alors qu'on dévalait les rues, s'éloignant de plus en plus de la planque des Rossi. Nous naviguions dans une pénombre floue. Je vis le regard de Nick alors qu'on passait devant la camionnette que je reconnaissais bien ; le garde du corps de Lazarus était au volant. Je me tortillais sur mon siège et jetai un œil par la vitre de derrière. Mais Freddy ne nous suivait pas, il nous laissait nous éloigner la protection de la mafia.

Nous étions tout seuls à présent.

Nous trois, pour sauver le quatrième.

Caleb…

Mon cœur vacillait dans ma poitrine. Je me cramponnai à la ceinture et à la poignée de la portière lorsque la voiture prit un virage et se mit à accélérer brutalement.

C'est toi son point faible. Son putain de talon d'Achille.

Les mots de Tobias résonnaient dans ma tête. Je ne pensais qu'à ça, je n'entendais que ça. Mon cœur se serrait à la pensée de Caleb. L'amour, la haine, le désespoir et le désir se mêlaient en moi. Il allait tuer Killion… pour me sauver.

La voiture fonçait et tourna brusquement. Je serrais les dents, vacillant contre la fenêtre.

Tu comprends pas qu'il veut se faire pardonner pour ce qu'il a fait pour te sortir de là-bas ?

Nous foncions vers le centre-ville en prenant les rues peu fréquentées. Nick passait d'une vitesse à l'autre plus vite que jamais. Je me cramponnais. *Il va s'en prendre à ceux qui t'ont touchée, ceux qui t'ont menacée. Il va tuer ce Killion... même si ça lui en coûte la vie.*

Une voiture surgit de nulle part et Nick l'insulta avant de changer de vitesse et de tourner le volant ; je me cognai à nouveau contre la vitre. La douleur se répandit dans mon épaule et s'entendit jusque dans ma poitrine. Je me mordis la lèvre pour ne pas pleurer et m'adossai au siège.

— Tiens bon, princesse, grogna Nick en me jetant un œil par-dessus son épaule.

Tobias se tourna et me saisit le bras.

— Ça va ?

L'inquiétude remplissait son regard.

— Oui, dis-je en ravalant ma haine avant de me concentrer sur la route. Amène-nous là-bas, Nick.

— C'est ce que je fais, répondit-il avant d'appuyer sur l'accélérateur encore plus fort.

Il tourna violemment dans une petite rue, mordant le trottoir et rayant le bas de caisse de la Charger. Tobias se pencha en avant pour prendre le sac, et je sus qu'on était bientôt arrivés. Mon estomac se nouait alors que je scrutais la pénombre devant nous, j'aperçus l'entrée d'un parking et je compris que c'était là. C'était trop silencieux, trop lisse… trop *calme*.

Les lumières de sécurité brillaient faiblement sur le parking plongé dans la pénombre. Je scrutai la nuit et j'aperçus la Sedan qu'on avait utilisée… *Caleb… il est là.*

— T., grogna Nick.

La vitre passager grinça alors que Nick la faisait descendre et sortis son flingue en jetant un œil au parking alors qu'on s'y engageait.

— Sa voiture est là, cria Nick.

Il tourna brusquement et s'arrêta juste devant la Sedan. Tobias sortit aussitôt et jeta un œil à l'intérieur avant de courir vers l'arrière du club. Nick ouvrit sa portière puis se retourna pour me regarder.

— Reste-là, Ryth !

Je n'eus pas le temps de répondre, il partit aussitôt, me laissant seule, terrifiée et sur les nerfs.

— Quoi ? dis-je en détachant ma ceinture avant de me hisser entre les sièges pour atteindre le sac de sport.

J'entendais leurs cris depuis la fenêtre ouverte de Tobias alors qu'ils entraient par effraction dans le club. Un frisson me parcourut quand je les vis disparaître à l'intérieur. Je fixais le sac de sport ouvert sur le sol devant le siège passager.

Je n'aimais pas les armes, surtout après ce qui m'était arrivée à l'entrepôt et à l'Ordre. Mais j'aimais encore moins l'idée de perdre ceux que j'aimais. Alors je plongeai la main dans le sac et saisis la crosse d'un flingue avant de le sortir ; il brillait faiblement dans la lueur des lampadaires au loin.

— Allez, Nick, murmurai-je en prenant le flingue dans mes deux mains, essayant de calmer mes tremblements.

Des ombres affluaient vers moi. Je levai la main et pointai mon flingue lorsque je vis Tobias grogner :

— Putain, Ryth, me tire pas dessus !

Nick le suivait de peu. Il ouvrit la portière côté conducteur et monta derrière le volant, fourrant son arme son sa cuisse avant de mettre le moteur en marche. Je scrutais la pénombre, mais personne d'autre ne venait.

— Caleb ?

— Il est pas là, répondit Nick.

— Ils l'ont pris, ajouta Tobias.

Ils l'ont pris... *ils l'ont pris...* Je secouai la tête et me cramponnais au siège alors que je vacillais en avant puis en arrière. Mes pensées étaient confuses, une panique floue et désespérée. Ils allaient le tuer... je le savais au fond de moi. Ils n'auraient pas le choix... *car il en savait trop.*

Ils l'avaient vu à l'Ordre, dans cette salle... dans cet *endroit malsain.* Il connaissait leurs noms, leurs visages. Il savait quel genre de débauche on subissait là-bas. Je serrais l'arme dans ma main et passais mon autre bras autour de ma taille. Mais je n'arrivais pas à me réchauffer. Je ne pourrais plus me réchauffer.

Il va tuer ce Killion... même si ça lui en coûte la vie.

Les lumières aveuglantes de la ville devenaient floues autour de nous alors que nous prenions une rue principale avant de s'élancer plus vite.

— Ils doivent pas être loin, grogna Tobias.

Je commençai à observer les voitures au loin. C'est à ce moment-là que je vis le sang sur le poing de Tobias.

— Tu es blessé.

Il regarda dans ma direction, ses yeux sombres avaient un air de danger.

— Quoi ?

— Ta main, dis-je en hochant la tête. Tu es blessé.

Il suivit mon regard sur les taches rouges sur sa main, qui scintillaient sous les lueurs de la ville.

— C'est pas mon sang, dit-il en essuyant le dos de sa main sur son jean avant de me regarder. C'est pas mon sang.

C'est pas son sang...

Je le regardai à nouveau, je voyais à présent le genre d'homme qu'il était, un homme dangereux, un homme qui ferait tout pour protéger ceux qu'il aimait. Ils étaient tous les trois comme ça.

— Là, grogna Nick en attirant mon attention. Ils sont là. C'est la voiture, non ?

Je voyais seulement des feux rouges de freinage, mais eux voyaient autre chose. Quelque chose qui leur indiquait précisément ce qu'ils avaient besoin de savoir.

— C'est elle, dit Tobias en levant le flingue au bord de la fenêtre alors qu'on passait devant la dernière lignée de lampadaire avant de sortir de la ville.

La peur me saisit le ventre et me fit l'effet d'une boule de plomb. Je savais où ils allaient, je l'avais su depuis le moment où on avait quitté le parking du club.

— Ils vont à l'Ordre.

Nick jeta un œil vers moi. Je vis la peur dans son regard, une peur presque masquée par une détermination sans faille. Il ne pensait pas qu'on allait pouvoir récupérer Caleb... ou est-ce qu'il pensait qu'on pourrait... *mais à quel prix ?*

— Récupère-le, murmurai-je alors que Nick regardait attentivement la route. Peu importe ce qu'il en coûtait, je me fichais des conséquences, je me fichais de tout. Je serrai ma main autour du flingue, j'avais l'esprit clair à présent, plus clair que jamais.

— Quoi qu'il en coûte, Nick. Quoi qu'il en coûte.

Nick devint pâle et je le vis grimacer. Il jeta un œil à Tobias et je pus ressentir son malaise.

— Quoi ? demandai-je.

— Déjà vu, répondit Nick. Une impression de déjà vu, dit-il en jetant un œil vers moi avant de changer de vitesse.

— C'est exactement ce qu'on a dit à Caleb avant qu'il parte te chercher.

Mon estomac se noua et je fus parcourue de frissons. J'avais envie de serrer mes bras autour de moi. Mais je ne le fis pas. Je me concentrais sur la route, en pleine connaissance de ce que Caleb avait dû subir pour me libérer. L'amour coulait en moi. L'amour et le désespoir. *Quoi qu'il en coûte... quoi qu'il en coûte.*

Les phalanges de Nick devinrent blanches alors qu'il serrait le volant, le moteur de la Charger rugit. Il n'y avait plus d'autres voitures derrière nous à présent. Nous étions seuls... avec le gros SUV noir devant nous. Les kilomètres défilaient dans un mouvement flou. La Charger vrombissait et rugissait, c'était un bruit assourdissant qui s'engouffrait depuis la fenêtre ouverte côté passager.

— Garde le cap, ordonna Tobias en sortant le flingue par la fenêtre.

Pan ! Pan ! PAN !

Je sursautai à chaque coup de feu et je vis les feux stop de la voiture devant nous se briser. Le SUV tanguait, les pneus crissaient alors qu'il se dirigeait vers le bord de la route avant de se redresser.

— Attends, dit Nick en accélérant davantage. Recommence.

Tobias visa la voiture et tira deux coups de plus qui brisèrent instantanément la vitre de derrière. Au même moment, Nick maniait la voiture comme s'il s'agissait d'une arme et appuya sur l'accélérateur, heurtant le pare-chocs arrière du SUV qui se mit à osciller de nouveau.

Je fus projetée en avant et je grimaçai en entendant le grincement du métal.

— Ils vont pas tenir, dit Nick en accélérant à nouveau vers le SUV, essayant de les faire sortir de route en les frappant par l'arrière. La poussière s'élevait autour de nous, elle formait des spirales sombres derrière nous.

— Bouge, cria Nick. *BOUGE !*

Mon cœur battait encore plus fort alors que je levais les yeux vers le scintillement du portail en acier que je devinais au loin. On n'allait pas y arriver. Je regardais le SUV qui luttait pour maintenir sa trajectoire, projetant des cailloux qui ricochaient sur notre pare-chocs comme des balles. *On n'allait pas y arriver.*

À travers la vitre arrière brisée, je vis Caleb se montrer. Non, il ne se montrait pas... *quelqu'un le poussait.* Ils se servaient de lui comme bouclier.

— Enculés, grognai-je.

Tobias sortit sa tête par la fenêtre puis rentra aussitôt lorsqu'on entendit un *crac* provenir du côté passager du SUV.

— Baisse-toi, Ryth ! cria-t-il en se mettant devant moi pour me protéger, dégainant à nouveau son arme avant de tirer.

Mais il ne visait pas les fenêtres ni la carrosserie... il visait les pneus. *Pan !* L'un d'eux éclata aussitôt, faisant vaciller le SUV de plus belle. Nick continuait à accélérer alors que la lueur de l'acier se rapprochait au loin et que les portes de l'Ordre s'ouvraient.

— *Nick, non !* criai-je.

Mais je ne criais pas pour moi. S'ils parvenaient à entrer, Caleb serait fichu. Fichu pour de bon...

Depuis la vitre arrière brisée, Caleb tourna la tête et me regarda.. Il y avait du sang sur son visage et son regard déterminé semblait troublé. Je connaissais ce regard trouble mieux que quiconque. C'était le même regard que j'avais vu dans mon reflet après qu'il m'ait amenée à l'Ordre. Ils l'avaient drogué. Je serrai ma main autour du flingue. Ils l'avaient drogué, *putain.*

— Vous allez pas prendre mon frère, putain, dit Nick entre ses dents serrées. Pas de mon vivant.

Nick accéléra à nouveau, et heurta le SUV encore plus fort qu'avant. Il se mit à tanguer et fit une tête à queue au milieu de la route avant de s'arrêter net. On passa devant à toute allure mais on regarda tous les trois derrière nous.

— Accrochez-vous ! cria Nick juste avant que je sois projetée contre la vitre.

Je n'eus pas le temps de me préparer à l'impact. Je n'eus pas le temps de faire quoi que ce soit d'autre que d'espérer et de prier qu'on ait pas bousillé la voiture. Une puanteur aigre envahit l'habitacle et me saisit à la gorge alors que la Charger faisait demi-tour, les pneus crissant à la recherche de stabilité sur l'asphalte avant de s'arrêter brusquement. Mais avant que mon corps ait le temps de s'immobiliser, Nick enclencha une vitesse et appuya sur l'accélérateur pour nous projeter en avant, en direction des phares aveuglants du SUV.

On va leur foncer dedans... *on va leur foncer dedans.*

Je fermai les yeux et me préparai à l'impact.

Mais il n'arriva pas. La voiture tangua et finit par s'arrêter sans heurter le SUV. J'ouvris les yeux et je vis les portières du SUV grandes ouvertes... deux hommes sortirent. Tobias était déjà en train d'ouvrir sa portière et de sortir. Les phares m'aveuglaient alors que la camionnette de l'Ordre se dirigeait droit sur nous.

Pan !

Pan !

PAN !

Des coups de feu s'écrasèrent sur la carrosserie alors que Nick ouvrit sa portière et me tendit la main :

— Ryth, *VIENS* !

On laissa les armes dans la voiture alors que les mercenaires de l'Ordre arrivaient à nos trousses. Mais ils ne nous foncèrent pas dedans. Ils ne semblaient même plus nous viser.

Non, ils ouvrirent le feu sur Tobias qui venait d'abattre un de leurs hommes qui courait vers nous.

— *Par ici !* cria un homme.

Il me fallut un instant pour reconnaître la voix. C'était lui... lui, le mec qui m'avait poussée contre le mur pour me peloter les seins. Un frisson me parcourut alors que Tobias courait vers nous avant de se servir de notre voiture comme bouclier.

Les coups de feu dirigés sur nous nous empêchait d'aller chercher Caleb. Depuis l'autre côté du SUV, un autre SUV de l'Ordre arriva. Je saisis le flingue et m'appuyai contre la voiture en me relevant.

— Ryth ! cria Nick en me tirant vers le bas. *Baisse-toi putain !*

Ses mains étaient partout sur moi, elles me protégeaient, me réconfortaient.

Mais il n'y avait pas de place pour le réconfort.

— *Nick !* cria Caleb.

Je n'attendis pas une seconde de plus ; *je ne pouvais pas*. Je me hissai contre la voiture, me dégageant des mains de Nick avant de courir alors que Caleb criait :

— *ARRETE RYTH !*

Mais c'était trop tard. Les portières du deuxième SUV s'ouvrirent et d'autres hommes sortirent. Des hommes qui me regardaient alors qu'ils traînaient Caleb pour le mettre dans la camionnette. Je courais... je courais plus vite que jamais auparavant. Je brandis mon arme, ma main tremblant sous son poids.

— *Laissez-le !*

Un coup partit. Mais il partit dans le vent, n'atteignant rien ni personne.

Je continuais de courir...

Encore...

Et lorsque la camionnette fonça droit vers le portail ouvert de l'Ordre, je me mis à courir derrière elle. Mon regard était rivé sur les feux de stop rouges qui brûlaient devant moi alors que je courais de toutes mes forces.

Ils peuvent pas le prendre...

Ils peuvent pas le prendre...

PARCE QU'IL EST À MOI !

Chapitre Quarante

TOBIAS

— *RYTH* ! criai-je en me mettant à courir. Une douleur se répandit dans ma cuisse alors que ma jambe se mit à boîter. Je baissai les yeux et vis mon jean noir s'assombrir. Je n'avais pas besoin d'y porter la main, je savais que c'était du sang... je le sentais, chaud et humide. Je pressai une main sur ma cuisse et criai de rage en continuant d'avancer.

Elle allait trop vite... bien trop vite.

Je boîtais et continuais de courir, un pas après l'autre sur l'asphalte. Chaque pas était une torture.

— *Ramène-là, T. !* cria Nick.

Je risquai un coup d'œil par-dessus mon épaule alors qu'un grognement guttural qui ne provenait pas de mon frère surgit dans mon dos. L'un des connards du SUV s'avançait vers lui, l'arme brandie, puis il tira un coup. J'attendis une seconde, je vis Nick plonger sur le sol.

Il allait s'en sortir... même s'il avait une main occupée pour panser sa blessure, il allait s'en sortir. Il fallait que je continue de courir. Je tournai les yeux vers Ryth qui courait toujours vers le portail de l'Ordre.

— Ryth, putain, *ARRÊTE* !

Elle m'échappait, à chaque seconde qui passait... *elle m'échappait.*

Je poussai un cri sauvage et retirai la main de ma cuisse. La douleur rencontrait la colère. Je m'en servais pour continuer à avancer. Mon corps suivait alors que l'adrénaline prenait le dessus. Mes muscles se crispèrent, ils suivaient le rythme qu'ils connaissaient. Mes pas s'allongèrent et mon souffle devint plus long. Je me concentrais sur Ryth qui continuait de courir vers le portail, elle se dirigeait vers les arbres.

C'était si sombre là-bas... bien trop sombre.

— Ryth, arrête ! criai-je en accélérant le pas.

Elle ralentissait... je me rapprochais. Ça me poussait encore plus. Elle s'accroupit sous une branche banche et s'enfonça dans la pénombre pendant un instant. Je la perdis de vue, alors je continuais d'avancer, je passais sous la même branche quelques instants après. Mais je ne la voyais plus...

— Ryth ? me risquai-je à l'appeler.

Je vis un mouvement dans le coin de ma vision. Pendant un instant, je fus soulagé en tournant la tête.

— Putain, tu m'as fait peur...

Boum. Le poing surgit de nulle part et je fus aveuglé. Je tombai en arrière alors que le garde aux cheveux blancs de l'Ordre fonça à nouveau sur moi puis me cloua au sol en criant. La peur plongeait en moi bien plus que ses poings. Je me tournai sur le côté pour rouler alors que son poing trouva le sol à quelques centimètres de ma tête.

Ryth...

J'essayais de scruter les arbres en me relevant puis je titubai avant de sortir mon flingue.

Pan !

Je peinais à rester debout alors qu'une douleur me cingla l'épaule. Le bâtard brandit à nouveau son arme vers moi. Je ne pouvais rien faire à part courir vers la forêt. Ma cuisse me mettait au supplice, mon estomac se tordait. Je sentis une chaleur qui s'échappait de moi, elle ruisselait sur ma cuisse et me chatouillait le genou. Je le sentais. Je le sentais au moindre mouvement, à la moindre pensée.

Pan !

Je sursautai avant de me cacher derrière un arbre avant que la balle s'écrase dans le tronc. Je jetai un franc coup d'œil derrière moi et je bondis en avant pour courir vers un autre arbre, essayant de semer ce type autant que je le pouvais... et je continuais à chercher Ryth. Je ne pensais qu'à elle, j'avais couru jusque-là pour elle, parce que sans elle, *je n'étais rien.*

— T'es où, connard ?

Le cri venait de derrière moi. Je continuais de courir à travers les arbres, cherchant la faible lueur qui provenait du bâtiment de l'Ordre. Je l'aurais entendue crier... je l'aurais entendue, s'ils l'avaient attrapé, non ? *Je l'aurais entendue...*

Le désespoir me poussait à continuer. Je me cachai derrière un tronc d'arbre puis je jetai un coup d'œil.

— Te voilà.

Je sortis en brandissant mon arme. J'ouvris le feu et fus récompensé par un grognement alors que ce bâtard titubait. Je me cramponnais à la base de la crosse pour mieux viser.

— Approche, espèce de face de rat.

Un ricanement fendit la pénombre.

— Face de rat, hein ? Je crois que ta salope de demi-sœur s'en fiche un peu, non, Banks ?

Je me raidis... je le vis avancer vers moi.

— Enfin, ça ne la dérangeait pas que j'aie une face de rat... quand j'ai caressé sa chatte et que je lui ai donné du plaisir.

Une rage froide et puissante me dévorait.

— Tu as fait quoi ?

Même dans la pénombre, je le vis sourire.

— Elle t'a pas dit ?

Dans mon esprit, je voyais seulement son sourire triste et blessé, celui contre lequel elle avait lutté. Non... elle était revenue vers nous.

— Elle a crié un peu, ajouta-t-il en avançant davantage. Je suis sûr qu'elle criera encore quand j'en aurai fini avec elle.

— Espèce de connard ! grognai-je en sortant de ma cachette. Tu poses la main sur elle, je te la coupe et je te l'enfonce si profondément dans le cul que tu t'étoufferas avec.

Il sourit. Cette vision d'horreur devint plus claire alors qu'il se rapprochait.

— Et si je l'enculais, la prochaine fois ?

Je pris une grande inspiration et je brandis mon arme en visant le visage de ce con.

— Elle va crier, dit-il en faisant un pas en avant. Mais ça me plaît qu'elle crie. J'adore ça même.

Ses mots étaient comme des coups, ils me poussaient à bout, jusqu'à ce que je sente une ombre près de moi... un garde sorti de nulle part. Je reçus un coup de biais, en plein sur la tête. Je vacillai sur le côté et heurtai le sol violemment. Le garde se jeta aussitôt sur moi.

Des poings s'écrasèrent sur mon visage, encore et encore... et sous ces coups qui m'aveuglaient, l'image de l'enculé que j'avais vu au bureau de mon père surgit dans mon esprit. Ses cris. Son sang. Ma vengeance. Je la ressentais maintenant. *Elle va crier... mais ça me plaît qu'elle crie.*

Vengeance.

Haine.

Amour.

L'amour me rendait sauvage, l'amour me rendait dangereux.

Ma tête bascula sur le côté. La douleur et les pensées de Ryth le firent apparaître sous mes yeux. Quand je vis son poing arriver, je me décalai. Ma tête bascula sur le côté et mon poing s'écrasa sur son front dans un bruit de craquement. Il poussa un cri et c'était un son jouissif.

J'enfonçai mon poing dans ses côtes puis je me redressai et saisis mon arme avant d'appuyer sur la gâchette à bout portant au niveau de son torse. *Pan !*

Nos corps étouffèrent le son alors qu'il devenait immobile. Je me hissai, essayant de le repousser.

Pan !

L'enfoiré au-dessus de moi fut secoué alors qu'une autre balle le frappait. Je me débattis avec mes pieds et réussis à me dégager avant de lever mon arme vers l'enculé aux cheveux blancs qui me visait à nouveau.

Pan !

Pan !

Les coups de feu retentirent dans la nuit. Je me levai et me dirigeai vers les arbres alors qu'il venait à ma poursuite. J'avais la tête en feu, les pensées ralenties. J'inspirai l'air glacial de la nuit et continuai d'avancer. Il n'était plus question de trouver Ryth à présent.

Il fallait que Nick s'en occupe... je priais qu'il la trouve et je tournai mon attention sur le bâtard qui me chassait.

— Ça doit faire mal, cria cet enculé. Je sais que je t'ai touché.

Je jetai un œil à la douleur de mon bras. Ce n'était en rien comparable à celle de ma cuisse. Je serrai les dents en scrutant la pénombre puis j'avançai à nouveau. Il suffisait que je le touche une fois...

Je me dirigeai vers un autre arbre.

Pan !

De l'écorce jaillit du tronc d'arbre en face de moi et fut projetée sur mon visage. Je grimaçai et m'accroupis puis je donnai un coup de feu à mon tour et fus récompensé par un grognement de frustration. C'était maintenant ou jamais... *non, ou perdre Ryth.*

Je me cramponnais à la texture rugueuse de la crosse puis je me forçai à avoir encore un peu de courage. La nuit se déployait autour de moi et je n'avais pas le choix que d'avancer encore, de me cacher derrière un bosquet d'arbres devant moi.

Pan ! Pan !

Ses coups me poursuivaient alors que je courais. Mes pas glissaient sur les feuilles humides au sol. Mes bras fendirent l'air dans une tentative de retrouver l'équilibre et j'entendis le bruit de ses pas lourds se rapprocher. *Cours... COURS !*

Je me mis à courir comme si ma vie était en jeu... je courais comme s'il s'agissait de celle de Ryth. La douleur s'enfonçait en moi et faisait trembler ma jambe, me déchirant tel un couteau affuté, de l'os jusqu'à la surface de ma cuisse. Je sus que je n'allais pas y arriver. Ma jambe devint molle et je perdis le contrôle. Le bruit des pas derrière moi se rapprocha.

— Sale enculé, cria le type en me clouant au sol.

Je me débattais autant que je le pouvais, laissant les manettes à la haine qui m'habitait. Et cette partie vide de moi prit le dessus, cette partie qui vit dans la haine, qui transpire le désespoir. Je lançai mes poings, j'entendis sa mâchoire craquer et il tituba en arrière.

C'est le moment que j'attendais. Il ne fallut qu'une seconde pour que je prenne une grande inspiration et me concentre. Je me jetai sur lui et le saisis à la gorge avant de le faire reculer jusqu'à ce que sa tête heurte un tronc d'arbre. Mon autre poing était déjà prêt et il fendit l'air avant de s'écraser sur son visage, encore et encore.

Sa tête vacilla sur le côté et ses yeux devinrent vitreux.

Elle va crier...

Mais ça me plaît quand elle crie.

Boum !

Mon poing s'écrasa sur sa mâchoire, une fois... deux fois, puis j'entendis un craquement glaçant. Il se tenait là, droit contre l'arbre, soutenu par la seule force de mon poing. Je baissai les yeux et scrutai le sol à la recherche de mon flingue lorsque je vis l'acier briller près de mon pied.

— Non, dit-il dans un gargouillis.

Mais on ne pouvait pas m'arrêter. Je me penchais pour le ramasser. J'avais l'arme en main.

— Tu as touché à ce qui m'appartient, dis-je en levant le canon. Tu lui as fait du mal, dis-je en glissant mon doigt sur la gâchette. Il n'y a aucun monde où je permettrai à ça d'arriver à nouveau. Elle est à moi. Elle est *à nous*. Et nous sommes... *à elle.*

Pan !

Je sentis le recul du flingue dans ma main. Mais il n'avait pas dit son dernier moi, il fonça droit sur moi dans la pénombre. J'appuyai à nouveau sur la gâchette alors qu'il me fonçait dedans, me faisant reculer...

Je perdis l'équilibre et tombai en arrière. L'air glacial flottait autour de moi. Je venais de me cogner contre quelque chose de dur qui me coupa le souffle instantanément. Mais ma chute ne s'arrêtait pas là, je roulais sur un talus avant d'atterrir plus bas.

Ce bâtard aux cheveux blancs se jeta aussitôt sur moi, son poids m'écrasant dans la boue. Mais ma main était vide et froide contre le sol. Mes pensées vacillaient. Je tendis la main, je cherchais...

Ce connard grogna et se releva avant d'essayer de prendre la fuite. Comment ce bâtard pouvait-il être encore en vie ? La panique me remplit la poitrine. Je cherchais encore sur le sol, je cherchais l'acier au milieu des feuilles froides et humides. Mais ce connard grogna à nouveau avant de se laisser tomber sur moi brutalement. Je le repoussais, lui donnais des coups puis je plantai mon pied dans le sol avant de soulever mes hanches. Il roula et tomba sur le côté, puis il ne bougea plus. Ma respiration était courte et saccadée. J'inspirais l'air froid et restais immobile pendant un instant. Mon cœur battait dans mes oreilles, ce bruit était assourdissant. Puis j'entendis un mince craquement de brindille dans la pénombre.

Au milieu des ombres, j'aperçus un mouvement, mais je n'avais plus mon arme, et j'étais faible et lent. La silhouette se rapprocha et alors que mes yeux s'ajustaient à la faible lueur, je reconnus un visage familier. Pendant un instant, je crus que c'était Nick. Mon frère m'avait trouvé et le soulagement m'envahit. Mais il ne se déplaçait pas comme Nick, et il n'avait pas la voix de Nick...

— Tobias.

Je fronçai les sourcils.

— Papa ?

Il s'approcha jusqu'à ce que je le vois mieux, jusqu'à ce que je vois la lueur dans ses yeux... et dans sa main. Il brandit le flingue. Mais ce n'était pas en direction du connard aux cheveux blancs. C'est moi qu'il visait. Ma respiration se figea.

La peur tremblait en moi... *une véritable peur*. Notre relation avait été chaotique depuis la mort de ma mère. Il y avait toujours eu cette indicible haine entre nous.

Mais pas à ce point-là.

Jamais *à ce point-là.*

Je me protégeais avec ma main, mes doigts tremblant alors que je murmurai :

— Non...

Chapitre Quarante-Et-Un

NICK

PAN !

Je sursautai en entendant le coup de feu et je tournai les yeux vers la forêt au loin. Le coup avait retenti tout près... *vraiment près*. J'appuyai une main sur la plaie de mon flanc en essayant de localiser la provenance du coup de feu. J'avais perdu Tobias et Ryth de vue en luttant contre le mec qui était sorti du SUV. Mais au moment où il s'était écroulé sur moi, j'étais parti en courant vers le portail ouvert de l'Ordre. Dans le désespoir inouï de les trouver.

— T. ? criai-je avant de grimacer tant le son de ma voix était étrange dans la nuit silencieuse.

Je n'avais pas crié fort, mais c'était assez fort.

Assez fort pour attirer l'attention de quiconque se trouvait dans mon périmètre. Je continuais d'avancer, je scrutais la forêt, j'avançais encore, en direction de l'Ordre. Des feuilles humides me fouettaient le visage et je fus pris de panique. J'éloignais la branche de mon visage et trébuchai vers l'avant avant de me retrouver au bord d'une route qui serpentait entre les arbres, menant tout droit au bâtiment.

Des phares surgirent de nulle part, blancs, aveuglants. Je reculais pour me cacher à nouveau dans la forêt. Le vrombissement d'une Sedan surgit dans la pénombre et passa devant moi comme une masse floue. Je sortis de la forêt et je vis une silhouette claire par la vitre arrière.

Une femme posait ses mains contre la vitre, le blanc de ses yeux brillait, sa bouche était ouverte dans un cri que je n'entendais pas. Une douleur se forma dans le fond de ma gorge. Je jetai un œil à la plaque d'immatriculation et je vis le nom St. James éclairé par les lumières. Je savais exactement de qui il s'agissait.

La fille qui avait aidé Ryth à s'enfuir... Vivienne...

Et le mec qui conduisait devait être London St. James.

La voiture tourna en direction du portail de l'Ordre. J'essayais de respirer calmement alors que je regardais la Charger cabossée.

Une partie de moi voulait les suivre, pour traquer London St. James, parce que je savais au fond de moi qu'il était au cœur de tout ça, et que si je pouvais le forcer à nous expliquer tout ça, je pourrais faire en sorte que ça s'arrête. Puis je posai les yeux sur le bâtiment au loin. Caleb était là-bas, et Ryth et Tobias ne devaient pas être loin.

C'était eux ma priorité...

Il fallait que je les retrouve. Que je les sauve. Je continuais d'avancer... en direction du bâtiment.

Chapitre Quarante-Deux

RYTH

Quoi qu'il en coûte... les mots défilaient dans ma tête alors que je continuais de courir. Je ne voyais que les feux stop de la camionnette devant moi. Je ne ressentais que l'amour. L'amour pour l'homme qui avait tout risqué pour me sauver. L'amour face au désespoir.

Je vis des silhouettes autour de moi. Des mercenaires armés qui me regardaient alors que je courais. Je me fichais d'eux, j'en avais *rien à faire*.

— Caleb ! criai-je en courant plus fort. *CALEB !*

Je brandis l'arme alors que la camionnette tourna et s'arrêta brutalement au milieu de la route. Mon cœur battait la chamade alors que la peur et le désespoir se confondait en moi. Je me cramponnais à mon flingue, comme Tobias me l'avait montré, puis je brandis le flingue vers l'homme qui ouvrait la portière conducteur avant de descendre.

— Laissez-le partir ! criai-je. Laissez-le partir *TOUT DE SUITE !*

Le garde ouvrit la portière arrière.

— Il reste avec nous, Ryth, dit-il et je reconnus cette voix froide et autoritaire, dénuée d'émotions. Mais tu peux entrer si tu veux.

— *Non !* cria Caleb. *Non, Ryth, NON !*

Mes pas ralentirent mais mon cœur battait tout aussi vite. Je me cramponnais à mon arme avant de viser le torse du garde en m'arrêtant derrière le véhicule. Caleb criait et se débattait contre l'homme à côté de lui. J'entendis un grognement puis le bruit de coups de poings.

— Ryth, gémit Caleb. *Ryth, non !*

Des silhouettes bougeaient autour de moi. Je n'avais pas besoin de regarder pour savoir qu'ils étaient plus nombreux que moi. Pourtant je continuais de me cramponner au flingue en regardant la silhouette sombre de Caleb sur le siège arrière avant de regarder l'homme qui se tenait devant la portière ouverte.

— Comme tu veux, déclara le garde avant de se diriger vers le volant.

— *Attendez !* criai-je. Attendez...

Ma respiration était chaotique, elle me déchirait les poumons. Je me forçais à avancer, lentement. Juste assez pour qu'il soit encore possible de renoncer. Le flingue tremblait dans ma main, puis je le baissai en avançant à nouveau.

Je vis une lueur de contentement dans les yeux du garde et la naissance d'un sourire lorsque je m'arrêtai devant lui. Il ouvrit la portière puis tendit la main pour que je lui donne mon flingue.

— T'auras pas besoin de ça.

Je ne pensais qu'à Caleb lorsque je montai dans la voiture à côté de lui. Ses mains étaient menottées dans son dos. Il se pencha vers moi et je le pris dans mes bras.

— Caleb, dis-je en enfouissant mon visage dans son cou.

— T'es vraiment une idiote, dit-il en faisant claquer la portière.

Je l'empêchais de parler en mettant ma bouche sur la sienne alors que j'entendais le claquement de la portière du conducteur avant que la camionnette se mette à nouveau en marche. Alors que je l'embrassais, je n'entendais que ces mots...

Quoi qu'il en coûte.

Caleb avait tout risqué pour me sauver : sa vie, son âme. Maintenant c'était à mon tour. Je le serrais plus fort dans mes bras, écrasant ma bouche contre la sienne. Mais ce n'était encore pas assez. Ce ne serait *jamais* assez. Les pneus crissèrent alors que la camionnette se gara devant le bâtiment.

Je ne voulais pas regarder le bâtiment en béton à travers le pare-brise, je ne voulais pas ressentir le vent froid qui me frappait lorsque les portières s'ouvrirent, et je voulais encore moins sentir leurs mains sur moi alors qu'on me faisait descendre. Mais je voyais tout ça, je le sentais. Je dus éloigner mes bras de son cou.

La haine surgit dans son regard alors qu'il regardait l'homme derrière moi.

— *Lui fais pas de mal ! Tu m'entends ! T'as pas intérêt... Ryth... RYTH !*

Je me débattais, donnais des coups de pieds et des coups de poings avec toute la force que j'avais pour rester près de lui.

— *Viens là !* grogna le garde, son souffle chaud contre mon oreille alors qu'il me plaquait les bras le long de mon corps avant de me tirer en arrière.

Je donnai un coup de tête vers l'arrière et heurtai quelque chose de dur. Il poussa un grognement et nous tombâmes au sol. Mais j'avais maintenant les bras libres. Je me hissai des pavés froids de l'allée.

— Caleb !

Mais le garde derrière le volant avec un flingue pointé sur la tête de Caleb.

— Essaye, ma belle, s'exclama-t-il, et je fais péter sa cervelle sur le siège à côté de moi.

La peur m'empêcha d'agir. Je fixai le flingue puis je regardai mon demi-frère... l'homme que j'aimais.

Le garde mit la main sur la poignée de la portière et l'ouvrit avant de sortir.

— T'es une bagarreuse toi, hein ? grogna le mec derrière moi en me saisissant la nuque brutalement. Fais encore ça et tu verras ce qui t'arrive.

Ses doigts se plantèrent dans ma nuque, envoyant des éclats de douleur jusque dans mes épaules alors qu'il me tirait vers l'arrière.

— Tu t'es déjà enfuie. Tu recommenceras pas, c'est compris ?

Une peur glaciale me parcourut alors qu'il me traînait pour m'emmener vers l'entrée de l'Ordre. La porte était déjà ouverte... le Directeur nous attendait.

— Ryth, dit-il et je vis la colère dans ses yeux. T'es vraiment qu'une petite *conne*, une petite pute.

— Va te faire foutre ! cria Caleb derrière moi. *Enculé !*

Le Directeur détourna le regarde et je vis ses yeux sombres devenir menaçants alors qu'il regardait Caleb.

— M. Banks, dit-il. Mon frère a hâte de vous revoir.

Caleb se débattait. Je scrutais la pénombre, à la recherche de Tobias, il allait peut-être surgir de nulle part avec un flingue à la main et une détermination vengeresse. Mais il n'y avait personne. Ni Tobias, ni Nick. Une sensation glaçante de peur m'envahit.

Mais je n'eus pas le temps de paniquer bien longtemps, le type derrière moi me serra la nuque et me fit avancer.

— Avance, dit-il en me faisant passer devant le Directeur pour me conduire dans l'endroit que je détestais le plus.

Je reconnaissais ces murs blancs cauchemardesques. L'odeur âcre d'hôpital me fit paniquer de plus belle. J'avais eu peine à survivre ici, et voilà que j'y étais de nouveau...

Le bruit de pas dans le couloir emplissait mes oreilles alors que je passais les portes. Il y avait des gardes qui m'attendaient, ils me regardaient alors que je longeais le mur pour retourner à l'infirmerie de laquelle je m'étais enfuie. J'entendis un bruit métallique de menottes derrière moi. Je n'avais pas besoin de me retourner pour savoir que c'était Caleb qu'ils venaient de libérer. Nous étions dans le bâtiment à présent comme des rats pris au piège.

Le Prêtre m'attendait, les bras croisés, le visage tuméfié et la bouche enflée. Il me regardait avec ses yeux injectés de sang alors que je m'approchais.

— Ravi de vous revoir, Mademoiselle Castlemaine.

— Allez vous faire foutre ! criai-je. *Allez tous vous faire foutre !*

Depuis le bout du couloir, un mouvement attira mon attention. C'était ma mère. Elle avait les cheveux décoiffés, on aurait dit qu'elle avait couru... *pour me sauver ?* L'espoir surgit en moi lorsqu'elle avança vers nous, les joues rougies.

— Maman... dis-je.

Elle avança vers moi et me gifla violemment. Ma tête vacilla sur le côté alors qu'un feu me dévorait la joue.

— Espèce de *salope* ! cria Caleb derrière moi. *Je vais te tuer ! T'as compris... je vais te tuer !*

— *Emmène-le dans la salle d'interrogatoire,* cria le Directeur. *TOUT DE SUITE !*

J'ignorais la brûlure et je déglutis la douleur, portant mon regard sur les hommes derrière moi tandis que Caleb donnait des coups de pied et se débattait, ses yeux ne regardaient que sur moi.

— Ne lui faites pas de mal ! criai-je en essayant de me libérer de la prise du garde autour de ma nuque. *Ne lui faites pas de mal !*

— Ryth ! cria Caleb en essayant de venir vers moi alors qu'ils l'attrapaient à nouveau... Ryth !

— CALEB !

Un garde le frappa et son poing atterrit sur la joue de Caleb, le faisant basculer en arrière. Ses genoux flanchèrent et il tomba avant que les autres gardes se ruent sur lui. Ils le saisirent par les bras avant de le traîner le long du couloir, loin de moi.

— Non ! criai-je. NON !

— T'aurais pas dû t'enfuir, dit le Directeur d'un ton amer, s'abattant sur moi alors que le couloir se brouillait à travers mes larmes. Tu peux t'en prendre qu'à toi.

— Allez vous faire foutre ! criai-je alors que les larmes coulaient de mes yeux, puis je me suis tournée vers la femme qui m'avait donné naissance. *Allez vous faire foutre tous les deux !*

Elle ne broncha pas. Elle n'avait pas l'air d'être touchée. L'avait-elle été un jour ? La prise autour de ma nuque se resserra et je fus poussée vers l'avant, au-delà de ma mère, vers une pièce plus loin dans le couloir. La porte était entrouverte et la lumière allumée. Je faisais mon possible pour ne pas m'effondrer et souhaiter mourir.

Parce que dans la mort, ils ne seraient pas là...

Dans la mort, ils ne pourraient pas me sauver une fois de plus.

Je parvins à jeter un coup d'œil derrière moi et j'aperçus Caleb alors que les gardes l'emmenaient dans le couloir, puis ils passèrent les doubles portes avant de disparaître. Le chagrin m'étranglait, c'était une sorte de vide où je n'étais pas sûre d'exister en dehors de la douleur.

Mon corps avançait machinalement, mes pieds se traînaient, les respirations s'enchaînaient. Mais je glissais plus profondément dans ce vide que je n'avais goûté qu'une fois auparavant... mais qui était là maintenant. Il m'attendait dans cette pièce. Des bruits de pas retentirent derrière moi, puis près de la porte et dans la pièce, mais je ne pris même pas la peine de lever les yeux.

La table en face de moi devint floue. Je ne vis que des ombres jusqu'à ce que je cligne des yeux, puis la seule couleur de la pièce devint violente et mon cœur se serra brutalement. Rouge. *Rouge...* la porte se ferma dans un bruit sourd derrière moi. Des bruits de pas retentirent à nouveau tout autour de moi.

— Déshabille-toi, ordonna le Directeur.

La main cruelle sur ma nuque s'éloigna avant de me pousser en avant. Je mis mes mains en avant alors que je manquais de heurter le coin de la table. Mais je ne voyais que cette couleur rouge. La terreur m'envahit.

— Non... *non.*

— Non ? répéta le Directeur.

Je fermai les yeux alors qu'il s'approchait.

— *Non ?*

Un gémissement s'échappa de ma gorge. Mais il ne m'avait pas touché, il se tenait simplement derrière moi.

— On en a déjà parlé, Ryth, sauf que cette fois, tu m'as prouvé à quel point tu es vraiment un problème. Donc je vais te le redire... déshabille-toi.

La panique s'infiltrait en moi lorsque j'ouvris les yeux et que je vis la nuisette en dentelle soigneusement pliée.

— Non, dis-je en pleurnichant.

Il n'y avait aucune chance que j'enfile ça de mon plein gré. Des bruits de pas se rapprochèrent. Je retins mon souffle alors que ces mains cruelles me touchaient une fois de plus.

— Non ! criai-je en me débattant alors que le garde tentait d'arracher mon t-shirt.

Le bruit du tissu déchiré remplit mes oreilles alors qu'ils me soulevaient du sol et me plaquaient sur la table. Ma tête bascula en arrière, frappant la surface dure puis des étoiles blanches se mirent à danser devant de mes yeux. Ce court instant était tout ce dont ils avaient besoin. Ils enlevèrent mes chaussures et quelqu'un déboutonna mon jean. Je donnai des coups de pied et me débattais, criant jusqu'à ce que ma gorge brûle.

— Tu vas m'obéir, Ryth, dit le Directeur.

Ils enlevèrent mon jean, et ma culotte suivit. L'air froid se fraya un chemin entre mes cuisses. Les larmes me brouillaient la vue, mais je continuais à lutter. Le visage de Caleb était indélébile dans mon esprit. Mais c'était inutile. Ils finirent par reculer, me laissant seulement en soutien-gorge. Je pris une grande inspiration alors qu'ils s'éloignaient.

Je gémissais et pleurais, donnant des coups de pied alors que le directeur s'approchait de la table. Il attrapa la nuisette rouge et me la tendit.

— *Enfile ça, Ryth.*

Les larmes continuaient de couler.

— Non.

Je regardais la couleur, sachant instantanément ce qu'elle signifiait.

— C'est fini le blanc, dit-il en me regardant fixement alors que je gisais presque nue sur la table. Son regard de pierre a dérivé le long de mon corps. Pas de noir non plus. Cette fois, c'est rouge. Rouge parce que je veux que tu partes, même si c'est un sacrifice.

Je secouai la tête.

— Non...

S'il vous plaît... le mot monta dans ma gorge, mais il ne parvint pas jusqu'à mes lèvres.

— Rouge parce que tu as été vendue.

Ces mots me figèrent sur place.

Ce regard sans âme perçait le mien. Je secouai lentement la tête, délogeant les larmes de mes yeux.

— Non.

La porte s'ouvrit derrière lui... et un homme entra dans la pièce. Mon estomac se noua.

— Non...*s'il vous plaît*...non.

Killion me regarda. Son regard vicelard s'attarda entre mes cuisses. Je serrai les jambes.

— Non.

— Ils ne vont pas venir te sauver, dit-il. Personne ne va venir te sauver, Ryth. C'est ta vie maintenant. Tu n'existes que par les désirs de l'Ordre... comme depuis toujours.

Je détournai mon regard de Killion et je regardai le Directeur, arrachant la nuisette rouge de sa main pour couvrir mon corps alors que je roulais sur la table avant de me lever pour reculer, jusqu'à ce que je touche le mur.

— Non, dis-je en secouant la tête.

Killion sourit. Les gardes tenaient mes vêtements dans leurs mains. Ils tenaient ma vie. Mes jeans. Mes bottes. La culotte et les vêtements que Nick m'avait achetés.

— Non.

— Personne ne va venir, répéta le directeur, comme si ces mots allaient faire mouche. Ni tes frères, ni l'homme que tu appelles papa.

L'homme que j'appelle papa ?

J'essayais de contrôler ma respiration, d'arrêter de trembler. Mais je n'y arrivais pas.

— Mon père.

Il sourit, et je n'avais jamais vu un spectacle aussi répugnant.

— Il n'est pas... ou plutôt n'a jamais été, ton père, Ryth, dit-il en baissant les yeux sur la nuisette rouge dans mes mains. Comme je l'ai dit, tu appartiens à l'Ordre. Depuis toujours, et pour toujours. Ce n'est pas un enlèvement, dit-il en croisant mon regard. Nous reprenons seulement ce qui était déjà à nous.

Il se tourna et se dirigea vers la porte, laissant Killion avec moi.

Ce qui était déjà à nous... ce qui était déjà à nous ?

— Qu'est-ce que ça veut dire ? criai-je quand un garde lui ouvrit la porte.

Ses pas résonnaient alors qu'il s'éloignait.

— *Qu'est-ce que ça veut dire ?* criai-je. Revenez ! *REVENEZ !*

Mais il ne revenait pas, il m'avait laissée avec Killion et deux de ses hommes. Des hommes dépenaillés et couverts de sang. Killion passa une main sur le coin enflé de sa bouche.

— Tu m'as coûté une voiture, et au moins quelques-uns de mes hommes.

Je retenais ma respiration puis regardai ce monstre alors qu'il s'approchait de moi, la cruauté et la rage scintillaient dans ses yeux.

— C'était une voiture chère.

Mon pouls s'emballa.

Mon estomac se noua.

Je collais mon dos au mur, je tremblais.

Il balaya une mèche de cheveux de mon visage.

— Je vais prendre plaisir à t'utiliser pour récupérer chaque putain de dollar que tu me dois, dit-il en souriant. Je vais y pendre *beaucoup* de plaisir...

Chapitre Quarante-cinq
Caleb

— *LÂCHEZ-MOI, putain* ! dis-je en reculant, fonçant vers les doubles portes qui venaient de se fermer derrière moi.

Mes bras me faisaient mal et me lançaient d'avoir été menottés dans mon dos. Mais j'étais libéré maintenant, et j'allais me battre. À travers la vitre de la porte, je vis Ryth être enlevée de ma vue. Cette image libéra quelque chose de sauvage en moi. Je me retournai et donnai un coup de poing dans le visage d'un garde. Sa tête vacilla et du sang gicla de son nez. Je n'allais pas m'arrêter là, je me jetai sur lui pour prendre la carte à sa ceinture.

Puis ils finirent par me sauter dessus par derrière. Ils me soulevèrent et me plaquèrent au sol. Quelque chose dans ma bouche craqua, et une douleur vive surgit.

— Amenez-le à l'intérieur.

Je levai les yeux vers le prêtre qui se tenait au-dessus de moi et il sourit. Son visage était bien amoché, il avait un œil plein de sang qui larmoyait. Je lui avais fait beaucoup de mal... je suppose que c'était simplement la monnaie de sa pièce.

— Allez vous faire foutre, criai-je alors qu'ils me redressaient.

Je ne leur facilitais pas la tâche, ils grognaient en essayant de soulever mon poids.

— Rendez-la moi, ou la prochaine fois, je vous laisserai pas la vie sauve, ajoutai-je.

Le prêtre s'approcha, me fixant de son regard sanglant.

— Qu'est-ce qui te fait penser qu'il y aura une prochaine fois ?

Une peur froide s'infiltra dans mes tripes. Mais je ne laissais pas ce bâtard le voir. Je soutenais son regard, m'assurant qu'il ressentait chaque putain de mot :

— Si vous me tuez, ils viendront quand même la chercher. Vous ne pourrez pas tous les achever... il y en aura forcément un qui vous trouvera. Ils vous trouveront et ils vous tueront. Je parie que ce sera Tobias. Ça n'aura plus d'importance, ni les menaces, ni les promesses que vous pourrez faire.

Le prêtre se contenta de sourire. C'était un sourire assuré...

Un sourire glaçant.

Mon regard vacilla alors qu'il tourna les yeux vers le garde près de moi.

— Amenez-le dans la salle.

Je fus tiré en arrière. Mais je ne pouvais pas effacer ce sourire de mon esprit... cet air suffisant qui se logeait dans mon âme, jusqu'à ce que le visage de mon frère apparaisse lentement. *Tobias...*

Je traînais des pieds alors qu'ils me poussaient dans la salle.

Non...

Je m'arrêtai dans l'embrasure de la porte et me retournai, croisant le regard de ce connard une fois de plus.

— Non. Non...

— Non ?

— Je vous crois pas, dis-je en soutenant son regard, essayant de chercher la vérité dans son œil ensanglanté.

T. n'était pas mort... ce n'était pas possible. *Ce n'était pas possible.*

— À genoux, dit le prêtre en me regardant.

Le garde me poussa dans la salle et je trébuchai en arrière. Le visage de mon petit frère brûlait dans mon esprit. Je ne voulais pas céder à la panique. Nick était toujours là, quelque part. Il se battait toujours, il essayait de sauver Ryth. Mais il fallait que je sache, maintenant plus que jamais.

Le garde s'avança à nouveau vers moi, il me donna un coup de pied dans le creux des genoux et m'appuya sur les épaules pour que je m'agenouille. Je me laissais faire et tombai brutalement au sol.

— T'as peut-être eu l'avantage sur moi pendant un moment, dit le Prêtre en prenant l'arme d'un garde à sa ceinture. Mais tu n'auras plus l'occasion de l'être.

Mon pouls était étrangement calme, il s'accélérait légèrement lorsque la porte s'ouvrit derrière lui et que le Directeur entra. Je remarquais enfin la ressemblance, ils avaient le même regard vide alors qu'ils se tenaient l'un à côté de l'autre. Ils avaient la même froideur... la même dureté.

Ils étaient comme Tobias.

— M. Banks, murmura le Directeur. Je suis sûr que vous comprenez que notre collaboration s'arrête ici. J'ai peur qu'on ne puisse plus s'accorder d'autres problèmes... en ce qui concerne Ryth.

Mon cœur continuait d'accélérer alors que j'entendais son nom.

— Vous en faites pas, continua cet enfoiré. Killion va très bien s'occuper d'elle.

— Non, murmurai-je d'un ton glacial alors que la peur s'infiltrait jusque dans mon âme. Non...

Le Directeur avança vers moi.

— J'ai peur que le contrat ait déjà été signé. Et en ce moment même, Killion profite de son acquisition. Vous avez causé beaucoup de désordre pour l'Ordre, M. Banks... vous et vos frères.

— Allez vous faire foutre, rétorquai-je.

Il se contenta de sourire, il baissa les yeux sur moi et pendant un instant, mon sourire vacilla.

Il y avait une certaine tristesse dans sa voix lorsqu'il me dit :

— Vous n'étiez pas censé tomber amoureux d'elle.

Je retins ma respiration en entendant ses mots.

Vous n'étiez pas censé tomber amoureux d'elle.

Il hocha lentement la tête et le Prêtre brandit son arme, le canon posé directement sur ma tempe...

Puis une sonnerie de téléphone retentit brusquement. Je regardai le Directeur qui baissa les yeux sur son écran et fronça les sourcils. Il fit signe au Prêtre de patienter et déverrouilla l'écran avant de répondre :

— Oui ?

J'entendis faiblement la voix à l'autre bout du fil. Il se raidit et devint pâle.

— Je vois, dit-il entre ses dents serrées. Je ne vais pas me laisser intimi... commença-t-il et s'arrêta. Bon, d'accord.

Il baissa le téléphone et appuya sur un bouton.

— J'ai mis le haut-parleur.

— Caleb ?

La voix d'un inconnu surgit. Je ne savais pas qui c'était mais je répondis tout de même.

— Oui.

— Ils t'ont fait du mal, fiston ?

Sa voix douce et attentionnée semblait pleine de compassion. J'essayais de me sortir de mon angoisse de me faire tuer et je répondis :

— Non.

— Et ma fille, ils lui ont fait du mal ?

Mon cœur se mit à battre plus fort... *plus vite.*

— Jack ? murmurai-je. Jack Castlemaine ?

— Oui. Est-ce qu'ils ont... fait du mal à ma fille ?

Mon pouls se mit à battre plus violemment. Le Directeur avait les épaules tendues alors que je croisais son regard avant de répondre.

— Je ne crois pas.

— Bien, dit-il mais sa voix devint froide. Ça va aller. Ça va aller pour vous deux, dit-il pour me rassurer, puis toute trace de compassion quitta sa voix. Il ne doit pas être blessé Riven, tu m'entends ? Tu touches à un seul cheveu de ma fille ou aux fils Banks et tu devras en payer le prix. Ce sera la guerre, et tu n'en sortiras pas vivant. Si tu penses que tu as des problèmes maintenant, je te collerai le FBI, les flics et la police des stups au cul tous les matins. Ils vont te détruire, bien avant que M. King t'approche.

Le Directeur se raidit en entendant ce nom.

M. King...

— Alors soit tu suis mes conseils, soit tu meurs en hurlant d'agonie avec tes frères et cette raclure, Hale.

— C'est une menace sérieuse, Castlemaine, marmonna le Directeur.

Mais je voyais bien qu'il avait peur. Il avait vraiment peur. Peu importe ce que Jack Castlemaine avait contre l'Ordre, c'était suffisant pour lui donner l'avantage sur lui... c'était tout ce que j'avais besoin de savoir.

— Est-ce que tu me testes ?

Ses mots prudents semblaient contenir le poids du monde. Je vis un tressaillement dans le coin de son œil avant qu'il ouvre la bouche à nouveau.

— Et tes conditions ?

— Oublie.

Les lèvres du Directeur se retroussèrent de haine.

— Tu sais que ça n'est pas possible.

— Alors laisse Caleb aller la retrouver. Ma fille n'a pas à être vendue ou entraînée pour *quoi que ce soit*. Est-ce que c'est bien clair ?

Il y eut ce tressaillement à nouveau, un mouvement qui me disait que Castlemaine avait touché une corde sensible. Je me cramponnais à l'espoir, à tout et n'importe quoi, du moment que cela pouvait sauver Ryth.

— Laisse Caleb aller la retrouver. Je veux qu'aucun d'eux ne soit blessé. Crois-moi, même si j'apprends qu'ils ont été menacés, je peux appeler une centaine de contacts et je leur donnerai assez de détails pour qu'il détruise Hale et dévoile au grand jour chaque putain d'ordure qui a acheté ou vendu une fille au sein de l'Ordre. Tout éclatera au grand jour.

La prise du Directeur se serra autour du téléphone.

— Je vais appeler ce numéro tous les jours à la même heure. Je demanderai à leur parler, *à tous les deux*. Si je ne peux pas leur parler, j'enverrai le message à mes contacts. Et si j'en viens à douter que la voix au bout du fil ne soit pas Caleb ou ma fille, j'enverrai le message. J'enverrai le message si tu envoies quelqu'un me chercher. Et à ce moment-là on verra si ton employeur peut supporter ce chaos.

Castlemaine se tut pendant un instant avant de reprendre :

— Embrasse ma fille pour moi, Caleb. Dis-lui que je ne l'ai jamais abandonnée... dis-lui que peu importe ce qu'il arrive, elle est la personne la plus importante de ma vie. Je l'aime plus que je ne lui ai jamais dit. Prends soin de toi, fiston... et protège ma fille.

Puis soudain... l'appel fut coupé... et l'écran du téléphone devint noir.

Jack Castlemaine.

Il était en vie.

Bien plus que ça même, il pouvait nous sauver... il pouvait *la* sauver.

— Riven, murmura le Prêtre.

L'homme que Jack avait appelé Riven tourna les yeux vers son frère.

— T'as entendu, putain. Tu veux vraiment qu'on risque tout ?

— On ne sait pas exactement quelles infos il a sur nous, dit son frère en me regardant avec un regard assoiffé de sang.

— Justement, répondit Riven avant de regarder le garde. Emmenez-le avec elle. Qu'on les enferme, et putain faites gaffe qu'il ne leur arrive rien.

Le garde hocha la tête et le bâtard boîta jusqu'à moi. Je regardai fixement le Prêtre alors qu'on me hissait à nouveau. Mes jambes tremblaient et mon esprit hurlait. Je m'étais préparé à mourir... préparé à rencontrer mon créateur et expier pour ce que j'avais fait.

Maintenant, j'avais de l'espoir...

Le garde me tira vers la porte. Je m'arrêtai et me retournai.

— Mes frères.

Le Directeur serra les dents. Il se tourna pour me regarder.

— On t'emmène à elle. Estime-toi déjà heureux.

Le garde me poussa en avant, vers la porte puis dans ce couloir que je pensais ne jamais revoir. Il n'y aurait plus de lutte maintenant. Au lieu de ça, j'allongeais le pas, je courais presque vers les portes.

— *Ryth !* criai-je. *RYTH !*

Les secondes étaient semblables à des heures alors que je poussais les doubles portes. Je jetai un œil dans le couloir, à la recherche frénétique d'un signe, et j'entendis un gémissement... il venait de la porte un peu plus loin. Je me mis à courir, ma volonté se déplaçant plus vite que mon corps.

A travers la vitre de la porte, je vis Killion qui s'avançait vers elle. Elle était dos au mur... nue.

— Putain ! criai-je en ouvrant brusquement la porte.

Je traversai la pièce en un instant et j'envoyai un poing dans le visage du garde le plus proche avant de me jeter sur Killion. La lueur d'une arme scintilla dans le coin de mon œil et le garde derrière moi rugit :

— *NON !*

Il courut vers moi, à bout de souffle en levant sa main.

— Il ne doit pas être blessé... c'est un ordre du Directeur.

Je saisis Killion et l'éloignai d'elle. Il était encore habillé, il n'avait encore pas... Je lançais à nouveau mon poing et il s'écrasa sur la mâchoire de ce connard. Il tituba en arrière, sonné. Je ne pouvais plus m'arrêter. La haine et le désespoir se rencontraient en moi et plus profondément, il y avait la sorte de deuil que je connaissais presque trop bien.

Je me jetai sur lui et lui assénai un autre coup. Mon poing rencontra le nez de Killion. Du sang gicla et il poussa un cri d'agonie en portant sa main à son visage. J'avais envie de le tuer... Il *fallait* que je le tue.

— Non, dit le Directeur dans mon dos en s'interposant entre nous. Non, tu en as déjà fait assez.

Mes doigts pulsaient de douleur, c'était une douleur bien trop familière.

— Tu es là, dit le garde avant de regarder Ryth. Et elle aussi. C'est déjà une victoire pour vous, compris ?

— Caleb, dit Ryth et je retins ma respiration en la regardant avant de me tourner vers Killion. Tu ne la toucheras plus jamais. Pigé ?

Killion se contentait de se tenir le nez alors que le sang s'écoulait entre ses doigts. Son regard menaçant était rivé sur moi puis il tourna les yeux vers le garde de l'Ordre.

— Il devait être mort !

Le garde secoua la tête.

— C'est un ordre du Directeur.

— *Qu'il aille se faire foutre !* cria Killion en leva un doigt avant de le pointer sur Ryth. J'ai payé le prix fort pour cette *salope !*

Je fis un pas en avant et m'approchai de Ryth. C'est seulement à ce moment-là que je vis ce qu'elle serrait contre elle. Une nuisette rouge... rouge... Je fis un pas vers elle et l'enlevai de ses mains avant de me retourner pour la lancer au visage de Killion.

— Alors t'as pas de bol, faut croire !

Je ne m'étais jamais considéré comme un mec violent avant, je n'avais pas cette violence qui changeait un homme, qui transformait un bon citoyen en un meurtrier.

Jusqu'à ce moment-là.

J'allais tuer Killion. Je le savais jusqu'au fond de mon âme.

Peut-être pas pour l'instant, mais ça allait arriver.

Dès que je sortirai d'ici... et que j'aurai fait le deuil de la mort de mon frère.

Vous n'étiez pas censé tomber amoureux d'elle.

Les mots du Directeur résonnaient en moi alors que je déboutonnai ma chemise avant de l'enlever, pour la couvrir du mieux que je pouvais.

— Regarde-moi, Ryth, la suppliai-je.

Elle avait les épaules voutées vers l'avant et elle se tenait le ventre comme si elle avait mal.

Mais je savais que c'était qu'elle était sous le choc... je savais aussi que tout ça n'était que le début, que le pire était à venir.

J'avançais vers elle et la pris dans mes bras.

— Accroche-toi à moi, princesse, murmurai-je en la serrant contre moi. Accroche-toi...

Tobias.

Le visage de mon frère surgit dans les ténèbres de mon esprit. Je ne savais pas ce que j'allais lui dire.

Je ne savais même pas si je pouvais lui dire.

Elle m'enveloppait de ses bras, son corps tremblait et elle claquait des dents.

Quoi qu'il en coûte. Les mots de Nick me revinrent à l'esprit. Je les comprenais maintenant, c'était plus clair que jamais.

— *Quoi qu'il en coûte*, mon frère, murmurai-je dans les cheveux de Ryth. Quoi qu'il en coûte.

Épilogue

VIVIENNE

— RY;TH! criai-je en tapant contre la vitre. *Ryth !*

— *Ferme-la putain !* cria le conducteur et je sursautai.

Je continuais pourtant à fixer la silhouette dans les arbres. Elle arriva près de l'allée et s'arrêta.

Ce n'était pas Ryth... c'était une femme... qui lui ressemblait, mais ce n'était pas elle.

Elle tourna les yeux vers moi et me vit, puis elle disparut.

La voiture tourna dans un virage. Je frappai le carreau une fois de plus et croisai le regard d'un homme qui surgit de nulle part.

— Aidez-moi, *pitié !*

Il s'avança vers moi et pendant un instant je crus qu'il allait venir à ma rescousse... je crus un instant qu'il allait pouvoir m'aider. Mais ensuite je ne le vis plus, la voiture continuait de rouler et nous passâmes le portail ouvert de l'Ordre... il y avait deux véhicules garés en travers de la route.

— Putain ! cria le conducteur.

Je me retournai et collai mon dos au siège, je faisais maintenant face à l'homme qui m'avait enlevée... *London St. James*.

Je jetai un coup d'œil à la portière et il verrouilla la voiture.

— Essaye, gronda-t-il depuis le siège conducteur alors que je croisais son regard dans le rétroviseur. Tu n'irais pas bien loin.

Mon cœur battait à tout rompre alors que des frissons couraient sur mes bras. Je savais ce qu'il ferait si j'essayais de m'enfuir... mais je savais aussi ce qu'il ferait si je n'essayais pas. Je me cramponnai à l'assise alors que la voiture prit un autre virage brutalement, je sentais les vrombissements du moteur sous mes fesses.

— Essaye. Essaye *putain*.

Je plongeai mon regard dans la pénombre au-dehors puis je regardai à nouveau dans le rétroviseur.

Je restais comme ça alors qu'on se dirigeait vers les lumières brillantes de la ville, j'avais une main sur le siège, l'autre sur l'appui-tête du siège passager devant moi.

— Je suis désolée, murmurai-je.

Il leva les yeux vers le rétroviseur.

— Me mens pas, putain, dit-il en appuyant sur l'accélérateur alors qu'on s'élançait sur la bretelle d'autoroute. Tu peux faire beaucoup de choses, Vivienne. Mais surtout, *ne me mens jamais*.

J'essayais de réfléchir, de trouver un moyen de m'enfuir. Sans me faire tuer... ou pire, sans me faire *violer*. Le courage monta lentement en moi.

— Tu peux pas... tu peux pas me toucher. Le contrat...

— *J'en ai rien à faire du contrat*, grogna-t-il et je vis dans le rétroviseur qu'il baissait les yeux sur mon corps.

Je croisai les bras sur la nuisette blanche que je portais, essayant de me couvrir du mieux que je pouvais. Il ne peut pas... *il ne peut rien me faire.* Ce serait enfreindre le contrat. Puis ils m'enverraient à l'Ordre pour de bon. Ils se serviraient de moi. Ils m'entraîneraient... *ce serait toujours mieux que ça.*

La voiture accéléra et s'éloignait déjà de l'autoroute avant de s'enfiler dans des rues qui menaient jusqu'à sa résidence. J'étais déjà venue deux fois... et chaque fois... *chaque fois il avait failli enfreindre le contrat du Directeur. Chaque fois il avait failli...*

Je fermais les yeux, mon cœur battait très vite. Le Directeur avait déjà dû remarquer mon absence. Il devait déjà avoir envoyé des hommes à ma recherche. Un coup d'œil aux caméras de surveillance et il saurait qu'on m'avait enlevée. Alors ce n'était qu'une question de temps avant qu'on vienne me chercher.

Les pneus crissèrent et la voiture prit un virage puis un autre, on passait devant des maisons luxueuses puis il finit par ralentir. Je détournai les yeux de l'allée escarpée alors qu'on arrivait devant l'entrée. Il freina brusquement devant sa maison.

Les portières se déverrouillèrent.

— Je t'abats sur la pelouse si tu t'enfuis... et je te baiserai dehors aussi... si tu m'y obliges.

Ma chatte se crispa à ses mots. Je jetai un œil à son regard et je sus qu'il disait la vérité. Il le ferait. Il me violerait, sous le nez des voisins et ils ne bougeraient pas le petit doigt parce qu'il s'agissait de London St. James. Un homme dont ils avaient peur... *un homme qui les terrifiaient.*

Mes doigts tremblaient alors qu'il descendit de voiture avant de claquer sa portière. A travers les vitres teintées, il avait l'air d'un monstre. Il fit le tour de la Sedan et ouvrit ma portière avant de me dire dans un grognement :

— Rentre... tout de suite.

Je secouai la tête, incapable de bouger.

— Non.

Il se jeta sur moi en un instant, me saisit par la gorge et me fit sortir.

— Tu vas *m'obéir.*

Je donnai des coups de pied et le griffai avant de me cramponner à la poignée de la portière, mais il saisit ma main et la tira violemment. La portière resta ouverte alors qu'il me traînait vers sa maison.

— *Ouvrez la porte !* cria-t-il.

Non... NON !

Je me débattais, j'entendis le bruit de la serrure puis la porte s'ouvrit devant nous. Puis je volai dans les airs, je trébuchai avant de heurter violemment le sol. J'entendis une respiration saccadée. Quelque chose se déverrouilla similaire à un coup de feu. Je me hissai sur les pavés froids et relevai les yeux alors que j'entendais des pas et que je vis des bottes bien cirées.

— Je t'ai prévenue, Vivienne, dit-il à bout de souffle. Je t'ai prévenue.

La dentelle blanche de ma nuisette s'étalait sur les pavés gris alors que je me déplaçais, serrant les cuisses, avant de lever les yeux vers les deux hommes à l'entrée. Ils étaient identiques. Ils avaient tous la même tête. Le père et ses fils. Le même regard de rapace. La même bouche cruelle.

— Je t'avais dit qu'il y aurait des conséquences, dit London en s'avançant.

Il se pencha et me saisit à nouveau par la gorge. Il y avait déjà l'empreinte de sa main, ainsi que la douleur qu'il avait laissée. Il me hissa sur mes pieds.

— Lève-toi, me dit-il.

Il me tira vers l'arrière et cette fois j'obéissais pour ne pas me retrouver à nouveau au sol. Je reculais avec lui, quittant l'entrée et les deux jumeaux jusqu'à ce que sa poigne autour de ma gorge m'indique de m'arrêter. Il se pencha et entra un code devant une porte avant de l'ouvrir.

— On descend, dit-il, ses yeux brillaient d'une lueur terrifiante. Attention à la marche.

Sa prise autour de ma gorge devint moins serrée, il me guidait avec fermeté alors que je descendais la marche et glissai. Il me rattrapa virilement.

— J'ai dit de faire *gaffe* à la marche.

Mon cœur tambourinait dans ma poitrine. La peur infiltrait mes pensées. Il allait me mettre dans une sorte de cave, une cellule dans le noir. Un sanglot s'échappa de ma gorge à cette idée et pendant un instant, la peur me saisit si violemment que je ne pus plus avancer.

Dans un grognement sauvage, il se pencha, me saisit par la taille et me souleva sur ses épaules. Mes cheveux tombèrent devant mon visage.

— Non ! criai-je en me débattant, frappant son dos de mes poings.

Mais il n'allait pas s'arrêter, il continuait de marcher alors que je me débattais et que je lui donnais des coups.

Bim !

— *Arrête !* cria-t-il avant de s'arrêter.

Je pris une grande inspiration et tournai la tête, je voulais voir où il m'emmenait. Mais je ne voyais quasiment rien. Le couloir était sombre, il y avait juste assez de lumière pour que j'aperçoive la porte devant nous que London ouvrit avant de nous faire entrer. Il me laissa tomber et me rattrapa à la dernière seconde pour que je ne heurte pas le sol.

Mon cœur battait violemment contre ma poitrine alors que mes pieds touchaient le sol. Je titubais en arrière et une faible lumière s'alluma et éclaira le sol, puis j'entendis le claquement de la porte, suivit d'un verrou. Je voulais partir d'ici. Je fixais ce monstre et je continuais de reculer jusqu'à ce que je me cogne contre quelque chose de dur au milieu de la pièce.

— Le contrat dit qu'aucune partie de mon corps ne peut te pénétrer, dit-il d'une voix rauque et sauvage alors qu'il s'avançait vers moi. Je ne vais pas enfreindre les règles.

Ses yeux sans fond brillaient dans la pénombre.

—Ne... ne m'approche pas.

Je détestais bégayer à cet instant-là.

— M'approche pas, dis-je à nouveau.

— Je t'ai prévenue de ce qui allait t'arriver si tu continuais à traîner avec cette pute de Castlemaine, dit-il en continuant d'avancer, ignorant ma demande. Je t'ai prévenue de ce qui se passerait si tu essayais de t'enfuir.

Il me saisit par la nuque et m'attira vers lui. Je levai la main et lui donnai une gifle. La douleur s'éveilla dans la paume de ma main, brûlante.

London s'arrêta net, ses yeux s'écarquillèrent de surprise avant de s'assombrir.

Je n'avais jamais côtoyé le diable, jamais avant d'arriver à l'Ordre.

Maintenant je le connaissais parfaitement... sous toutes ses formes.

Et l'une d'elles se tenait justement en face de moi.

Il porta sa main à sa joue. Même dans la faible lumière, je vis que sa peau était rougie.

— Tu refais ça, je te tue, dit-il d'une voix diabolique.

Mais il me saisit à nouveau par la nuque et m'attira vers lui.

— Je vais te montrer quelque chose. Quelque chose de très spécial que j'ai fait faire spécialement pour toi.

Il me tira en me tenant par la nuque vers ce qui semblait être un tour de lit... avec des sangles et des chaînes sur les côtés, et une sorte de machine au pied...

— Aucune partie de mon corps ne peut te pénétrer... c'est ce qui est écrit dans le contrat. Mais rien n'est dit sur les objets que je peux contrôler.

Il enleva la couverture noire... et dévoila quelque chose qui me glaça le sang.

— J'ai essayé de te prévenir, Vivienne. J'ai fait de mon mieux... mais tu ne veux pas obéir, dit-il en relâchant sa prise autour de ma nuque avant de dévier vers ma mâchoire.

Ses doigts me faisaient mal, il me força à le regarder.

— Maintenant dis-moi que tu comprends.

Je n'arrivais pas à détourner les yeux, je ne comprenais pas ce qu'était cette machine.

La chaleur brûlait en moi, elle me faisait trembler et il le vit, il baissa les yeux. Sa deuxième main glissa sous la bretelle de ma nuisette et il la fit glisser jusqu'à libérer mon téton dressé.

— Dis-le... dis ce que je veux entendre, dit-il à bout de souffle.

Son pouce commença à caresser mon téton, me faisant sursauter et frissonner. Il fit rouler ce point sensible entre ses doigts, le pinçant jusqu'à ce que je gémisse, puis il m'ordonna à nouveau :

— Dis-le ou on commence tout de suite.

— Ou-oui... gémis-je.

— Oui... *quoi* ? dit-il en croisant mon regard.

Je plongeais dans ses yeux sans âme et j'y vis le fond de la débauche alors que je prononçais les mots qu'il voulait entendre :

— Oui, *Daddy*.

Il sourit.

— Gentille fille.

Secrets. Mensonges. *Trahisons.*

J'ai fait mon devoir, en risquant tout pour la sauver.

Ma princesse...

Ma Ryth.

Maintenant, nous sommes piégés par ceux qui dirigent l'Ordre.

Et nous sommes à leur merci.

Un seul homme peut nous sortir de là.

L'homme qui connaît la vérité sur cet endroit...

Son père.

Des arrangements sont conclus pour nous libérer.

Seulement, elle ne sait pas tout.

Elle le saura bientôt...

Elle s'attendra à ce que mes frères soient debout devant le portail..

À attendre...

Mais je ne pense pas que ce sera le cas.

Je serai là pour ramasser les miettes.

Je m'assurerai qu'elle est en sécurité.

Notre petite souris. Notre princesse. Notre... *demi-sœur*.

www.ingramcontent.com/pod-product-compliance
Lightning Source LLC
Chambersburg PA
CBHW050958180726
48291CB00006B/1888